진정성의 시학

진정성의 시학

초판 1쇄 인쇄 | 2012년 11월 28일
초판 1쇄 발행 | 2012년 12월 7일

지은이 | 김선태
펴낸이 | 지현구
펴낸곳 | 태학사
등 록 | 제406-2006-00008호
주 소 | 경기도 파주시 광인사길 223
전 화 | 마케팅부 (031) 955-7580~2 편집부 (031) 955-7585~90
전 송 | (031) 955-0910
전자우편 | thaehak4@chol.com
홈페이지 | www.thaehaksa.com

값은 뒤표지에 있습니다.
ISBN 978-89-5966-558-7 93810

*이 책은 전남문화예술재단으로부터 2012년 문예진흥기금 지원을 받아 출간되었습니다.

진정성의 시학

김선태 지음

태학사

책머리에

근원에 대한 관심과 애착

2005년 이후 각종 문예지 등에 발표한 글들을 모아 두 번째 문학평론집을 묶는다. 나는 첫 번째 문학평론집 『풍경과 성찰의 언어』를 내면서 시와 문학평론을 겸하는 일을 스스로 못마땅하게 여겨 경계했었다. 문학평론을 할 만한 역량도 부족하거니와 무엇보다도 시를 쓰는 데 방해가 된다고 판단했기 때문이다. 그래서 이 같은 사정을 들어 원고청탁을 정중히 사양했던 것이 사실이다. 그러나 그것도 오래가지 못했다. 개인적인 친분을 앞세운 사람들의 간청을 냉정하게 거절할 만큼 강단(剛斷)이 없었기 때문이다. 게다가 모름지기 국문학과 교수라면 창작과 평론을 겸해야 한다는 주변의 압박도 한몫 거들었다. 아무튼 이러저러한 이유로 문학평론을 접기 어렵게 되었으니 나야말로 양수겸장(兩手兼將)은커녕 진퇴양난(進退兩難)에 빠졌다고 아니할 수 없다.

저간의 우리 시단은 미래파의 시를 비롯한 일군의 실험시들에 대한 논쟁으로 시끄러웠다. 유행에 민감한 젊은 시인들은 그것이 대세인 양 앞다투어 흉내 내기에 바쁘고, 앞장서서 올바른 이정표를 제시해야 할 비평가들은 새로운 흐름에 뒤처질까 봐 그러한 시들을 추켜세우기에 급급했다. 물론 현대시의 특성상 새로운 언어에 대한 실험의식은 어쩌면 필연적이어서 그 자체를 문제 삼는 것은 아니다. 또한 언제나 새로운 것은 낯선 것이어서 그것을 온전히 받아들이기까지는 진통이 따른다는 것을 이해 못하는 것도 아니다. 문제는 그들의 시가 지니고 있는 당위성과 진정성에 있어서 공감보다는 의구심이 짙다는 것이다. 무엇보다도 체험을 바탕으로 한 것이 아니라 과도한 지적 유희에 탐닉하고 있다는 점이 그것이다. 더욱 큰 문제는 이러한 시들이 우리 시단의 흐름을 주도하면서 다른 경향의 시들을 밀어내고 있다는 점이다. 그러나 문학사를 살펴볼 때 이러한 실험적 경향들이 간단없이 출현했지만, 어디까지나 한때의 지류에 그쳤을 뿐 주류를 오래 형성하지 못했다는 사실이다. 그런 의미에서 요즘 우리 시단은 부화뇌동에서 벗어나 장기적이고 균형 잡힌 시각을 회복해야 할 것이다. 여기에서 무엇보다도 긴요한 것은 비평의 역할이라고 생각한다. 비평의 부재와 타락을 지적하는 목소리가 높은 이때에 비평가들이 본연의 입장으로 돌아가 우리 시단의 흐름을 올바르게 계도해야 한다. 특히 우리 시는 한시바삐 진정성을 회복해야 하는데, 이번 평론집의 제목을 '진정성의 시학'으로 정한 이유도 여기에 있다.

1부는 김지하 시인과의 대담을 실었다. 주지하다시피 김지하 시인은 누구보다도 한발 앞서 우리 시단에 굵직굵직한 화두를 던졌을 뿐만 아니라 올바른 방향을 제시했던 분이다. 따라서 그와의 대담은 도무지 갈피를 못 잡은 채 흔들리고 있는 우리 시단의 문제점을 진단하고 바람직한 방향성을 타진하는 시금석이 될 것이다.

2부는 지역문학과 관련한 글들로 꾸몄다. 남도에 살다 보니, 지역문학에 자연스레 관심을 갖게 되었다. 그 중심공간은 목포와 강진이다. 목포는 현재 살고 있는 곳이고, 강진은 고향이다. 나는 태어나서 자란 곳이 곧 자신의 문학과 학문의 출발점이 되어야 한다고 생각한다. 근원도 모르면서 더 넓은 세계로 건너뛸 수는 없기 때문이다. 그래서 목포와 강진을 중심으로 지역문학의 흐름을 차근차근 정리하고 있다. 지역문학에 대한 관심과 애착이 곧 한국문학을 꽃피우는 밑거름이 되리라 믿는다.

3부에서는 평소에 좋아하는 시인들의 시세계를 하나로 묶었다. 김영랑, 이근배, 김지하, 송수권, 허형만이 그들이다. 그들의 면면을 살펴보니 역시 남도지역의 시인들이 대부분이다. 그들은 내가 시를 창작하는 데 유형무형으로 영향을 미친 사람들로 사표(師表)나 다름없다.

4부는 여러 문예지에 산발적으로 실었던 시인들의 시집평과 시평을 실었다. 이시영, 고형렬, 이재무 등 모두 10명의 시인들과 시집, 시들이 그것이다. 글을 쓸 때는 몰랐으나 책을 내기 위해 그들의 이름을 한군데 모아보니 이 역시 주로 내가 가까이 지내거나 좋아하는 시인이나 시임이 그대로 드러난다. 유유상종. 어쩔 수 없는 인간관계의 원리라고 새삼 깨닫는다.

어느덧 시간은 50대 중반을 향하고 있다. 아직 할 일이 산적해 있는데 벌써 몸과 마음은 삐걱거리는 낌새가 잦다. 젊은 날의 혹사에 대한 인과응보이다. 하지만 가야 할 길이 멀다. 계속 각고면려할 일이다.

2012년 가을 승달산 자락에서

김선태

차례

4부 시집과 시

1부

대담

김지하 시인에게 듣는다

김선태: 선생님, 안녕하십니까? 우선 바쁘신 중에도 대담에 기꺼이 응해 주신 데 대해 감사의 말씀 올립니다. 요즘 건강과 근황은 어떠하신지요?

김지하: 건강이 시원찮아서 침과 뜸으로 치료하고 있어요. 그래도 전보다 많이 나아진 것 같습니다. 술이랑 담배 끊은 지가 오래되었습니다. 요즘은 한 달에 한 번씩 예술종합학교와 영남대 석좌교수로 출강하고 있습니다. 그 외에 강연 부탁이 끊이지 않지만, 최대한 읽고 쓰는 일에 몰두하고 있는 편입니다. 그리고 생명평화운동에 동참하고 있고요.

최근 우리 시의 흐름과 문제점, 그리고 전망

김선태: 아시다시피 최근 우리 시단은 극심한 정체성의 혼란을 겪고 있으며, 중요한 전환점에 처해 있다고 생각합니다. 선생님께서는 1960년대 이후 줄곧 시세계의 변모를 통해 우리 시의 흐름을 주도해왔다고 할 수 있습니다. 선생님과의 대담을 마련한 목적은 무엇보다도 최근 우리 시단의 흐름에 대한 고견과 침체된 광주 · 전남 문학의 문제점과 올바른 방향에 대한 혜안을 듣고 싶어서입니다. 또한 이는 수많은 문인과 독자 들의 궁금증에 대한 올바른 해답을 제공하는 길이 될 수도 있을 것으로 판단했기 때문입니다. 선생님께서는 최근 우리 시단의 흐름, 혹은 문학을 포함한 문화 전반의 흐름을 어떻게 보고 계시는지요?

김지하 : 난 거기에 대해 내 식으로 얘기할 수밖에 없는데, 우선 내가 보는 것은 이 사회에 큰 변동이 오고 있다는 것입니다. 이는 정치나 경제 그리고 주변 동아시아의 군사적인 행동들에서부터 문화적인 차원에 이르기까지 어떤 큰 변화의 조짐이 오고 있는 것은 아닐까, 그래서 이런 것들이 민중시가 실종되는 과정과 겹치면서 한 시대의 시대정신이라고 볼 수 있는 스타일이 없어지지 않았는가 생각합니다. 우리 세대만 해도 특정 스타일의 지배를 받았는데 이게 젊은 세대에서는 사라져버렸어요. 그러면 이런 것들이 젊은 세대에게서 어떻게 나타나느냐 하면 감수성, 미의식 등에서 소위 시적 상상력의 전환이 이루어지고 있다는 점입니다. 과거에 우아하고 격조 높은 아름다움이라든가, 민중적 권익이나 민중적 정서의 추구 쪽으로 집중되어 있던 것이 크게 바뀌고 있어요. 크게 보아 미(美)에서 추(醜)로 바뀌고 있다고나 할까요.

추의 미학은 한 시대의 전환기마다 반드시 나타나지요. '추'라고까지 할 수는 없지만, 그 경향에서 관련이 있다고 볼 수 있는 예가 '붉은 악마'라고 할 수 있지요. 이 붉은 악마들이 지난 두 번의 월드컵 경기에서 보여준 것이 '한(恨)과 신명의 결합' 혹은 '한을 뚫고 신명이 올라온 것'이 아닐까요. 영고, 동맹, 무천, 국중대회 같은 고대 축제의 부활 같은 것 말입니다. 신바람이 일어나기 시작한 것이죠. 또 한은 한 대로 추의 형태로 다시 비약이 일어난 거죠.

이런 것과 연관해서 한류(韓流)의 가능성이 흐르기 시작하고, 한류는 콘텐츠 문제, 즉 작품 중심성과 미학적 구성문제가 계속 제기됩니다. 또 미학적 콘텐츠를 찾는 과정에서, 그 기본 동력으로서 시에 대한 전망 같은 것이 상당히 강하게 나타나고 있지 않은가, 여기에 대한 전망은 어떤 정밀한 진단에 기초해 있어야 할 것 같다는 생각이 들어요. 그렇게 볼 때 현재 우리 시단에는 크게 봐서 세 개의 흐름이 있지 않나 합니다. 첫 번째는 불교나 고전적인 삶을 바탕으로 하는 정신주의적인 시의 흐름이고, 두 번째는 환경문제와 관련된 생태시이며, 세 번째가 미래파 등의 시입니다. 그런데 이게 사실은 근본에 있어서 상호 연결된 것인데, 이 연결고리를 잘 파악하지 않으면 앞으로 한국시의 전망에 대해서 현명한 판단을 내리기가 쉽지 않을 것이라고 봅니다.

김선태: 최근 탈주체성, 환상성, 장광설, 엽기성 등을 앞세워 소위 '미래파'로 불리는 일군의 젊은 시인들이 나타나 시단을 긴장시키고 있습니다. 일단 이들의 시는 '지금 여기'에 대한 강한 부정의식과 해체의식, 주체의 상실로 인한 서정시 스타일의 붕괴, 대중문화의 전면적 영향 등을 배경으로 깔고 있어 시대적 당위성을 확보하고 있는 것처럼 보입니다.

그러나 획일성과 상투성, 과도한 장광설, 체험의 절실성과 사유의 깊이 부족, 개인의 폐쇄된 내면세계에 대한 과도한 집착 등이 발견되고 있어 긍정적인 시각보다는 부정적인 시각이 우세한 실정입니다. 선생님께서는 이들의 시적 경향을 어떻게 생각하시는지요? 혹 일부 평론가들의 전망처럼 우리 시의 새로운 대안이 될 수 있다고 보시는지요? 아니면 선생님께서 생각하시는 우리 시의 바람직한 대안은 무엇이라고 생각하시는지요?

김지하: 예술과 예술 또는 시에 대해 '바람직하다, 바람직하지 않다'에 대한 규범적 판단을 내리는 것은 매우 조심하고 주의해야 하지 않을까 싶습니다. 그 창작의 배후에 있는 필연성을 가늠하고 난 뒤에 규범적 판단을 내려야 하기 때문이지요. 그렇게 볼 때 조금 엉뚱하지만 저는 이런 생각을 합니다. 여러 사람들이 우리 시대의 예술이 추사(秋史) 이후 어떤 새로운 문예 발흥기나 중흥기에 들어와 있다는 판단을 하고 있

는 것 같습니다. 그러니까 예술사나 미학사를 공부하는 사람들이 보기에는 우리나라 역사상 8세기에는 통일신라의 석굴암이 있었고, 12세기 고려 시대에는 금속활자, 대장경, 고려청자 등을 중심으로 한 문예의 대앙양이 있었고, 15세기 세종조에는 한글을 비롯한 여러 가지 발명과 음악이론의 정제 등 문예중흥기가 있었으며, 18세기 영·정조 시대의 대문예 부흥기를 거친 다음이 곧 21세기인 지금이다, 이렇게 보는 사람들이 많아요. 저도 동의합니다. 꼭 300년 주기로 오더군요.

과연 그래요. 교보문고 같은 곳을 가보면 엄청난 책이 쏟아집니다. 책이 안 팔린다는데도 그래요. 소수는 죽어라 읽는 거지요. 인터넷 도서 쇼핑도 활발하다고 그래요. 요즘 들어 발생한 참 이상한 징후라고 볼 수 있는데, 우리가 이 징후를 제대로 파악하고 제대로 전망을 세우기 위해서는 반드시 바로 전 단계, 즉 18세기에 대한 대대적 연구나 깊은 고려가 있어야 할 것 같습니다.

알다시피 18세기에는 민중 또는 중인 예술을 비롯한 소설, 시, 그림, 탈춤, 판소리, 풍물, 여창들, 사당패들이 마구 일어나고, 또 음악에서는 산조가 유행했지요. 그래서 이때에 살았던 미학자인 추사에 눈을 돌려야 되지 않겠느냐, 추사가 민중예술의 앙양과 어떤 관계를 갖고 있는가를 알아야 하지 않느냐 하는 겁니다. 간단히 이야기하면 저는 이것을 학교 다닐 때만 해도 상호갈등 관계라고만 봤어요.

그러나 요즘의 내 철학이나 미학적 견해가 달라지면서 얻은 결론으로는 추사와 송석원과 같은 소위 주류 중인시단과 민중회화 등과의 관계는 서로 반대되지만 동시에 상호보완적 관계라고 봅니다. 이동주 같은 사람들은 상호반동적 관계로만 보는데, 그 문제를 정확히 이해하려면 먼저 우리의 세계관이나 미학적 견해가 좀 변해야 된다는 것이지요. 만약 상호보완적 관계라고 본다면 추사의 말을 한번 생각해볼 필요가 있습니다. 당시에 추사체를 모두 '괴(怪)'라고 했어요. 소위 양반들이나 선비들은 추사체를 괴기, 그로테스크라고 막 공격했어요. 당시에 구양순체나 왕희지체가 아니면, 즉 중국의 전범을 따라가지 않으면 모조리 '괴'라고 깔아뭉개는 안 좋은 풍습이 있었죠. 추사는 처음에 이런 비판에 대해 자신의 글씨체는 괴가 아니라고 항변했어요. 그러나 나중에는 "괴 없이 어떻게 지예(지극한 예술)에 이르겠느냐"라고 말합니다. '지예'라고 했을 때 추사는 명백히 산숭해심(山崇海深)이라는 높은 미학적 차원을 상정합니다. 산처럼 숭고하고 바다처럼 심오한 것이 지극한 예술이라고 보거든요.

여기에서 우리는 우리 시대의 시가 간취해야 할 방향이나 목표를 한번 생각해볼 수 있습니다. 그것은 앞으로 우리 시가 숭고와 심오함을 바람직한 미적 범주로 삼아야 할 것 같다는 이야기입니다. 깊은 철학이나 사상에 가까운 이 숭고라는 미적 범주는 분명히 생명과 관련이 있어요. 그렇다면 이 말을 과연 미래파에도 적용할 수 있느냐 하는 것은 여러분들이 각자 생각해볼 문제입니다. 다만 나는 추사의 괴가 서양의 헤겔 이후 독일 우파 관념론 미학에 나오는 추의 미학과 연결되고 또 연결시킬 수 있다고 보는 겁니다.

김선태: 추사의 '괴'와 미래파의 '추의 미학'이 상호연관성이 있다는 말씀이시죠?

김지하: 그렇죠. 서로 연관시켜서 검토해볼 수 있다는 겁니다. 무작정 이건 엉터리다, 쓰레기다 하면서 완전히 일종의 문학적 패륜행위로 몰아세울 것이 아니라 이 현상이 갖고 있는 시대적 의미나 문학사적 의미를 엄밀히 객관적으로 고려해야 하지 않겠느냐는 겁니다. 시학적으로 긍정하자는 얘기가 아니라, 한번 객관적으로 들여다보았을 때 미가 추로 전환하는 문학사적 의미와 관련이 있거나 새로운 미학이나 상상

력 출현의 계기가 될 수도 있다는 겁니다. 열심히 노력해서 잘만 되어 간다면 말이지요.

김선태: 그러한 기대는 지금 상태가 아니라 앞으로 그럴 수도 있다는 말씀입니까?

김지하: 네, 그렇습니다. 그로테스크, 환상, 망상, 난륜(亂倫)에까지 접근하여 이르는 패륜적 혹은 색정적 세계, 이런 것들이 추의 미학과 질병의 미학, 규범의 미학을 전공한 내가 보기에는 모두 전환기 미학 현상과 문학에서의 역설이나 모순어법과 관련이 깊어요. 그런데 요즘 우리 시의 변화가 어쩌다 내 전공하고 직접 연결되어서 이상하다는 생각까지 들어요. 게다가 근본에서 생명문제와 직결이 되고…….

김선태: 선생님께선 시를 전공 쪽으로 안 쓰셨잖아요. 지금까지는…….

김지하: 지금까지는 그랬죠. 그런데 최근에 와서 말을 부쩍 전공 쪽으로 하게 됩니다. 중요한 것은 미래파에서 나타나는 '괴' 또는 '그로테스크'가 단순한 그로테스크가 아니라 '일그러짐'의 영역에까지 이르렀다는 점입니다. '일그러짐'이란 독일미학에서 'fratze'라는 것으로 극단적인 왜곡을 말합니다. 이 현상은 그야말로 급격한 변화를 뜻합니다.
그러나 미학적 패러다임이 윤리적 패러다임과 반드시 일치하는 것이 민중예술의 한 특징이지요. 그래서 우리나라는 미학사적으로도 참 이상한 나라입니다. 절대로 발자크적 현상을 정상이라고 인정 안 합니다. 다시 말해 작품은 진보적인데 자신은 왕당파였던 발자크 생애의 불일치를 우리나라에서는 근본적으로는 인정 안 하는 것이지요. 그래서 끊임없이 서정주의 커리어가 문제가 되는 겁니다. 그렇게 볼 때 이

일그러짐이 윤리적으로는 악의 영역이 아니냐, 형편없다, 쓰레기 등이라고 말하는 사람들이 있어요. 왜냐하면 미학적으로 추하기 때문만이 아니라 그 안에 극단의 악까지 포함하고 있기 때문입니다.

예를 들면 어떤 여성 시인이 시에서 자기 어머니나 아버지를 음탕하다고 막 쳤어요. 그렇다면 서정 자체가 이상해지는데, 자기 어머니나 아버지를 그렇게 패륜적 차원으로까지 음탕하다고 몰아붙인다면 자신의 서정적 주체는 뭐가 되느냐는 말입니다. 이는 꼭 유교관뿐만 아니라 전통적인 세계관이나 아까 얘기한 스타일 자체가 사라졌다는 증거예요. 그 스타일에서 보면 이는 참으로 불효막심의 차원 따위가 아니라 패륜적 혼돈에 해당하는 것이죠. 이것은 그로테스크 중에서도 극단에 해당합니다.

그러나 이러한 극단까지도 앞으로 시의 변화에 있어서 필연적 계기가 될 수 있다는 겁니다. 여기에는 불교적 정신주의와 생태시, 미래파가 서로 연결되어 있습니다. 그러므로 그 연결된 차원을 파악하고, 그러한 차원에서 변화를 모색해야 되는 것이 아니냐 하는 겁니다. 먼저 미적 범주나 지각의 내용에 있어서 추, 즉 일반적 형식에 있어서 혼돈을 지닌 시들이 흔히 나타나고 있는데, 이것이 미학에서는 결국 숭고와 심오함으로 연결될 수밖에 없는 것입니다. 그러므로 어떤 다양하고 극단적인 범주의 의식이나 의견들이 모두 튀어나와서 마구 떠들 때 그걸 다 그대로 살리면서 동시에 조화시키는 것, 이것이 철학에서는 원효가 말한 '화쟁(和諍)'입니다. 이른바 '혼돈의 질서'올시다.

그다음에, 생태학적 상상력의 시는 생명으로의 '귀명(歸命, 몸과 마음을 바쳐 부처의 가르침에 따르는 일)', 나무아미타불에 입각한 것으로 생명의 인식 형식이라든가 생명의 형식 원리로까지 보다 더 깊어져야 하지 않을까, 근원적으로 환경을 보호할 만한 그러한 형식이어야 하지 않을까, 생명의 형식도 이젠 시적인 형식으로까지 가야 하지 않을까 생각합니다. 그리고 정신주의 시는 그야말로 '무애(無礙)', 즉 막힘이나 거침이 없는 쪽으로 해방되고 더 깊어져야 하지 않을까 생각합니다. 시적 형식에서 볼 때 미래파의 시는 완전히 줄글로서 행갈이를 무시하는데, 공(空)이 텍스트에 개입함으로써 줄글 아래에서 새로운 행갈이가 태동하고 창조되어야 하지 않을까 생각합니다. 이 시대의 감수성에 맞는 새로운 행갈이나 장단이 모색되어야 한다는 것이지요. 요즘의 생태시도 줄글이긴 마찬가지입니다. 그런데 과연 이미지 범벅이나 제유나 환유의 범람, 이런 것들이 기본적으로 감수성 측면에서 수용자, 즉 시적 소비자들에게 무엇을 제시하는가 하는 점입니다.

바로 감성의 과소비와 대범람을 일으키지요. 풍요의 환각과 온갖 다양한 욕망이 돌출하고 요란법석이죠. 이 요란법석은 곧 자연을 압살할 정도의 약탈로 연결됩니다. 따라서 그 내용에 있어서 생태나 생명을 지향하는 생태시까지도 미래파의 시와 마찬가지로 줄글을 극복하지 않으면 그 진정한 활로를 찾기가 어렵습니다. 이 줄글을 극복하려면 두 개의 요소가 텍스트 속에 들어와야 하는데, 하나는 공(空)이요 다른 하나는 모순어법입니다. 모순어법을 통해 자기의 혼돈된 주제를 구현하고, 상상력의 운동을 효과적으로 펼쳐야 합니다. 산문적인 것의 범람이 아니라 모순어법, 즉 역설법이나 반어법이 텍스트 속에 과감하게 들어옴으로써 혼돈을 다루면서도 그와 동시에 줄글을 극복해야 되지 않겠느냐는 것입니다. 그리하여 줄글에서 새로운 행갈이로 나가면서 '아니다'에서 '그렇다'로, '그렇다'에서 '아니다'로, '색(色)'에서 '공'으로, '공'에서 '색'으로 움직이고, 그 기저에 공과 무의 체험을 통해 차원 변화를 시도한다면 숭고나 심오함과 같은 높은 미적 차원 쪽으로 시가 변해갈 것이라고 봅니다.

따라서 생명의 이중성과 모순어법, 추의 괴기성을 일단 인정하고 정신에 공을 개입시킴으로써 지금까지의 줄글 안에서도 새로운 행갈이가 시도되어야 할 것입니다. 이것이 진정한 추의 미학이고, 혼돈 그 자체의 질서가 아닐까 생각합니다. 그러므로 이것을 그냥 혼돈이라고 윤리적으로 내갈겨버리며, 무작정 저급하게 평가해버리는 것보다는 그 혼돈의 가닥을 추슬러 나름의 질서를 다시 부여하도록 유도해야 하지 않겠느냐는 겁니다. 그리고 나는 미래파의 줄글이 일본 흉내를 내고 있다고 봐요. 그러나 가장 중요한 건 미래파 시들의 그러한 형태적 특징이 근본적으로 어디에서 기인한 것이냐 하는 점입니다. 그것은 생태시가 생명의 근성에 가장 알맞은 시적 인식을 취하지 않고 상당수가 줄글을 추구하자, 미래파가 그 줄글의 유행을 딛고 완전히 역의 차원으로 치고 올라온 거로 봐요.

김선태: 굳이 줄글의 연원을 따진다면, 1990년대 이후의 생태시보다 1970~1980년대 민중시로 거슬러 올라가야 하지 않을까요?

김지하: 아, 그러고 보니 줄글의 시작을 민중시부터라고 보는 게 타당하겠네요. 민중시는 결국 삶이거든. 삶에 대해서 구체적이고 현실적인 인식을 하려다 보니까 율문(律文)적인 인식보다 산문성이 강조되었지요. 그리고 생태시는 그 주제가 어디 있든지 간에 생명에 대한 상식 이상의 고뇌와 번민을 동반하는 깊은 인식이 필요합니다. 생명은 혼돈적 · 모순적 · 생성적이며 결국은 이중적이거든요. '아니다' 그러면 '그렇다', '그렇다' 그러면 '아니다', 마치 디지털처럼 'No－Yes', 'Yes－No', 그리고 밖으로 나오면 안으로, 안으로 들어가면 밖으로 나오죠. 생태와 정신, 내면적 정신으로서의 외면적 생태, 서로가 서로에게 이중적인 겁니다. 비둘기의 순결과 뱀의 슬기가 같이 요구된다는 것, 로컬과 글로벌이 같이 요구된다는 것, 민족적 전통이 보편적 세계 인식과 함께 요구된다는 것, 개체성과 융합이 함께 요구된다는 것, 이런 것

들이 이중성이거든요. 이 생명의 이중성과 정신주의가 딛고 서 있는 불교적인 무애, 그 두 개의 극단이 함께한 생명의 기초가 공(空)입니다.

무(無)가 아닐 경우 생명은 전적으로 타락하는데, 그런 생명은 이 세상에 현실적으로 없죠. 그런 것은 추상일 뿐 생존할 수가 없어요. 모든 것은 생성하고 변화하기 때문인데, 그건 참선을 해보면 알 수 있어요. 참선은 극과 극이거든요. 시커먼 데서 흰 것, 흰 것에서 시커먼 것, 혐오감에서 육욕, 육욕에서 혐오감……. 그러다 그 두 개의 극단이 함께 없어져버리는데, 그게 바로 공이거든요. 이중성과 공, 이 두 개의 개념을 붙잡고 문제에 대응할 필요가 있어요. 그리하여 다수의 시인들이 불교에 근거를 두고 추구하고 있는 정신주의와 공과 무의 체험, 생태시에서 생명이라는 이중성의 체험과 함께 미래파의 그로테스크한 광란에 적극적으로 대응해야 한다는 말입니다. 이렇게 삼자(三者)가 미래의 시에 대한 전망을 함께 가질 때 새로운 차원의 바람직한 시가 나오지 않겠는가 생각합니다. 아, 그런데 내가 너무 이상적으로 말하는 건 아닌가 하는 생각도 드는군요.

김선태: 방금 제시하신 방안들이 현재 선생님께서 보여주고 있는 시세계와도 관련이 있는지요? 아니라면 앞으로 시를 통해 구현하실 계획이신지요?

김지하: 아, 나는 자신 없습니다. 그러나 시도는 할 겁니다.

우리 시의 개별성과 공공성

김선태: 선생님께서는 지금껏 우리 시단에 굵직굵직한 화두를 던지신

분이고, 또 그 화두는 그때마다 이정표 역할을 했다고 생각됩니다. 특히 2000년대 들어와서 선생님의 시 속에는 집단적 영성과 묵시론적 예언의 목소리가 부각되고 있는 것으로 보입니다. 반면에 1990년대 이후 우리 시 속에는 개인적 내면의 목소리가 지배적이라는 지적이 많습니다. 사적인 내용도 중요하지만 공적인 관심사가 너무 사라진 것도 바람직하지는 않다고 보는데요. 선생님께서는 어떻게 생각하시는지요?

김지하 : 공감합니다. 요즘 우리 시는 사적이고 개별적인 성향이 강해요. 나는 시를 대화라고 봅니다. 그러므로 의사소통이 중요한 기본 특징이라고 할 수 있어요. 그런데 요즘 시인들은 사적인 나와 너 사이에, 다시 말해 개별적 주체와 타자 사이에 극히 제한된 소통만을 열어두는 시 쓰기에 자꾸 집착한다는 거죠. 물론 시는 사적이어야 하죠. 그러면서도 공적이어야 합니다. 공적인 측면이 없어지고 사적인 측면만 쓴다는 것은 소통 자체가 극히 제한되어 있는 것이 아니냐, 그렇다면 이렇게 쓰는 시인들의 삶이 영적인 삶이나 지적인 삶, 심지어 관성적인 삶마저도 굉장히 제한되어 있다는 것의 반증이 아니냐는 생각이 듭니다.

왜 이런 현상이 나타났을까를 굳이 따져볼 필요가 있을지 잘 모르겠습니다만, 이것을 극복해나가야 할 방향은 제시할 수 있다고 봅니다. 그것은 너와 나 사이의 사회적 소통을 확대시키는 데 있습니다. 이는 당연히 사회적·공공적인 측면에서 볼 때 요구되는 거죠. 그러나 한 걸음 더 나아가 우주를 너로 하고, 인간을 나로 하여 자연과 인간 사이에 우주적 소통 혹은 우주사회적 소통, 즉 동양적 개념으로 하면 우주적 공공성[天地公心] 쪽으로 넓고 깊어져야 합니다. 다람쥐와 의사소통을 하는 법, 느티나무와 대화할 수 있는 법을 찾아 시도해야 합니다. 원시시대 샤머니즘의 주술적 체계에서 가능했던 영적 대화가 이제 다시 요구되는 게 아닌가 하는 겁니다. 온 지구가 생태환경이나 오존층 파괴 등의 어려움을 겪고 있는 이 시기에 자연의 질서와 비인격적 체계에도 공동 주체라고 인정하는 감수성 같은 것이 나타나야 하지요. 나무나 동물하고도 소통이 되어야 합니다. 앞으로 우주적 자연과 인간사회의 소통을 가능케 하는 시적 상상력의 개발이 필요하다고 봐요.

최근 시작(詩作) 활동과 자발적 가난의 시학, 혹은 짧은 시

김선태: 선생님께서는 최근 『새벽강』과 『비단길』이라는 두 권의 시집을 내실 만큼 왕성한 시작 활동을 보여주고 계십니다. 가히 다산성이라고 할 수 있겠는데요. 그런데 시를 읽어보면 언어가 극도로 정제되고 리듬이 짧아지는 경향을 보이고 있습니다. 마치 산수화의 여백을 보는 듯한 느낌이 듭니다. 이에 대해 선생님께서는 『시를 사랑하는 사람들』과의 인터뷰를 통해 "공(空)과 텍스트 사이의 관계가 내 요즘 시 쓰기의 중요한 작업"이라고 말씀하신 바 있습니다.

또한 "자발적 가난의 시학"이라는 언급에서 '가난'과도 관련이 있는 것으로 보입니다. 미당 선생님께서도 돌아가시기 직전 모 일간지와의 인터뷰에서 "짧은 시가 우리 시의 한 대안"이라는 말씀을 하신 바 있습니다. 이러한 시적 형식은 최근 급격한 해체화, 산문화, 요설화로 치닫고 있는 우리 시단의 경향과는 상치(相馳)된다고 생각됩니다. 이 점에 대해서 어떻게 생각하시며, 또 어떠한 소신을 갖고 계신지요?

김지하: 서정주 선생이 말한 짧은 시에 대해선 상당히 깊이 생각해야 될 것 같습니다. 그 양반 표현으로는 쉽게 짧은 시라고 부르지만 짧은

시가 가진 조건들이 있어요. 짧으면서도 웅장한 얘기를 할 수 있는 조건이 있어야 한단 말이죠. 그래서 아까 얘기했던 것들과 연결이 됩니다만 추의 미학이라든지 혼돈의 질서나 난륜의 질서를 찾는 것, 이게 전 세계의 문화적 숙제입니다. 왜냐하면 세계적 빅 카오스, 그게 혼돈의 질서이기 때문입니다. 혼돈에 빠진 듯하면서도 혼돈에서 빠져나와야 된다고 들뢰즈가 말했습니다.

그렇다면 혼돈의 질서란 무얼까요. 이게 미학 내지 예술적으로 본다면 추의 미학입니다. 그렇다면 또 추의 미학이란 뭐냐, 이걸 따져야 됩니다. 그래서 현대예술의 혼돈을 해결할 수 있는 전망은 숭고와 심오함에 있는 것이 아니냐 하는 것입니다. 아까 말씀드린 대로 생명의 기초는 무(無)올시다. 무 없이는 생성을 못하기 때문에 생명생성의 기본 원리는 무입니다. 그래서 생태시에는 당연히 무가 들어와야 되지 않느냐고 보는 겁니다. 앞에서 얘기한 미래파의 시도 마찬가지입니다. 그렇다면 무야말로 바로 시를 짧은 형태 속에 무장한 우주적 감수성과 공공성을 담을 수 있는 조건이 아니냐는 겁니다. 무가 텍스트에 개입을 해야 행갈이를 통해, 시어와 시어 사이의 공을 통해, 그 내부에 엉성하고 허름하면서도 신령한 질서가 생기는 게 아닐까 하는 것이지요. 그래서 정신주의 시에서부터 무애, 곧 걸림 없는 텅 빈 것이 나타나고, 결국 생태시나 미래파의 시도 그러한 과정을 거쳐 짧은 시에까지 이를 수 있다고 봅니다.

그러나 저의 경우 너무 짧게 쓰려고 하다 보니까 이런 일이 있었어요. 8년 동안 시집을 안 내거나 못 낸 적이 있었죠. 사적인 여담인데, 목동에 살 때 자꾸만 어두운 시가 나오더라고요. 집안 분위기가 환하니까 시가 점점 더 짧아져요. 그래서 명사도 아니고 동사, 부사, 형용사 같은 게 한두 개 남고는 다 없어져버려요. 허옇게 되어버려요. 그래서 스스로 공의 식민지에 빠졌다고 느낀 적이 있어요. 이럴 땐 다시 요설로 돌아가야 합니다. 공의 식민지에 빠진 이유를 따져보니 지나친 율격중심주의 때문이더라고요. 그래서 시적 율격에 너무 빠져들면 안 된다는 거죠. 다시 말하면 상상력은 풍부하되 그것을 파고 들어가는 공이라든가, 아까 말한 이중성이라든가, 역설적 인식들이 상호 길항하면서 짧은 시가 나와야 바람직하지 않을까 생각합니다.

김선태 : 짧은 시가 시의 형식 차원에서 하나의 대안이 될 수 있다고 생각은 하십니까?

김지하 : 대안은 되죠. 그러나 짧은 시가 아까 얘기한 것처럼 반어법, 역설법 등의 모순어법과 무나 공의 적절한 개입 등을 통해 나와야 한다는 거지요.

김선태 : 선생님의 짧은 시를 읽다 보면 스케일이 굉장히 큰 어떤 느낌을 받곤 하는데요?

김지하 : 그런데 여기서 조심해야 될 것이 있습니다. 전에 누군가 내게 내 시가 보다 더 명상적이고 잠언에 가까운 형태로 바뀌어야 한다고 이야기한 적이 있습니다. 그 후배의 이야기를 상당히 긴 시간 동안 곰곰이 생각했습니다. 그러나 잠언으로 가는 것이 어떤 의미에서는 시가 한 차원 높아지는 것이지만 동시에 상상력을 박제하는 과정이라는 결론에 이르렀습니다. 그렇기 때문에 짧은 시를 쓰려다 보면 시를 놓치게 되고 잠언으로 빠져들 위험성이 있다는 것이죠.

김선태 : 잠언이 곧 시가 될 수 없다는 말씀이시죠?

김지하 : 그렇죠. 잠언이 옛 성인들의 말투처럼 숭고하고 훌륭하긴 하지만, 오늘날의 시가 잠언으로 가서는 안 된다고 생각해요. 내용이 명상적이고 신령스럽거나 서늘해야 하며, 형식은 쉽고 허름할 필요가 있다고 봅니다.

김선태 : 그러니까 선생님께서는 아까 말씀하신 바처럼 미래파의 시 속에 추의 미학이 현재로서는 나타날 수밖에 없고, 따라서 지금 나타나는 이러한 현상은 그 나름대로 혼란에서 빠져나오기 위해 오히려 혼란 속으로 들어가는 자연스러운 과정이라고 보시는 겁니까?

김지하 : 그건 두 가지로 봐야죠. 부정적인 측면과 불가피한 측면이 그것입니다. 그건 완전히 스타일이 없어졌다는 이야기와 맥을 같이한다고 볼 수 있어요. 예를 들어봅시다. 6·25전쟁 때 남북 합쳐 400만 명이 죽었죠. 특히 전라도 사람들이 더 많이 죽었어요. 전라도는 이상하게 동학당, 그리고 남로당 계열 사람들이 많이 죽었어요. 그 당시에는 연좌제가 시퍼렇게 살아 있을 때이니 동학당이나 남로당 계열의 가족이나 친지들은 이 사회에서 발도 못 붙이고 살았어요. 그런 세상인데도 불구하고 아주 가난한 집에서조차 집 앞으로 거지가 지나가면 불러요. 토방마루에다가 밥상을 차려놓고 등을 두드리며 얼마나 시장했겠느냐, 배고프겠다, 먹어라 했어요. 그런데 그 흔한 모습들이 산업화가 되니까 싹 없어졌다는 말이죠. 모든 게 돈으로 보이는 거예요.

인간과 토지 사이의 관계도 소유의 관계로 바뀌었죠. 땅값이 올라가는데 자연에 대한 관심이 전부를 차지하니 인간과 인간 사이에 인정이 사라졌다는 말씀이죠. 금융관계에 있어서도 예전 같으면 얼마든지 서로 돈을 빌려주고 썼죠. 요즘에는 완전히 은행을 통해서만 가능한 일이 되었어요. 또 인간과 노동 관계의 다양성도 완전히 사라졌어요. 획일성이 강해져 틀에 짜인 노동의 형태만 남았어요. 일이 아니라 일자리만 남았다는 말도 주의해야 합니다. 일이 아니라 일자리가 중요하므로 자리 없이는 일도 못한다는 얘기거든요.

이런 모든 문제가 소위 인간의 정신적 삶의 추구를 방해하는 겁니다. 바로 이걸 두고 스타일이 없어졌다고 말한 것입니다. 그러면 지금 세대는 스타일이 없으니까 그것을 찾거나 창조하려고 하는 몸부림이 당연히 나오는 게 아니냐 하는 겁니다. 그래서 이것이 낡은 세대에게는 정신주의적 시로, 그 밑의 세대에게는 생태시로, 또 그 밑의 새로운 감수성을 가지려는 젊은 세대인 미래파 시인들에게는 일종의 감성적 아나키즘의 시로 나타나는 것이 아니겠느냐 하는 겁니다.

생명시와 시세계의 변화 양상

김선태: 선생님의 시는 1980년대 중반에 이르러 새로운 양상을 보여주는데, 그 대표적인 예가 1986년에 출간된 『애린』과 『검은 산 하얀 방』입니다. 여기에 이르면 초기시가 보여준 부정적 세계 인식이 사라지고, 생명사상을 바탕으로 한 시적 변화가 이루어지고 있습니다. 이후 생명사상을 기저로 한 시 쓰기는 『별밭을 우러르며』(1989)와 『중심의 괴로움』(1994), 그리고 최근의 시들에까지 조금씩 모양을 달리하며 지속되고 있다고 봅니다. 1980년대 중반 당시 이러한 시적 변화가 이루어진 어떤 중요한 계기가 있었는지요?

그리고 당시 선생님께서 주창한 생명사상은 1990년대부터 본격적으로 우리 시단의 중심적 흐름을 형성한 생명시 혹은 생태시의 선구적 또는 예언적 역할을 수행했다고 보는데요, 선생님께서는 어떻게 생각하시는지요?

김지하: 생태학은 원래 자연 식생계나 토지, 암석, 수질, 대기권에 대한 객관적 관찰의 학문입니다. 독일과 미국 사람들은 환경오염이나 핵 문제 등에 대비하기 위해서 생태학을 선택한 거죠. 그런데 원래 생태학이 가지고 있는 자질 내부의 함량보다 훨씬 더 많은 요구에 대한 대답을 하게 됐습니다. 여기서 부족함이 나오기 시작하죠. 생태학에는 여러 경향이 있습니다. 루돌프 바로우 같은 사람은 생태학만으로는 부족하다고 판단하여 그 생태 내부에 영혼이나 영성이 있다고 강조하기 시작했지요. 그래서 유럽 생태학에다 인디언들의 영성을 결합하기 시작합니다. 지금 유럽이나 미국의 지식인들은 완전히 불교판입니다. 왜냐하면 영적 고갈 때문이죠. 기존의 생태적 인식만으로는 연결이 잘 안 되기 때문에 영성 쪽으로 이동하는 거죠.

그러나 지구의 해수면 상승이 지금과 같은 속도라면 50년 이내에 모든 대륙의 곡창지대인 저지대가 물에 잠기게 됩니다. 도시도 마찬가지예요. 온난화 과정에서 온갖 생태적 변화도 따르게 됩니다. 시베리아 벌판도 녹습니다. 빙산도 계속 녹습니다. 곰들도 사라집니다. 더 큰 문제는 북극입니다. 북극은 물의 탄생지입니다. 물의 탄생은 생명의 탄생입니다. 그런데 7~8년 전부터 북극이 해체되고 있습니다. 지구 에너지 체계와 태양계 우주의 에너지 체계, 이 두 개의 극이 얽혀서 북극이 형성된 것인데 서로 이탈하기 시작했습니다. 극이 이탈한다는 것은 단순히 이산화탄소의 영향이 아니에요. 오존층 영향도 있지만 우주의 변동도 있어요. 그런데 안타깝게도 이걸 놓치고 있어요.

이는 환경운동을 하는 사람들 잘못이에요. 아직도 환경이란 말을 쓰는 것부터가 잘못이에요. 식물, 동물 등 유기물과 물, 흙, 공기, 햇빛 등 무기물을 환경이라는 말의 들러리 정도로 잘못 인식하고 있어요. 이러한 그릇된 인식 때문에 생태시는 그 본질에서 점점 멀어지면서 계속 고발 투로만 나간다면 문명의 전환이 이루어질 가능성이 없는 것이죠.

그래서 제가 생명(生命)이라는 것을 대안으로서 제기한 것이죠. 생명이라는 것은 밖으로는 생태, 안으로는 영성, 이 안팎의 교호(交好)가 일어나는 전체를 뜻합니다. 동학의 내유신령(內有神靈)과 외유기화(外有氣化)와도 일맥상통한다고 할 수 있죠.

김선태: 선생님 말씀에 따르면 생태를 포괄하는 게 생명이므로, 생태시를 포괄하는 게 생명시라고 할 수 있겠는데요. 그렇다면 '생태시'라는 용어도 '생명시'로 고쳐 불러야 보다 포괄적이고 정확하다고 생각되는데, 맞습니까?

김지하: 그렇죠. 생명의 원리를 제대로 인식하고 쓴 시가 생명시이죠. 다시 이야기하면 '아니다'와 '그렇다', '그렇다'와 '아니다'로 설명할 수 있는 생명의 이중성, 거기에 숨어 있던 흥(興)의 차원이 위로 올라오는데, 바로 이 흥이 생명의 원리인 거죠. 그 원리에 의해 시가 탄생해야지, 만날 고발이나 비판에만 치중하는 좌익생태학이나 사회생태학 쪽으로만 가서는 안 된다는 겁니다. 그걸 넘어서 다시 불교적인 차원, 영적인 차원으로 들어가야죠.

김선태: 그러니까 선생님의 생명시는 1980년대 중반의 생명사상이나 생명운동을 바탕으로 탄생했고, 또 그걸 바탕으로 하여 우리 시단에 생명시의 흐름이 형성되지 않았나 생각합니다. 그런 의미에서 선생님의 생명사상은 상당히 예언적이고 선구적인 성격이 강한 것 같은데요?

김지하: 그건 김 선생이 나를 너무 좋게 봐서 그런 거죠. 그런데 이런 게 있어요. 사실 민중시도 참여시운동이나 민족문학운동 차원에서 내가 먼저 시작했는데, 이상하게도 평론가들이 나를 소위 민중민족문학

영역 밖에 있는 사람으로 인식하더라고요.

김선태: 최근에 말씀입니까?

김지하: 아니, 1980년대 감옥에서 나온 후부터 말입니다. 그런 다음부터 소위 생명타령을 하게 된 거죠. 좀 하다 보니까 김지하의 생명시를 또 바깥으로 밀어내는 거예요. 아하, 그래서 내가 하나 깨달은 게 있어요. 무슨 일이든 먼저 시작한 사람은 나중에 논공행상이나 밥을 얻어먹지 못한다는 사실이죠. 그렇지 않은 경우를 본 적 있어요? 그래서 아예 포기하기로 했어요. 가령 내가 어떤 새로운 이야기를 한다고 칩시다. 그럴 때 누구나 그런 이야기를 안 하고 있어요. 그런데 나중에야 누군가 뭐라고 이야기하면 그것이 시초가 된단 말이죠. 사실 생명사상, 생명운동, 환경운동, 유기농운동, 이런 것에 대한 유래나 역사를 내가 처음 쓰기 시작했습니다. 그런데 생명사상에 대한 20년사, 30년사를 쓸 때 내 이름이 거의 안 나와요. 자기들이 시작했대요. 그러나 나는 그 얘기를 안 해요.

유기농운동이 확산되면서 농산물의 단가가 굉장히 올라갔습니다. 생산자들이야 사정이 있겠지만 소비자들 측에는 중산층이 있긴 해요. 유기농도 상업농, 기업농 등 돈 많이 버는 그런 농업의 형태로 변합니다. 비료나 농약 문제도 많이 제기되지만, 실질적으로는 화학비료 같은 것도 섞어 쓴단 말이죠. 이것은 유통 공동체가 책임져야 하는 부분인데, 어떤 양심적인 한 사람의 노력만으론 불가능해요. 매출액이 엄청나게 늘어나니까 거대한 집하장을 세우는데, 이젠 재벌들까지도 수입성이 높은 웰빙 농산물을 어마어마한 대지에 재배하기 시작한 거예요. 의식이 180도 변하기 시작한 거죠. 이렇게 되면 가까운 땅에서 재배된 신토불이 농산물이 각광을 받게 된다는 이야기가 됩니다. 그래서 멀리서 오는 농산물은 인기가 없게 마련이지요. 게다가 요즘엔 환경호르몬의 영향 때문에 제철에 나오는 농산물의 개념이 없어졌어요. 환경호르몬 때문에 서로 성(性)이 바뀐다고 그 폐단을 지적하면 다들 굉장히 싫어해요. 환경운동 안 된다, 생명운동으로 가야 한다고 하면 말을 안 들어요. 이기주의가 팽배해 있어요. 하긴 수십억 원의 지역 헌금이 왔다 갔다 하는 일이니까요.

이야기가 질문과는 약간 다른 방향으로 갔습니다. 다시 질문에 대한 답변으로 돌아가지요. 아까 생명사상에 대한 연원을 물으신 것 같은데, 저는 감옥에서 생명체험을 했었습니다. 독방에 오래 있다 보면 정신착란이 옵니다. 북에서 내려온 간첩들도 오래되면 절도범이랑 한동안 잡방이라는 한방을 쓰다가 다시 독방으로 보내지는데, 나는 7년을 내리 독방에 있었어요. 처음 정신착란이 왔을 때 나는 창틀에 돋아난 조그만 풀을 보고 생명의 소중함을 깨달았어요. 그래서 그 이후론 이래선 안 되겠다 싶어 참선을 시작했어요. 그러면서 불교, 생태학, 진화론, 동학까지 다시 보게 됐어요. 원래 난 가톨릭 쪽이었는데 스스로 전환을 한 거죠. 그다음에 생명운동을 하게 됐는데, 결론은 생명과 영성 사이의 교호관계와 공의 움직임에 의한 끊임없는 생성과 모순을 보게 되었죠. 이런 것들을 보고 세계 원리를 탐구하는 쪽으로 가야겠다고 마음먹었습니다. 반대되는 것 사이의 상호보완성, 안과 밖, 로컬과 글로벌, 민족적인 것과 세계적인 것, 인류와 비인격체들의 직결장소로서의 지구 등 서로 반대되는 것끼리의 이중적인 공존의 원리를 터득해야 세계적인 삶을 사는 것이거든요.

우리 문학도 그런 차원에서 뭔가 있어야 한다는 생각을 했어요. 그러다가 생각해낸 것이 '율려(律呂)운동'이죠. 주역에서는 '율려'를 충청도의 김일부가 정역해서 '여율'로 뒤집어놓죠. 이건 혼돈의 질서예요. '율'이 질서고 '여'가 혼돈인데, '여율'로 뒤집어놓으니까 혼돈의 질서가 돼요. 동학도 혼돈의 질서로 봐야 돼요. 지금 전 세계가 혼돈의 처방 앞에서 혼돈의 질서를 세우고 있어요. 그러니까 시학 쪽에서 지금 나타나는 현상들은 결국 생명에 대한 깊이 있는 인식을 요구하고 있는 거예요. 내 시도 초기에는 고발적이었다가, 그게 점점 인식의 원리를 세우고 시학 자체를 통해 생명학을 정립하는 그런 쪽으로 가게 된 것이죠.

김선태: 다소 거칠고 단정적이긴 하지만, 일반적으로 평자들은 선생님의 그간 시적 행보가 '저항→생명→율려→한류'로 변화를 거듭해왔다고 인식하고 있는 것 같습니다. 이에 대해 선생님께서는 그런 거칠고 단정적인 구분의 잘못을 지적하시면서 항상성과 변화성의 공존을 인정해야 한다고 강조하신 것으로 알고 있는데요. 그 점에 대해서 저는 개인적으로 공감합니다. 한 시인의 시적 변모가 칼로 무 자르듯이 분명하게 이루어질 수는 없으며 어떤 식으로든 연장선상에 있다고 보기 때문이지요.

여담입니다만, 제가 재직하고 있는 대학에서 「김지하의 초기시에 나타난 생명사상」이라는 제목의 석사학위 논문을 지도하면서 저도 깜짝 놀란 적이 있습니다. 초기시라면 당연히 저항적 성격이 강하다고만 여겼는데, 그 저항의 기저에 생명의식이 깔려 있음을 분석하고 있었기 때문이죠. 그렇게 볼 때 선생님의 시세계 전반을 관통하는 중심사상은 생명사상이요, 선생님의 시를 한마디로 통칭하면 '생명시'라고 해도 무리가 없을 듯합니다. 선생님 생각은 어떠신지요?

김지하: 생명은 드러난 차원인 현존 차원과 숨은 차원인 근원 차원에서의 상호 교호관계라 했습니다. 이러한 상호 교호관계는 물리학이나 생물학에서도 적용되죠. 들뢰즈의 경우도 숨은 차원과 드러난 차원이 적용됩니다. 상호 교호관계, 표면과 이면 사이의 교호관계가 시의 실

제에 있어서의 메타포나 비유 체계에서도 드러나는데, 그렇다면 초기시 「황톳길」에서 표면은 제3세계의 식민지 해방투쟁(전라도)이고, 이면은 생명과 죽음의 대결이란 말씀이죠. 「들녘」이나 「비녀산」 등도 비슷해요. 그런데 초기시를 이러한 관점으로 본 사람은 드물더라고요. 내가 상당히 오랫동안 시를 써왔는데 거기에 비해서 내 시에 대한 본격적인 평론이 별로 없다고 판단하는 이유가 다들 표면만 보기 때문입니다. 그래서 우스운 일이지만 내 시에 대한 최고의 이론가가 바로 나라고 생각합니다. 외롭고 답답한 일이지요.

가령 전라도 판소리에서 중요한 것은 이면입니다. 이면이 잘 드러나야지요. 이면은 숨은 주제예요. 앞으로 이면에 대한 문학적 접근이나 평가가 많아져야 할 것 같아요. 특히 이면에 대한 사상, 그거 참 미묘하죠. 표면과 이면 사이의 관계를 이중성이라고 볼 수 있는데, 공과의 관계죠. 아까 줄글이 행갈이를 다시 시작해야 한다고 했는데, 행갈이를 어떻게 창조적으로 새롭게 하느냐, 그러니까 김소월 시나 김영랑 시, 서정주 시 등 이런 뻔한 전범이 아닌 새로움을 창조하기 위해서는 이면에 대해서 잘 알아야 할 것 같아요. 아직도 이런 이면을 착안하지 않고 표면만 보고 시를 평하는 것이 우리 평단의 한계가 아닌가 싶어요. 그런데 표면의 모순어법, 즉 이것과 저것, 저것과 이것, 아니다와 그렇다, 그렇다와 아니다와 이면의 생명과 텅 빈 무나 공 사이의 교호 관계에서 터져 나오는 여러 가지 표현이나 현란한 시적 변화에 대한 상세한 프로젝트가 나와야 합니다. 이거 반드시 필요한 것 같습니다.

아까 미래파가 등장한 현실을 인정하고, 왜 그런 것이 나올까에 대한 필연적 계기를 파악한 뒤 내용 면에서는 숭고나 심오함으로, 형식 면에서는 새로운 행갈이로 가려면 그 원리적인 대안으로써 이면과 표면 사이의 관계를 봐야 하지 않겠느냐 하는 겁니다. 그런 평론가들이 아직 없기 때문에 김지하가 김지하 시의 최고 이론가라고 이야기할 수밖에 없는 거예요. 그래서 내 시에는 솔직히 외롭다는 말이 수없이 등장해요. 그래서 언젠가 누가 진짜 외롭냐고 묻더라고요. 그런데 진짜 외로워요. 엄청 외로워요. 그런데 생각해보면 시인들은 다 외롭잖아요.

김선태: 선생님께서는 스스로 외로움을 자처하신 분이 아닌가요?

김지하: 광주사태 때 어떤 충청도 사람이 개처럼 끌려가며 막 울어요. 그때 전라도 생각하며 3일 동안 잠을 못 잤어요. 이게 뭘까 가만히 생각해보니까 이것이 전라도의 민족문학, 핍박과 저항의 역사에서 터져 나오는 운명적인 차원의 어떤 것이 아니냐, 전라도의 한이라는 것이 우리나라 전체의 한을 지향하는 것이 아니냐는 생각이 들었어요. 그런데 그 한의 해결이 정치투쟁으로만 가능한 것은 아니지 않으냐, 그런데 어떻게 됐느냐, 이렇게 생각하면서부터 생명 이야기가 공동 차원으로까지 올라가게 됩니다. 그래서 7년 만에 감옥에서 나와 정치 쪽은 김근태, 제정구 등에게 넘기고, 난 원주에 가서 생명운동과 환경생태운동을 바탕으로 시를 쓰기 시작했어요. 그러다 보니까 우리 전라도 친구들이 생명운동을 하는 나를 잊어버렸어요.

그런데 정치하는 이 친구들이 솔직히 말해서 개판으로 가는 거야. 그래서 내가 그때 정치를 했어야 하는 것이 아니냐 잠시 생각한 적도 있었어요. 그러나 지금은 내가 그때 정치를 안 한 것이 참으로 다행스럽다고 생각합니다. 왜냐하면 그 후로 꼴들을 보니까 난 틀림없이 독재자가 될 것 같더라고요. 그래서 그때 시인이 정치하면 안 돼, 정치하면 죽어, 이렇게 마음속으로 다짐했죠.

'변절자', '국수주의자', '중도주의'에 대한 해명

김선태: 선생님, 그 외에는 정치 안 하셨습니까?

김지하: 그리고 또 있었죠. 그 분신자살 말입니다. 내가 뭐라고 야단을 했더니 후배들이 얼마나 변절자라고 하던지 곤욕스러웠지요. 요즘까지도 그래요.

김선태: 그래서 일부러 그 부분은 안 물어봤잖습니까?

김지하: 좀 물어보지 그랬어요.

김선태: 이제는 그 진의가 어디에 있었는지를 대부분 이해하고 있다고 판단이 되는데요?

김지하: 글쎄요, 나는 그렇게 생각해요. 사람이 죽어가는데, 제발 죽지 말라는데 왜 그러는지 모르겠어요. 그것도 자살로……. 그러니까 제 생각에 전라도의 민중항쟁사, 이것은 크게 볼 때 운명론적 가치관의 전환이 필요하다고 생각해요. 전라도가 아직도 정치에서 만족할 만한 대답을 못 얻은 채 그쪽으로 자꾸만 기우뚱기우뚱 말려드는 이유가 그런 스타일 탓이라고 봐요. 아직 기준이 잡혀 있지 않아서 그래요. 그런 점에서 앞으로 전라도의 문예, 전라도의 시가 할 일이 많을 것 같습니다.

김선태: 최근 중도노선이라 할 수 있는 '화해상생마당' 창립 회원으로 참여하셨는데, 참여하시게 된 경위는 무엇이며, 향후 어떤 주의주장을 펼칠 계획이신지요?

김지하: 전라도에서는 나를 지지하는 사람들까지도 상당히 극좌로 보는 경향이 있어요. 운동권 후배들조차도 그렇습니다. 그런데 그건 이렇게 되어 있어요. 스물세 살 때 한일조약 반대운동이 있었고, 그전에 한일회담 반대운동이 있었어요. 그전에 나는 물론 마르크스 공부도 하고, 당시 관심사였던 로스토의 경제성장의 단계론도 봤고, 기독교 · 불교 · 가톨릭 · 동학 등을 두루 섭렵했지요. 그런데 어떤 친구들은 누군가 감옥에 들어가면 그 사람을 불요불굴(不撓不屈)의 혁명가로 과장된 위치에 세웠어요. 그래야만 그 희생자를 통해서 운동을 계속하게 되기 때문이죠. 그러니까 완전히 나를 마르크시즘의 대혁명가로 만들어놨어요. 그런데 그런 사람이 7년이 지나고 감옥에서 나와 생명운동이니 그런 소리를 하니까 변절자라고 하는 겁니다.

그래서 이 자리를 통해 분명히 해명하려고 합니다. 나는 스물세 살 때 몽양 여운형 쪽으로 사상 편성을 마쳤습니다. 그때는 원주에 오래 살지 않았어요. 목포에서 원주로 이사했으니까요. 지금은 돌아가셨지만, 원주에 장일순 선생이 계셨어요. 원주의 아버지라고 일컫는 그분이 몽양의 제자입니다. 몽양의 제자로서 조봉암 씨와 가까웠고, 혁신계였어요.

김선태: 혁신계라면?

김지하: 중도 진보를 말하지요. 그러니까 나는 어차피 마르크시즘이기도 하고 사회주의이기도 하지만 그때 이미 중도의 길을 선택했다는 거예요. 그런데 이게 감옥에 들어갔다가 나오니까 다른 사람들은 모르죠. 그런 데다가 생명환경생태로 사회를 다시 보기 시작한 거예요. 그러니까 중도 진보의 몽양계 사상과 생명사상이 결합되니까 전부 의아해할 수밖에 없었던 거예요. 감옥에서 나와 운동권을 비판하고, 특히

세대론과 엘리트주의를 비판한 것은 분명히 이유가 있습니다. 이건 분명히 짚고 넘어가고 싶은데, 반유신운동으로 내가 들어가기 전에 상당히 긴 기간에 걸쳐서 소위 전선당을 구상하려는 움직임이 있었어요. 전위당이 따로 있는데 전선당을 만드는 것이 아니라, 동백림 사건 이후에 전선이라는 구조 안에 브레인을 갖추는 움직임이었죠. 그 안에 신부, 목사, 스님, 마르크스주의자, 중도주의자, 민족주의자 등이 다 들어와서 토론을 하자는 것이었죠. 내부에서 끄집어낸 토론을 하는 것이 아니라, 새로운 어떤 보편적 이념을 세우는 과정에 대해 토론하는 것이었죠. 그래야 우리가 통일하고 동북아에서 살아남는다는 것이었죠.

그러나 외부의 반파쇼운동에서는 행동범위를 조절하는 조절대를 두었어요. 죽은 조영래, 나 그리고 몇 사람이었지요. 그래서 그때 우리가 토론을 통해 시도한 것이 앞에 '민중' 자가 붙는 사상을 자꾸 내어놓은 것이었죠. 민중신학, 민중사회학, 민중역사학 등 '민중' 자가 붙는 사상은 다 우리 라인에서 나온 것이죠. 정치 풍조로는 무슨 민주주의를 위한 국민회의, 민주주의와 민족통일을 위한 국민회의, 또 무슨 회의 등 '회의' 자가 붙은 라인에 전선당이 있었어요. 그런데 이것이 깨진 경위는 이렇습니다.

광주사태가 터졌을 때 나는 감옥에 들어가 있었죠. 그 당시에 나는 자금책, 조영래는 전환된 자금책이었어요. 그런데 조영래는 숨어버렸어요. 이후 나는 7년 동안 감옥살이를 하고, 조영래는 숨어서 결혼까지 하여 살다 보니 그 그룹의 조절기능이 다 사라졌어요. 민중사상은 그대로 확대되었는데, 광주사태가 터졌거든. 광주가 터지니까 젊은 애들이 미칠 것 같았겠죠. 미칠 것 같은 상황에서 나도 없지, 조영래도 없지, 또 같이 있던 사람 5~6명도 다 흩어졌어요. 그렇게 해서 전선당은 해체되고 천만다행으로 남은 것이 중도였어요.

돌아보면 해방 이후 종파는 모두 깨졌어요. 지금 내가 얘기하고 싶은 것은 이 중도의 역사가 자주주의 주체적 노선이었다는 점이에요. 그러므로 이것이 다시 살아나야 돼요. 지금처럼 남북이 분단된 상황에선 중도의 필요성이 강하게 제기될 수밖에 없습니다. 그래서 나하고 이부영, 수경 스님 등이 만나서 중도노선인 '화해상생마당'을 시작한 거죠.

원래 중도사상은 불교죠. 그러나 동학도 사실 중도입니다. 동학의 기본원리는 불연기연(不然其然)의 원리, 그러니까 '아니다'와 '그렇다', '그렇다'와 '아니다'의 논리이지요. 이게 디지털 원리하고 똑같아요. 이게 생명의 원리이고 뇌운동의 기본원리예요. 컴퓨터는 뇌의 모방이에요. 그래서 디지털의 논리는 'No'와 'Yes', 'Yes'와 'No'입니다. 뇌의 원리는 가장 가깝게 참선에서 나타나요. 극과 극을 왔다 갔다 하다가 그것이 탁 깨져요. 생명의 중도, 정신의 중도도 그렇지요.

그런데 우리 민족이 지금 남과 북, 보수와 진보, 영남과 호남, 청년과 노년, 저소득층과 고소득층, 기업과 노조 등 사회의 극단적인 정치 문제의 대립으로까지 치닫고 있어요. 이에 대한 처방은 이중 통합과 초월, 이중성과 공의 체험뿐입니다. 앞으로 중도철학, 중도정책, 중도 성장과 분배, 복지와 시장원리처럼 제3의 길로 가는 사람이 있을 것입니다. 생명의 기본원리는 혼돈입니다. 끊임없는 생성 속에서 갈래를 잡을 수 없는 무작위적인 다양성, 자유, 개체성, 개별성, 돌연변이, 우연성, 이런 것들이 생태계의 기본 생성조건입니다. 이 혼돈에 기초한 평화와 질서가 필요한 것이죠. 지금 UN 같은 국제기구는 칸트의 영구평화론을 배경으로 삼고 있죠.

그러나 지금의 이념은 팍스 아메리카나 국력을 배경으로 하는 평화가 아니라 모든 민족이 자주권을 주장하고, 모든 개인이 자유를 주장하고, 다양하고 다산적인 이런 세계의 혼돈에 기초한 생명의 평화가 있어야 합니다. 그러면 이 평화가 과연 가능한가라는 물음 앞에서 그래도 남과 북이 함께 시작하자고 하는 것이 바로 문화에 있어서 중도라고 보고 있습니다.

그래서 앞으로 중도는 양극단도 아니고, 가운데도 아니고, 전체를 함께 들어 올릴 때 차원 변화가 시도될 것이라고 봅니다. 이게 바로 바람직한 방향이지요. 그것을 아주 쉬운 표현으로 생명과 평화, 생명의 평화, 생명의 본질을 추구하는 평화라고 하지요. 그래야 전 지구 생태계의 혼돈도 대화쟁(大和爭)으로 나아갈 것입니다.

김선태: 앞에서 언급한 바처럼 선생님께서는 다양한 사상적 편력을 거치셨습니다. 그러다 보니 중도에 그런 변화를 눈치채지 못하는 사람들로부터 오해를 받기도 하셨던 것으로 알고 있습니다. 1999년 월간 『말』과의 인터뷰에서 "난 가톨릭, 불교, 마르크시즘, 동학, 증산 사상 다 거쳤어. 난 지금도 앞으로 뭐가 될지 몰라. 난 럭비공이야. 늘 모험하는 사람이니까, 구도자니까. 난 머물면 썩어"라고 자신의 사상적 풍모를 설명하셨습니다. '럭비공'이라 하면 어디로 튈지 모른다는 뜻인데, 이러한 변화무쌍한 다양성 때문에 일부 지식인들로부터 "검증이나 분석이 안 된 신비한 국수주의자"라는 비판도 받고 계신 것으로 알고 있습니다. 이에 대해 어떻게 대응하시겠습니까?

김지하: 질문 중에 '검증이나 분석이 안 된'이라는 단서가 문제가 됩니다. 어떤 학파나 특정 이데올로기적인 사상을 위한 검증이나 분석에 대한 제안이 있어야 합니다. 그 어떤 분석이나 검증이라도 실증적 분석이나 검증이란, 예컨대 사회역학적, 유물론적, 변증법적이기 마련인데 난 그걸 다 뛰어넘었어요. 저는 20대 후반에 변증법을 극복했고, 그 후로는 '아니다'와 '그렇다', '그렇다'와 '아니다'라는 이진법을 세웠습니다(변증법은 삼진법이죠). 변하면서도 변함이 없는 것, 즉 역의 원리가

생명입니다. 이 생명의 원리로 대응할 때에는 검증이나 분석을 활용할 수가 없어요. 그런데 자꾸 형상론적, 변증법적, 사회역학적, 역동적인 시각을 제쳐두고 낡고 고전적인 역사관만을 가지고 검증을 하려고 하니 답답한 것이죠. 다시 말하면 역의 원리에서 볼 때 변한다는 것은 제1원리이고, 변한다는 원칙은 변하지 않는다는 것과 같다는 역의 원리가 곧 제2원리라는 얘기입니다. 그래서 나는 그동안 변했습니다. 아까 김 선생이 말한 어떤 젊은 학생이 나의 초기시에 나타난 생명사상을 연구하려고 했다는 사실이 그런 차원에서 상당히 기분이 좋은 거예요. 아, 젊은 사람이 알아주는 사람도 있구나, 유명한 사람이 아니어도 알아주는 사람이 있구나 하는 사실 말입니다.

김선태: 선생님의 시세계를 이야기하기 위해서는 다른 시인들의 다섯 배 정도는 힘이 들 것 같다는 생각이 듭니다. 워낙 그 스케일이 커서요.

김지하: 글쎄, 그럴까요? 질문에 대한 이야기를 계속하기로 하지요. 항상성 문제에 변화성이 필요하다고 보았을 때 내가 정치를 안 한 것도, 또 일정한 학설에 붙잡히지 않은 것도 모두 그러한 차원으로 수렴될 수 있어요. 그래서 나는 10년 남짓한 세월 동안 끊임없이 떠났던 거죠. 10년이라는 세월은 떠나지 않으면 죽어요. 죽지 않고 어떻게 삽니까. 또 국수주의자라는 지적이 있다고 했는데, 어떤 측면에서 민족 주체적인 자유주의 사상의 중요성을 강조하다 보면 국수주의적 경향은 반드시 나타난다고 봅니다. 예를 들어 단군을 이야기했다면 그것도 국수주의와 엇비슷한 것이 되죠. 천부경, 삼일승부 얘기하면서 그거 왜 그러냐를 설명하다 보면 또 어쩔 수가 없지요. 그러나 여기서 국수주의냐 아니냐를 구별해볼 수는 있어요.

어떤 젊은 철학자가 내가 고대 고조선을 얘기한다고 해서 야만으로의 퇴보라고 했어요. 그래서 그 친구하고는 이야기가 안 통하니까 대답을 안 해요. 그건 비판이 아니라 비아냥이라고 생각하니까요. 왜 대답을 안 하느냐고 그러면 너를 존중하기 때문에 안 한다, 너의 시간관이 완전히 직선적인 게 아니냐, 과거로부터 미래로 점점 나아가는 것을 시간이라고 본다면 그런 종말론적, 목적론적인 역사주의는 파산된 지 오래인데 아직까지도 거기에 머무르고 있으니 답답하다고 말하죠. 유럽 본바탕에서는 이미 시간의 원환성, 즉 둥글게 끝나는 지점으로 다시 돌아가는 시간에 대해서 얘기하고 있는데 말이죠. 그러자 그 친구는 예컨대, 기욤 아폴리네르를 무식하다고 그랬어요. "미라보 다리 아래 센 강은 흐르고"라는 구절이 무식한 소리라고 그랬어요. '흐른다'는 말은 선적(線的)인 이동을 말하는데, 센 강이 어떤 산 쪽에서 바다 쪽으로 흐른다고 보았으니 무식하다는 것이지요. 겉으로 볼 때 그렇게 보인다는 것이죠. 그러나 그 밑에 보이지 않는 차원의 역류가 있다, 폭발적 선회가 있다는 걸 모르는 거예요. 이 친구가 원래 과학자인데 철학을 했어요. 야만으로의 퇴행이라는 그의 지적은 바로 센 강이 한 지점에서 한 지점으로, 산에서 바다로 흘러가는 선적 이동이라고 보는 단순·무식한 시각에 따른 것일 수밖에 없으므로 대답 안 한다고 한 것이지요. 그러니까 겉으로 보기에는 선적이다, 선적 이미지를 가지고 있다, 그러나 그 밑을 복합적으로 보면 반대도 있다, 그런 시각으로 본다면 퇴행이니 뭐니 하는 지적은 구라파가 제일 문명적인 곳이고, 제3세계는 야만적인 곳이라고 본 것이나 다름없다고 말했죠. 그리고 날더러 감옥에서 나오면서부터 지랄을 해서 변절자, 생명주의 교주라고들 비난했어요. 그래서 10년 있다 보자, 10년 못 미쳐서 생태학이나 환경 이야기가 시작될 테니까 하고 참았죠. 그런데 나중에 보니까 내 이야기는 쏙 빼버렸더라고요.

노자에 '불소비도(不笑非道)'라는 말이 있어요. 당대에 합당한 학문이라면 비웃음을 받지 않고, 당대에 영합하지 않고 미래를 열어가기 위한 진리라면 당대의 비웃음을 받을 수밖에 없다는 말이죠. 오만일지도 모르지만, 이것이 어찌 보면 시의 숙명입니다. 나는 당대에 영합한 시가 그리 좋은 시라고는 안 봐요. 모든 시가 다 그래야 된다고는 생각 안 하지만, 또 다양성이라는 것이 시가 누려야 할 덕목이지만 말입니다. 다양성이라는 것은 혼돈이고, 혼돈은 다양성이지요. 혼돈적 질서는 동학의 원리요, 현대의 기본 현실로서의 카오스입니다. 전부가 혼돈이지요. 동양의 불교, 주역, 노자, 장자 등이 다 그렇지요. 그리고 나는 민족적인 삶을 로컬하면서도 글로벌한 모순어법으로 인식하고 있어요. 그래서 역설적으로 생을 살자고 생각하지요.

요즘에는 오히려 나 같은 사람이나 칩거해 있지, 수많은 사람들 심지어 월급쟁이들까지도 여름이나 겨울이면 동남아나 남미로 막 튀어나가고 있어요. 1년에 200~300만 명이 일본으로 여행 가요. 이런 상황에서 어떻게 민족적인 것만 지키고 있겠어요?

지난봄에 프랑스에 간 적이 있었어요. 내 시집이 번역되어 강연하러 갔다가 서비스로 '쑥대머리'를 들려준 적이 있어요. 아, 그런데 전문가들이 뻑 가는 거야. 입을 딱 벌리고 말을 못해요. 당신들이 뭘 알기에 감동을 하느냐 물었더니, 마디마디에 수십 가지 에피소드가 들어 있는데 한마디로 이해한다고 그러더라고요. 그래서 오히려 내가 놀랐어요. 난 원래 국내파라 유럽의 전문가들이 우리 예술을 존중하지 않는 걸로 알았는데, 확실히 프랑스는 예술적 감식안이 있더라고요.

판소리에서 제일 중요한 것은 시김새죠. 시김새의 제1원리가 한 마디 안에 서로 상충하는 감정들을 다 넣어야 돼요. 그런데 그 신산고초를, 판소리를 잘 알지도 못하는 사람들이 간파했다 이거예요. 자, 그러면서 그 사람들이 하는 말이 있어요. 너희들이 뭐가 부족해서 여기까지 폴 발레리 공부하려고 왔느냐, 왜 카피하려고 왔느냐, 참 창피스러운 일이다 그러더라고요. 미국도 그렇고요. 그러니까 어느 민족의 예술이나 로컬을 지니되, 글로벌도 무시할 수 없다는 것이죠. 그래서 '글로컬'로 가야죠.

김선태 : 선생님께서는 요즘 줄곧 정치와 시국에 관련된 발언은 삼가고 계십니다. 그 원인에 대해선 잘 모르겠습니다만, 금년이 대선이 있는 해임을 감안하신다면 현재 한국의 상황에서 되새겨야 할 정치의 본질이랄까, 정객들에게 보내는 정치 지침 정도는 제시할 수 있지 않나 생각하는데요?

김지하 : 글쎄요, 별로 말하고 싶지 않네요. 정치 지침 같은 것에 대해서는 나 말고도 말할 사람이 많을 것 같습니다. 다만 문학에서의 두 가지 차원, 즉 드러난 차원과 숨은 차원, 기본 차원과 현실 차원과 관련지어 몇 마디 해야 할 것 같습니다.

기본 차원에서는 새로운 문명론이 반드시 들어와야 합니다. 문명의 그늘이라는 것도 새로운 문명에 대한 그늘로 바짝 가까이 와 있습니다. 이것을 정치판에서는 전혀 생각들을 안 하는데, 생명평화를 한번 보세요. 생명과 평화라는 것은 기초적인 문명 차원에서 전제한 다음에 현실 차원에서 성장과 분배, 시장원리와 고급원리, 사회정의와 이상주의 차원에서 아직도 망하지 않은 자본주의를 추구해야 합니다. 그러자면 중도를 찾아야 할 것 같은데, 서구식 제3의 길로 갈 것이냐, 아니면 우리 나름의 어떤 새로운 길을 찾을 것이냐가 문제입니다. 유럽의 제3의 길이 크게 성공을 못한 것으로 봐서 우리 나름의 길을 찾아야 할 것 같아요. 남미 같은 곳에서는 제3의 길이 성공한 예가 있거든요.

이런 쪽에서 역동적 분석, 균형이 아니라 균형이되 오른쪽과 왼쪽을 다 포괄한 살아 있는 역동성이 필요하다는 것이 제가 할 말입니다. 이와 관련하여 오는 1월 10일 좌파와 우파 사이, 또는 뉴라이트와 자칭 좌파 시민운동 사이에 토론회가 있을 것 같아요. 그런데 요즘 보면 입 달린 놈은 전부 중도예요. 좌도 중도, 우도 중도, 중간적인 자도 중도이니…….

'시정'과 '흰 그늘의 시학', 그리고 숭고미

김선태: 선생님께서는 요즘 '시정(詩政)'이라는 말씀을 많이 하시면서 시에서 '숭고미'를 강조하신 걸로 알고 있습니다. 그리고 이육사의 「광야」가 "시정 중 최고의 단계"에 도달한 시라고 하셨는데요. 이에 대해서 좀 더 자세히 설명해주시지요.

김지하: 시정에 관해서 두 가지를 말씀드리고 싶은데요. 생명이나 생태문학운동의 최종적인 미는 숭고미입니다. 숭고를 여러 가지로 분화시켜서 얘기할 수 있는데, 이를테면 시에 있어서 정치하고 숭고하고 어떤 관계냐 그런 문제입니다. 브레히트를 보고 여러 가지를 참고할 수 있겠는데, 원래 정치라는 건 다양한 사회적 현상의 집약적 표현이며, 오늘날의 정치는 다양한 사회적 현상의 집약뿐만 아니라 사회와 자연, 즉 생태계 사이의 관찰이나 인간의 내적인 어떤 영성의 문제도 포함된다고 생각합니다. 또 모든 모순과 현장들의 집약적 표현이 오늘날에 요구되는 정치라 하겠습니다.

그래서 그 정치라는 것이 근본적으로 문제가 있어요. 수동 상태에 빠진 것을 능동으로 변화시키는 것이 정치라 하겠는데, 그렇다고 해서 정치성이 바로 선동선전이나 아집으로 귀결이 되느냐 하면 그렇지 않습니다. 아집이라는 것은 상당히 저급한 정치이고, 전술 차원이죠. 그러면 시가 관여할 수 있는 정치란 그런 저급한 전술 차원이 아니고 전략 차원을 넘어선 어떤 이념이나 규범 차원에서의 정치성이라고 봐요. 그러니까 인간의 내면과 인간의 사회적 삶과 자연 생명체의 생태적 삶 전반에 걸쳐 빠지게 되는 피동이나 죽임의 상태를 능동이나 살림의 상태로 끌어올려 영적으로 승화하게 하며, 자유가 만개할 수 있는 상태로 끌고 가는 그런 독특한 정치가 시적인 정치라고 봅니다.

그러니까 생명정치, 즉 바이오크라시(biocracy)를 말하는 겁니다. 그리고 이런 생명시적 정치성은 일단 현실로서 삶의 혼돈과 그것을 넘어서는 규범으로서의 숭고라는 양자관계에 있습니다. 그러니까 시적인 정치라는 것은 오늘날, 보다 더 높은 숭고의 차원으로 모든 삶이나 생명이나 혼돈을 끌어올리는 데 목표나 의의가 있습니다. 그런데 이것의 미학적 착상은 어떤 것일까 했을 때 가장 중요한 건 제가 보기에는 허름하고 쉬운 언어적 형식의 대중화, 그 안에 서늘하고 신령스럽고 심원한 정신의 추동성을 가져야 한다는 것이죠.

그런 것을 판소리에서는 수계면과 암계면으로 구별하는데, 음이 아니라 양이죠. 옛날에 전주에서 살다 죽은 전추산(全秋山)이라는 단소의 명인이 있었는데 완전 떠돌이였죠. 좋은 데가 있으면 찾아가 단소를 빼 들고서 연주했던 사람인데, 그 사람의 연주를 듣고 나는 이거야말로 정치라고 생각했어요. 좀 안 맞는 것 같지만, 단소라는 것의 대중화를 생각했어요. 단소는 여성적인 음색을 갖고 있는 악기이죠. 그래서 계면이 많아요. 그런데 그 사람은 그런 소리를 어떻게 묘하게 남성적 비조인 수계면으로 바꿔놓는 거예요. 슬픔 속에서 미묘하게도 슬픔을 차고 올라온단 말이죠. 그래서 대개 활달한 자유로움으로 가는 거야. 그걸 보고서 '아, 저게 정치학이다, 진짜 정치학이다' 하고 무릎을 쳤어요. 비장, 슬픔, 한, 허무, 이런 것들을 숭고함으로 끌어올리는 것, 이것을 판소리 쪽에서 본다면 수계면이라 하지요. 그러니까 제 시가 툭툭 끊어지는데, 그것이 읽는 사람에게 무엇을, 그야말로 공이라는 이름의 텅 빈 자유로움을 느끼게 한다면 숭고미에 가닿는 거죠. 성패를 따지기 전에 생각이 그렇다는 것이죠.

김선태: 암계면은 어떤가요?

김지하: 암계면은 진양조이죠. 그런데 전추산은 진양에서부터 중모리, 중중모리, 엇모리까지 계속 올라와요. 들어보면 참 묘합니다. 그것이 계산된 것도 아닌데 말이죠. 그것이 우리 민중예술의 큰 특징이 아닐까 생각해요. 예컨대 임방울의 '쑥대머리'를 들어봐도 처음에는 늘어지는 진양조인데, 이게 점점 뒤로 가면서 성춘향이 허름하게 돌아온 이도령을 대하면서부터 오히려 밑에서 솟아오른단 말씀이에요. 그래서 다들 임방울을 대단한 사람이라고 보는데, 나는 사실 임방울보다는 이동백을 더 높이 쳐요. 왜냐하면 이동백은 한의 완성된 표현이라고 할 수 있는 그늘이 최고에 달한 사람이에요.

그 그늘의 최고봉이 '귀곡성'인데, 그것이 뭐랄까 삶과 죽음 사이를 뛰어넘어 우주적 차원에 이르고 있어요. 그런데 그것을 더 높은 차원으로 뛰어넘는 것을 '귀소성'이라고 해요. 귀신의 울음소리가 아니라 귀신 웃음소리죠. 그런데 이동백은 거기까지 간단 말이에요. 그의 소리는 삶의 한계, 일상성의 한계, 목숨에 대한 집착의 한계를 뚫어버려요.

자, 그렇다면 이 경지를 무어라 불러야 되느냐, 적어도 민중들의 일상적 삶에 대해서 이렇게 음악으로 발포를 하는 이동백의 예술적 목표를 무어라 불러야 되느냐 하면, 저는 숭고라고 봐요. 귀신 소리, 이것을 시적인 정치학이라고 부르는 것이죠. 예술을 통한 정치, 곧 시정이죠. 내가 정치라고 부를 때는 아까 얘기한 바대로 피동 상태에 있는 민중을 능동과 자유로움으로 끌어올리는 능력을 전제하는 겁니다.

김선태: 이동백의 귀신 소리가 선생님께서 말씀하신 시정의 원리와 같다는 말씀이시죠. 마치 만파식적이 연상되기도 하는군요. 그렇다면 시인이야말로 위대한 정치가가 될 수도 있다는 생각도 듭니다.

김지하: 예. 근래에 정치라는 것이 민중의식뿐만 아니라 상당히 저급한 차원으로 떨어졌어요. 내가 감옥에서 나오니까 민중예술이나 민족문학운동을 하던 직계 후배들이 몽땅 정치 쪽의 선전선동과 풀이 쪽으로 직결되어 있었어요. 그래서 나하고 크게 싸웠지요. 풀이는 해소시키는 것이죠. 적을 발견해서 무대에서 죽이는 것, 박살 내는 것, 죽이러 가자고 선동하는 것이죠.

김선태: 그것을 우리 한의 측면에서 보았을 때 해한(解恨, 삭임)의 모습이라기보다 원한(怨恨)이나 복수의 차원이라고 해야 할까요?

김지하: 예, 그렇다고 볼 수 있습니다. 우리 전통예술에 풀이가 없는 건 아니죠. 살풀이도 있고, 넋풀이도 있지만 풀이보다 선인들이 더 중요시한 것이 삭임 혹은 시김새입니다. 인욕정진(忍辱精進), 즉 끙끙 앓으면서도 삭여서 높은 차원인 용서나 화해에 이르는 것이죠. 그것이 일종의 정치적 원리와 비슷해요. 정치라는 것은 정치 행태를 정치로 보는데, 정치의 기본개념은 플라톤이 얘기한 대로 피동을 능동으로 바꾸는 겁니다. 그러니까 사회에 대한, 삶에 대한 피동 상태, 질질 끌려가는 상태에서 삶을 주체적으로 살 수 있는 경지로 올려주는 것이 정치거든요. 그러니까 민중시를 난 아직도 벗어났다고 못하는 거예요. 민중을 잊어본 적이 없어요.

그렇다면 시정이라는 것을 또 생각해봐야 하지 않느냐 생각합니다. 그렇다고 뭐, 내가 이걸 통해서 누굴 비난하고 그럴 생각은 없어요. 시정은 들어갈 때가 있고 안 들어갈 때가 있어요. 「광야」 같은 이육사의 시에는 대단한 높이가 있어요. 독립운동과 해방운동을 그 정도로까지 격상한 시라면 대단한 차원이 아닌가요. 여기에 비해 임화의 「네거리의 순이」 등은 완전히 잡탕이지요. 그런데 그걸 정치시라고 그러잖아요.

김선태: 선생님께서는 「문학적 자전」(『시와시학』 2005년 겨울호)이라는 글에서 "나의 문학적 자전은 (……) 한마디로 '흰 그늘의 길'"이라고 표현하셨습니다. 이는 선생님의 시학을 이미지로 표현한 것으로서 '여명', '동살', '신명' 같은 단어들을 연상케 하는 것 같습니다. 선생님의 작품 『검은 산 하얀 방』에서처럼 색채 대비가 있는가 하면 모든 혼돈을 곰삭힌 어떤 신성한 빛이 떠오르기도 하고요. 이에 대해 설명해주시고, 앞으로 선생님께서 추구하실 시적 방향도 알려주시지요.

김지하: 어떤 여성 평론가가 날더러 이미지를 담론으로 과용한다고 지적한 적이 있어요. 그런데 그 사람이 하나 모르는 게 있어요. 담론도 미학적 담론인 경우에는 이미지를 담론으로 거론할 수 있어요. 이 사람은 그걸 그냥 사회학적 담론으로 이야기한 것 같은데 맞지 않아요.

흰 그늘에서의 그늘은 천이두 선생이 잘 연구했죠. 『恨의 구조에 대한 연구』가 그것이지요. 이 책은 특히 전라도 예술에 대해서 아주 핵심을 꿰뚫고 있는데, 여기에서도 한의 미학적 개념은 그늘에 있단 말예요. 그늘이란 신산고초를 다 알고 넣는 시김새예요. 소리의 결정적 표현으로서 삭임, 발효, 인욕이죠. 숭고함이, 눈물이, 청승과 익살이, 이승과 저승이, 남성성과 여성성이, 나와 타자가 함께 연속적·갈등적·상호보완적으로 막 얽혀 있어요. 그런 소리를 낼 수 있는 사람을 그늘이 있는 사람이라고 해요. 폭포 앞에서 피를 목에서 여러 대접 쏟는 수련 끝에 얻는 결과로만 이 그늘이 나타난다고 해요. 윤리적으로는 온갖 굴욕과 육체적인 배고픔 등을 다 참아낸 자의 생에서만 그늘이 나타난다고 하지요.

옛날에는 보성, 광주, 목포, 전주 등지에 귀명창들이 많았어요. 지금은 스폰서로 일컬어지지만 귀명창이 망하니까 양질의 소리꾼들이 안 나와요. 비판적 감식꾼들이 없어진 탓이지요. 옛날에는 소리꾼들이 반드시 수련 정진을 하고 세상에 나왔지요. 보성 같은 고을의 부잣집 사랑방에서 '쑥대머리'를 뽕이 빠지게 했다고 칩시다. 그런데 허름한 귀명창들이 이렇게 앉아서, "아, 성능 좋고, 너름새도 좋고……" 이렇게 한참을 칭찬하는데, 사실 그게 위험한 거야. 그러다가 맨 마지막에 가서 "그것밖에 없어?" 그러면 그게 끝이야. 그 후로는 안 봐줘요. 그러면 이 그늘이란 게 뭐야. 아까 얘기한 시김새, 삭임이지. 음식으로 치면 오랫동안 푹 발효시킨 거야. 그러니까 전라도 말로 '개미'가 있는 음식이 '그늘'이 있는 음식이란 소리예요. 이거 못하면 병신처럼 온갖 흉내를 내며 전국을 떠돌아다녀야 돼. 그러니 그늘을 얻기 위해서는 반드시 수련기가 필요하다는 거지요.

김선태: 삶의 온갖 풍파를 두루 거친 자의 작품 속에 비로소 그늘, 숭고미가 깃든다는 말씀이시죠.

김지하: 그렇죠. 그런데 그늘이 한의 밑바닥에서 올라오는 신바람이랄까, 신명이랄까, 신내림 같은 어떤 독특한 영적 기운이 마음껏 배어 나오지 않는 숭고는 가짜야. 최고의 그늘로 치는 이동백의 귀곡성이나 귀소성처럼 한과 신명이 결합되어야만 진짜예요. 그러면 이것이 전통적으로 어떤 근거가 있는가, 전라도 판소리에서만 통용되는 미학이 아닌가 의문을 품을 수 있는데, 내 생각에는 그게 아니에요.

『삼국유사』의 고구려 편을 보면 금와왕이 해모수한테 놀림을 당한

후 유화를 방에 가두죠. 그때 유화가 창문에서 일광(日光)이 들어오니까 피합니다. 그런데 일영(日影, 해그늘)이 따라 들어와요. 그때 유화가 그걸 끌어안고 알을 배죠. 그때의 일영이 바로 흰 그늘입니다. 이게 소위 주몽이 큰 왕도체제를 국가체제로 바꾸고, 고구려를 건설하고, 옛 동이족의 터전을 회복하는 '다물'이라는 능력의 근본이지요. 주몽은 무당이었기에 삼계, 즉 천상계, 중간계, 지하계를 연결시키는 타계 여행을 해요. 주몽과 아들 유리도 모두 타계 여행을 하는 인간들입니다. 요즘 관련 드라마에서는 그게 안 나오지만, 이 타계 여행을 할 수 있는 신비적 비약의 근거, 신화적 근거의 핵이 바로 흰 그늘입니다. 그러니까 이 흰 그늘의 미학적 근거가 일종의 신비적 비약, 영적 비약의 신화적인 근거라고 봐야죠. 바로 이런 것들을 현대에 와서 흰 그늘이라고 하여 미학의 최고 단계로 치는 것이지요.

바로 이러한 신명의 미학을 최근에 붉은 악마가 보여주었다고 생각해요. 그들은 누가 명령하는 것도 아니고 조직이 있는 것도 아닌데 엄청난 활력과 신명을 보여주었습니다. 고대 축제의 영고나 무천 등을 보면 사흘 낮밤을 춤추고 노래했다는 것이 중국 기록에 나옵니다. 이른바 신바람, 즉 신명의 축제지요. 그런데 1,000회가 넘는 침략을 당한 뒤 그게 죽어버리죠. 그러고는 억압되어 한이 되어버려요. 그래서 우리의 한을 모르고서 문학 할 생각을 말라고 할 정도죠. 그런데 2002년 월드컵 때 우리 젊은이들이 이 한을 뚫고 바닥에 깔린 고대 축제 때의 그 신바람과 신기를 다시 끌고 올라온 거죠. 그래서 나는 붉은 악마의 신바람을 큰 사건이라고 봅니다.

김선태: 그러니까 붉은 악마의 신바람은 그 한의 밑바닥에 깔린 잠재의식이 폭발한 것이고, 흰 그늘의 미학과도 관련이 있다는 말씀입니까?

김지하: 정신사는 그래서 이상한 거라고 생각해요. 그 이전에 있었던 동학운동이나 3·1운동, 4·19, 5·18, 6월 항쟁 등은 정치적 폭발이죠. 그런데 붉은 악마의 응원은 순전한 문화적 폭발로서는 역사상 처음이에요. 그다음에 세계야구대회 등에서 또 터졌죠. 나는 한류가 한을 끌고 올라오는 신기나 일종의 대중적 흰 그늘이라고 봐요.

그리고 이 궁극점이 숭고라고 생각해요. 나는 우리 문화가 집단적 숭고미에까지 도달할 수 있다고 믿습니다. 그래서 한류가 절대 우연이 아니라고 봅니다. 나도 전문가의 한 사람으로서 한류가 지금 제일 중요한 건 콘텐츠라고 생각하고 있어요. 거기 제가 하나 덧붙인 게 콘텐츠와 미학의 만남인데, 이것은 판소리의 그늘론에 집어넣으면 된다고 봅니다.

김지하와 김영일에 대하여

김선태: 선생님께서는 30년 이상 사용한 '지하'라는 필명을 버리고, '영일'이라는 본명을 사용하겠다고 하셨습니다. 그러나 독자들의 입장에서 보면 여전히 '김영일(金英一)'이라는 이름보다 '김지하(金芝河)'라는 이름이 자연스러운 건 어쩔 수 없는 듯합니다. 본명을 쓰시겠다는 것은 그간 필명에 달라붙은 고정적 이미지를 버리고 본성 혹은 근원으로 복귀하겠다는 말씀으로도 들리는데, 어떻습니까?

김지하: 그렇게 하려고 몇 번 시도했으나 실패했어요. 외신기자들을 많이 만났는데, 이제 빛이 안 들어오는 뜻으로 들리는 '지하(地下)'라는 이름을 그만 써라, 이제는 바꿔버려야 된다는 말을 자주 해요. 언젠가 그들 중 한 사람이 내게 손을 내밀면서 "헬로우, 미스터 언더그라운드

킴"이라고 하자 듣기에 썩 좋지 않다는 느낌을 받았어요.

'지하'는 그게 어떻게 보면 저항자가 연상도 되지만 토굴주의자도 되는 말이에요. 그런데 이 지하라는 이름의 연원은 이렇습니다. 제가 서울대 문리대에 다닐 때 시화전을 했어요. 그런데 당시 김영일이라는 사람이 우리 문단에 여럿 있더라고요. 당시 문리대 시화전은 한 번 여는 것만으로도 시집 한 권 내는 것처럼 파급 효과가 컸어요. 문단에 선배들이 많아서였지요. 그래서 김영일이라는 본명은 안 되겠고 좀 독특한 필명이 있어야 되겠다고 생각하며 대낮에 술을 먹고 종로를 걸어가는데, 그때 마침 길가에 세워둔 조그마한 입간판이 눈에 들어왔어요. 이발소, 미장원, 다방의 이름 위에 조그만 글씨로 다들 까맣게 '지하'라고 써놨더라고요. 여기도 지하, 저기도 지하여서 '아, 그래, 요거다' 생각하고 김지하가 됐어요. 그런데 참 괴팍스러운 거 있죠. 그다음부터는 늘 사는 게 경찰 유치장을 비롯하여 지하실을 면치 못하는 거라. 그래서 '야, 이거 이름 때문에 안 되겠다' 싶어 바꾸려고 그랬어요. 그런데 후배들이 말하기를 역사가 만든 이름인데 그냥 쓰지 그러느냐, 왜 이제 와서 이름을 바꾸려고 그러느냐, 그러면서 '김영일'이라고 안 불러주고 안 써주는 거야. 영일, 꽃 한 송이. 얼마나 좋아. 그런데 안 써줘요.

김선태: 앞으로 지하에만 안 가시면 되잖습니까?

김지하: 글쎄, 지하라는 말을 듣고 한번은 제 모친이 작명가한테 갔나 봐요. 그랬더니 그 작명가가 늘 감옥에만 갈 이름이라고 그러더라는 거예요. 그러더니 정말 계속 감옥에만 갔지요. 다들 안 써주니 할 수 없죠. 뭐, 이젠 날 감옥에 집어넣을 사람도 없을 것이니 그대로 쓰는 수밖에…….

민족언어의 계승과 한류, 그리고 제3의 길

김선태: 선생님께서는 초기시부터 내용은 물론 형식에 있어서도 우리 전통이나 고전의 현대적 차용 혹은 변용에 열의를 보이셨습니다. 판소리나 민요가 그 대표적이라고 할 수 있는데요. 요즘의 우리 시를 보면 전통적 내용이나 형식은 진부한 것으로 깡그리 무시되고 있습니다. 선생님께서 보시기에 오늘날 문화 전반에 있어서 전통이란 어떤 의미가 있으며, 어떻게 계승되어야 한다고 보십니까?

김지하: 나는 60대에 이르기까지 줄곧 전통에 그 뿌리를 두고 민족문학을 해왔다고 생각해요. 그러면서 『오적』과 『비어』 등의 짧은 판소리풍의 담시도 시도했는데, 그 이후 우리 시단에서는 계승자가 안 나와요. 엊그제 죽은 박영근 시인이 『김미순전』을 한 번 쓴 것 같은데, 그러나 판소리 나름의 어떤 미덕 같은 것이 들어가 있지는 않아요. 그래서 없다고 생각해요. 우리 시단에는 안타깝게도 풍자나 판소리 시를 쓰는 시인이 없어요. 왜 이렇게 됐는지 잘 모르겠습니다.

아까도 얘기했지만, 촘스키도 보편적인 문법의 조건을 민족언어로 보았잖아요. 특히 문학은 다른 예술과 또 달라서 언어라는 것이 하나의 의식기능과 사유기능을 포함하고 있기 때문에 단순한 예술적 표현만을 위주로 하는 건 아니죠. 그래서 민족언어의 고양이 필요하죠. 특히 모든 예술 속에서 차지하는 시의 독특한 위치를 생각해보면 예술이면서도 사상성을 갖는다고 봐야죠. 그런 점에서 볼 때 민족언어라는 것은 특히 시의 숙명이죠. 그런데도 무시되고 있어요. 다만 좋게 보이는 것이 하나 있는데, 시와는 다른 방향이지만 비보이지요.

원래 이 비보이들의 브레이크 댄스는 1970년대 미국 뉴욕의 브롱크스 지역으로 이민을 온 아프리카 사람들에 의해 유래된 춤이지만 슬럼

가에서 조폭들에 의해 유행했지요. 이 비보이들이 국악 연주와 브레이크 댄스를 결합시키고 있어요. 약 5,000여 명 되는 비보이들이 거의 비슷한 춤을 춰요. 이들은 해금과 대금, 단소, 장고 등의 리듬에 맞춰 브레이크 댄스를 춰요. 이것은 젊은이들의 퓨전예술 속에 민족적 전통이 광범위하게 살아나고 있는 전조라고 봐요. 그것이 퓨전이고, 'Local－Global'의 원리라고 봐요.

나는 이런 현상이 시에서도 반드시 나온다고 봅니다. 그런데 우리나라에는 그런 게 없어요. 아까도 얘기했지만, 지금 한류의 방향을 세계로 돌리면서 모든 분야를 포괄하는 일이 제2기 한류의 목표예요. 여기에 문학도 포함됩니다. 아까 프랑스인들이 판소리에 대해 열광하는 것을 보고 생각한 점이 많았다고 했습니다. 공연 후에 15분이나 기립박수를 받았어요. 영국의 문화시장에서도 판소리라고 하면 극찬을 합니다. 이것이 바로 한류예요. 그런데 이런 전통을 무시할 수 있겠는가 하는 점입니다. 한류는 전통을 통해서 세계로 가야 해요. 그러자면 민족언어의 전통을 벗어나서는 불가능하지요. 프랑스에 갔을 때, 판소리 보급을 전문으로 하는 유학생들하고 얘기를 좀 해봤는데, 판소리하고 서양음악을 연결시키는 공부를 열심히 하고 있더라고요. 머지않아 우리 시단에도 판소리풍의 서정시나 서사시 들이 등장하지 않을까 전망해봅니다. 나는 민족언어의 막이 닫혀 있으면서도 열려 있기 때문에 가능하다고 생각해요.

김선태: 지금이야 아쉽지만, 앞으로는 결국 다시 전통이 살아날 것이란 말씀이군요.

김지하: 네, 살리되 글로벌한 것과 퓨전에서 찾을 필요가 있어요. 제가 보기에 아직 그런 것들이 많아요. 이를테면 한글을 패션 디자인에 연결

시키는 것도 그렇고, 무용에서도 태극무늬 디자인이 대박을 터뜨렸잖아요. 특히 판소리는 앞으로 굉장한 예술적 한류가 될 수 있을 것입니다.

변증법의 논리적 한계와 대안으로서의 이진법

김선태: 서슬이 퍼런 시대, 우리는 정반합이 통합된 변증법적 논리만이 문제를 해결할 만한 대안이라 여긴 적이 있습니다. 그런데 선생님께서는 최근 한 일간지와의 대담에서 디지털시대의 이진법 논리가 현 위기상황을 극복할 수 있는 하나의 방법임을 제시하셨습니다. 그러면서 이는 동학에서 설파한 불연기연과 궤를 같이하는 개념이라고 하셨습니다. 영국의 토니 블레어 총리의 정책브레인 기든스가 주창한 '제3의 길'이 여전히 유효하고 항구불변한 대안인지, 좀 더 구체적으로 말씀해주십시오.

김지하: 상당히 민감한 사항입니다. 아직도 담론을 제기하는 사람들은 변증법을 유일한 진리로 알고 있기 때문에 상당히 신경이 쓰이는 질문입니다. 근데 문제는 여기에 있습니다. 변증법의 반은 맞고, 반은 틀리다는 점입니다. 정반까지 맞고 합에서는 틀립니다. 왜 이렇게 되느냐, 정반까지는 사실 이중적이에요. 나도 생명이나 정신 운동, 물질운동까지 이중적이라고 생각해요. 또 최근에는 디지털과 같은 것이 뇌의 모방이면서 이진법 원리의 집결이기 때문에 기계적 실현과 이진법이라는 것은 상당히 기초적입니다.

삼진법인 변증법의 논리가 왜 틀렸느냐 하면 정반까지 전개하는 과정에서는 이중적이지만, 합의 과정에서 숨어 있던 차원이 올라오기보다는 동일한 역사 표면과 현실의 연장선상에서 취합하고 해결을 보려고 하기 때문이에요.

예를 들어봅시다. 소련의 스탈린 시대 중반에 코민테른(Comintern)은 현실과 역사적 모순은 지양된다, 그러기 때문에 위대한 스탈린 동지 영도 아래 코민테른 유토피아를 건설할 일만 남았다고 발표했어요. 그러면서 제3의 장벽으로 가버렸단 말이에요. 당시 스페인에서는 내전이 있었고, 중국에서는 모택동이 항쟁하고 있었어요. 그러면 중국과 스페인의 현실이 세계적 모순인데 이 모순이 없어졌느냐 이 말입니다. 그럼 이게 뭔가? 러시아의 쇼비니즘이 코민테른의 탈을 쓰고 스탈린식의 개혁을 하려고 한 거예요. 그 과정에서 인민들을 숙청하고, 집단농장에다 전부 강제 유배시킨 거예요. 우리는 변증법에 대해서 정말 잘 생각해야 돼요. 그들은 연해주에 사는 우리 동포들 수십만 명을 강제로 화물차에 실어다가 공산주의자들과 함께 중앙아시아에 아무렇게나 내다 버렸어요. 내가 작년에 중앙아시아에 갔을 때 보니, 그 폐해가 엄청나요. 많은 교포들을 만나봤는데 울더라고요. 조금 젊은 사람들은 우리말도, 우리 전통도 몰라요. 내가 우즈베키스탄 시인들에게 난초를 그려다 주었는데 거꾸로 보더라고요. 그리고 어떤 사람들은 막 웃어요. 왜 웃느냐고 하니까 난초를 화초로 보았대요. 시인이 난초를 모르다니 답답한 일 아닙니까? 이것이 스탈린의 소위 제3단계의 말로예요.

이래서 변증법은 동일 역사 측면에서 정반합으로 진행된다면 숨은 차원과 드러난 차원이 없어요. 판로가 눈에 보이는 차원만 있지요. 이것이 유물론의 한계이고, 변증법의 한계입니다. 다시 말하지만, 유물변증법뿐만 아니라 헤겔 변증법도 마지막 합의 단계에서는 저희들 게르만 민족국가의 상징으로 내놓았어요. 이것 역시 민족주의 아닙니까? 스탈린 공산주의도 결국은 러시아의 쇼비니즘이에요. 중국과 스페인에서는 모가지가 막 날아가는 판국에 어떻게 역사적 모순이 극복된다는 말입니까?

특히나 생명의 진화과정에서 변증법은 엄청난 오류입니다. 현대진화론은 절대로 무기물에서 유기물로의 비약을 인정하지 않습니다. 무기물 안에 이미 마음이라고 부르는 생명의 기초적 원리가 작동하고 있다는 말이지요. 잠자는 상태, 즉 약한 상태로 보지 않으면 진화론은 설명이 되지 않아요. 현대의 진화론은 창조론과 습합됩니다. 어떤 면에서 마음이 외면의 생명을 조직하는데, 그 조직의 기본 주체가 누구냐고 따졌을 때 신이라고 부를 수 있는 마음의 주체 이외에는 발견할 수가 없어요. 그렇게 해서 신의 창조론하고 진화론을 결합시킨 겁니다. 이게 현대진화론이죠.

변증법의 논리대로 가면 다윈의 적자생존이나 약육강식의 논리를 그대로 인정해야 돼요. 그러나 생물의 세계에서 이 논리가 깨져요. 상부상조와 개체 융합, 자기 선택의 진화를 하기 때문이죠. 예를 들어, 앞에서도 말했던 붉은 악마 700만 명이 한 달 동안 그렇게 난리를 부렸는데도, 단 한 건의 폭력사고와 단 한 건의 인종적 편견도 저지른 적이 없었어요. 경기가 끝난 후에는 길거리를 청소하고, 쓰레기도 치우고. 이런 모습을 무엇으로 어떻게 설명해야 하나요? 환원주의나 변증법만 가지고는 결코 해명을 못해요. 그러니까 4년의 시간이 지나도록 700만 명이 한 달 동안 난리를 친 사건을 분석한 사회학 논문이 단 한 편도 없어요. 이건 지식인들의 직무유기예요. 오히려 모른 체해요. 처음에는 뭐라고 한 줄 알아요? 파시즘, 나치즘, 집단주의의 발로라고 이례적으로 떠드는 거예요. 바로 이러한 것이 환원주의나 변증법으로 해명 안 되는 사태예요.

그런데 이러한 현상들이 끊임없이 나타나고 있어요. 1999년 시애틀에서 WTO 반대 시민운동이 일어났어요. 수만 명이 한꺼번에 모여들었어요. 무슨 조직이 있어서 명령이 떨어진 것도 아니고, 합의한 것도 아니고, 동원 체제가 있는 것도 아닌데 말입니다. 서울시의 교통만 해도 날씨에 따라서, 집단 심리에 따라서, 복구 작업에 따라서 병목현상들이 사방에서 터져요. 그리고 부동산 문제도 그렇습니다. 여기 치면 저리로 올라가고, 저기 치면 이리로 올라가는 현상을 어떻게 해명합니까. 그렇기 때문에 혼돈의 질서를 적용할 수밖에 없는데, 여기에서 최소한으로 적용할 수 있는 것이 디지털의 이진법이 가진 양면성과 차원 변화라고 생각해요. 이것이 생명의 논리이고, 물리의 논리이고, 정신의 논리라고 생각해요. 그래서 나는 '기든스 이야기를 한국의 경우로 가져와야 한다', '디지털의 이진법은 뇌의 모방이다', '뇌 운동의 이중성은 생명생성의 원리다', '생명의 본질은 공과 무이면서 모순어법, 즉 이중성이다', '불교도 동학도 그렇다', '이것이 중도다'라고 생각하는 것입니다.

광주 · 전남 문학의 문제점과 바람직한 방향

김선태: 화제를 돌려 광주 · 전남의 문학이야기를 좀 해야 할 것 같습니다. 아시다시피 1980년대 광주는 우리 시단의 중심이었다고 해도 과언이 아닐 것입니다. 그러나 1990년대 이후 극심한 침체와 퇴행을 겪고 있습니다. 문인들 간의 유대가 없어 화합도 잘 되지 않고 있다는 자체 지적도 많습니다. 또한 '문화중심도시'라는 말만 무성할 뿐 새로운 문학적 변화와 돌파구도 보이지 않습니다. 많은 사람들이 이 지역 문학의 침체가 1980년대 정치적 상황으로 인한 후유증에서 기인한다고 진단하고 있는데요. 선생님께서는 광주 · 전남 문학의 침체의 원인이 무엇이며, 앞으로 어떻게 활로를 찾아야 한다고 생각하는지 그 혜안을 좀 들려주십시오.

김지하: 내가 김대중 씨 집권 이전에는 몇 달에 한 번씩은 꼭 광주에 갔어요. 후배들도 많이 있고, 지인들이 자꾸 오라고들 해서 그랬지요. 허름한 호텔에 묵고 있으면 다들 와요. 소위 광주에서 내로라하는 사람들도 와요. 나는 술을 안 먹으니까 자기들끼리 술을 마시면서 거침없이 얘기들을 하는데, 무슨 얘기들을 하는가 가만히 들어보면 광주하고 김대중 얘기밖에 없어요. 광주, 김대중, 김대중, 광주. 하여튼 끊임없이 광주, 김대중이야. 몇 시간을 그러고 있어요. 그래서 내가 "김대중 씨는 목포 출신이야" 하니까 조용해졌어요. 그러자 나하고 아주 가까운 나이 든 사람 하나가 "아, 김 선생이 목포죠" 하더라고요. 내가 목포고 아니고를 떠나서, 속으로 당신들이 집권하면 큰일 나겠다 싶더라고요. 관심이 오직 김대중하고 전라도가 아닌 광주밖에 없으니. 전라도가 없으니 전남이나 전북도 없고, 목포도 없는 것은 당연하지 않겠느냐는 생각이었지요. 그러니 앞으로 누가 권력을 잡든 반드시 쏠림현상이 일어날 것이라는 걱정이 들더라고요. 그 쏠림이 원래 전라도 사람들이 지닌 원한과 망월동에 대한 보상으로 지금까지 이어진다고 봐요.

문화중심도시와 아시아문화전당 건립 관계에 대해서 나도 한 번 가서 이야기를 한 적이 있어요. 그런데 전혀 내 창조적 문화의 방향에 대해서는 알아듣거나 귀담아듣지 않고 돈이 좀 생기니까 싸움밖에 안 일어나요. 나는 다 듣고 있어요. 아시아문화중심도시 건립을 위한 지원금이므로 아시아 전체의 시각에서 보자는 의견에 대해 광주의 빚값인데 광주가 다 먹어야 한다, 토목업을 중심으로 해서 광주 업자들 중심으로 들어가게 하자고 주장을 하는 거예요. 그건 문화운동 차원에서 바람직하지 않죠.

거기에다가 정치문제에 너무 관심이 쏠려 있어요. 노무현을 찍어달라, 고건을 밀어달라, 이게 뭡니까. 앞으론 전라도 나름의 독특한 정론이 살아야 합니다. 반드시 전라도의 정론은 문화예술 쪽에 중심을 두어야 해요. 그런데 지금 문화예술에 중심을 두고 있느냐 이거예요. 그러니 문화예술의 방향성을 잃고, 그 재간 많은 사람들이 제대로 된 작품을 내놓을 수가 없는 거예요. 근래에 건립된 김대중 컨벤션홀에 가보니까 어마어마한 규모던데, 그런 것이 필요 없다는 것이 아니라 그만한 것을 만들었으면 그 안에 들어가야 할 콘텐츠는 광주 사람, 전라도 사람이 채워야 되지 않느냐는 겁니다.

김선태: 거기에 맞는 광주·전남만의 독특한 소프트웨어가 필요하다는 말씀이시죠?

김지하: 맞습니다. 내가 지금 하는 얘기가 그거예요. 그러니까 하드웨어 중심과 돈과 보상에 대한 도취, 정치적 쏠림현상만 팽배해 있다는 거예요. 내가 봤을 때 경상도가 사상이나 담론의 고향이라면, 전라도는 저항과 예술의 땅입니다. 어떻게 보면 굉장히 매력적인 땅입니다. 저항과 예술, 역사에 있어서 저항적으로 돌파하고 예술을 창작하는, 그것도 판소리 같은 고급예술을 창작하는 매력적인 땅이란 말입니다.

자, 그럼 앞으로 어떻게 해야 할 것이냐, 내가 보기에는 세 가지입니다. 첫째, 동학혁명의 밭이었다는 것으로부터 철학적 테마를 끌어와야 합니다. 그 철학적 테마가 동학의 기본원리여야 하죠. 동학의 기본원리는 생명과 영성에 기초한 중도론입니다.

둘째, 판소리 등 고급예술에 담긴 한류의 전위적인 콘텐츠를 전라도가 생산하는 것이죠. 앞에서도 내가 자꾸 프랑스에 갔을 때의 판소리에 대한 반응을 얘기했죠. 토마스 퍼먼이라는 영국의 세계예술시장 감독이 판소리를 뭐라고 해석했느냐 하면, 르네상스 이후 유럽 전체 예술보다도 더 품격이 높다고 했어요. 무시무시한 얘기예요. 한류가 지금 제일 원하는 게 콘텐츠 아닙니까? 그러므로 판소리와 판소리로서 확산되는 전라도 예술 전체가 지니는 독특한 상상력을 개발하여 그 대안으로 밀고 들어오라 그 얘기예요.

셋째, 전라도가 지닌 해양사의 전통을 현대적으로 살리라는 이야기입니다. 장보고가 원래 신라 사람이지만 청해진이라는 전라도의 토대, 백제의 토대 없이는 그 힘을 중국의 산둥반도나 동지나해까지 과시할 수 없었어요. '해신'이라는 드라마에서도 방영되었지만, 장보고는 백제의 해적이나 토착세력들하고 손을 잡아서 청해진을 세울 수 있었던 거예요. 백제의 해양력은 굉장한 것이었습니다. 그 뒤로도 해양의 역사는 전라도가 썼다고 해도 과언이 아닙니다. 그러면 그 해양사가 지금 어떻게 연결되고 있느냐를 이야기할까요. 소위 해양문화를 포함한 장보고 프로젝트는 동아시아의 허브, 동아시아의 심장론으로 확대하고 발전할 것입니다. 그럼 문화교류에 중심을 둔 동아시아 허브의 중심지는 광주·전남이 용광로라는 얘기예요.

지금 제가 세 가지를 이야기했습니다. 첫째, 철학에 있어서 동학의 생명평화와 중도론의 착안. 둘째, 판소리를 중심으로 하는 고급예술 콘텐츠의 개발. 셋째, 해양사의 전통을 통한 동아시아의 허브론, 동아시아 심장론으로서의 연결이 그것입니다. 나는 앞으로 이 세 가지가 광주와 전남 문화의 중심 테마로 자리 잡고 현실성 있게 실현되기를 바라는 것입니다.

김선태 : 참으로 소중한 말씀이라고 생각됩니다. 전라도의 해양사와 관련하여 해양문학을 발전시키는 방안은 어떻다고 보십니까?

김지하 : 아, 좋지요. 나도 젊은 시절 조금 하다가 말았는데, 나중에 김현과 최하림을 목포에서 만나면서 부러웠던 게 해양문학이었어요. 정치투쟁에 몰두하느라고 잊어버렸지만, 해양과 관련한 내 시가 몇 편

있어요. 동학 쪽은 철학, 판소리는 문학, 해양은 역사, 이른바 문사철. 이게 인문학의 기본 방향이에요. 전라도가 문사철을 장악해야 돼요. 나는 할 수 있다고 봐요. 다만, 방향이 지금 제시 안 됐어요. 이 문사철을 통해서 생명, 한류, 동아시아 허브 등을 장악해야 돼요.

그런데 내가 꼭 부탁할 게 있어요. 예술의 고향 전라도가 자신을 갖고 새로운 문화운동을 앞장서 나가라는 것입니다. 그 대신 호남은 영남의 담론생산능력(원효, 남명, 퇴계, 수운 같은 사람들)을 인정하고, 예술과 역사적 저항의 주체자로서 화해와 상생을 시도해야 합니다. 전라도가 먼저 나서라는 얘기예요. 내 영남의 후배들이 다들 그래요. 광주에 가서 우리 좀 어떻게 해보자 하면 호남 쪽에서 "퉤퉤, 개새끼들" 하면서 거부한다는 거예요. 그러면 안 돼요. 호남이 먼저 나서서 손을 내밀어야 해요. 꼭 부탁입니다. 광주가 문화중심도시가 되려면 반드시 뭔가 새로운 문화운동을 펼쳐야 해요.

첫 시집 『황토』와 1960년대 목포문학

김선태 : 비극적 현실 인식과 부정적인 정신으로 충만한 첫 시집 『황토』의 무대는 고향 목포로 알려져 있습니다. 이는 「비녀산」, 「산정리 일기」, 「성자동 언덕의 눈」, 「용당리에서」 등과 「황톳길」에 나오는 '부줏머리', '오포산' 등의 실제 지명만 보아도 알 수 있습니다. 그리고 이 시들은 선생님께서 지명수배 되어 목포 등지에서 노동을 하며 숨어 지내던 1960년대 초반에 쓰신 것으로 짐작됩니다. 1980년대 초반 제가 대학을 다니던 당시 금서로 묶여 있던 『황토』를 타자로 쳐서 몰래 돌려 보던 기억이 새롭습니다. 시집 『황토』를 쓰던 당시 목포의 이야기를 좀 들려주시지요.

김지하: 열세 살 때 목포를 떠났습니다. 6·25전쟁이 끝나고 바로 중학교 1학년 겨울에 강원도 원주로 이사했지요. 그러고는 수배의 바람이 불어 4·19 직후에 목포에 갔죠. 당시에 도로 공사판에서 일을 하고 있었는데, 그때 나한테 들어온 목포는 참담했어요. 그 이후 몇 차례 더 가봤습니다. 소위 민족문학은 내가 대학을 다닐 때부터 시작됐는데, 그 당시 목포와 관련된 기억들을 통해서 「황톳길」이 나오죠. 「비녀산」도 그렇고요. 그럼 잠시 내 집안 내력을 좀 이야기할까요.

내 증조부님과 조부님은 동학당이었어요. 증조부는 갑오전쟁 이후 법성포 지하실에 숨어 계시다가 돌아가셨어요. 조부님은 이중 신앙자로 밤에는 동학당 재건 활동을, 낮에는 천주교 활동을 한 것 같아요. 부친은 남로당이었어요. 그래서 집안 내력이 아주 괴상합니다. 이렇듯 내가 기억하는 목포는 집안 선조들의 사상적 활동과 바로 직결됩니다. 증조부가 동학당, 부친이 공산주의. 이런 것들이 나한테 구체적인 상처로 남아버렸어요. 영암 월출산에 입산했던 부친이 빨치산 부대에서 내려와서 방첩대에 자수한 후, 그 모멸감과 굴욕감 때문에 자살을 시도하다 실패합니다. 그런 것들이 나한테는 상당히 큰 상처입니다.

대학 시절에 전라도와 목포하고 개인사를 연결시키는 민중시를 썼는데, 대표작 「황톳길」이 내 시의 출사표라고 하죠. 목포문학은 내 삶의 메타포 형식으로 한다면 핏빛 흙이에요. 나는 그 당시 황토가 누렇지 않고 핏빛인 것이 수많은 사람들의 피가 스며들어서 빨개진 게 아닌가 생각했어요. 그게 상징성이 있다고 생각합니다. 거기서 선조로부터 시작된 해방투쟁이 자손에게 전승된다는 것이죠. 원래는 무아마르 카다피도 그 계승자라고 자처했었죠. 불과 혁명의 밤도 바로 이 아이템이 등장해요. 세대를 이어서 혁명성이 이어진다는 세대 전승설 말입니다. 이게 「황톳길」의 표면적 주제예요. 그러나 그 이면적 주제의 밑바닥에는 생명의 문제가 깔려 있어요. 이게 내 시의 첫 출발점이에요.

그러니까 안에 숨어 있던 이면적 주제가 세월이 가면서 수면으로 떠오르는 것으로 이 시를 읽어야 제대로죠.

김선태: 그러니까 초기시부터 선생님 시세계의 밑바탕에는 생명성이 깔려 있었는데, 그 연장선상에서 나중에 생명시가 본격적으로 나온다는 것이죠?

김지하: 예, 생명을 계속 추구하다 보니까 생명의 숨어 있는 차원으로서의 영성, 심층적 무의식의 영성의 문제가 다시 겉으로 드러나게 돼요. 이것이 내 시의 변모과정이나 발전과정입니다. 여기에서 전혀 다른 유닛(Unit, 단위)으로 이월되는 게 아니라는 말씀이에요. 마치 안에 쉬고 있던 꽃이 피어나고, 다시 열매로 돌아가는 순환과정과도 같은 것이죠.

그런데 여기서 제가 하나 얘기할 수 있는 것은 민족적인 문제입니다. 민족시, 민족문학은 내가 고등학교 때부터 시작했는데, 그때 국어와 영어 선생님 영향을 많이 받았어요. 그때 젊은 여자 국어 선생님이 나에게 정지용, 이육사, 김소월, 김영랑, 서정주 시인 등의 시집을 전부 빌려줬어요. 독후감을 쓰면 갖다드리곤 했는데, 내가 시를 쓰면 꼭 봐주시고 그랬어요. 그 선생님 덕분에 내가 문학을 했죠. 그리고 또 영어 선생님은 T. S. 엘리엇 같은 사람들의 시집을 전부 빌려주시면서 읽으라고 그랬어요. 그래서 난 참 다행스러운 게 고등학교 재학 당시 어떤 문학적 균형을 잡을 수 있었다는 점이죠. 민족문학과 유럽문학 사이의 균형 말이죠. 그게 대학 가서도 계속되었어요. 유럽문학을 많이 공부하면서 조동일과 함께 민족문학도 공부를 했으니까요. 나는 그것이 큰 복이라고 생각합니다.

내가 생명문제에 대해 언제 어디서 영향을 받았는지를 밝혀야 초기시의 생명사상에 대한 해명이 비로소 가능할 것 같습니다. 고등학교 때 사실은 영국의 시인 딜런 토마스의 영향을 많이 받았습니다. 좋아하기도 했고요. 딜런 토마스 시학의 기본이 생명이죠. 켈트문화 속의 생명문제이기는 하지만, 딜런 토마스의 영향으로 생명에 대한 생각이 계속 시의 밑바닥에 살아 있었던 것 같아요. 그러니까 이 딜런 토마스를 밝혀야 초기시의 생명문제에 대해 제대로 해석이 가능할 것 같다는 말씀입니다.

김선태: 그러니까 고등학교 시절에 이미 생명문제를 생각하고 있었다는 말씀이네요.

김지하: 그렇죠, 토마스에 깊이 빠져 있었으니까. 초기시는 토마스의 영향과 민요의 영향을 받은 것이죠. 사실은 서정주의 초기 생명시학하고도 관련이 있고요.

김선태: 앞에서 이야기한 것처럼 목포는 선생님의 문학적 뿌리라고 할 수 있습니다. 이는 "내 시의 어머니, 굽이굽이 한이 얽힌 저 핏빛 황토의 언덕들"(「고행-1974」)이라고 묘사한 고백적 산문에서도 드러나지요. 1960년대 초반 목포의 문학적 분위기는 대단했다고 들었는데요. 선생님께서 『목포문학』 2호(1963)에 「저녁 이야기」라는 시를 처음 발표하신 것도 이 무렵이고, 문청 시절 목포 오거리에서 돌아가신 김현 선생님이나 최하림 선생님을 만나 문학적 교분을 나눈 것도 이 시기라고 알고 있습니다. 당시 목포의 문학적 분위기를 좀 더 상세히 들려주십시오.

김지하: 아까 말씀드린 대로, 목포문학이 추구해야 할 방향으로 '해양문

학'을 제기했던 사람들이 김현과 최하림이죠. 그리 긴 시간은 아니었어요. 목포 오거리에서 늘 술 먹고 같이 떠들고 했어요. 몇 달 걸렸죠.

김선태: 그때 노동하던 시절에 말입니까?

김지하: 예, 그렇죠. 산정동 친척집에서 살았어요. 낮에는 노동하고, 밤에는 나가서 술 먹으며 이야기하곤 했어요. 노동은 가끔씩 했지, 계속한 건 아니에요. 그 당시 여러 사람을 만났어요. 그때 목포문단을 이끈 분이 차재석 씨였죠.

김선태: 그분이 굉장한 산파 역할을 하셨다죠?

김지하: 예, 지금 그때를 생각하니 무서운 일이 있었어요. 김수남이라고 그림을 하는 친구와 유달산에서 잔뜩 취해 문협 사무실의 책상이랑 걸상들을 발로 차서 깨버린 일이 있었어요. 차재석 씨가 그걸 알고 이튿날인가 내게 와가지고 공표를 했어요. 넌 고향 시단 근처에는 얼씬거리지도 말라고 아주 매섭게 호령을 했어요. 그 외에도 많은 이야기가 있었지만, 당시 목포문학은 대체로 민중 중심의 참여문학과 시민 중심의 순수문학이 섞여 있었던 것 같아요.

지금 기억나는 것은 김현인데, 김현이 나하고 캠프는 달랐지만 당대로서는 시안(詩眼)이라든가 평안(評眼)이 제일 예민했던 친구입니다. 시를 잘 봐요. 한번은 한밤중에 김현과 부두에 둘이 앉아 있던 기억이 납니다. 그때 김현이 나는 프롤레타리아가 될 수는 없다, 성실한 부르주아로 끝끝내 살다 가겠다 그래요. 그래서 나는 좋을 대로 해라 그랬는데, 두고두고 이 말에서 생각나는 게 바로 그 당시의 문학 분위기였어요. 프롤레타리아와 부르주아, 참여문학과 순수문학, 민족문학과 시민문학의 대립이 당시 문학적 분위기였어요. 그때부터 지금까지 계속 내 머릿속에 박혀 있는 말은 프롤레타리아냐, 부르주아냐가 아니라 바로 김현이 말한 '성실한'이라는 형용사예요. 문제는 성실하게 프롤레타리아로 사느냐, 부르주아로 사느냐 하는 거였지요. 그래서 목포 하면 이 두 개의 대립된 이야기가 생각나요. 그다음부터는 어디에 속하든 성실한 것이 더 중요한 스탠더드라고 생각하며 삽니다. 그래서 목포문학 하면 프롤레타리아와 부르주아, 성실성 이 세 가지가 기억납니다. 김현, 참 짧고 성실하게 살다 갔어요. 참, 내가 어디 쪽으로 등단했는지 아세요?

김선태: 네, 『창비』가 아니라 1970년 『시인』지로 알고 있습니다.

김지하: 네, 그쪽에 나를 소개한 게 바로 김현이었어요. 그런데 그와 관련하여 상당히 재미있는 이야기가 있어요. 처음에 내 시를 조동일이 백낙청한테 가져갔어요. 그런데 백낙청이 거부했어요. 김수영에게 보이면서, "이거 인민군 노래 아니냐" 하면서 잘라버렸어요. 그런데 그 동일한 작품을 김현이 보고 민요풍으로 쓴 참여시라 하면서 조태일에게 보낸 거예요. 아이러니, 아닙니까.

김선태: 그런데 저는 선생님께서 『목포문학』에 처음 발표하신 「저녁 이야기」라는 시를 모더니즘 계열로 봤거든요.

김지하: 아, 그거 얘기 안 했네요. 내가 고등학교 때부터 대학 초기까지도 초현실주의 쪽이었어요. 그리고 모더니즘 영향을 굉장히 많이 받았어요. 그럼에도 불구하고 조동일이 나에게 어떤 새로운 민족시의 가능성을 보고 자꾸 꼬드겼어요. 그런데 이상하게도 시는 초현실주의적

으로 쓰면서 미학과에서 전공한 것은 리얼리즘 미학이야. 그리고 비판적 실재론이 나와요. 그런데 리하르트 하트만이라는 사람은 소위 칸트식의 주관주의하고 헤겔 식의 실재론과 객관주의를 종합했죠. 그래서 비판적 리얼리즘, 그러니까 추상성과 관념성 또는 초현실주의의 초월성을 리얼리즘에 결합하는 미학적 주류가 하트만이에요. 내가 그걸 전공했어요. 그러니까 나중에 이게 결합하면서 초기시에서부터 점점 초월적인 것이라든지 서정적이라든지 하는 것들이 내 시에 많이 깔리게 되죠. 그러니까 이상하다 그러지요. 그 이전의 초기시라고 볼 수 있는 「저녁 이야기」는 그래도 쉬운 계통이었죠.

김선태: 그걸 몰랐기 때문에, 그 시절에 왜 이런 시를 쓰셨나 생각했습니다.

김지하: 아마 그랬을 겁니다.

김선태: 그런데 시집 『화개』에서 "먼 하늘 너머/고향 보리밭 그리워"(「한식청명」)라고 고향에 대한 그리움을 노래하면서도, "나/고향에/돌아가지 않겠다//쓰라려도/여기 살겠다"(「돌아가지 않겠다」)라며 귀향하지 않겠다는 결연한 의지를 내비치고 있는데요. 그러한 심경의 변화는 무엇을 의미하며, 어디에 기인하고 있습니까?

김지하: 「황톳길」이 스물세 살 때 나왔어요. 목포 갔다 와서 쓴 거지요. 「저녁 이야기」는 그 이전이고요. 그걸 연결해서 난 고향에 안 가겠다는 그런 말인데, 이런 생각이 들어요. 이걸 보고 생각나는 게 열세 살 때 목포를 떠나서 7년 만인 스무 살에 돌아갔어요. 그때 난 폐결핵 환자였고, 상당히 고통스러웠어요. 그때 정지용의 시 중에 "고향에 고

향에 돌아와도 그리던 고향은 아니네 (……) 내 마음은 먼 항구를 떠도는 구름"이라는 구절이 생각나더라고요. 김 선생이 말한 시도 이와 똑같은 이야기입니다. 내 마음은 이미 고향에서 떠나 떠도는 구름이었다, 이 말입니다. 그 뒤로 고향에 가도 사람들이 너무 현실 정치에 쏠려 있거나 자꾸 과거의 고통받던 저항사라든가 이런 문제에서 감수성 자체가 한 발짝 앞으로 못 나오고, 오히려 그런 어떤 불쏘시개에서 한 차원 높은 감성 영역으로 올라갈 생각은 안 한 채 자꾸 과거에만 파묻혀 있더라고요.

게다가 친구나 후배들이 술만 먹으면 「부용산」이라는 노래를 불러요. 그 노래는 원래 빨치산 노래가 아니죠. 나중에 빨치산 노래가 되었지만, 원래는 폐결핵 걸린 자기 누이에 대한 사랑을 주제로 한 노래죠. 이처럼 너무 센티멘털하더라고요. 지리산이 어쩌고저쩌고, 늘 이런 얘기만 하는 거예요. 나도 그런 분위기에서 성장을 했지만, 너무 거기에 빨려 들어가지는 말라고 충고를 하곤 했죠. 전라도문학이 그때 한류의 주류를 틀어쥐었으면 좋았을 텐데, 또 잡을 수 있었는데, 오히려 현실적으로 자꾸 소외감을 느끼고, 안타깝게도 어떤 정치적 발산이나 지향에만 쏠려 있더라는 이야기입니다.

아까도 이야기했지만, 문화적인 지향에 대해서는 깊이 생각하지 않고 문화중심도시 건립에 돈이 쏟아지니까 싸움박질한다는 소문까지 들리고……. 그러니 선뜻 내려갈 생각이 안 납니다. 마지막으로 참으로 정나미 떨어지는 일이 있어요. 목포 양반들이 김지하 기념관을 설립하고 생가 복원을 한다고 해서 깜짝 놀랐습니다. 어떻게 산 사람을 기념할 수 있나요. 만약 목포 사람들이 정말로 그런다면 내가 어떻게 거길 갈 수 있겠습니까. 그래서 다시 이야기하지만, 나는 나그네라는 생각으로 일관하고 있습니다. 그래서 언제나 허름한 외피에 서늘한 내용을 가지고 살다 갈 것이고, 시를 선택한 자체부터가 그늘이라는 그림자에 의한 것이니 그것이 다만 흰 그늘이 되기를 바랄 뿐입니다. 그런 나에게 기념관 운운하는 것은 너무 동떨어진 이야기가 아니냐는 겁니다. 그렇지 않았다면 내가 목포에 많이 갔을 거예요. 한때는 귀향하려고 간 적도 있죠. 그러나 목포는 전혀 그럴 가능성이 없어 보여서 해남으로 내려갔었습니다.

김선태: 최하림 선생님도 선생님과 똑같은 말씀을 하시더라고요. 안 가겠다는 거예요. 참으로 안타까운 일입니다.

김지하: 나도 내려가서 해남에서 좀 살았었어요. 목포에도 자주 나가고. 그런데 해남에 있을 때 정신착란이 오더라고요. 그래서 다시 돌아왔지요.

김선태: 마지막으로 광주·전남 문단에 당부하고 싶은 말씀 좀 해주시죠.

김지하: 마지막으로 다시 한 번 제가 전라도에 부탁합니다. 전라도는 이제 생각도, 담론도, 예술도, 정치적인 견해도 모두 바뀌어야 합니다. 지금은 모든 게 변했습니다. 사회주의 계급 시절처럼 좌파와 우파로 나뉘어 싸우거나, 제3의 길도 아닌 낡은 좌파 이론에 매달려서도 안 됩니다. 그것은 이제 시대착오입니다. 그런데도 전라도는 변하지 않고 있어요. 내가 사랑하는 직계 후배들까지 전부 그래요. 그리고 새 길을 찾아나가는 나를 오히려 씹어요. 생명, 생태, 환경, 영성 등이 전 세계적인 조류인데도 불구하고, 웃긴다, 추상적이다, 관념적이다, 이러고 앉았어요.

전라도는 도덕적으로 높은 고지를 갖고 있는 곳입니다. 그리고 재능 있는 예인들을 다수 배출한 곳이며, 역사적으로는 고통의 온상입니다. 그야말로 예술과 시가 나오는 곳입니다. 지금은 한국 전체가, 동아시가, 전 세계가 새로운 차원의 변화를 앞두고 있는 때입니다. 그러므로 이제 어떤 방향으로 어떻게 변화를 도모할 것인지, 광주를 비롯한 전라도 전체가 함께 머리를 맞대고 논의해야 합니다. 아까 내가 문사철이라는 세 가지 방향을 이야기했어요. 철학에 있어서 동학의 생명평화와 중도론에 착안하여 판소리를 중심으로 하는 고급예술 콘텐츠를 개발하고, 장보고를 위시한 해양사의 전통을 동아시아의 허브론이나 심장론으로 연결시키는 것이 그것입니다. 이 세 가지, 문사철에 집중하면 앞으로 반드시 좋은 소식이 있지 않을까 생각합니다. 제발 삼류, 서푼짜리 정치에 좀 쏠리지 말라고 부탁하고 싶어요.

김선태 : 오늘 선생님과의 장시간 대담을 통해 문학을 포함한 문화 전반에 대해 참으로 소중한 이야기를 들을 수 있었습니다. 특히 최근 우리 시단의 흐름을 정확히 간파하시고 앞으로의 전망을 짚어주신 점과 광주·전남 문학의 문제점과 올바른 방향에 대해 혜안을 들려주신 선생님께 깊은 감사의 말씀을 올립니다. 새해에도 부디 건강하여 건필하시고 평안하십시오. 그리고 앞으로도 우리 시단을 끊임없이 일깨우는 선각자이자 바른 길로 인도하는 길잡이가 되어주시기 바라면서, 신년 대담을 마치겠습니다.

2부

지역문학

목포권 문학의 어제와 오늘

1. 한국문학의 메카, '목포'

'목포권 문학'이라 함은 전라남도 목포시를 중심으로 한 한반도 서남부 지역의 과거와 현재를 포괄하는 문학을 말한다.[1] 구체적으로 말하면 '목포권' 문학은 목포권 출신 문인이거나, 타 지역권 출신이라도 목포권에 오래 거주하거나 관련을 맺으면서 목포권을 문학적 소재로 취하거나 목포권의 지역적 특성을 살려 창작한 문학작품 또는 문학적 활동까지를 포함한다고 정의할 수 있다.[2]

목포권 문학은 근대 이전의 문학과 근대 이후의 문학으로 그 시기를 크게 나눌 수 있다. 근대 이전의 대표적인 문인으로는 강진의 정약용과 김응정, 해남의 윤선도와 임억령, 장흥의 백광홍과 백광훈, 영암의 최경창, 무안의 초의선사 등을 들 수 있다. 목포의 김우진을 출발점으로 하는 근대 이후의 대표적인 문인들은 일일이 그 이름을 헤아릴 수 없을 만큼 많다. 또한 목포권 전체의 문학을 아우르는 일은 매우

1 구체적으로 그 권역을 말하면, 목포시를 비롯하여 무안, 신안, 함평, 영광, 영암, 강진, 장흥, 해남, 진도, 완도 등 1개 시 10개 군이 이에 해당한다고 할 수 있다.

2 그러나 목포 출신 문인이라도 태어나기만 했을 뿐 일찍부터 타 지역으로 이주하여 살아왔거나, 목포를 소재로 한 문학작품이 전무한 문인의 작품을 목포문학의 범주에 포함시키는 것은 타당하지 않다고 판단된다. 그래서 수필가 김진섭은 제외했다. 그는 목포에서 태어났을 뿐, 목포에서 살았던 기억이나 목포를 소재로 한 작품이 전무하여 목포 출신 문인으로 보기에는 무리가 있다는 것이 필자의 생각이다.

광범위하고 지난한 일에 속한다.

따라서 이 글은 논의의 초점을 목포시의 문학, 즉 '목포문학'에 한정하고자 한다. 목포문학은 목포권에 속하는 지역들의 문학에 대한 대표성을 지니고 있을 뿐만 아니라, 이 글에서 중점적으로 다루고자 하는 문학적 실태와 문제점 또한 대동소이하다고 판단했기 때문이다.

올해로 개항 115주년을 맞이한 목포는 도시의 규모나 역사의 일천함, 그리고 한반도의 끄트머리에 자리하고 있다는 지정학적 불리함에도 불구하고, 이 땅을 대표하는 예술가들을 다수 배출함으로써 일찍부터 명실상부한 호남의 '예향'으로 불려왔다. 여러 예술 분야 중에서도 김우진(극작가), 박화성(소설가), 차범석(극작가), 천승세(소설가), 이가형(추리소설가), 최일수(평론가), 최하림(시인), 김지하(시인), 김현(평론가), 황현산(평론가) 등의 걸출한 문인들을 다수 배출하여 문학 분야에서 약진이 두드러진다. 특히 이들이 우리 현대문학사에서 차지하고 있는 현저한 위치를 감안한다면 목포를 제외하고 한국문학을 논의할 수 없다고 해도 과언은 아닐 것이다.[3]

그러나 이렇듯 화려한 전력에도 불구하고 현재 지역문학으로서 목포문학은 극심한 침체의 늪에 빠져 있다. 더욱 안타까운 점은 그 침체상태가 너무 오래 지속되고 있다는 사실이다. 이에 이 글은 목포문학의 어제와 오늘을 살펴 내일의 발전을 도모하기 위한 차원에서 지금까지의 문학적 흐름을 대표적인 문인들의 활동상을 중심으로 간략히 소

---

3 그리고 김환기(서양화가), 허건(남종화가), 이매방(승무가), 최청자(현대무용가), 장주원(옥돌공예가), 김성옥(연극인), 이난영(대중가수), 남진(대중가수), 조미미(대중가수), 오정해(국악인) 등 이름만 들어도 누구나 알 수 있는 예술인들이 목포 출신이다. 더욱이 이중에서 박화성, 차범석, 김환기, 허건, 최청자 5명은 명예로운 대한민국예술원 회원이기도 하다. 이는 국내의 단일 도시로는 전무후무한 기록에 해당한다. 이렇게 볼 때 목포의 예술은 일개 지역예술이 아니라 한국예술의 중심에 해당한다고 해도 무방할 것이다.

개한다. 또한 현재의 실태와 문제점을 점검하여 앞으로의 바람직한 발전 방안을 제시함으로써 침체된 목포문학의 부흥을 위한 자성의 계기로 삼고자 한다.

2. 목포문학의 발전 배경

전술한 대로 목포는 여러 가지 불리한 여건에도 불구하고 한국현대문학을 대표하는 뛰어난 문인들을 많이 배출했다. 이는 다른 도시들과 비견할 수 없는 목포만의 문학적 경쟁력에 해당한다고 할 수 있다. 그렇다면 목포의 문학이 이렇듯 일찍부터 발전할 수 있었던 배경이나 요인은 무엇일까. 그것을 세 가지로 간추려 정리하면 다음과 같다.

첫째, 무엇보다도 무수한 섬과 바다를 끼고 있는 다도해의 모항으로서 자연환경을 들 수 있다. 쾌청한 날, 유달산 일등바위에 올라가 바라보면 수천 개의 섬들이 물개처럼 헤엄치며 놀고 있는 다도해가 한눈에 들어온다. 게다가 영산강의 하구에 자리하고 있어 민물과 바닷물이 만나는 곳이 목포다. 목포 사람들은 어머니 자궁에서부터 파도 소리를 듣고 자란다. 이렇듯 해조음 태교를 받고 자란 목포 사람들이야말로 풍부한 감성과 예술적 소양을 타고났다고 할 수밖에 없다. 게다가 어머니 자궁처럼 옴팍한 목포항은 마치 융융한 지중해를 연상시킨다. 이런 천혜의 자연환경은 항구도시[4] 목포가 문학을 비롯한 예술이 필연적으로 발달할 수 있는 자양분이라고 할 수 있다.

둘째, 간접적인 요인으로는 개항과 더불어 통상무역이 활발해진 점

4 유명 예술가들을 다수 배출했다는 점에서 목포는 비슷한 여건의 항구도시인 경남 통영과 많은 유사성을 지니고 있다.

과 일본유학생이 타 지역에 비해 눈에 띄게 많았다는 점을 들 수 있다. 1897년에 개항[5]한 목포항은 1910년대에 들어 도시 발달의 기초를 마련하고, 1920년대에는 항만시설의 확충으로 "근래 면가(綿價)의 등귀로 항내는 대선(大船)이 폭주하고 해안통에는 면화가 산같이 쌓였으며 시중은 건축이 성행하여 전혀 지적(地積)의 여유를 볼 수 없는 호황"[6]이요, "전남의 현관이요 물산 집합의 중심지로 조선에서는 제3위를 점령할 만한 중요항"[7]이며, "만 석의 거부와 수천 석의·재산가가 다수"[8]라고 할 정도로 발전하였다. 1930년대에는 부역의 확장 등으로 인해 인구증가율이 전국 최고를 기록할 만큼 최고 전성기를 구가하였다.[9]

이러한 경제적 · 사회적 발전으로 인한 부의 축적은 교육으로 이어졌고, 당시 인근의 광주와 나주, 순천, 영광 등지의 일본유학생이 서너 명에 불과함에 비해 목포는 수십 명에 달하였다. 이들 근대 지식인들 중 김우진을 비롯한 이화삼, 홍순태, 박경창, 장병준, 박동화는 초창기 연극계의 기틀을 다졌고, 허건을 비롯한 김동수, 문원, 백홍기, 윤재우, 백영수, 고화음, 양수아, 박철산, 소송 등 한국 화단의 신예들이 목포를 무대로 활동했으며, 나천수, 오덕, 정철, 백두성, 박문석, 문일석, 강원순, 서광호, 이가형 등은 문학작품을 활발히 발표하였다.[10] 말하자면 경제적인 풍요가 일찍부터 문학을 비롯한 예술의 발달을 촉진시키는 데 일조했다고 할 수 있다.

---

5 개항 당시 목포는 무안군 목포진 주변을 말하는 것이었다(고석규, 『근대도시 목포의 역사 공간 문화』, 서울대학교 출판부, 2004, 19면).

6 위의 책, 95면, 재인용.

7 위의 책, 100면, 재인용.

8 위의 책, 96면, 재인용.

9 위의 책, 102면, 재인용. 당시 목포의 인구증가율은 11.2%로 전국 최고였으며, 1935년 기준 인구는 6만 명에 달했다.

10 차범석, 「뿌리가 있어야 열매를 맺는다」, 『목포 100년의 문학』, 올뫼, 1997, 9면.

셋째, 직접적인 요인으로는 출판문화의 발달을 꼽을 수 있다. 목포는 지방에 위치한 도시임에도 불구하고 문학작품을 활자화할 수 있는 잡지가 일찍부터 발간되었다. 그 시초는 1930년에 김우진의 동생 김철진이 발행한 종합지 『호남평론』이다. 이어 1945년에는 이동주 등이 『예술문화』를 발간하였으며, 1947년에 박화성의 단편집 『고향 없는 사람들』 출판기념회가 요정 '국취관'에서 열리기도 했다. 1951년에는 목포문학이 실질적으로 뿌리를 내리는 계기를 마련한 월간 『갈매기』와 주간 『전우』가 목포해군경비부의 지원으로 발간되었으며, 1952년에는 서정주와 김현승 등 전국의 시인들과 김환기(표지화가) 등 저명한 화가들을 총망라했던 시 전문지 『시정신』[11]이 차범석의 동생 차재석의 힘으로 발간되었다. 1960년에는 목포의 문인들을 하나로 집결시킨 『목포문학』이 창간된 이래 지금까지 발간되고 있으며, 1962년에는 김현과 최하림, 김승옥 등이 주축이 되어 우리나라 최초의 소설동인지 『산문시대』를 5집까지 발간하였다. 이 동인지는 나중에 『창작과비평』과 양대 축을 이루었던 문학종합지 『문학과지성』의 모태가 되었다. 이밖에 『흑조』 등의 무수한 동인지와 목포고의 『잠룡』 등 각급 학교의 문예지들이 꾸준히 발간되었다. 이렇듯 목포는 지방의 중소도시임에도 불구하고 일찍부터 전국적인 수준의 문예지들을 다수 발간함으로써 중앙문단을 무색하게 할 정도의 문학적 분위기와 역량을 지니고 있었다.

넷째, 젊은 문학도를 격려하고 키워내는 후견인들이 많았다는 점이다. 어느 지역이나 단체나 그 전체를 아우를 수 있는 중심인물을 필요로 하듯이 문학도 마찬가지다. 문학에 있어서 중심축의 부재는 파산 또는 사분오열을 의미한다고 할 수 있다. 그러나 지금과는 달리 당시 목포문학의 중심에는 젊은 문학도들을 길러내는 든든한 후견인들이

11 이 시 전문잡지는 5공 시절 미당 서정주에 의해 복간되었으나 곧 다시 폐간되었다.

많았다. 그중에서도 1950년대 항도여자중학교 교장으로 재직하면서 여학생들에게 문학교육을 철저하게 시킨 수필가 조희관과 1958년 순수민간단체인 '목포문화협회'를 결성하여 각각 회장과 사무국장을 맡았던 남종화가 허건, 그리고 차범석의 동생 수필가 차재석을 들 수 있다. 특히 허건과 차재석은 단체를 이끌면서 사재까지 털어 젊은 문인, 화가, 음악가, 연극인 들을 지원한 것으로 유명하다.[12] 말하자면 이들처럼 뒤에서 밀어준 후견인이 있었기에 목포문학의 지속적인 발전이 가능했다는 이야기이다.

3. 목포 출신 대표문인들의 활동상[13]

1) 한국 극예술의 선구자, 초성 김우진(1897~1926)

김우진은 전남 장성에서 당시 군수였던 김성규의 장남으로 태어나 1907년 11세 때 무안 감리로 발령받은 아버지를 따라 목포시 북교동 46번지로 이주했다. 목포공립보통학교(현 북교초등학교)를 졸업한 후, 일본 구마모토[熊本] 농업학교를 거쳐 1924년 와세다대학 영문과를 졸업했다.

농업학교 시절 시작에 심취했고, 대학 시절부터는 연극에 관심을 보

12 차범석, 앞의 글, 11~12면.

13 목포 출신 대표문인들의 활동상을 간략히 소개하고자 하는 것은 지금껏 목포문학의 흐름이 어떻게 흘러왔으며, 한국문학사에서 어떠한 위상을 지니는 것인가를 드러내기 위한 것이다. 따라서 그들의 구체적인 작품세계 분석은 이 글에서 다룰 성질이 아니라고 판단된다. 이에 대한 작업은 차후 시도할 것이다. 그리고 목포 출신 문인들이 많음에도 불구하고 여기에서 7명으로 한정한 것은 이들의 문학적 성과가 뛰어날 뿐만 아니라 문학적 지명도 또한 높기 때문이다.

이기 시작하여 1920년 조명희, 홍해성, 고한승, 조춘광 등 유학생과 함께 연극연구단체인 '극예술협회'를 조직하였다. 1921년에는 '동우회순회연극단(同友會巡廻演劇團)'을 조직하여 국내 순회공연을 했다. 대학을 졸업하고 목포로 귀향하여 영농사업체인 상성합명회사 사장으로 일하면서 시 50편, 희곡 5편, 소설 3편, 문학평론 20편을 남겼다. 또한 'Societe Mai(오월회)'라는 목포지역 최초의 근대문학동인회를 결성하여 리더로 활동하기도 했다. 그러나 가정·사회·애정문제로 번민하다가 1926년 8월, 소프라노 가수 윤심덕과 현해탄에 투신 정사했다.

김우진이 남긴 대표작 「難破」 외 4편의 희곡(「正午」, 「李永女」, 「두데기 詩人의 幻滅」, 「山돼지」)은 시대적·가정적 고통을 담고 있어 자전적 성격이 강하다. 그중에서 특히 「李永女」는 목포를 무대로 창작된 작품이다. 1924년 여름부터 1925년 겨울에 이르는 작품 속의 시간은 김우진이 북교동 자택에 설립한 상성합명회사의 사장으로 일하고 있었던 때와 일치하기 때문에 목포, 특히 작품의 무대인 양동지역이 직접 눈으로 보는 것처럼 선명하게 그려져 있다. 주인공 이영녀는 자식들을 양육하기 위해 자신의 성을 파는 매춘부이다. 따라서 표층적으로 이 작품은 동시대의 피해자로서 여성을 조명하고 있다. 그러나 이 작품은 매춘에 있어 환전의 주체가 바로 이영녀 자신이라는 사실을 놓치지 않는다. 따라서 이영녀의 죽음, 다시 말해 매춘행위의 소진은 남성중심 사회와 그 이데올로기를 허물어뜨리는 의미 기재로 작용한다. 그러므로 「李永女」는 어둡고 빈궁한 삶 속에서도 주체적인 삶을 영위하다 죽어간 여주인공에 대한 진지한 보고서이자, 남성본위중심문화의 폐해를 정면으로 공박한 의미 있는 작품이라고 할 수 있다.[14]

---

14 작가와 작품에 대한 내용은 김우진의 여러 전기적 자료와 작품을 읽고 필자가 나름대로 요약하여 정리한 것이다. 뒤에 나오는 다른 문인들의 경우도 마찬가지다.

김우진이 남긴 50편의 시는 자유의지와 생명력의 희구를 그 주제로 삼고 있다. 그는 다양한 서정적 자아를 등장시켜 극악한 현실을 고발하고, 고정된 기존질서를 파괴하며 민중이 자유롭게 살 수 있는 생명력의 세계를 추구했다. 이러한 그의 시적 기법은 그가 탐구한 표현주의 문학에 바탕을 두고 있다.

그는 또한 20여 편의 평론을 남겼는데, 그중에서 「소위 근대극에 대하여」, 「자유극장이야기」, 「사옹(沙翁)의 생활」, 「구미(歐美)극작가론」은 뛰어난 논문이다. 그리고 「쓰키지소극장[築地小劇場]에서 인조인간을 보고」라는 글은 연극평의 한 예를 보여준다. 또 「창작을 권합네다」라는 글에서는 표현주의를 체계적으로 소개했으며, 전통적 인습 타파를 작품의 주제로 삼은 한국작가들에게는 표현주의가 가장 알맞은 창작 방법이라는 논지를 펴기도 했다.

이렇듯 김우진은 자기가 겪은 시대적 고통을 적절히 희곡 속에 투영함으로써 당시 계몽적 민족주의나 인도주의 내지 감상주의에 머물렀던 기성문단을 훨씬 뛰어넘은 선구적 극작가였으며, 특히 표현주의를 직접 작품으로 실험한 점에서는 유일한 극작가였다. 또한 해박한 식견과 외국어 실력, 선구적 비평안을 가지고 당대 연극계와 문단에 탁월한 이론을 제시한 평론가이며, 최초로 신극운동을 일으킨 연극운동가로 평가된다.

목포 제일의 갑부 집안답게 방대한 대지 위에 부모님과 가족들이 기거하던 안채와 별채가 즐비했다는 그의 집터(목포시 북교동 46번지)엔 현재 북교동 성당이 들어서 있고, 우리문학기림회가 세운 문학표지석도 있다.

2) 한국 여성소설의 대모, 소영 박화성(1904~1988)

박화성은 목포시 죽동에서 유복한 집 막내딸로 태어났다. 본명은 경순, 화성(花城)은 아호이자 필명으로 열한 살 때부터 사용하기 시작했다. 10세 때 고등과 3학년에 편입하고 월반을 거듭하여 열두 살 때 목포 정명여학교를 졸업하였다. 이듬해 서울 숙명여고보를 졸업한 뒤, 1929년 일본여자대학 영문학부를 수료했다.

그녀가 본격적으로 문학을 시작한 것은 영광중학원 교사 시절 동료 교사였던 시조시인 조운에게서 소설을 쓸 것을 권유받으면서부터이다. 그녀는 1923년 21세 때 최초의 단편소설 「팔삭동」을 『자유예원』에 발표하고, 「추석전야」를 조운이 당시 계룡산에 내려와 요양하던 춘원 이광수에게 보임으로써 『조선문단』(1925)에 추천을 받아 문단에 데뷔하였다. 그 후 1932년 여성으로서는 처음으로 장편소설 『백화』를 『동아일보』에 연재하면서 장편작가로서 역량을 보이기 시작해 이후 20여 편의 장편소설을 썼다. 1969년에는 건강이 악화되어 위 제거수술 후 5년이라는 시한부 삶을 선고받고도 무서운 집념으로 집필을 계속하다가 1988년 천수(84세)를 누리고 타계했다. 한편 그녀의 문학의 피는 가족에게도 내려져 장남 천승준(문학평론가), 차남 천승세(소설가), 삼남 천승걸(서울대 영문과 교수), 맏며느리 이계희(소설가)가 잇고 있다.

살아생전 20여 편의 장편소설과 100여 편의 단편소설, 그리고 500여 편의 수필과 시를 남긴 박화성은 '동반자 작가'[15]로서의 작품 경향

15 '동반자 작가'는 사회주의운동에 직접적인 조직원의 일원으로 참여하지는 않으나 사회주의 문학의 대의에는 동조하는 자유로운 문학을 하는 작가를 말한다. 우리나라의 경우 동반자 문학에 대한 관심은 1929년 이후부터 나타나기 시작했는데, 카프에서 동반자 작가로 인정한 사람으로는 이효석과 유진오가 있다. 이들은 본격적으로 프로문학운동에 참여하지는 않았으나 카프의 방침에는 동조하였다. 1933년 이후 채만식, 이갑기, 백철, 안함광, 임화 등에 의해 이에 대한 본격적인 논쟁이 있었다. 박화성의 경우 「추석전야」가 동반자적 소설에 해당한다고 볼 수 있다(한국문학평론

과 리얼리즘에 입각하여 현실문제를 깊이 있게 파헤친 작가로 평가받고 있다. 특히 그녀는 고향 목포가 배경인 소설을 많이 썼는데, 그중에서도 데뷔작 「추석전야」를 비롯한 「하수도공사」, 「헐어진 청년회관」이 대표적이다.

「추석전야」는 1925년 목포에 최초로 건립된 방직공장 직공들 중에서도 압박과 설움을 가장 많이 받았던 여직공들의 참담한 생활을 그리고 있을 뿐만 아니라, 목포의 초기 도시화 과정의 이중성(일본인 마을과 조선인 마을의 차별)[16]도 고발하고 있다. 실화소설로 볼 수 있는 「하수도공사」는 1931년 3월 29일에 일어난 목포의 하수도공사장 소동사건을 소재로 하고 있는데, 당시 일제가 하수도공사를 실업자 구제 명분으로 사업을 벌였으나 결국은 청부업자나 자본주의 지주의 이익으로 돌아가고 말았다는 비화를 그린 역작이다. 「헐어진 청년회관」은 일제시대 청년운동과 민족운동의 보금자리였던 목포청년회관(목포시 남교동 80-1, 현 목포 임마누엘제일교회)을 배경으로 한 소설로 역사의식이 강하게 투영되어 있다. 한편 이 청년회관은 주인 없는 건물로 방치되다가 나중에 교회가 들어섰으며, 근래엔 한국예총목포지부와 한국청년연합회목포지부, 박화성 탄생 100주년 기념사업추진위원회 등이 공동으로 주관하여 「헐어진 청년회관」에 대한 토론회 및 현판식을 가진 바 있다.[17]

박화성은 유독 '최초'라는 수식어가 많이 붙어 있는 작가로 유명하다. 1925년 목포에 최초로 건립된 방직공장의 여공들을 주인공으로 한 단편 「추석전야」로 문단에 데뷔함으로써 최초의 여성소설가가 되었고, 1932년엔 『백화』를 「동아일보」에 연재하면서 최초의 여성 장편작

가협회 편, 『문학비평용어사전-상』, 국학자료원, 2006, 510~511면 참조).

16 고석규, 「근대도시 목포의 대중문화를 통해 본 식민지 근대성」, 『지방사와 지방문화』 제9권 1호, 2006, 91~122면 참조.

17 이에 대해서는 고석규의 앞의 책, 309~311면을 참조 바람.

가가 되었다. 그뿐만 아니라 가장 어린 15세의 나이에 초등학교 선생님으로 교단에 섰으며, 일본여자대학교 영문학부에 입학한 최초의 한국여성이었다. 그래서 사람들은 그녀를 선구자 또는 선각자로 부르기를 주저하지 않는다.

한국여류문학인회 초대회장을 비롯하여 국제펜클럽 세계연차대회 한국대표와 대한민국예술원 회원을 지낸 바 있는 그녀는 살아생전 뛰어난 문학적 업적과 공로를 인정받아 대한민국문화훈장, 한국문학상, 3·1문화상, 제1회 예술원상, 목포시문화상 등을 수상하였다.

장편 『백화』를 비롯한 작품들이 탄생한 곳이자 당시 목포 문인들의 사랑방이었던 용당동의 '세한루'는 현재 표지석만 있을 뿐 자취를 감춘 지 오래이고, 2007년 개관한 목포문학관 1층에는 '박화성관'이 들어섰다. 그리고 그녀의 모교인 목포정명여고 교정에도 시비가 서 있다.

3) 한국 사실주의 연극의 완성자, 차범석(1924~2006)

차범석은 1924년 목포에서 부유한 포목상의 막내아들로 태어났다. 광주서중학교와 1945년 광주사범학교를 거쳐 1966년 연희전문학교(현 연세대학교) 영문학과를 졸업했다. 13세 때 처음 본 최승희의 무용공연에 충격적인 감동을 받은 그는 일찍부터 연극과 영화에 심취하며 극작가로서의 소양을 다졌다. 그러나 그가 희곡에 처음 눈을 뜬 것은 해방 직후 헌책방에서 구입한 전 세계의 대표적인 희곡이 총망라된 근대극 전집을 통해서였다. 그리고 연희전문학교에서 평생의 스승인 동랑 유치진을 만나 연극에 눈을 뜨게 됐다. 1955년 「조선일보」 신춘문예에 희곡 『밀주(密酒)』가 가작 입선되고, 1956년 같은 신문에 『귀향』이 당선되어 등단한 후 창작활동을 본격적으로 시작했다.

20대에는 6 · 25전쟁을 겪은 전후문학 세대로서 사회현실에 대한 풍자와 비판의식이 강한 작품을 주로 발표했다. 특히 전쟁의 상처로 절망 속에 살아가는 인간상을 그린 「불모지」(1957)와 이념의 허구성과 인간의 본능적 욕구를 사실적으로 그려낸 「산불」(1962)은 6·25의 비극을 부각시키고 반전의식을 일깨운 전후문학의 대표작으로 평가된다. 이밖에도 「성난 기계」(1957), 「청기와집」(1964), 「열대어」(1965), 「장미의 성」(1968), 「꿈하늘」(1987), 「들리니? 풀이 자라는 소리」(1994), 「그 여자의 작은 행복론」(2001) 등을 발표했다.

평소 깐깐하고 원칙주의로 소문난 그는 말년까지도 집필을 계속했는데, 팔순에 신작 「옥단어」를 탈고하는가 하면 2004년 말에는 신극 이후 오늘날까지 전개되고 있는 우리 소극장 연극의 발달사인 『한국 소극장 연극사』를 출간하는 기염을 토하기도 했다.

극작가로서의 작품활동 외에도 1956년 김경옥, 최창봉, 오사량 등과 '제작극회'를 창단해 소극장 운동을 주도했으며, MBC 창립에 참여해 방송극 창작에도 관여했다. 1963년에는 김유성·임희재 등과 극단 '산하'를 창단하고 대표(1963~1983)로 활동하며 한국의 현대극을 정착시키는 데 기여했다. 또 「사형인」(1956), 「말괄량이 길들이기」(1964), 「세일즈맨의 죽음」(1975), 「도미부인」(1984), 「고려애사」(1990) 등의 공연을 맡아 연출가로도 활동했다. 1983년 「옛날 옛적 훠이 훠이」의 작업을 끝으로 그는 20여 년간 리얼리즘 중심의 창작극과 다양한 번역극을 소개하며 중견극단으로 성장한 '산하'의 막을 내리기로 결정해 당시 연극계에 충격을 주기도 했다. 1981년 대한민국예술원 회원으로 선임된 그는 1998년 한국문화예술진흥원장, 2002년 대한민국예술원장 등을 역임하다가 2006년 천수(82세)를 누린 후 타계했다.

전후작가로 분류할 만한 극작가이면서도 전쟁이라는 주제에 고착하지 않고 철저한 사실주의를 바탕으로 다양한 주제로 현대적 서민 심리를 추구하며 작품을 쓴 그는 이해랑과 유치진의 뒤를 잇는 한국 사실주의 연극의 대표적인 작가이자 연출가로 평가된다.

저서로는 창작희곡집 『껍질이 깨지는 아픔 없이는』(1961), 『대리인』(1969), 『환상여행』(1975), 『학이여 사랑일레라』(1982), 『식민지의 아침』(1991), 『통곡의 땅』(2000) 등과 연극이론서인 『동시대의 연극인식』(1987)이 있다. 이밖에도 수필집 『거부하는 몸짓으로 사랑했노라』(1984), 『예술가의 삶』(1993), 『목포행 완행열차의 추억』(1994)과 자서전 『떠도는 산하』(1998)가 있다. 이들 중 『학이여 사랑일레라』는 목포의 삼학도 전설을 소재로 남녀 간의 사랑 이야기를 다루고 있으며, 남도의 정서가 물씬 풍기는 작품이다.

대한민국문화예술상(1970), 성옥문화예술상(1980), 대한민국연극제희곡상(1981), 대한민국예술원상(1982), 동랑연극상(1984), 대한민국문학상(1991), 이해랑연극상(1993), 금호예술상(1996), 서울시문화상(1998), 한림문학상(1998), 삼성문학상(2000) 등을 수상했다.

4) 휴머니즘 소설가이자 극작가, 천승세(1939~)

천승세는 1939년 목포에서 소설가 박화성의 둘째 아들로 태어났다. 형인 천승준은 문학평론가이고, 동생인 천승걸은 서울대 영문과 교수로 삼 형제가 모두 문학을 전공했다. 성균관대학교 국문과를 졸업하고 신태양사 기자, 문화방송 전속작가, 한국일보 기자, 제일문화흥업 상임작가, 한국문인협회 소설분과 이사를 지냈으며, 현재 고향 목포에 내려와 목포문학의 부흥을 위해 노심초사하고 있다. 1958년 「동아일보」 신춘문예에 소설 「점례와 소」가 당선되었고, 1964년 「경향신문」 신춘문예에 희곡 『물꼬』와 국립극장 현상문예에 희곡 『만선』이 각각 당선되어 문단에 등장했다.

소설가이자 극작가인 그의 작품들은 대부분 휴머니즘에 입각하여 인정에 바탕을 두어 인간사회의 비정한 세계를 추구해온 것으로 알려져 있다. 어민들의 만선에 대한 집념과 좌절을 그린 그의 대표 희곡

『만선』은 비록 작품의 직접적인 무대가 명시되어 있지는 않지만, 억센 전라도 사투리로 일관된 대사를 통해서 친근함과 향토적 정서를 불러 일으키고 있다는 점에서 목포를 배경으로 한 작품이라고 봐도 무방하다고 할 수 있다. 3막 6장의 비극인 이 작품은 어민들의 비참한 삶을 통해 인간의 의지와 집념, 그리고 그로 인한 갈등 심리를 섬세하게 표현한 압권이다.

주요 작품으로는 「내일」(1958), 「견족(犬族)」(1959), 「예비역」(1959), 「포대령」(1968) 등이 있다. 단편소설집은 『감루연습(感淚演習)』(1978), 『황구의 비명』(1975), 『신궁』(1977), 『혜자의 눈꽃』(1978) 등이 있고, 중편소설집으로 『낙월도』(1972), 장편소설집으로 『낙과(落果)를 줍는 기린』(1978), 『깡돌이의 서울』(1973), 그리고 수필집 『꽃병 물 좀 갈까요』(1979) 등이 있다.

한국일보사 제정 제1회 한국연극영화예술상을 수상했으며, 창작과비평사에서 주관하는 제2회 만해문학상과 성옥문화상 예술부문 대상을 각각 수상하였다.

5) 한국 평론문학의 독보적 존재, 김현(1942~1990)

김현은 1942년 전남 진도군 진도읍 남동리에서 태어났으며, 본명은 광남(光南)이다. 진도에서 초등학교 1학년 1학기를 마치고, 7월에 목포 북교초등학교로 전학했다. 그의 아버지는 목포 공설시장 앞에서 '구세약국(救世藥局)'을 열어 양약 도매업을 했는데, 충청 이남의 양약 공급을 장악할 만큼 사업에 성공했다고 한다. 목포중학교를 졸업하고 목포문태고등학교에 입학했으나 곧바로 서울의 경복고등학교로 전학했다. 경복고등학교를 마친 후, 서울대학교 문리대 및 동대학원 불문학과를 졸업하고, 프랑스 스트라스부르 대학에서 수학하였다.

1960년대 초반 김지하, 최하림 등과 함께 목포 오거리에서 문학적 감수성을 익혀나간 그는 1962년 서울대학교 불문학과 재학 시절에 『자유문학』에 문학평론 「나르시스의 시론－시와 악의 문제」를 발표하여 문단에 등단했다. 동년 여름 김승옥, 최하림과 함께 동인회 '산문시대'를 결성하고 우리나라 최초의 소설동인지 『산문시대』를 창간하여 주도했다. 2호부터 강호무와 김산초, 김성일, 염무웅, 김치수, 서정인 등이 가세한 이 동인회는 1968년 이른바 4·19 세대가 대거 참여한 동인회 '68그룹' 결성과 1970년 가을 김현, 김병익, 김치수, 김주연 등이 창간한 문학 계간지 『문학과지성』의 모태가 되었다. 이후 김현은 『문학과지성』(약칭 '문지')의 문학적 이념으로 편집과 기획을 주도하면서 수많은 평론을 발표해 한국평론문학의 독보적 존재로 군림하다가 1990년 6월, 48세라는 짧은 나이에 지병으로 세상을 떴다.

김현은, 죽은 뒤 "100년에 한 번 나올까 말까 한 평론가"라는 말이 나올 만큼 당대의 한국문학에 넓고 깊은 영향을 미쳤다. 그는 자신의 또래가 4월 혁명의 이념인 자유와 민주 정신을 승계한 적자라고 굳게 믿으며 식민지 언어가 아니라 한글로 사유하고 한글로 글을 쓴 제1세대임을 자랑스럽게 생각하였다. 또한 그는 엄청난 독서량과 섬세하면서도 날카로운 작품 분석, 인문학 전반을 아우르는 드넓은 지적 관심, 그리고 명료하고 아름다운 문체로, 비평을 창작에 기생하는 장르가 아니라 독자적인 문학 장르로 끌어올린 최초의 비평가로 평가되고 있다. 특히 그의 비평 문체는 이른바 '김현체'라고 불릴 정도로 높은 평가를 받았으며, 비평의 대상이 된 작가들도 즐겨 읽을 만큼 매혹적이었다. 따라서 그는 작품 분석을 중심으로 하는 실제 비평의 영역에 먼 훗날까지도 뛰어넘기 어려운 봉우리로 남아 있을 것이 틀림없으며, 이 땅에서 가장 독창적인 언어세계를 보여준 비평가였다.

김현은 살아생전 240여 편에 달하는 문학평론과 저서를 남겼다. 김윤식과 함께 『한국문학사』(1973)를 펴냈으며, 고전에서 현대에 이르기까지 서로 다른 경향들에도 깊은 관심을 갖고 연구하여 『존재와 언어』(1964), 『한국문학의 위상』(1977), 『분석과 해석』(1988) 등의 책을 펴냈다. 또한 그는 불문학자로서 좀 더 세계적이고 보편적인 관점으로 우리 문학을 읽어내고 거기서 의미를 끌어내기 위해 외국문학 연구에도 관심을 보여 『바슐라르 연구』(곽광수와 공저, 1976), 『현대비평의 혁명』(1977), 『문학사회학』(1980), 『미셸 푸코의 문학비평』(1989), 『시칠리아의 암소』(1990) 등을 펴내기도 했다. 그가 죽은 뒤에도 평론집 『말들의 풍경』(1990), 유고일기 『행복한 책 읽기』(1992) 등이 나왔으며, 1993년에는 문학과지성사에서 『김현문학전집』 전 16권이 집대성되었다. 또한 외국문학 논문상(1988), 제1회 팔봉비평문학상(1989) 등을 받았다. 목포문학관에 김현관이 들어섰으며, 입구에 문학비가 서 있다.

6) 목포가 낳은 세계적인 시인, 노겸 김지하(1941~)

본명은 영일(英一), 지하(芝河)는 필명으로 1941년 목포시 산정동 1044번지 동학농민운동가 집안에서 태어났다. 목포 산정초등학교를 졸업하고 1954년 목포중학교 2학년에 다니던 중 아버지를 따라 원주로 이주했다. 원주중학교 2학년으로 편입해 다니던 중 천주교 원주교구의 지학순(池學淳) 주교와 인연을 맺은 뒤, 1956년 서울 중동고등학교에 입학하면서 문학의 길로 들어섰다. 1959년 서울대학교 미학과에 입학하여 4·19혁명에 참가하는 등 학생운동에 앞장서는 한편, 5·16 군사정변 이후에는 수배를 피해 목포 등지에서 항만의 인부나 광부로 일하며 도피생활을 하였다. 1963년 3월 『목포문학』 2호에 '金之夏'라는 필명으로 발표한 시 「저녁 이야기」가 처음으로 활자화되었고, 1964년 6월 '서울대학교 6·3한일굴욕회담반대 학생총연합회' 소속으로 활동하다 체포되어 4개월의 수감 끝에 풀려난 뒤, 1966년 8월 7년 6개월 만에 대학교를 졸업하였다.

1969년 11월, 고향 친구 김현의 도움을 받아 시 전문지 『시인』에 5편의 시를 발표하면서 본격적으로 저항시인의 길로 들어섰다. 1970년 『사상계』 5월호에 권력 상층부의 부정과 부패를 판소리 가락으로 담아낸 담시 「오적」을 발표하였다. 「오적」으로 인해 『사상계』와 신민당 기관지 『민주전선』의 발행인과 편집인이 연행되었고 『사상계』는 정간되었다. 김지하는 이때 「오적」 필화사건으로 구속되었으나 국내외의 구명운동에 힘입어 석방되었다. 이후 희곡 「나폴레옹 꼬냑」과 김수영 추도 시론 「풍자냐 자살이냐」를 발표하였고, 그해 12월 목포를 시적 모티프로 삼은 첫 시집 『황토』를 발간하였다. 그리고 1980년 감옥에서 석방되어 1982년 두 번째 시집 『타는 목마름으로』를 발간하였다. 1984년 사면 · 복권되고 저작들도 해금되면서 1970년대의 작품들이 다시 간행되었고, 이 무렵을 전후로 최제우, 최시형, 강일순 등의 민중사상에 독자적 해석을 더해 '생명사상'이라 이름하고 생명운동에 뛰어들었다. 이때 변혁운동 진영으로부터 '변절자'라는 비난을 받기도 하였다.

당시 시집으로 『애린』(1986), 『검은 산 하얀 방』(1987)과 최제우의 삶과 죽음을 담은 장시집 『이 가문 날에 비구름』(1988), 서정시집 『별밭을 우러르며』(1989) 등을 펴냈다. 1990년대에는 1970년대의 활기찬 저항시와는 달리 고요하면서도 축약과 절제, 관조의 분위기가 배어나는 내면의 시세계를 보여주었는데 『일산 시첩』이 대표적인 예이다. 1993년 그동안 써낸 시들을 묶어 『결정본 김지하 시 전집』 3권을 출간하였고, 1994년 『대설 南』과 시집 『중심의 괴로움』, 1999년 이후 『김지하의 사상기행』과 시집 『화개』, 『유목과 은둔』, 『새벽강』, 『비단길』 등을 펴냈다. 1998년부터 율려학회를 발족해 '율려사상'[18]과 신인간운동을 주

18 '율려(律呂)'는 원래 음악용어이지만 음양오행의 동양철학에 기초하고 있고, 고대 신화에서 천지창조의 주인공으로 일컬어지는 등 철학과 신화학 등에서도 사용하는 용어이다. 다시 말해 율려론은 음양오행의 주역 철학에 기초하였으며, 상생과 상극

창하는 등 새로운 형태의 민족문화운동을 전개하고 있다.

김지하의 첫 시집 『황토』가 척박한 이 땅의 현실과 억압에 대한 울분과 저항의식을 드러내는 데 초점이 맞춰져 있다면, 「오적」을 비롯한 일련의 담시들은 정치적 억압 및 경제적 질곡과 맞서 싸우는 문학적 응전 양식으로서의 성격을 지니고 있다. 1970년대에서 1980년대 초반까지 격렬한 저항의 몸짓을 지녔던 그의 시는 1980년대 중반을 넘어서면서부터 대결구도나 반역의 정신을 벗어나 순환구조나 탐구의 정신을 표방하고 있다. 달리 말해 이는 투쟁과 무기의 시로부터 통일과 사랑의 시로의 전환이자 서양적 세계관을 동양적 세계관으로 접수·고양시키는 구도의 성격을 지니는데, 그 중심주제가 생명사상[19]이다. 1980년대 말부터 그의 시는 내면성, 철학성, 사상성이 더욱 깊어져 절망과 죽음을 넘어선 새 삶과 새 생명에 도달하고자 하는 소망과 기다림을 담은 고요한 서정시로 바뀌어 지금에 이르고 있다.

목포를 소재로 한 김지하의 시는 대부분 첫 시집 『황토』에 집중되어 있다. ①「산정리 일기」, ②「비녀산」, ③「성자동 언덕의 눈」, ④「용당리에서」, ⑤「황톳길」 등의 시가 대표적이다. ①에서 ④까지 제목에 나타난 지명은 지금도 현전하며, ⑤의 시 속에 나오는 '부주산', '오포산'도 마찬가지다. 이들 시는 그가 1961년 남북학생회담 남쪽대표 3인 중 한 사람으로 지명수배되어 학업을 중단하고 목포로 도피하여 항만 인부생활 등을 하며 20대 초반의 피 끓는 젊음을 숨어 지낼

의 상관관계에 대한 통합적 이해를 바탕으로 조화를 얻어야 한다는 입장으로 요약할 수 있다. 이러한 율려는 오늘날 증산도에서 태을주사상을 결합시켜 신앙화하고 있으며, 김지하의 생명사상에서도 중심을 이루게 된다(한국문학평론가협회 편, 『문학비평용어사전-상』, 국학자료원, 2006, 612면).

19 김지하의 생명사상은 1990년대 이후 한국의 '생태시' 혹은 '생명시' 운동에 지대한 영향을 미치게 된다. 그런 의미에서 그는 우리 시단의 선각자 또는 예언자라 할 만하다.

때의 체험을 모티프로 창작된 것으로 보인다. 그는 그 무렵의 기억을 쓴 산문 「고행」에서 목포를 "내 시의 어머니, 굽이굽이 한이 맺힌 저 핏빛 황토의 언덕들"이라고 묘사하고 있다.

이렇듯 김지하는 1960년대와 1970년대에는 반체제 저항시인으로, 1980년대 중반 이후에는 생명사상가로 활동하고 있는 시인이자 사상가이다. 1970년대 내내 민족문학의 상징이자 유신 독재에 대한 저항운동의 중심으로서 도피와 유랑, 투옥과 고문, 사형선고와 무기징역, 사면과 석방 등 형극의 길을 걸어왔다. 그리하여 그는 1975년 한국인 최초로 노벨문학상 후보로 추대되었고, 같은 해 감옥에서 아시아·아프리카 작가회의로부터 로터스상을, 1981년엔 세계시인대회로부터 위대한 시인상과 브루노 크라이스키상을 수상함으로써 유사 이래 세계적인 시인의 반열에 오른 최초의 문인으로 기록되었다. 목포 유달산 뒤쪽 어민동산에 그의 시비가 세워져 있다.

7) 한국시단의 균형주의자, 최하림(1939~2010)

최하림은 1939년 목포의 어느 바닷가에서 태어났다. 아버지를 일찍 여읜 그의 집안은 수업료를 내지 못해 학교를 다닐 수 없을 만큼 가난했다고 한다. 6세에서 11세까지 화가인 수화 김환기의 고향 신안군 안좌도 기좌리에서 어린 시절을 보내다가[20] 다시 목포로 나와 오거리 일대를 중심으로 문학 청년기를 보냈다. 1962년 김현, 김승옥 등과 함께 산문시대 동인을 결성하여 우리나라 최초의 소설동인지 『산문시대』를 5집까지 발간하였다. 박석규, 원동석, 김소남, 양계탁 등과 「고도를 기다리며」를 무대에 올리는 등 연극에도 관심을 보였다. 『산문시대』 동인으로 활동하던 1964년 「조선일보」 신춘문예에 시 「빈약한 올페의

---

20 최하림, 『우리가 죽고 죽은 다음 누가 우리를 사랑해줄 것인가』, 열린세상, 1993, 13면

회상」이 당선되어 시단에 나왔다. 1965년 이후 약 30년 동안 서울 생활을 하다가 1988년 광주로 내려와 10년 동안 「전남일보」 논설위원으로 재직했다. 은퇴 후 경기도 양수리 등지에서 지내다가 2010년에 지병으로 타계했다.

최하림은 우리 시단의 균형주의자로 잘 알려진 중진 시인이다. 그는 "김현이 아폴론이었다면 김지하는 디오니소스였다"[21]고 술회한 바 있다. 그는 이 두 사람을 합친 이미지를 지니고 있다. 그의 시세계는 모더니즘에서 리얼리즘으로 바뀌었다가 다시 이를 통합하는 모습을 보여주고 있으며, 시적 사유도 서양적인 것과 동양적인 것이 적당히 혼융되어 있는 특징을 지니고 있다.[22]

최하림의 시에 나타난 목포 역시 첫 시집 『우리들을 위하여』에 집중되어 있다. 그는 문학청년 시절 프랑스의 상징주의 시인인 폴 발레리의 시집 『해변의 묘지』에 경도되어 있었다. 그래서 그의 첫 시집에는 지중해의 몽환적 이미지가 넘실거린다. 「황혼」 등 초기시의 주요 무대는 목포 대반동 바닷가이다. 바다에 관련된 모든 시가 이곳을 배경으로 창작되었다. 그러나 그의 바다와 관련된 시는 구체적인 삶이 살아 있는 건강한 것이라기보다는 어둠과 불안과 공포에 휩싸인 추상적인 색채를 지니고 있는 것이 특징이다.

시집으로 『우리들을 위하여』(1976), 『작은 마을에서』(1982), 『겨울꽃』(1985), 『겨울 깊은 물소리』(1987), 『속이 보이는 심연으로』(1991), 『굴참나무숲으로 아이들이 온다』(1998), 『풍경 뒤의 풍경』(2001), 『때로는 네가 보이지 않는다』(2005) 등이 있으며, 시선집 『사랑의 변주곡』(1990), 미술 에세이 『한국인의 멋』(1974), 김수영 평전 『자유인의 초상』(1981),

---

21 위의 책, 34면.

22 김선태 외 4인, 『광주전남현대시문학지도 1』, 시와사람사, 2001, 284면.

산문집 『멀리 보이는 마을』(2002) 등을 펴냈다. 조연현문학상, 이산문학상, 올해의예술상 문학부문 최우수상을 수상했다.

4. 목포문학의 침체와 문제점

이렇듯 기라성 같은 문인들을 다수 배출함으로써 한국현대문학사에서 중요한 위치를 차지했던 목포문학은 1970년대 이후부터 서서히 내리막길을 걷기 시작하더니 근래에 이르러서는 극심한 침체의 늪에서 빠져나오지 못하고 있다. 특히 미술이나 연극 등 다른 예술 장르보다도 문학의 침체가 두드러진다. 그야말로 눈부신 문학적 전통이 단절되어버린 상황이 안타깝게도 수십 년간 지속되고 있는 것이다.

1) 침체의 원인

그렇다면 목포문학 또는 목포문단의 침체 원인은 무엇일까? 일반적으로 지역문학의 침체는 중앙문학으로부터의 소외에서 비롯된다. 이른바 문학권력이 대부분 중앙에 집중되어 있기 때문이다. 각종 문예지 등 문학매체의 부족, 문학담론이나 정보력 부재, 중앙문단과의 연계 미흡, 비평으로부터의 외면, 지명도 있는 문인이 드물거나 아예 없다는 점 등이 그것이다. 따라서 지역문단은 그 고유의 향토성을 상실한 채 중앙문단과 종속관계에 놓인 지 오래이다. 이는 지역문학의 발전이 곧 한국문학의 발전이라는 차원에서 볼 때 안타까운 일이자 앞으로 해결해야 할 커다란 숙제가 아닐 수 없다.

목포문학의 침체도 이와 궤를 함께한다. 그러나 목포문학의 소외나 침체를 불러온 요인이 반드시 중앙문학으로부터의 소외에만 있다고 생각되지 않는다. 거기에는 목포문학 자체가 안고 있는 문제점이나 한계, 그리고 이를 극복하려는 노력의 부족이 상존하기 때문이다. 그런 차원에서 침체를 유발한 원인으로 작용했다고 판단되는 점들을 몇 가지만 간추리면 다음과 같다.

첫째, 오랜 정치적 소외로 인한 도시 발전의 정체를 들 수 있다.[23] 주지하다시피 목포는 정치적으로 야당 성향이 강한 탓에 군사독재정권 시절 내내 철저하게 소외되었던 대표적인 도시이다. 중앙정부로부터 경제적 지원마저 미약해 도시 발전을 위한 새로운 발판을 마련하지 못하고 오랫동안 정체상태를 지속해왔다. 애환과 설움이라는 퇴락한 항구도시의 정서나 이미지도 이때 형성된 것으로 보인다. 말하자면 오랜 정치적 소외가 문학의 열정마저 시들게 하는 요인으로 작용했다고 볼 수 있겠다.

둘째, 주요 문인들의 출향 등으로 인한 문학적 중심축의 부재를 들 수 있다. 이는 목포와 같은 중소도시에서 볼 수 있는 공통된 현상으로, 1960년대 이후 산업화로 인한 이촌향도 현상과도 맞물려 있다고 할 수 있다. 또한 앞에서 지적한 바 정치적·경제적 소외나 침체와도 관련이 있다. 그러나 목포의 경우는 알맹이에 해당하는 유명 문인들이 서울 등 대도시로 빠져나가고 껍데기만 남았다 하더라도 1970년대까지만 해도 지역에 거주하면서 문인들의 후견인 노릇을 자처했던 차재석, 조희관 같은 덕망 있는 원로급 문인들이 건재했다.[24] 그러나 이들의 타계로 인한 문학적 중심축의 부재는 문인들의 사분오열을 초래하

23 이는 해방 이후 물동량 감소로 인한 항구의 기능 약화와 함께 직접적이라기보다 간접적인 원인에 속한다고 볼 수 있다. 가난하다고 해서 문학 활동을 못하는 것은 아니지만, 경제적인 침체가 문학적인 침체를 부추길 수도 있기 때문이다.

24 현재 목포문단의 중심축 역할을 할 수 있는 원로문인으로 10여 년 전에 귀향한 소설가 천승세가 있다. 그러나 그를 중심축으로 옹립하기 꺼리는 지역문인들의 배타적 자세가 안타깝다.

였을 뿐만 아니라 격려해주고 이끌어줄 사람이 없음에 따라 문인들끼리의 결속력이나 문학적 열정도 급속히 약화되었다고 볼 수 있다.

셋째, 새로운 문학계층이 부족하다는 점이다. 문학이 발전하려면 끊임없이 기존의 낡은 패러다임을 깨뜨리는 어떤 새로운 출현이 있어야만 가능하다. 문학계층도 마찬가지다. 기존의 계층에 변화와 충격을 가하는 새로운 문학계층의 등장이 있어야 한다. 그러나 목포문단에는 새로운 바람을 몰고 올 젊은 문학 지망생들이 절대적으로 부족하다. 그러다 보니 나이 든 사람들이 구태의연한 방식으로 문단을 운영하고 있다는 말이 나오는 것이다.

2) 문제점

다음으로 목포문단의 침체 원인과 결부하여 목포문단이 안고 있는 문제점을 구체적으로 지적하면 다음과 같다.

첫째, 변화를 두려워하는 퇴행적이고 배타적인 문단 분위기를 들 수 있다. 목포의 문학단체들은 서로를 반목하고 질시하는 성향만 강할 뿐 진정한 목포문학의 발전을 위하여 유파를 초월하여 공동 협력하는 모습을 찾아보기 어렵다. 그리고 질 높은 문학작품의 창작과 새로운 변화를 위해 노력하기보다는 감투나 파벌싸움, 행사 위주의 활동[25] 등에 연연하는 과거의 낡고 잘못된 관행을 답습하고 있다. 게다가 양심 있는 비판세력의 충언에 귀를 기울이지 않을 뿐만 아니라 지명도 있는 출향 문인에 대해서도 매우 배타적이다. 이러한 퇴행적이고 폐쇄적인 문학단체들의 자세야말로 목포문학의 발전을 저해하는 가장 큰 걸림

25 질 높은 작품집 발간보다는 백일장, 시낭송회, 시화전, 초청강연회 등 이벤트성에 치중한다는 점이다. 물론 이러한 활동의 필요성이 부질없다는 것은 아니다. 하지만 어디까지나 문학은 창작이 핵심인 만큼 행사 위주의 활동에만 치중하는 것은 문학의 본질을 망각한 것이나 다름없다.

돌이라고 할 수 있다.

둘째, 중앙문단과의 교류나 문예지를 통한 작품발표 활동이 매우 부진하다는 점이다. 지역문학이라고 해서 지역이라는 울타리만을 고집해서는 안 된다. 중앙문단과의 교류나 협력을 통하여 자극을 받고 전체적인 문학의 흐름이 어떻게 돌아가는가를 파악하고 있어야 뒤처지지 않는다. 시골에 산다고 해서 굳이 촌티를 낼 필요가 없다는 이야기다. 더욱이 지금은 모든 정보를 동시에 공유할 수 있는 시대가 아닌가. 그러나 목포문단은 중앙문단과의 교류에 대단히 소극적이다. 그리고 아무리 지방에 사는 문인이라 할지라도 주요 문예지 한두 권 정도는 정기구독해야 최근의 작품 경향이나 문단의 동태 등을 파악할 수 있다. 그러나 목포의 문인 중 문예지 한 권이라도 정기구독하는 사람이 과연 몇 명이나 되는지 묻고 싶다. 게다가 중앙 문예지에 글 한 편 발표하지 않고 문인이라는 이름표만 달고 다니는 사람이 상당수에 이른다는 사실이다. 그러면서 부끄러움도 모른 채 나이나 감투를 내세우며 터줏대감인 양 기득권을 주장한다. 이러니 목포문단을 '동네문단', 목포문학을 '우물 안 개구리 식 문학'이라고 비판하는 것이다.

셋째, 문학작품의 질이 낮을 뿐만 아니라 목포만의 특색 있는 지역성 혹은 향토성(Locality)을 살리지 못하고 있다는 점이다. 모름지기 문학은 치열한 정신의 소산이다. 따라서 공부하지 않고, 고민하지 않고, 좋은 작품이 나오기를 기대할 수 없다. 그러나 유감스럽게도 현재 목포에서 생산되는 문학작품의 수준은 지금으로부터 30~40여 년 전 선배 문인들의 작품보다 오히려 질적으로 떨어진다고 해도 과언이 아니다. 시대를 앞서가지 못할지언정 아직도 과거에 영성했던 시절의 추억이나 항구의 애환을 되씹는 내용의 문학작품이 주류를 이룬다. 그리고 지역문학이 살아남기 위해서는 그 지역의 독특한 향토성을 살리는 문학을 할 필요가 있다. 하지만 그런 점에서 목포문학은 속수무책이다.

넷째, 목포시의 단체 위주의 문학 지원책도 개선이 필요하다. 물론 지자체의 문화예술지원은 단체에 집중될 수밖에 없음을 이해 못하는 것은 아니다. 하지만 최대한 형평성을 고려하여 기타 문학모임이나 개인이 소외되지 않도록 세심한 주의가 필요하다. 더욱이 어느 특정 단체의 문학 관련 행사를 지원하거나 용역을 맡길 때에는 결코 사적이거나 정치적인 부분이 개입되어서는 안 될 것이다. 모름지기 투명한 객관성이 확보되어야만 한다. 그리고 아무리 어떤 특정 단체가 그 일의 책임을 맡았다 할지라도 그 단체의 주관적 판단을 전적으로 신뢰할 것이 아니라 반드시 전문가의 자문이나 검증을 거쳐야만 나중에 엉터리라는 비난을 받지 않을 것이다. 그런 의미에서 현 목포시의 문학예술 지원책과 운영방식에 있어서 전폭적인 개선이 필요하다고 하겠다.

5. 발전 방안

그렇다면 앞에서 지적한 침체의 원인이나 문제점을 극복하고 목포문학이 앞으로 새롭게 도약할 수 있는 방안은 무엇일까. 이는 위에서 열거한 침체의 원인이나 문제점을 뒤집어 생각하면 쉽게 답이 나올 수 있다고 본다.

첫째, 목포문학을 해양문학으로 특성화해야 한다. 주지하다시피 목포는 서남해와 무수한 섬들을 아우르고 있는 모항이다. 따라서 한국해양문학의 전초기지로서 손색이 없는 천혜의 조건을 갖추고 있다. 그럼에도 불구하고 목포문학은 이러한 유리한 조건을 아직까지도 잘 살리지 못하고 있다. 따라서 지금부터라도 이러한 점을 잘 살리는 쪽으로 문학을 특성화한다면 목포문학이 한국해양문학의 중심 또는 세계해양문학의 한 축으로 부상할 수 있을 것이다. 아울러 지역문학인 목포문학이 중앙문학과의 종속관계를 벗어나 그 독립성과 고유의 향토성을 살릴 수 있는 유일한 길이 될 것이다.

둘째, 목포문학의 발전을 위해 '목포문학인협의회'를 구성할 필요가 있다. 지금 목포에는 목포문인협회와 목포작가회의라는 두 문학단체가 있다. 이 두 단체는 서로 대립하고 있는데, 진정한 목포문학의 발전을 위해서라면 서로 협력해야 한다. 물론 이 두 단체는 상호 이념이나 지향점이 다르다. 그 다른 점을 하나로 통합하자는 이야기는 아니다. 따라서 두 단체를 그대로 존속시키되, 목포문학의 발전을 위하여 공동으로 협력할 수 있는 협의체를 별도로 구성하자는 것이다. 그렇게 되면 모든 문학 관련 행사 등을 일원화하여 치를 수 있을 뿐만 아니라, 상호 배타적인 분위기도 일소할 수 있을 것이다.

셋째, 중앙문단이나 타 지역문단과의 교류를 활성화해야 한다. 앞에서도 밝혔지만, 자기 지역에서만의 활동은 폐쇄성을 벗어나기 힘들다. 그리고 이는 보다 넓은 세계를 바라볼 수 있는 안목을 기르는 데에도 장애가 된다. 그런 의미에서 다른 지역문단과의 교류가 필수적이다. 지명도 있는 문인들을 초청하여 강연을 듣고 서로 교감을 나누는 것도 필요하다.

넷째, 이벤트성 활동보다 작품 위주의 활동에 초점을 맞추어야 한다. 물론 행사 위주의 활동이 중요하지 않다는 것은 아니다. 그러나 어디까지나 진정한 문인이라면 좋은 작품을 쓰는 것을 최우선의 목표로 삼아야 한다. 문학은 오로지 작품으로 승부하기 때문이다. 그러기 위해서는 부지런히 공부하고 치열하게 고민해야 한다. 그리고 수준 높은 작품을 중앙 문예지 등에 부지런히 발표하여 그 작품성을 대외적으로 검증받아야 할 것이다. 그러지 않고서는 '동네문인'이라는 틀에서 결코 벗어나지 못할 것이다.

다섯째, 새로운 문인을 발굴·육성해야 한다. 젊고 새로운 문인들의 출현이야말로 목포문학의 낡은 틀을 깨기 위한 필수 조건이다. 이들을 발굴하고 길러내기 위해서는 지역대학 문예관련 학과와 문학단체들의 열정적인 노력이 필요하다. 예를 들어 문예강좌 등을 지금보다 훨씬 더 확대하고 개설해야 한다. 그리고 이를 위한 문학단체의 자체적인 노력은 물론 목포시 차원의 적극적인 지원이 절실하다. 목포문학의 앞날이 바로 이들에게 달려 있기 때문이다.

돌아보건대, 해방 이후 목포는 어둡고 쓰라린 도시의 대명사였다. 일제시대 때 융성했다가 해방이 되자 쇠퇴한 항구도시, 박정희 시대 때는 '한국의 하와이'로 불릴 만큼 야성이 강했던 도시, 갯벌 위에 세운 탓에 만조 때 자꾸만 바닷물이 시가지를 덮치는 도시, 식수원이 없어 전국에서 수도세가 가장 비싼 도시, 토박이들은 떠나고 외지인들이 철새처럼 둥지를 틀고 사는 도시, 최근 40년 동안 인구가 5만여 명밖에 불어나지 않은 도시, 그러면서도 애환과 설움이 많은 덕분에 단일도시로는 전국에서 가장 많은 20여 곡의 유행가를 보유한 아이러니한 도시가 목포였다.

그러나 2000년대 들어 목포는 어둡고 정체된 과거를 청산하고, 밝고 진취적인 도시로 다시 태어나기 위한 전기를 맞고 있다. 우선 어둡고 칙칙한 이미지를 벗기 위해 시가지 곳곳에 환한 조명시설이 들어섰다. 그리고 전남도청이 목포 인근으로 옮겨옴에 따라 하당과 남악에 쾌적한 신시가지가 조성되었다.[26] 이밖에 신항만 개설, 목포대교 건설, 대불산업단지 조성, 망운국제공항 개항, F-1세계자동차경주대회 유치 등 새롭게 도약하기 위한 용틀임을 계속하고 있다. 이에 발맞추어 목포문학도 새롭게 달라져야 한다. 목포문학이 오랜 침체의 늪에서 벗

---

26 물론 이에 따른 부작용이 없는 것은 아니다. 구도시의 공동화 현상이 가속화되고 있는 것이 그것이다.

어나 선배들의 빛나는 문학적 전통을 계승함은 물론 새롭게 도약해야 할 시점이 바로 지금이다.

목포 해양문학의 흐름과 과제

1. 문제의 제기

이 글은 목포지역 출신 작가들의 해양 관련 문학작품을 추출하여 그 흐름과 작품세계를 살펴봄으로써 앞으로 항도 목포가 한국 해양문학의 한 거점도시로 부상하기 위해 해결해야 할 과제를 제시하는 데 목적이 있다.

목포항은 1897년에 개항하여 올해로 개항 115주년을 맞이하였다. 목포는 근대도시로서의 규모나 역사의 일천함, 그리고 한반도 서남부 끄트머리인 변방에 자리하고 있다는 지정학적 불리함에도 불구하고 이 땅을 대표하는 예술가들을 다수 배출함으로써 명실상부한 호남의 예향으로 불려왔다. 여러 예술 분야 중에서도 걸출한 문인들을 다수 배출한 문학 분야의 성과는 두드러진다고 할 수 있다. 특히 이들이 우리 현대문학사에서 차지하고 있는 현저한 위치[1]를 감안한다면 목포를 제외하고 한국문학을 논의할 수 없다고 해도 과언은 아닐 것이다.

이렇듯 목포가 단시일에 문학적으로 발전할 수 있었던 이유나 배경에는 여러 가지가 있겠지만, 다른 무엇보다도 다도해의 모항으로서 수려한 해양지리적 환경과 독특한 문학적 분위기를 갖추고 있었다는 사

1 이들 중 김우진은 '한국 극예술의 선구자', 박화성은 '한국 여성소설의 대모', 차범석은 '한국 사실주의 연극의 완성자', 김지하는 '한국 저항시와 생명시의 아이콘', 김현은 '한국 평론문학의 독보적 존재'로 불린다.

실을 빼놓을 수 없다. 그리고 이러한 해양지리적 환경과 문학적 분위기를 반영한 일정한 문학적 흐름이 지속적으로 존재해왔다는 사실 또한 주목하지 않을 수 없다. 그 흐름이 바로 목포 출신 작가들이 창작한 바다와 관련된 해양문학 작품이다.

그러나 유감스럽게도 지금까지는 아무도 이러한 사실에 주목하지 않은 채 주먹구구식으로 목포문학사를 기술하거나 단편적으로 목포문학을 논의했던 것이 사실이다. 그러다 보니 목포문학의 정체성이나 방향성 같은 것이 전혀 규명되지 않은 채 근래에 들어 극심한 침체의 늪에 빠지게 되었던 것이다.

이러한 사실에 착안하여 지금껏 개별적으로 흩어져 있었던 목포지역 출신 작가들의 바다 관련 문학작품을 하나로 수렴하여 이들 작품의 일정한 흐름을 개략적으로 정리하고 그 작품세계의 양상을 고찰하고자 한다. 또한 이들 해양문학 작품이 그간 알게 모르게 목포문학의 근간을 형성했음을 밝히고, 앞으로 지역문학으로서 목포문학을 해양문학으로 특성화하기 위해 꼭 필요한 조건임을 밝히고자 한다. 그리하여 장차 목포가 한국해양문학을 이끌어갈 거점도시로 부상하는 데 미력이나마 보탬이 되고자 한다.

2. 해양문학의 개념 재검토와 작품 선정

해양문학의 개념과 범위에 대한 논의가 시작된 지 올해로 31년[2]이 지났지만 여전히 확실하게 정립되지 않은 상태에 놓여 있다. 그런 상

2 해양문학의 개념에 대한 최초의 논의는 최강현의 「한국해양문학 연구」(『성곡논총』, 성곡학술재단, 1981)에서 비롯되었다.

태에서 부산지역 연구자들을 중심으로 한 몇몇 개별적인 논의만 있었다. 따라서 한국해양문학에 대한 연구는 아직도 걸음마 단계라고 할 수 있다. 필자는 목포지역 출신 작가들의 해양문학 작품을 선정하기에 앞서 그 기준을 명확히 하기 위해 해양문학의 개념과 범위부터 재검토할 필요성을 느낀다.

먼저 해양문학(海洋文學, Seafaring Literature 혹은 Marine Literature)에 대한 사전적 정의는 다음과 같다.

> 바다를 대상으로 쓰인 문학, 또는 바다가 작품 가운데서 주제로 된 문학.[3]

> 바다를 주요한 대상으로 하거나 바다를 배경으로 하는 문학, 사람도 등장하지만 주역을 맡은 〈바다〉라는 무대에 포섭된다.[4]

위에서 보듯이 해양문학의 골자는 '바다'이다. 그런데 이 바다라는 공간의 범주를 어디까지 보느냐가 문제이다. 그냥 바닷물이 펼쳐진 공간만으로 한정하느냐, 아니면 바닷물이 펼쳐진 공간에 공존하는 섬, 갯벌, 물고기, 항·포구, 어부, 배 등 제반 부속물이나 배경까지를 포함하느냐의 문제가 그것이다. 필자의 견해는 당연히 후자가 마땅하다고 생각한다. 바닷물만을 대상으로 한 문학은 아무런 의미나 존재가치가 없다고 판단하기 때문이다.

다음으로 해양문학의 개념과 범주에 대한 선행 연구자들의 견해는 어떠한가. 지금껏 해양문학의 개념과 범주에 대해 가장 적극적인 논쟁을 벌인 연구자는 최영호와 구모룡이다. 최영호는 해양문학의 개념을

3 신기철·신용철, 『새 우리말 큰사전』, 삼성출판사, 1980, 3671면.

4 국어국문학자료사전 편집부, 『국어국문학자료사전』, 한국국어사전연구사, 1995, 3225면.

"첫째, 바다를 작품 중에서 주제로 한 문학이고, 둘째, 바다를 주요 대상과 배경으로 하는 문학이고, 셋째, 바다에서 직접 취재한 문학이고, 넷째, 바다 그 자체만의 자연미가 대상이 되는 문학이고, 다섯째, 인간의 바다에 대한 동경이나 모험적 본능이 나타난 문학"[5]이라고 정의하면서 "진정한 해양문학은 어촌과 섬을 포함한 해양과 관련된 민요, 전설, 특이한 언어 등등의 풍속적인 면까지를 소재로"[6] 삼아야 한다고 주장한다. 이에 대해 구모룡은 최영호의 주장은 장르에 대한 엄밀성의 결여에서 생긴 것으로 해양문학은 어디까지나 하나의 관습적인 용어이지 장르적인 용어가 아니라면서 "해양시－해양체험이 지배적인 배경과 주제가 된 시. 해양소설－해양체험이 지배적인 배경과 주제가 된 소설"[7]이라는 '해양체험'을 요체로 한 정의를 내린다. 그리고 '해양', '배', '항해'라는 모티프가 해양문학을 구성하는 필수적인 3가지 요건인바, 해양문학의 범주를 수부(水夫)들의 해양체험을 문학화한 것으로 한정한다. 그리하여 근대 이후 진정한 한국의 해양문학 작품은 「청진항」을 비롯한 원양어선 선장 출신 김성식의 시와, 「지금은 항해 중」 등을 쓴, 역시 원양어선 선장 출신 천금성의 소설뿐임을 부각시킨다.[8]

우선 최영호의 견해는 구모룡의 지적대로 그 범위가 다소 포괄적이

---

5 그러면서 최영호는 "해양을 단지 하나의 대상이나 주제로 본다는 것은 쉽지 않다. 왜냐하면 바다를 육지와 완전히 별개로 보기는 어렵기 때문이다. (……) 바다와 그 주변 것들이 인간의 삶을 중심축으로 하여 독특한 삶의 체험을 아우르는 것이라기보다는 보다 총체적 관점에서 규명되어야 할 것이다. (……) 그들의 삶을 통한 직접체험과 간접체험이 담긴 모든 형태의 문학의 장르가 그 영역이 될 수 있을 것이다"라고 그 범주를 부연 설명하고 있다(최영호, 「한국문학 속에서 해양문학이 갖는 위상」, 『지평의 문학』, 1993 하반기호, 20~22면).

6 위의 논문, 같은 면.

7 구모룡, 『해양문학이란 무엇인가』, 전망, 2004, 19면.

8 이들은 둘 다 부산에서 거주하면서 시와 소설을 썼다.

고 소재주의적이긴 하나 해양의 개념에 대양, 연안바다, 섬, 어촌, 해양 풍속 등 바다와 관련한 모든 요소를 포함하고 있다는 점에서 의미가 있다.

그러나 구모룡의 견해는 관습적인 용어라는 사실에 급급한 나머지 해양문학의 개념과 범주를 지나치게 협소하게 보고 있다는 점에서 위험성을 안고 있다. 해양의 범주를 연안이나 대륙적 시선을 배제한 태평양, 대서양 등 대양의 개념으로 이해하고 있으며,[9] 해양문학 작품의 내용 또한 수부들의 직접적인 해양체험만으로 제한하고 있는 것이 그것이다. 그러나 이는 대양이든 연안이든 모두가 바다의 영역에 속한다는 점, 그리고 원양어선 선장 등 수부들의 직접적인 해양체험만으로 그 내용을 한정하는 것은 수부 출신이 아닌 사람이 해양문학 작품을 쓸 수 없다는 말과 다를 바 없다는 점에서 많은 모순을 내포하고 있다. 그렇다면 '선원문학', '대양문학', '원양문학'이 아니라 굳이 '해양문학'이라고 부를 이유나 근거가 없기 때문이다.

또한 구모룡의 시각은 동해라는 바다를 끼고 있는 부산이라는 특정 지역에 치우친 느낌이 없지 않다. 주지하다시피 탁 트여 있고 해안선이 단조로우며 수심이 깊고 물색이 맑은 동해는, 리아스식 해안으로 해안선이 복잡하고 섬이 많고 갯벌로 인해 물색이 탁하며 비교적 얕은 서남해와는 여러모로 대비가 된다. 심지어 잡히는 물고기나 생태환경조차 판이하다. 그러나 동해도 서남해도 대한민국의 바다이긴 마찬가지다. 이러한 차이점을 이해하지 못하고 태평양과 맞닿아 있는 동해처럼 대양의 개념으로만 해양 또는 바다를 인식한다면 동해를 제외한 서남해 관련 문학작품은 해양문학에 속할 수 없다는 말과 다를 바 없다.

---

9 '해양(海洋)'이라는 한자단어에 '큰바다 양(洋)' 자가 들어가 '대양'을 지칭하는 의미가 강하다면, '대양'과 '연안 바다'를 모두 포괄하는 순수 우리말인 '바다'로 대신해도 좋다는 것이 필자의 견해이다.

따라서 최영호의 견해에 상당 부분 동의하면서 앞으로 해양문학의 개념을 '바다 체험이 지배적인 배경, 소재, 주제가 된 문학 전반'으로 정의하고, 그 범위를 '바다와 관련된 모든 구성물'로 일원화할 것을 제안한다. 그리고 이 개념과 범위를 이 글에서 논의할 목포지역 출신 주요 작가들[10]의 해양 관련 문학작품을 선정하는 기준으로 삼았다. 선정 작품은 주로 목포나 목포 인근의 바다, 섬, 어촌, 바다 생태를 배경으로 하거나 직간접적으로 관련된 경우로 한정했다. 그렇게 해서 선정한 9명의 작가와 작품[11]을 발표순으로 열거하면 다음과 같다.

① 천승세의 희곡 『만선』(1964), 소설 『낙월도』(1972), 『신궁』(1977)
② 최하림의 시 「빈약한 올훼의 회상」(1964), 「황혼」(1976) 등
③ 김지하의 시 「용당리에서」(1970), 「바다」(1970/1986) 등
④ 차범석의 희곡 『학이여 사랑일래라』(1975)
⑤ 김창완의 시 「장산도 설화 1」, 「장산도 설화 2」(1978) 등
⑥ 권일송의 시 「바다의 여자」(1982), 「바다 위의 탱고」(1991) 등
⑦ 노향림의 시집 『그리움이 없는 사람은 압해도를 보지 못하네』(1992)
⑧ 허형만의 시 「고하도-땅시·68」(1995), 「파도 앞에서」 등
⑨ 김선태의 시 「삼호 간척지에서」(1997), 「조금새끼」(2009) 등

10 목포지역 출신 작가들을 선정함에 있어서 ① 목포에서 태어나 목포 관련 문학작품을 창작한 사람, ② 다른 지역에서 태어났더라도 5년 이상 목포에 거주하며 목포 관련 문학작품을 창작한 사람을 모두 포함시켰다. 그러나 출생지만 목포일 뿐 태어나자마자 다른 지역으로 이주하여 목포와는 무관한 삶을 살았던 사람이나 목포 관련 문학작품을 한 편도 남기지 않은 사람은 제외했다.

11 9명의 작가와 작품을 선정함에 있어 대외적인 지명도나 작품성을 고려했다. 이로 인해 해양 관련 작품에 해당하나 본의 아니게 제외된 작가들도 있음을 밝힌다. 그리고 김우진과 박화성의 경우 목포를 대표하는 작가임에도 불구하고 해양 관련 작품이 한 편도 없어 선정에서 제외됐다.

3. 목포 해양문학의 흐름과 주요 작품 세계

1) 목포 해양문학의 흐름

목포의 문인들이 해양에 관심을 갖고 작품을 쓰기 시작한 시기는 해방 이후, 좀 더 정확히 말하면 1960년대부터라고 할 수 있다. 1896년에 개항하여 일제 때 이미 전국 유수의 항구도시로 성장했지만, 해방 이전까지는 문학적으로 해양에 눈을 뜨거나 관련 작품을 써낸 경우가 거의 없었다고 할 수 있다.[12] 이는 본격적인 해운업의 발달이 해방 이후부터 시작된 것과 관련이 있는 것으로 보인다.

한국의 해운업과 수산업은 일제의 식민지적 근대화의 일환이었으나 본격적으로 성장하지는 못했다. 일제시대 해운업의 경우 총독부가 원산, 목포, 부산의 일본 거류민을 지원하여 경영하거나 일본 본국 자본에 의해 독점되는 양상을 보인다.[13] 수산업 또한 식민지 수탈정책의 일환으로 장려되면서 급속하게 발전한다. 그러나 한국의 해운업과 수산업의 발전은 1962년 경제개발 5개년계획이 추진되면서 수출산업으로 육성된다.[14] 1945년 해방은 대륙으로부터의 해방이라고 해석되면서 대륙과의 단절로 강제된 해양화를 불러왔다. 냉전체제 아래 섬이 된 한국은 해양화의 길을 걸을 수밖에 없게 되면서 해양에 대한 관심이 증폭된다. 1960년대 말부터 1970년대 초 부산을 중심으로 본격적인 해양문학이 등장하는 이유가 여기에 있으며, 목포도 비슷한 경우로 이해된다. 따라서 목포 근대문학의 개척자 또는 선구자라고 할 수 있는 김우진이나 박화성에게서 해양 관련 문학작품을 찾아보기 힘든 것

---

12 필자가 당시의 관련 문헌을 뒤져보았으나 찾기 어려웠다.

13 손태현, 『한국해운사』, 한국선원선박문제연구소, 1982, 280~282면.

14 이방호, 「국가발전과 수산업」, 최정호 편, 『물과 한국인의 삶』, 나남, 1994, 358면.

도 여기에서 기인하지 않나 사료된다.[15]

그리하여 1960년대에 들어서면서 1964년 목포 최초의 해양문학 작품이 탄생하는데, 그것이 바로 국립극장 현상문예 희곡 당선작인 천승세의 『만선』과 최하림의 조선일보 신춘문예 당선 시 「빈약한 올훼의 회상」이다. 따라서 발표순으로 보았을 때 목포 최초의 해양문학 작가는 천승세와 최하림인 셈이다. 이 무렵 목포문단에는 젊은 문학청년들 중심으로 해양문학의 바람이 불었던 것으로 보인다. 이는 "목포문학이 추구해야 할 방향으로 '해양문학'을 제기했던 사람들이 그때 김현, 최하림이죠. 그리 긴 시간은 아니었어요. 목포 오거리에서 만나서 늘 술 먹고 같이 떠들고 했어요. 몇 달 걸렸죠"[16]라는 김지하의 증언을 통해 확인할 수 있다. 이때 1970년 첫 시집 『황토』에 발표되지만 지명수배자로 고향에 숨어 노동을 하며 지냈던 김지하의 바다 관련 시 「용당리에서」도 창작된다.

1970년대 들어와 섬을 소재로 한 천승세의 중편소설 『낙월도』가 1972년에 발표된다. 이어 목포 삼학도의 전설을 모티프로 한 차범석의 희곡 『학이여 사랑일래라』가 1975년, 「황혼」 등 바다 관련 시편이 지배적인 최하림의 첫 시집 『우리들을 위하여』가 1976년, 「바다와의 대작」, 「장산도 설화 1」, 「장산도 설화 2」 등 바다 관련 시편들이 실린 김창완의 첫 시집 『인동일기』가 1978년에 발표된다. 따라서 1970년대는 목포문학사에서 해양 관련 작품들이 가장 많이 창작된 시기라고 할 수 있다.

1980년대 들어 목포문학은 극심한 침체의 늪에 빠지게 된다. 주요 문인들의 출향에서 야기된 이러한 분위기는 2010년대인 현재에 이르기까지 30여 년 동안 지속된다. 따라서 1982년 권일송의 시집 『바다의

---

15 이들을 목포 1세대 문학인이라고 할 만하다.

16 김지하 · 김선태 신년대담, 「김지하 시인에게 듣는다」, 『시와사람』 2007년 봄호, 120면.

여자』에 실린 시 「바다의 여자」와 김지하의 시집 『검은 산 하얀 방』, 『애린』 1, 2권에 「바다」, 「바다에서」 등 10여 편의 바다 관련 시편들이 1986년에 발표된다.

1990년대에는 권일송의 시 「바다 위의 탱고」가 1991년에, 노향림의 「압해도」 연작시 60편이 실린 『그리움이 없는 사람은 압해도를 보지 못하네』가 1992년에 출간되어 단일 섬을 집중적으로 노래한 시편으로 주목 받는다. 그리고 허형만의 시 「고하도－땅시」가 1995년에, 바다 환경 파괴를 노래한 김선태의 시 「삼호 간척지에서」가 1997년에 각각 발표된다.

2000년대 들어와서도 해양문학 작품은 찾아보기 힘들다. 다만 목포대학교 도서문화연구원을 중심으로 해양 관련 연구가 활발해지고, 김지하와 김선태 시인을 중심으로 목포문학이 해양문학으로 활성화되어야 한다는 필요성에 공감하면서 바다생명문학관 건립추진위원회가 결성되어 압해도에 '천사의 섬 바다생명문학관'을 건립하기 위한 신안군과 업무 협약을 체결하는 등 해양문학에 대한 관심이 증폭된다. 또한 1990년대부터 목포해양대학교가 개최한 전국 고교생 대상 바다 관련 백일장이 지속적으로 추진된다. 특히 이 시기에 김선태 시인은 목포 어민들의 삶을 반영한 「조금새끼」와 「주꾸미」, 「홍어」, 「전복」 등 해산물을 소재로 한 바다생태시 30여 편을 집중적으로 실은 시집 『살구꽃이 돌아왔다』를 2009년에 펴냄으로써 새로운 해양시인으로 주목 받는다. 따라서 2000년대는 목포 해양문학의 새로운 출발점으로 기록될 만하다고 하겠다.

2) 주요 작가와 작품세계

① 천승세 : 희곡 『만선』, 소설 『낙월도』, 『신궁』

앞에서 언급한 대로 천승세는 목포 해양문학의 선두주자요, 해양 관련 소재를 문학적으로 가장 탁월하게 형상화하는 데 성공한 작가이다. 따라서 그는 부산이 배출한 해양시인 김성식과 해양소설가 천금성, 남도 어촌을 배경으로 한 소설을 다수 창작한 장흥의 한승원과 더불어 한국 현대 해양문학의 중요한 작가로 평가받아야 마땅하다. 해당 작품인 희곡 『만선』, 소설 『낙월도』와 『신궁』은 모두가 어촌을 배경으로 어부들의 현실과 이상과의 갈등, 또는 삶에 대한 집념과 좌절을 그리고 있다는 공통점이 있다.

『만선』은 1964년 국립국장 현상문예 희곡 당선작으로 3막 6장으로 이루어져 있으며, 제1막은 2장, 제2막은 3장, 제3막은 1장으로 구성되어 있다. 공간적 배경이 '남해안의 어촌'으로 설정되어 있지만, 이는 목포나 목포 인근에서 흔히 볼 수 있는 전형적인 어촌에 해당한다. 발표 이후에는 셀 수 없을 정도로 무대에 많이 올린 작품이기도 하다.

> 임제순 : …… 자네 섭섭할는지 모르겠네만은……. (강경하게) 남은 이만 원 청산할 때까지 내일부터 배를 묶겄네! 묶겄어!
> 곰치 : (기겁할 듯 놀라) 예에? 아니 배, 배를 묶어라우?
> 성삼·연철·도삼 : 배를 묶다니?
> 구포댁 : (펄쩍 뛰며) 웠따! 믄 말씀이싱게라우? 아니, 해필이면 이럴 때 배를 묶으라우? 예에?
> 임제순 : (단호하게) 나는 두말 않는 사람이여!
> 곰치 : (애걸조로) 영감님! 배만은, 배만은…….
> 임제순 : (손을 저으며) 더 말 말어! (몇 걸음 걸어나가며)배가 없어서 고기를 못 잡어! 배 빌려달란 사람이 밀린단 말이여!
> 곰치 : (따라가며) 영감님! 사나흘 안으로 빚 갚지랍녀! 요참 물만 안

놓치면 되고 말고라우! 제발 배는 풀어주씨요! 제발!

임제순: (곰치를 떠밀며) 안 돼! 안 된다면!

_천승세, 『만선』 부분

인용 부분에서 보듯이, 이 작품은 가난한 전라도 남해안 어민들의 삶을 그들의 사고와 억센 사투리를 통해서 친근감과 향토적 정서, 현실감을 느끼도록 사실적으로 묘사하여 토속성이 두드러진다. 험난한 자연과 맞서 싸우는 부성(父性)의 억셈과 죽음의 숙명을 벗어나려는 모성(母性)의 몸부림이 갈등을 이루다가 마침내 두 자식의 죽음으로 파국에 이르는 비극적인 삶을 1960년대 리얼리즘극의 최고봉이라 할 만한 사실적 기법으로 형상화한 수작이다.

중편소설 『낙월도』(1972)의 공간적 배경은 실제 영광의 낙월도이다. 몸서리치는 가난으로 인한 섬사람들의 고통과 절망이 이 소설의 주제이다. 우리 문학사에서 굶주림이 주는 고통에 집착한 작품이 최서해 이후 많이 발표되었지만, 이 작품처럼 지극하게 묘사한 경우는 달리 없을 성싶다. 또한 이 작품은 남도 끝자락 낙월도 사람들의 농탕하고 원색적인 사투리를 유감없이 구사하며 어로와 관계되는 샤먼의 세계를 실감나게 그리고 있고, 한편으로는 물기가 촉촉한 정한의 분위기가 아련하게 다가오는 소설이기도 하다.

중편 『신궁』(1977)은 아마도 천승세 문학의 여러 장점들을 가장 훌륭히 집약한 작품일 것이다. 같은 어촌을 배경으로 한 『낙월도』보다 훨씬 짧지만 중편소설의 풍성함을 충분히 간직한 채 압축의 묘미와 행동적 의지를 살린 작품이다. 이 소설의 주인공 왕년이는 헤어나기 어려운 역경 속에 몰려 있다. 흉어철에다가 자신의 대를 이은 며느리의 무당 벌이가 끊긴 상태다. 그러나 이러한 곤경이 무엇보다도 사람들의 농간이요 사회의 됨됨이 탓임이 다른 작품보다 더욱 분명하다. 선주이자 객주인 판수가 오랫동안 음양으로 안겨준 피해의 결과이며, 남편의 억울한 죽음에 한이 맺혀 굿을 놓은 당골레(무당) 왕년이를 다시 부려먹으려는 압력 수단의 일환인 것이다. 또한 생생한 시각적 영상들과 더불어 '대못질 소리'와 '물갈퀴 소리' 등 청각적 효과의 반복이 작품의 통일성을 다져주고 있는데, "물갈퀴 소리가 죽었다"라는 그 마지막 문장은 왕년이의 맺힌 한이 드디어 풀렸음을 알리면서 어쨌든 꽃덤불 같았던 한 시대의 종언이 선포된 순간의 침묵을 경험하게 해준다.

② 최하림 : 시 「빈약한 올훼의 회상」, 「황혼」 등

시인 최하림은 소설가 천승세와 더불어 목포 해양문학의 1세대라고 할 만하다. 목포의 어느 가난한 바닷가에서 태어난 그는 6세에서 11세까지 화가인 수화 김환기의 고향 신안군 안좌도 기좌리에서 어린 시절을 보내다가 다시 목포로 나와 오거리 일대를 중심으로 문학 청년기를 보내는 동안 바다와 섬에 대해 많은 체험을 했다. 1960년대 초반 김지하, 김현과 함께 목포문학의 방향을 해양문학으로 할 것을 주장할 만큼 해양문학에 관심이 많았다.

문학청년 시절 비현실적이었던 그는 상징주의와 이미지즘에 경도되어 발레리와 말라르메를 문학적 대선사로 모시고 있었다고 고백한 바 있다. 당시 발레리의 시집 『해변의 묘지』는 그의 붙박이 텍스트였을 것임에 틀림없다. 따라서 그의 첫 시집 『우리들을 위하여』(1976)에는 지중해적 이미지가 넘실거린다. 특히 1960년대 목포의 대반동 바닷가에서 건져 올린 「황혼」과 같은 바다 관련 시편들은 몽환적인 바다의 이미지로 온통 채워져 있다.

등단작 「빈약한 올훼의 회상」(1964)은 바다를 불안과 절망과 죽음의 이미지로 인식하고 있음을 보여준다.

아아 무슨 근거로 물결을 출렁이며 아주 끝나거나 싸늘한 바다로
나아가고자 했을까 나아가고자 했을까
기계가 의식의 잠 속을 우는 허다한 허다한 항구여
내부에 쌓인 슬픔을 수없이 작별하며 흘러가는 나여
이 운무 속, 찢겨진 시신들이 걸린 침묵 아래서 나뭇잎처럼
토해놓은 우리들은 오랜 붕괴의 부두를 내려가고
저 시간들, 배신들, 나무와 같이 심은 별
우리들의 소유인 이와 같은 것들이 육체의 격렬한 통로를 지나서
(……)
들어가라 들어가라 하체를 나부끼며
해안의 아이들이 무심히 선 바닷속으로

막막한 강안을 흘러와 쌓인 사아(死兒)의 장소. 몇 겹의 죽음.
장마철마다 떠내려온, 노래를 잃어버린 신들의 항구를 지나서.

유리를 통과한 투명한 표류물 앞에서 교미기의 어류들이 듣는 파도 소리
익사한 아이들의 꿈

기계가 창으로 모든 노래를 유괴해간 지금은 무엇이 남아 눈을 뜰까

……하체를 나부끼며 해안의 아이들이 무심히 선 바다 속에서.

_최하림, 「빈약한 올훼의 회상」 부분

이 시는 1950~1960년대의 어둡고 절망적인 현실을 바다에 투영시켜 상징적인 수법으로 노래하고 있다. 이 시의 배경을 이루고 있는 것은 항구, 그것도 구체적으로 말하면 문청시절 최하림이 날마다 어슬렁거렸던 목포의 해안통 거리이다. 시 속에는 도처에 '절망'과 '죽음'의

이미지가 널브러져 있다. '아주 끝나거나 싸늘한 바다', '기계가 의식의 잠 속을 우는 허다한 허다한 항구', '오랜 붕괴의 부두', '저 시간들, 배신들, 나무와 같이 심은 별', '노래를 잃어버린 신들의 항구', '기계가 창으로 모든 노래를 유괴해간 지금' 등과 같은 불안하고 절망적인 상황과 '찢겨진 시신들', '사아(死兒)의 장소', '몇 겹의 죽음', '익사한 아이들의 꿈' 등과 같은 죽음의 이미지가 넘실거린다. 이는 비록 겉으로 보기엔 항구의 기능을 상실한 1950~1960년대의 목포를 배경으로 하고 있지만, 실제로는 처참한 골육상쟁의 현장을 목격해야 했던 6·25와 4·19 당시의 절망적인 정치상황 그리고 근대화와 기계문명의 폐해 등을 상징적으로 반영한 것이라고 볼 수 있겠다.

③ 김지하 : 시 「용당리에서」, 「바다」, 「바다에서」 등

김지하의 '바다'에 대한 최초의 관심은 1960년대 초반으로 거슬러 올라간다. 그는 당시 수배자가 되어 고향 목포로 숨어 들어와 도로공사나 항만에서 인부생활을 하는 등 막노동을 하며 지냈다. 이때는 등단 이전의 문청시절로서 최하림, 김현 등과 목포 오거리를 중심으로 어울렸다. 그는 그때 그들과 목포문학의 방향을 해양문학으로 잡아야 한다는 명제를 놓고 난상토론을 벌였다고 증언한 바 있다.[17]

바다와 관련한 첫 작품 「용당리에서」(1970)가 창작된 것이 바로 이 무렵이다. 당시 그는 심한 폐결핵을 앓고 있었는데, "난파와 기나긴 노동의 부두에서 가마니 속에/노동자가 한 사람 죽어 있"는 모습을 보면서 "그러나 나의 죽음/죽음은 어디에" 하며 자신의 죽음의 의미를 묻고 있다. 말하자면 그는 이 바다 관련 첫 작품에서 바다를 '죽음'의 이미지로 바라보고 있다. 「바다」와 「바다에서」 등 10여 편에 이르는

17 김지하와 김선태 신년대담 참조.

일련의 바다 관련 시편들은 그가 출옥한 이후 잠시 내려와 살았던 1986년 전후 해남에서 창작된다.

> 넘치지는 않는다.
> 고이는 바다
> 움푹 패인 얼굴에 움푹 패인 맷자욱에
> 움푹 패인 농부의 눈자위 속 그늘에 바다
> 열리지 않는 마른 입술 열리지 않는
> 감옥에도 바다
> 고이는 바다
> 매우 작다 조용한 노여움의 바다
> 넘치지는 않는다 물결이 일어
> 찢어지는 온몸으로 촛불이 스며든다
> 몸부림이 몸부림이 일어 압제여
> 때로는 춤추는 바다 번쩍이는 그러나
> 달빛이 없는 바다 불타지 않는 바다
> 매우 작다 압제여
> 조용한 노여움의 바다
> 어느 날 갑자기 넘쳐버릴 바다
> 넘치면 휩쓸어버릴 자비가 없는 바다
> 쉬지 않고 소리 없이 밑으로 흘러
> 땅을 파는 팔뚝에 눈에 입술에
> 가슴에 조금씩 고이는 바다
> 아직은 일지 않는 폭풍의 바다.
>
> _김지하, 「바다」 전문

이 작품에서 그는 바다를 생명이 살아 숨 쉬는 공간이 아니라 일단 '넘치지는 않는' 바다, '고이는 바다', '달빛이 없는 바다', '불타지 않는 바다', '조용한 노여움의 바다'로 인식한다. 그러나 바다는 변화무쌍하여서 '춤추는 바다', '어느 날 갑자기 넘쳐버릴 바다', '넘치면 휩쓸어버릴 자비가 없는 바다', '아직은 일지 않는 폭풍의 바다'로 돌변하기도 한다. 말하자면 바다는 내 마음의 상태에 따라 그 양상을 달리하며 펼쳐진다. 말하자면 그의 마음은 고요와 노여움이 섞여 있으나 결국 언젠가는 폭풍처럼 넘쳐버릴 것을 예견하고 있는 것이다. 이렇듯 김지하의 바다 관련 시편들은 언제나 자신의 내면 상태가 반영되는 특징을 보여준다.

④ 차범석: 희곡 『학이여 사랑일래라』

차범석은 '한국 사실주의 연극의 아버지'로서 수많은 희곡을 남겼지만 바다와 관련된 작품은 찾아보기 힘들다. 「갈매기떼」(1963), 「열대어」(1965), 「파도가 지나간 자리」(1965)가 바다와 관련 소재를 제목으로 달고 있지만, 실제 내용은 거리가 있다. 그래서 그의 고향인 목포 삼학도에 얽힌 전설을 배경으로 한 『학이여 사랑일래라』(1975)가 유일한 셈이다.

이 작품은 극단 여인극장의 제65회 공연작이요, 제5회 대한민국 연극제 참가작품으로서 모두 9장으로 이루어진 비극적인 사랑 이야기이다.

> 몇 백 년이 지났겠지. 몇 초년이 흘렀겠지. 아련히 들려오는 새소리. 바람소리 그리고 파도소리. 세계가 다시 시작된다. 장쇠가 움직인다. 긴 잠에서 깨어난 것 같다. 기지개를 켠다. 아슬한 하계를 내려다본다. 뭔가를 발견한 모양이다.
>
> 장쇠: 서방님,
>
> 윤도령이 서서히 숨을 쉬기 시작한다.
>
> 장쇠: 서방님! 저걸 보세요!
>
> 윤도령: 뭐냐?

장쇠: 바다 위에 뭔가 솟아오릅니다.

윤도령: 바다 위에?

윤도령이 장쇠가 가리키는 곳을 내려다본다. 어디선가 새로운 생명의 잉태를 알리는 양 심오하고 유연하고 희망의 샘물 같은 음악이 들려온다. 처음엔 명주실처럼, 그것이 차츰 합쳐서 퍼져나간다.

장쇠: 물개일까요?

윤도령: 아니다.

장쇠: 모조리 상어일까요?

윤도령: 아니다.

장쇠: 고래인가 봐요.

윤도령: 아니다. 섬이다.

장쇠: 섬?

윤도령: 학이 떨어진 자리에 섬이 솟아오른다.

장쇠: 학이 섬으로?

윤도령: 그래! 학이다. 학이 살아나서 섬이 되었어!

장쇠: 어째서요?

윤도령: 영원하기 위하여. 오래 남기 위하여. 사람이 되기 위하여.

장쇠: 사람이 되기 위하여.

윤도령은 새로운 환희 앞에 무릎을 꿇고 합장기도 한다. 생명의 음악은 천지를 뒤덮는다.

_차범석, 『학이여 사랑일래라』 결말 부분

남도지방 한 토호의 아들 지균은 세속에서 맺은 세 여성들과의 인연을 잊으려고 떠난 고행길에서 꿈에 나타난 세 마리 학 때문에 괴로워하게 된다. 꿈을 깨도 천지간을 뒤덮는 학의 울음소리 탓에 광란에 이르게 된 지균은 활을 들어 학을 쏘게 되지만 땅에 떨어진 학은 바로 그가 사랑했던 여성들이었다. 현실과 상상, 환영과 실제, 사랑의 정염이 뒤섞이는 혼돈을 거친 뒤 세 마리 학이 하늘에서 내려오고, 그들이 내려온 바다 위에 세 개의 섬이 솟아오르니 그것이 곧 삼학도가 되었다는 줄거리다.

⑤ 김창완: 시 「장산도 설화 1」, 「장산도 설화 2」, 「인어의 기도」 등

김창완은 신안 태생으로 어린 시절 장산도 해변에서 바닷물에 발을 적시며 놀다가 목포로 나와 문학 청년기를 보낸 시인이다. 1973년에 상경하여 현재에 이르기까지 거친 세상의 바다를 떠돌고 있다. 1966년 주정연, 정영일, 박광호 등과 함께 목포에서 동인회 '흑조'를 결성한 바 있다.

그의 바다에 대한 관심은 당연히 어린 시절의 고향 장산도에 기울어져 있다. 따라서 그의 바다 관련 시편들은 한결같이 신화처럼 출렁이는 고향의 바다와 현실의 바다 사이를 오가며 떠 있다. 그의 첫 시집 『인동일기』(1978) 후반부는 「바다의 대작」, 「인어의 기도」, 「아침에 떠나는 바다」, 「장산도 설화 1」, 「장산도 설화 2」, 「개화」 등 장산도 바다 관련 시편들로 채워져 있다.

장산도 사내들은 꽃게와 함께 술을 마신다
제일 먼저 취해서 옆걸음치는 꽃게
그러나, 꽃게보다 바다가 먼저 취하고
바다보다 더 먼저 내가 눕는다

잊었던 아픔이 돌아와 닿는 자리
우리는 몸을 떨어 파도를 흔들었다
드러난 개펄의 황량함 때문에
이 섬을 버릴 수 없는 바다는
멀리서 빛나고, 자신의 가장 추한 것을
버려둔 채 바다는 뒤척임을 시작했다

우리들이 고추를 내놓고 운절이 낚던
작은 개웅에는 미처 감추지 못한
바다의 꼬리가 남아서
과부의 허리를 낚아채 가고
철사 같은 수염 햇살에 번뜩이며
사내들은 수차로 바다를 퍼올렸다

완강하게, 고집도 세지
장산도는 지금도 금빛 파도 속에 허리를 넣고
저만큼서 버티고 섰다
가끔 내가 화해의 술잔을 내밀 때도
멀미와 숙취로써 거절하기만 한다

_김창완, 「장산도 설화 2」 전문

김창완은 고향인 장산도 바다를 그리움의 대상 혹은 언젠가는 돌아가야 할 안식처로 인식하고 있다. 각박한 현실의 바다를 떠도는 그는 닿을 수 없는 고향에 대한 그리움을 설화화하거나 신화화한다. 장산도의 '사내'와 '꽃게', '바다'는 따로 떨어져 있지 않다. 그냥 그대로 하나가 되는 아름다운 풍경이다. 기억 속에는 섬사람들의 노동과 풍속이 여전히 살아 있다. 그러나 시적 화자는 당장 그곳으로 돌아갈 수 없다. 거기에는 불화가 내재해 있다. '완강하게' 화해를 거절하면 할수록 장산도는 시적 화자에게 신화적인 그리움의 대상으로 남을 수밖에 없다. 고향마저 잃고 사는 지독한 삶의 한가운데를 통과하고 있는 시인은 현실의 바다 위를 무수히 오가며 장산도에 가 닿을 날을 꿈꾼다.

⑥ 권일송: 시 「바다의 여자」, 「바다 위의 탱고」 등

권일송(1933~1995)은 목포 현대시단의 실제적인 출발을 알리는 선

두주자였다. 1957년에 「한국일보」와 「동아일보」에 시가 동시에 당선됨으로써 화려하게 등단한 그는 당시 목포에 소위 '신춘문예 바람'을 몰고 온 장본인이기도 하다. 순창 태생이지만 목포의 문태고등학교 등에서 오랜 교편생활을 하며 방황과 좌절, 그리고 열정과 고뇌의 젊은 날을 목포 땅에서 뒹굴었다. 그는 두 권의 시집 제목을 『바다의 여자』(1982), 『바다 위의 탱고』(1991)로 할 만큼 바다에 대한 관심을 보여준다. 그는 시 「바다 위의 탱고」(1991)에서 바다를 찬미의 대상 혹은 추억이 서린 곳으로 파악하고 있다.

서해안 안면도의
여름바다는 눈부셨다
바람에 섞여
맨발로 밟아보는 모래알
사흘 밤 사흘 낮이
순간의 음악에 머무르고
포도 알이 매달린 방 안에서
뜨거운 감자를 입에 물었다

노수민이 발리 섬으로
울고 떠난 해안선
수풀 속에 둘러앉은 시인들은
밤새껏 은쟁반을 굴리고
여인은 내 아픈 허리에
지압을 베풀었다
오오, 베로니카여
그때 파도 빛깔의 졸음이 쏟아졌느니
신새벽 닭 울음소리에 황해를 건너고
두엄냄새 속에서

꽃지의 밤은 무르익었다

갈매기는 끝내 바다를 버리고
하늘에 숨을 숨겼다
가슴에 부활의 순간이 넘치는 날
우리는 이별이 없는
손수건을 흔들고
잃어버린 탱고를 되찾기 위해
나는 휘어진 허리를
바다에 내던졌다

_권일송, 「바다 위의 탱고」 전문

이 시의 배경은 '서해 안면도의 여름바다'이다. 구체적으로 말하면 안면도의 '꽃지' 해수욕장이다. 시적 화자는 어느 날 시인들과 함께 이곳에 놀러간다. '사흘 밤 사흘 낮'을 지내는 동안 음악에 취하고, 뜨거운 감자를 먹고, 밤새껏 떠들며 이야기한다. 그리고 여인을 만나 추억을 쌓는다. 그러나 다음 날 결국 뿔뿔이 헤어진다.

⑦ 노향림: 시집 『그리움이 없는 사람은 압해도를 보지 못하네』

노향림은 1942년 해남에서 태어났다. 따라서 목포 출신 작가로 보기에는 다소 무리가 있다. 그러나 그는 태어나자마자 장사를 하던 어머니를 따라 목포로 이주하여 어린 시절을 보냈다. 그리고 다시 서울로 이주하여 지금껏 살고 있지만, 어린 시절 강렬한 그리움의 공간으로 남아 있던 목포 인근 압해도를 배경으로 한 시집 『그리움이 없는 사람은 압해도를 보지 못하네』(1992)를 출간하여 주목을 받았다. 이러한 점을 주목할 때 그는 목포 출신 시인으로 봐도 무방하다고 판단한다.

그녀는 목포시 산정동 산기슭에 딱 한 채가 남은 일인(日人)들의 '적산가옥'에서 가난한 유년기를 보냈다고 한다. 1940년대는 해방 혼란기와 더불어 먹고살기 힘든 시절이었다. 식구들이 모두 나가 돈을 벌거나, 먹는 물이 부족해서 물을 길으러 가거나, 오빠들이 학교 가면 혼자서 집을 지키기도 했다. 몸이 약해 이미 혼자 병을 다 거쳤다. 유행병이 창궐하던 어린 시절에 장티푸스와 복막염을 앓고 집에서 거의 누워 보냈다고 한다. 병들고 쓸쓸한 유년이었지만, 산기슭을 거쳐 보이는 앞바다와 그곳에 앉아 있는 섬 압해도가 무한한 위로가 되었다. 결국 그 섬과 혼자서 많은 대화를 나눈 셈인데, 이유는 대낮의 정적이 어린 마음에 무섭고 싫어서였다고 한다. 결국 그녀는 압해도 연작시를 100여 편이나 남겼다.

> 섬진강을 지나 영산강 지나서
> 가자 친구여
> 서해바다 그 푸른 꿈 지나
> 언제나 그리운 섬
> 압해도 압해도로 가자
>
> 가자 언제나 그리운
> 압해도로 가자
> 창밖엔 밤새도록 우리를 부르는
> 소리 친구여
> 바다가
> 몹시도 그리운 날은
> 하늘과 바다가 맞닿은 섬
> 압해도 압해도로 가자
>
> 가자 언제나 그리운
> 압해도로 가자

하이얀 뭉게구름
저멀리 흐르고
외로움 짙어가면 친구여
바다 소나무 사잇길로 가자
우리보다 더 외로운 섬
압해도 압해도로 가자

가자 언제나 그리운
압해도로 가자

_ 노향림, 「압해도」 전문

노향림은 압해도라는 섬을 그리움의 대상으로 인식하고 있다. 그 이유는 압해도라는 공간이 '언제나' 시인의 기억 속에서 그리움으로 물결치며 부르고 있기 때문이다. 압해도는 '언제나 그리운 섬', '하늘과 맞닿은 섬', '우리보다 더 외로운 섬'으로 자리하고 있다. 이렇듯 노향림 시인의 연작시 「압해도」는 고흐의 전원 풍경에서 느낄 수 있는 강렬한 그리움의 공간으로서의 섬을 독특하고 개성적인 이미지로 그려내고 있는 바 하나의 섬을 가장 집중적으로 노래한 해양 시편으로 남을 만하다.

⑧ 허형만: 시 「고하도」, 「파도 앞에서」 등

허형만은 1945년 순천에서 태어났다. 1980년대 초반 목포대학교 교수로 부임하여 2013년 정년퇴직했다. 중간에 광주로 이주하여 10여 년 이상을 살았고, 최근 다시 서울로 이주하여 살고 있으나 목포 출신 작가로 포함해도 무방하다고 본다.

그의 바다 관련 시들은 거의 찾기 힘들다. 시집 『풀무치는 무기가 없다』(1995)에 실린 땅시 연작 「고하도」와 「파도 앞에서」 등이 그 전부이다. 목포에 살면서 쓴 시 「고하도」(1995)는 고하도라는 섬을 노래했다기보다 파도를 하나의 흔들림의 대상으로 인식하고 있다.

> 흔들리고 흔들리는 게
> 어디 파도뿐이랴
> 오늘도 타오르는
> 고하도 용머리 앞에 서면
> 흔들리는 파도보다
> 내 영혼이 먼저 흔들리니
> 우리네 뜨거운 사랑도
> 어디에 있는가
> 저리 깊고 깊은 서러움
> 우리네 신명나는 꽃밭은
> 어디에 있는가
> 아니 하염없이 밀려드는
> 바람 속에서도
> 한사코 사그러들지 않는
> 한 줄기 빛 고운 등불이여
> 어디에 있는가
>
> _허형만, 「고하도－땅시 · 68」 전문

시인은 고하도 용머리 앞에서 파도를 바라보며 '흔들리는 파도보다/내 영혼이 먼저 흔들'린다고 말한다. 이는 파도가 내 영혼으로 전이된 까닭이다. 거기에서 시인은 '우리네 뜨거운 사랑'과 '깊고 깊은 서러움'과 '우리네 신명나는 꽃밭', '한 줄기 빛 고운 등불'을 찾는다. 그만큼 바라는 것들이 결핍 상태에 있다는 현실인식 때문이다.

⑨ 김선태 : 시 「삼호 간척지에서」, 「조금새끼」 등

김선태는 1960년 강진에서 태어나 1980년 이후부터 현재에 이르기까지 30여 년 동안 목포에 살고 있는 시인이다. 그는 1982년 대학 시절에 이미 고려대학교 신문사에서 공모한 전국 대학생 문예현상공모에 목포항구와 어민들의 삶을 상징적으로 노래한 해양시 「겨울 항구」로 당선된 바 있고, 첫 시집 『간이역』(1997)에 용당리 삼호 갯벌을 막아 간척지를 조성하면서 해양생태 환경파괴를 고발한 시 「삼호 간척지에서」 등을 발표했다. 근래에 이르러 목포의 문학이 해양문학으로 특성화되어야 함을 역설하면서 어촌민의 삶을 노래한 「조금새끼」와 「홍어」, 「주꾸미 쌀밥」, 「조개 이야기」, 「꽃게 이야기」 등 해양생태시 30여 편을 실은 시집 『살구꽃이 돌아왔다』(2009)를 펴냄으로써 새로운 해양시의 주자로 주목받고 있다. 특히 그는 아무도 주목하지 않는 해양생태와 해양 환경문제로 해양시의 관심을 전환하면서 한국 해양시의 해양인식전환을 시도하고 있다.

「조금새끼」(2009)는 목포 온금동에 대대로 전해 내려오는 '조금새끼'에 관한 민담을 차용하여 시적으로 재구성한 시로 어민들의 핍진한 삶과 운명을 잔잔한 어조로 들려주고 있다.

> 가난한 선원들이 모여 사는 목포 온금동에는 조금새끼라는 말이 있지요. 조금 물때에 밴 새끼라는 뜻이지요. 그런데 이 말이 어떻게 생겨났냐고요? 아시다시피 조금은 바닷물이 조금밖에 나지 않아 선원들이 출어를 포기하고 쉬는 때랍니다. 모처럼 집에 돌아와 쉬면서 할 일이 무엇이겠는지요? 그래서 조금 물때는 집집마다 애를 갖는 물때이기도 하지요. 그렇게 해서 배 속에 들어선 녀석들이 열 달 후 밖으로 나오니 다들 조금새끼가 아니고 무엇입니까? 이 한꺼번에 태어난 녀석들은 훗날 아비의 업을 이어 풍랑과 싸우다 다시 한꺼번에 바다에 묻힙니다. 태어나서 죽을 때까지 함께인 셈이지요. 하여, 지금도

이 언덕배기 달동네에는 생일도 함께 쇠고 제사도 함께 지내는 집이 많습니다. 그런데 조금새끼 조금새끼 하고 발음하면 웃음이 나오다가도 금세 눈물이 나는 건 왜일까요? 도대체 이 꾀죄죄하고 소금기 묻은 말이 자꾸만 서럽도록 아름다워지는 건 왜일까요? 아무래도 그건 예나 지금이나 이 한마디 속에 온금동 사람들의 삶과 운명이 죄다 들어 있기 때문 아니겠는지요.

_김선태, 「조금새끼」 전문

4. 남은 과제들

지금까지 이 글은 목포 해양문학의 출발점을 1960년대에 맞추고, 2000년대까지 발표한 목포 출신 주요 작가들의 바다 관련 작품들을 선정한 다음, 그 흐름과 작품세계를 일별해보았다. 그 결과 목포의 해양문학은 뚜렷하지는 않지만 그 흐름을 지속해왔으며, 최근에 이르러 새로운 관심이 증폭되고 있음을 알 수 있었다.

그러나 작품세계를 살피는 과정에서 목포 출신 작가들의 해양에 대한 인식이 바다나 섬에 대한 막연한 동경이나 그리움, 어촌민들의 핍진한 삶의 반영, 설화나 전설의 차용, 바다에 대한 절망과 죽음에 대한 이미지 등에 머물고 있어 새로운 인식전환의 필요성이 대두됐다. 즉 근래에 우리가 안고 있는 각종 해양문제를 문학적으로 반영할 필요가 있다는 이야기이다. 그래야만 목포의 해양문학이 시대에 뒤떨어지지 않을 것이다.

그리고 목포가 이러한 해양문학적 전통을 계승하여 앞으로 한국 해양문학의 한 거점도시로 발전하기 위해서는 목표를 달성하기 위한 기반 조성이 필요한데, 현재 목포가 지니고 있는 여건으로 보았을 때 그 가능성은 충분하다고 생각한다. 우선 국립대학교인 목포대학교가 해양 특성화를 표방하면서 '신해양시대의 리더'로 발돋움하고 있는 데다가 목포 해양대학교와 목포 해역사가 자리하고 있으며, 신항만 건설 등 관련 인프라 구축이 활발히 진행되고 있는 것이 그것이다. 게다가 목포가 영산강과 서남해가 만나는 접점에 위치해 있어 장차 중국을 위시한 동아시아의 허브로 자리 잡을 무한한 가능성까지 열려 있기 때문이다. 그러나 이러한 목표를 달성하기 위해서는 몇 가지 해결해야 할 과제가 있다.

첫째는 목포문학이 지역문학으로서 독특한 특색을 가지려면 무엇보다 해양문학으로 특성화해야 한다는 점이다. 이를 위해서는 각 문학단체가 힘을 하나로 합쳐 방향성을 통일해야 함은 물론 지자체의 적극적인 지원이 긴요하다. 둘째는 목포의 삼학도나 신안 압해도에 그 구심점 역할을 할 수 있는 센터로서 한국 최초의 해양문학관을 건립할 필요가 있다는 점이다. 셋째로는 각 대학 관련 학과를 비롯한 문학단체가 앞으로 목포의 해양문학을 짊어지고 나아갈 젊은 인재를 육성하는 일에 앞장서야 한다는 점이다.

강진의 현대문학

1. 개관, '시문학파'의 요람

김영랑과 김현구로 대표되는 강진 현대문학의 출발은 1930년 '시문학파'의 태동과 밀접한 관련이 있다. 왜냐하면 시문학파의 실제적인 결성 현장이 강진이었기 때문이다. 그리고 그 모태가 된 것은 강진의 문학동인지 『청구』라고 해도 과언은 아닐 것이다. 따라서 1930년대 한국현대시를 대표하는 동인지 『시문학』의 창간은 강진과 따로 떼어 생각할 수 없다. 또한 강진은 호남현대시문학의 출발점으로서 문학사적 위상을 아울러 지니고 있다. 왜냐하면 호남지역 최초의 현대 시인이 바로 김영랑이기 때문이다.

주지하다시피 『시문학』은 광주 송정리의 박용철과 강진의 김영랑이 주도하여 창간했다. 그런데 그 산파역을 맡았던 박용철은 원래 문학과는 거리가 먼 수학도였다. 그런 그를 부추겨 동경 유학시절부터 문학에 눈을 뜨게 만든 장본인이 바로 김영랑이다. 동인지가 발간되기 전까지 박용철은 강진을 직접 찾아오거나 서신을 통해 김영랑으로부터 창작 지도와 자문을 받았다. 그런 의미에서 김영랑은 문우이기에 앞서 박용철의 문학적 스승인 셈이다.

그리고 김영랑은 이미 1919년 3·1운동 직후부터 김현구, 차부진, 김길수 등 동향의 문학청년들과 함께 강진에서 '청구'라는 문학동인회를 결성하고 동인지를 발간했다. 이때부터 김영랑과 김현구는 4행시를 써서 실었다고 한다(이는 작고한 차부진의 증언에 따른 것이다. 그러나 강진읍사무소에서 작품을 등사하여 발간했다는 이 동인지는 안타깝게도 남아 있지 않다). 말하자면 김영랑은 10년 전부터 서서히 이 땅에 새로운 문학의 흐름을 주도할 동인지 발간을 강진에서 준비하고 있었던 것이다.

그리하여 1929년 당시 무명이었던 김영랑과 박용철은 서울을 오르내리면서 평소 친분이 있는 정지용, 변영로, 정인보, 이하윤을 동인으로 포섭하게 된다. 이들 중 정인보와 변영로는 이미 그 당시 문명(文名)을 떨치고 있던 사람들로 얼굴마담 역할을, 이하윤에겐 실무를 기대했던 것으로 보인다.

『시인 영랑 김윤식 전기』(국학자료원, 1997)를 썼던 강진 출신 주전이 시인에 따르면, 그해 11월 『시문학』 창간을 최종 합의하기 위해 박용철과 정지용이 강진으로 내려온다. 이때 자연스럽게 만난 사람들이 '청구'의 멤버들이다. 이들은 영랑의 사랑채에서 사흘 동안 함께 머물면서 친교 및 창간에 따른 숙의를 나누는데, 문학적 방향도 여기에서 결정된다. 이렇게 하여 탄생한 것이 『시문학』이다.

그러니까 동인지 발간에 따른 실제적인 구상은 모두 영랑에 의해 구체화된 것이다. 그리하여 제2호부터 김현구, 신석정, 허보가 동인으로 합류하게 된다. 따라서 『시문학』의 태동은 강진에서 이루어진 것이며, 그 발판이 되었던 것도 영랑이 주도했던 '청구'라는 이야기가 가능해진다.

그리고 시문학파의 주축 멤버는 크게 보면 전라남도, 작게 보면 강진 출신이다. 전남 출신인 김영랑과 박용철, 김현구 이 세 사람이야말로 얼굴마담이나 실무역에 그쳤던 나머지 사람들과는 달리 시문학파의 문학적인 방향을 충실히 시로써 구현한 순수 시문학파였기 때문이다. 그래서 『한국현대시문학대계 7』(지식산업사, 1981)은 이 세 사람만을 묶어 발간되었으며, 이 책의 해설을 맡은 김현이 이들을 별도로 '강진시파'로 처음 명명한 것은 매우 의미가 있다고 할 것이다.

김영랑과 김현구가 『청구』를 발간할 당시만 해도 일개 지방 소읍에 불과한 강진의 문화적 열기는 대단했던 것으로 보인다. 이에 대한 차부진의 기록을 보자.

> 영랑 김윤식 군이 일본 동경 청산학원을 마치고 귀향한 때로부터, 우리 비방에는 그 나름으로 문예의 현란기를 이룬다. 낭산 김준연 선생이 독일 유학의 길에서 돌아오자 그의 학술강연회가 우리 고장에서 제일성으로 열리었고, 이를 필두로 하여 서춘, 윤백남 선생들의 문학강연회가 열렸으며, 시기적 차이는 있지만 육당 최남선 선생, 춘원 이광수, 이난영의 독창회 등이 열렸던 시절이야말로 이 시대에 우리 지방만이 간직한 황금시절이었다 (……) 이와 때를 같이하여 많은 젊은이들이 문학서적을 읽었고, 특히 『태서문학』을 애독하는 사람들 중에는 셰익스피어의 환상적인 서술과 루소의 자유주의사상, 톨스토이의 인도주의, 도스토예프스키의 혁명적인 사상, 괴테 · 하이네의 풍부한 감정이 청년계의 사색을 풍유케 하였던 것이다.

그러나 김영랑과 김현구를 배출함으로써 호남현대시문학의 출발을 알렸던 강진의 현대문학은 1950년 그들의 사거 이후로 침체 일로에 놓인다. 그러다가 1973년 김영랑의 시업을 기리고, 또 그의 문학적 전통을 이어받기 위해 조직된 것이 '모란촌문학동인회'이다. 물론 이 동인회에 앞서 1960년대에 '직전문학동인회', '청향회', '머시매문학동인회' 등이 있었지만 오래가지 못했다. 차부진, 이형희, 임상호, 정문석, 주전이 등이 창간한 동인지 『모란촌』은 현재까지 37집을 발간한 광주 · 전남의 최장수 문학동인지 중 하나로 강진 출신 문학인 40여 명이 참여하여 강진문학의 맥을 면면히 이어오고 있다.

그럼에도 불구하고 1940년대 이후 강진의 시문학은 그 대가 끊긴 상태나 다름없다. 비록 북한시인이긴 하지만, 1950년 의용군으로 월북하여 북한의 계관시인이 된 오영재를 제외하면 내세울 만한 문인이 더 이상 나오지 않고 있기 때문이다. 이는 이웃 해남이나 장흥에서 걸출한 작가들이 속속 배출되고 있는 상황과는 매우 대조적이다. 그나마 출향 문인 중 소설가 서종택과 황충상, 동화작가 김옥애, 시인 김선태 등이 나름대로 강진문학의 맥을 이어가고 있는 정도이다.

특기할 만한 일은 2012년에 강진군의 주도로 김영랑 생가 앞에 '시문학파 기념관'이 들어섰다는 점이다. 이는 강진이 시문학파의 태생적 공간임을 상징적으로 알려준다. 개인이 아니라 유파 전체를 아우르는 한국 최초의 문학관인 이곳에는 김영랑, 박용철, 정지용, 정인보, 변영로, 이하윤, 신석정, 김현구, 허보 등 시문학파 동인 9명의 관련 발자취와 저서 등이 전시되어 있다. 또한 이곳은 매년 영랑문학제가 열리는 무대로서 앞으로 강진문학의 부흥을 알리는 중심지로서의 역할을 하게 될 것이다.

김영랑과 김현구 사거 이후 공식 등단한 강진 출신 주요 문인은 서종택(월간문학, 소설), 김옥애(서울신문, 동화), 주전이(한국시, 시), 한옥근(전남일보, 희곡), 김선식(수필공원, 수필), 장생주(월간문학, 수필), 김정태(장편소설집『황혼』, 소설), 조수웅(시), 윤정남(시), 황충상(한국일보, 소설), 송하훈(스포츠서울, 소설), 김재석(세계의문학, 시), 김선태(현대문학, 시 · 평론), 김미승(작가세계, 시), 장수현(조선일보, 시조), 김한성(문학세계, 시), 최한선(21세기문학, 시), 박주익(시세계, 시조), 백형규(문학세계, 시), 윤영권(광주매일, 시), 이수희(한맥문학, 시), 김해등(동화) 등이다.

2. 주요 출신 작가

1) 김영랑(1902~1950)

김영랑(본명 김윤식)은 한국 순수서정시의 총아요, 호남 최초의 현대 시인으로 통한다. 그는 한국 현대 서정시사에서 김소월과 쌍벽을 이루는 존재다. 그래서 '북에는 소월, 남에는 영랑'이라는 표현이 자연스럽다. 또한 그는 일제 때 백석과 함께 지방 토착어를 가장 효과적으로 활용하여 민족 고유의 향토성을 살린 시인이다.

김영랑은 1902년 강진의 500석 지주 김종호의 장남으로 태어나 강진보통학교(현 중앙초등학교)와 휘문의숙(현 휘문고등학교)을 거쳐 동경 청산학원 영문과를 중퇴했다. 1919년 휘문의숙 재학 때 독립선언문을 구두 안창 밑에 감추고 고향에 내려와 독립운동을 주도하다 검거되어 대구형무소에서 6개월간 복역하였고, 1920년 동경 유학시절에는 혁명가이자 무정부주의자인 박열과 같은 방에서 하숙하다가 1923년 9월 관동 대지진으로 학업을 중단하고 귀국했다.

1919년 3·1운동 직후에는 김현구와 차부진, 김길수 등과 강진에서 『청구』라는 문학동인지를 발간하다가, 1930년 동경 유학 때 만난 박용철과 함께 동인지 『시문학』을 창간하여 주도했다. 1945년 해방이 되자 대한독립촉성회 강진군 단장을 맡았고, 1948년 초대 국회의원 선거에 출마하였으나 낙선하여 서울 성동구 신당동으로 이주, 1949년 8월부터 약 7개월간 공보처 출판국장을 역임했다. 1950년 6·25 사변 발발로 복부에 파편을 맞고 쓰러져 9월 29일 48세를 일기로 세상을 떠났다.

1930년대 시문학파의 결성은 강진에서 이루어졌다고 해도 과언이 아니다. 그 구체적인 현장이 다름 아닌 강진읍 남성리 탑동에 있는 김영랑 생가로 그의 시의 산실로 통한다. 그는 1948년 서울로 이주할 때까지 46년 동안을 이곳에서 칩거하며 시를 썼다. 그러나 현재의 생가는 그가 서울로 이주하면서 남의 손에 넘어가 그 원형이 크게 훼손되었고, 1985년 강진군이 전남 도비 지원으로 다시 사들여 연차적으로 복원사업을 벌인 결과 오늘에 이른 것이다.

그러나 원래의 정구장 터에 대규모 모란 밭을 조성한 것을 비롯하여 전체적인 집 분위기에 어울리지 않는 현대식 가로등 설치와 섬뜩한 느낌을 주는 김영랑의 밀랍인형, 살아생전의 유품이 전무한 점, 그리고 최근에 입구를 인위적으로 넓혀 공원을 만든 점 등은 앞으로 개선해야 할 점이다. 복원이라 함은 편의 위주로 개조하는 것이 아니라 최대한 원형을 그대로 살리는 데 의미가 있다. 그럼에도 불구하고 김영랑 생가는 작고(作故) 문인들의 생가 중 그 보존 상태가 가장 양호한 편이며, 연중 수십만의 문학애호가들이 찾는 '남도답사 1번지' 강진을 대표하는 명소 중 하나로 자리 잡았다.

해방 이후에 창작한 김영랑의 후기시 몇 편을 제외한 거의 모든 시가 김영랑 생가에서 탄생했다고 해도 과언이 아니다. 순수 서정성과 음악성, 향토성, 저항성 등으로 특징지을 수 있는 김영랑의 시세계는 강진의 아름다운 자연 경관과 생가의 풍물로부터 결코 자유롭지 못하다. 따라서 김영랑 생가를 찾는 일은 곧 그의 시를 이해하는 길로 통한다고 할 수 있다.

먼저, 생가에 들어서기 전에 만나는 구부러진 돌담은 그의 시 「돌담에 속삭이는 햇발」의 현장이며, 그 돌담들이 늘어선 골목 일대는 「제야(除夜)」의 현장이다. 따사로운 봄날에 햇살이 돌담에서 놀고 있는 양을 보고 있노라면 누구나 입가에서 "돌담에 속삭이는 햇발같이"라는 시구가 저절로 튀어나온다. 또한 세모의 어느 저녁에 오래된 돌담 골목을 걸어가노라면 섣달 그믐날 밤의 옛 정취가 되살아난다.

돌담에 속삭이는 햇발같이
풀 아래 웃음짓는 샘물같이
내 마음 고요히 고운 봄길 위에
오늘 하루 하늘을 우러르고 싶다.
새악시 볼에 떠오는 부끄럼같이
시(詩)의 가슴에 살포시 젖는 물결같이
보드레한 에메랄드 얇게 흐르는
실비단 하늘을 바라보고 싶다.

_「돌담에 속삭이는 햇발」 전문

다음으로 안채 옆 장독대와 부근의 감나무는 전라도 사투리를 적절하게 구사함으로써 구수한 맛을 물씬 풍기는 「오매, 단풍 들것네」의 현장이다. 가령 이 시구를 표준말로 바꾸어 읽어보면, '어머나, 단풍 들겠네'로 그 시적 감흥이 전혀 달라지고 만다. 여기에 독특한 전라도 사투리의 묘미가 있다.

그러나 전라도 방언 중에서도 전남과 전북이 다르고, 또 전남 방언 중에서도 각 지역마다 조금씩 그 차이가 있다. 이 시에 나오는 전라도 사투리('오매', '골붉은', '들것네') 중 가장 핵심적인 '오매'라는 감탄사는 강진 방언이 아니라고 한다. 이 시어의 순수 강진 방언은 '웜매'로서 '워매, 앗따매' 등과 함께 쓰이며, 더 큰 충격을 받았을 때는 '오매매'를 쓴다.

아쉽게도 시 속에서 '골붉은 감잎'을 날려 보내던 늙은 감나무는 자취를 감춘 지 오래이다. 지금 남아 있는 감나무는 생가 복원 때 이식한 것이라고 한다.

"오매, 단풍 들것네."
장광에 골붉은 감잎 날러오아

누이는 놀란 듯이 치어다보며
"오매, 단풍 들것네."

추석이 내일모레 기둘니리
바람이 자지어서 걱정이리
누이의 마음아 나를 보아라.
"오매, 단풍 들것네."

_「오매, 단풍 들것네」 전문

이 시의 감상 초점은 '골붉은 감잎'을 바라보는 '누이'와 시적 화자의 태도에 있다. 즉, '오매, 단풍 들것네'라며 소리치는 두 사람의 탄성이 어떤 의미를 갖고 있으며, 또 어떻게 다른지 관심을 두고 작품을 파악해야 한다.

세월 가는 줄 모르고 정신없이 일상사에만 매달렸던 '누이'는 어느 날 장독대에 오르다 바람결에 날아온 '골붉은 감잎'을 보고는 가을이 왔음에 깜짝 놀라 '오매, 단풍 들것네'라고 소리 지른다. 그 놀라움이 누이의 얼굴을 붉히고 마음까지 붉힌다. 그러므로 '단풍 들것네'란 감탄은 '감잎'에 단풍이 드는 것이 아니라, 누이의 마음에 단풍이 든다는 의미로 보아야 한다. 그러나 가을을 발견한 놀라움과 기쁨도 잠시, 누이는 성큼 다가온 추석과 겨울이 걱정스럽기만 하다. 추석상도 차려야 하고 월동 준비도 해야 하는 누이로서는 단풍과 함께 찾아온 가을이 조금도 즐겁지 않다. 누이의 이런 모습을 바라보는 화자는 누이가 왜 '오매, 단풍 들것네'라고 소리쳤는지, 누이의 얼굴과 마음이 왜 붉어졌는지 모두 알고 있다. 그렇기 때문에 둘째 연의 1, 2행은 화자가 누이를 대신해서 누이가 외치는 탄성을 설명하고 있는 것으로 볼 수 있다. 그리고는 '누이의 마음아 나를 보아라' 하며 소리 지른다. 호칭의 대상이 '누이'가 아닌 '누이의 마음'으로 나타난 것은 바로 첫 연의 '오매,

단풍 들것네'의 주체가 갈잎이 아니라 누이의 마음임을 알게 해주는 것이다. 따라서 화자가 소리친 '오매, 단풍 들것네'의 주체도 화자 자신의 마음이 된다.

다시 말해, 누이의 마음이 화자에게 전이됨으로써 누이의 걱정이 화자의 걱정과 하나가 되는 일체화를 이루게 된다. 결국 '누이'의 마음을 단풍 들게 한 것은 '감잎'이었지만, '나'의 마음을 단풍 들게 하는 것은 '누이'가 되는 것이다. 첫 연이 누이가 자연을 통해서 느끼는 생활인의 마음을 표현했다면, 둘째 연의 화자는 누이에 대해 느끼는 인간적인 감동의 마음을 보여준 것이다. 또한 '오매, 단풍 들것네'라는 첫 번째 감탄이 누이가 가을이 왔음을 알고 반가워하는 의미라면, 두 번째는 누이가 가을로 인해 갖게 된 걱정을 담고 있으며, 세 번째로는 화자인 동생이 누이의 입장을 이해하고 공감하는 의미라 할 수 있다.

그리고 장독대 옆 모란 밭은 그의 대표작 「모란이 피기까지는」의 현장으로, 당시 이곳에는 수십 년 묵은 모란이 여러 그루 있었다고 한다. 그러나 지금 있는 것은 모두 이식했으며, 사랑채 옆 정구장 터의 모란 밭도 임의로 조성한 것이다.

모란이 피기까지는
나는 아즉 나의 봄을 기둘리고 잇슬테요
모란이 뚝뚝 떠러져 버린 날
나는 비로소 봄을 여흰 서름에 잠길테요
오월 어느날 그 하로 무덥든 날
떠러져 누운 꽃닢마저 시드러버리고는
천지에 모란은 자최도 없어지고
뻐쳐오르든 내 보람 서운케 문허졌느니
모란이 지고 말면 그뿐 내 한 해는 다 가고 말아
삼백예순날 하냥 섭섭해 우옵내다

모란이 피기까지는
나는 아즉 기둘리고 잇슬테요, 찬란한 슬픔의 봄을
_「모란이 피기까지는」 전문

시에서도 드러난 바와 같이 김영랑은 살아생전 유독 모란을 아끼고 사랑했다고 한다. 그런데 이 시의 창작 배경을 두고 해석이 분분하다. 나라 잃은 슬픔과 광복을 기다리는 마음을 모란에 실어 표현했다는 것이 학자들의 일반적인 견해이나, 혹자는 무용가 최승희와의 결혼이 이루어지지 않자 자살까지 기도한 이후의 참담한 심경을 노래한 것이라고 보는 견해이다. 전자는 공적으로 치우친 해석이요, 후자는 사적으로 치우친 해석이라 할 수 있다. 그러나 시인의 의식과 감정에 공과 사가 복합적으로 겹쳐 있다고 볼 때, 이는 둘 다 일리가 있는 주장이로되 어느 쪽도 정답은 아니다. 시의 해석에는 정답이 있을 수 없기 때문이다. 오히려 시의식의 저변을 지배하고 있는 상실감을 표현한 것이라고 보아야 더 타당하다. 그 상실감의 면면을 굳이 말하라 한다면 근원적인 자아와 꿈의 상실, 나라와 주권의 상실, 첫 아내의 죽음을 비롯한 사랑의 상실 등등 실로 복합적일 터이다. 이러한 복합적인 상실감과 비애의식이 투사된 시가 바로 「모란이 피기까지는」이다.

이 시는 모란을 소재로 하여 한시적인 아름다움의 소멸을 바라보는 시적 자아의 비애감을 표현한 작품으로, 모란은 실재하는 자연의 꽃인 동시에 지상에 존재하는 모든 아름다움을 대표하는 대유적 기능의 꽃이다. 연 구분이 없는 이 시는 작품 속에서 전개되는 시간의 추이를 네 단락으로 나눌 수 있다. 현재인 첫째 단락은 1~2행이며, 미래인 둘째 단락은 3~4행, 과거인 셋째 단락은 5~10행, 현재의 넷째 단락은 11~12행으로 첫째 단락의 반복이다.

첫째 단락에서 시적 화자는 모란이 필 그의 봄을 기다리고 있다. 그러나 둘째 단락에 이르면 과거의 경험에 비추어 모란이 떨어져 다시 슬픔에 잠기게 될 것을 예견하고 있으며, 셋째 단락은 그가 설움에 잠기게 될 미래의 상황을 증명할 뿐 아니라 그가 갖고 있는 삶의 구도를 명확하게 보여준다. 오직 모란이 피어 있는 순간에만 삶의 보람을 느끼는 시적 화자에게 모란은 봄과 등가적 가치로 그의 소망을 표상한다. 그가 추구하는 세계가 무엇인지 확실치는 않으나 모란으로 대유된 어떤 절대적 가치의 미라고 한다면, 시적 화자는 모란이 피어 있을 때 자신의 소망이 성취된 것으로 생각하여 보람을 느낀다. 그러다 꽃이 지자 봄을 상실한 허탈감에 빠져, 마치 한 해가 다 지나버린 것으로 생각하는 감상적 유미주의자임을 알 수 있다. 화자의 한 해는 '모란이 피어 있는 날'과 '모란이 피기를 기다리는 날'로 이루어져 있다. 그러나 9~10행에서 볼 수 있듯이 모란이 피어 있는 날을 제외한 그의 나날은 '하냥 섭섭해 우는' 서러움의 연속이다. 그러므로 화자는 넷째 단락에 이르러 모란이 피는 날을 계속 기다리겠다는 심경을 토로하면서 자신이 기다리는 봄이 다만 '슬픔의 봄'이 아닌 '찬란한 슬픔의 봄'임을 시인하게 된다.

'찬란한 슬픔의 봄'이 '찬란한 봄'이라는 의미보다 '슬픔의 봄'이 강조된 표현이라면, 표면적으로는 화자가 모란이 피기를 기다리는 기대와 희망의 시간 속에 존재하는 것처럼 보인다. 그러나 실상은 모란을 잃은 설움의 시간 속에 존재하는 것이다. 모란에 자신의 모든 희망을 걸고 살아가는 비실제적 세계관의 소유자인 화자가 한 해를 온통 설움 속에서 살아갈지라도 그의 봄은 결코 절망뿐인 '슬픔의 봄'이 아니다. 계절의 순환 원리에 따라 봄은 또 올 것이고, 봄이 오면 모란은 또 피어날 것이기 때문이다. 그러므로 그 슬픔은 다만 모순과 역설의 '찬란한 슬픔'으로 언제까지나 그를 기다리게 하는 원동력이 되어줄 뿐이다.

김영랑 생가의 뒤란을 채우는 것은 대나무 숲과 늙은 동백나무이다.

그중 동백나무는 그의 데뷔작인 「동백잎에 빛나는 마음」의 현장이다.

내 마음의 어딘듯 한편에 끝없는
강물이 흐르네
돋쳐오르는 아침 날빛이 빤질한
은결은 도도네
가슴엔 듯 눈엔 듯 또 핏줄엔 듯
마음이 도른도른 숨어 있는 곳
내 마음의 어딘듯 한편에 끝없는
강물이 흐르네

_「동백닙에 빗나는 마음」 전문

김영랑 생가 이외에도 강진은 어디를 가나 쉽게 동백나무를 볼 수 있다. 옛날에는 집집마다 적어도 한 그루씩은 이 나무가 있었다고 한다. 그래서 김영랑은 그의 산문 「감나무에 단풍 드는 전남의 9월」에서 "나는 내 고향이 동백이 클 수 있는 남방임을 감사하나이다"라고 적고 있다.

원래 생가 뒤란에는 나이 먹은 동백나무가 수십 그루 있어 대나무와 함께 사시사철 푸르렀다고 한다. 그러나 인공 때 좌익 청년들이 대밭에 불을 질러 거의 타 죽고 서너 그루만이 겨우 남아 있다. 다른 지역의 동백나무들이 대개 4월쯤에야 꽃을 피우는 데 반해 강진의 동백나무들은 해양성 기후의 영향으로 2월이면 꽃을 달기 시작하여 3월 중순이면 절정을 이룬다. 그 윤기가 자르르 흐르는 동백나무 이파리마다 아침 햇빛이 와 닿으면 '빤질한 은결'이 아이들의 웃음처럼 깔깔거리는 것이다. 그 '빤질한 은결'은 김영랑의 마음속으로 투사되어 '끝없는 강물'로 굽이치면서 유미주의에 눈을 뜨게 한다. 이런 김영랑의 맑고 섬세한 감성은 동백나무를 비롯한 강진의 자연 경관이 키운 것이다.

또한 김영랑의 이 시는 순수 서정성의 본질이 무엇인지를 펼쳐 보인 작품이다. 생기가 감도는 가락에 짙은 향토색과 감미로운 서정성을 실어 표현하고 있다. 또한 동일 어구를 반복함으로써 음악적 리듬을 부여하는 한편, 단순한 형식에서 오는 단조로움을 막아주는 시적 효과를 내고 있다. 특히 의미상 3음보 율격의 시행을 4음보 시 형식으로 배치함으로써 시인의 내적 충동과 외적 절제라는 이중성을 의도적으로 보여주고 있다.

원제목과 관련지어 생각해보면, 시인은 아침 햇살에 반짝이는 동백잎을 보는 순간 은빛으로 출렁이는 강물을 바라볼 때와 같은 어떤 신비로움을 느낀 게 아닌가 한다. 일반적으로 김영랑 시는 밖을 향해 시선이 열려 있는 외부 지향의 시가 아니라 외부 세계의 객관적 대상을 '나' 안으로 끌고 들어가는 내면 지향의 특징을 갖는다. 그런 탓으로 그의 시는 구체적인 체험을 직접적으로 진술하기보다는 그것을 순간적으로 포착하여 인상과 감흥을 드러내는 특성을 갖게 된다. 이 시도 역시 '내 마음'에 포착된 동백잎의 인상과 감흥을 '나' 안에서 즐기고 만족하는 내면 지향의 시로 김영랑의 정신세계를 가늠해 볼 수 있는 좋은 자료가 된다.

시인이 동백잎에서 발견한 황홀경은 객관적 실체가 아닌 안식과 평화의 세계로 현실에서는 존재하지 않는다. 그러므로 외부세계와의 갈등에서 벗어나 마음의 평정을 구한 다음에야 얻을 수 있는 안식과 평화, '끝없는 강물'처럼 아름다운 그것은 다만 그의 '가슴엔 듯 눈엔 듯 핏줄엔 듯/마음이 도른도른 숨어 있는 곳'에만 존재할 뿐이다. 물론 일제 치하라는 현실 상황에서 김영랑이 '끝없이' 추구했던 안식과 평화는 외부세계와 철저히 단절된 '내 마음'에서만 가능했으리라 짐작된다. 결국 그는 자폐증 환자처럼 외부세계로 통하는 모든 문을 안에서 걸어 잠그고 자기 내면 속에 침잠하여 안도의 긴 한숨을 내쉬며 폭압의 어두운 시대를 가슴 졸이며 견뎌냈던 것이다.

안채는 「집」, 사랑채는 「북」의 현장이다. 특히 「북」은 남도 가락의 멋과 여유를 제대로 승화시킨 절창이다. 김영랑은 음악에 대단히 조예가 깊었다고 한다. 원래 그는 동경 유학 시절 양악(성악)을 하려다 부친의 완강한 반대로 전공을 영문학으로 바꾼 뒤 문학의 길로 접어들었다. 그러나 서울에서 음악회가 열린다 하면 천리 길도 마다 않고 전답을 팔아 올라가야 직성이 풀릴 만큼 양악에 관심이 많았다고 한다. 그런가 하면 남도 가락, 특히 판소리나 육자배기는 수시로 그의 사랑채 툇마루에 명창들을 불러 즐길 만큼 좋아했다. 당시 그의 사랑채를 자주 드나들던 당대의 명창들이 바로 임방울, 이화중선, 이중선 등이다. 그는 이들에게서 소위 '촉기(燭氣, 애이불비의 기름지고도 생생한 기운)'의 미학을 배웠다고 한다. 또 그는 거구에 어울리지 않게 음색이 고왔을 뿐더러, 특히 북을 잡고 치는 솜씨만큼은 웬만한 고수들도 혀를 내둘렀다고 한다. 이는 김영랑 시의 한 특징인 음악성이 어디에 연유하고 있는지를 단적으로 보여주는 근거라 하겠다.

자네 소리 하게 내 북을 잡지

진양조 중머리 중중머리
엇머리 자진머리 휘몰아보아

이렇게 숨결이 꼭 마저사만 이룬 일이란
인생에 흔치 않어 어려운 일 시원한 일.

소리를 떠나서야 북은 오직 가죽일 뿐
헛 때리는 만갑(萬甲)이도 숨을 고쳐 쉴밖에

장단(長短)을 친다는 말이 모자라오.
연창(演唱)을 살리는 반주(伴奏)쯤은 지나고,
북은 오히려 컨닥타요.

떠받는 명고(名鼓)인데 잔가락을 온통 잊으오.
떡궁! 동중정(動中靜)이오 소란 속에 고요 있어
인생이 가을같이 익어 가오.

자네 소리 하게 내 북을 치지.

_「북」 전문

이 시는 판소리의 연창과 북의 관계를 형상화한 작품으로 판소리에 대한 김영랑의 남다른 조예를 엿볼 수 있다. 김영랑의 고향 강진은 판소리의 고장이고, 시문학파도 음악성을 중시했다는 점에서 이 작품은 의미가 깊다. 전통 문화에 대한 김영랑의 애정이 3, 4음보의 가락과 장단·완급의 다양한 변화, 북소리를 연상하게 하는 의성어 등과 잘 어울려 나타나 있다. 일반적으로 판소리에서의 북은 반주를 위한 소도구 정도로 생각하기 쉬우나, 북 없이는 소리가 이루어질 수 없을뿐더러 오히려 소리를 이끌어가는 '컨덕터(conductor, 지휘자)'가 될 정도로 북의 역할은 지대하다. '일고수이명창(一鼓手二名唱)'이란 말도 결국은 북의 역할이 매우 중요함을 이르는 말이다.

물론 북도 소리가 없이는 아무런 의미가 없다. 그렇기 때문에 '소리를 떠나서 북은 오직 가죽일 뿐'이며, 명창 송만갑도 북 없이는 그의 소리 예술을 이룰 수 없었다. 따라서 북은 소리에 종속되지 않을 뿐 아니라, 더 나아가 북으로써 소리는 예술로 승화되는 것이다. 이처럼 이 작품은 판소리에서 북의 지대한 역할을 보여주는 한편, 소리와 북의 일치에서 예술과 인생이 조화를 이룰 수 있음을 강조하고 있다. 북과 소리의 조화 속에서 소리가 완성되고 명창이 탄생하듯이, 인생에 있어서 '이렇게 숨결이 꼭 맞아서만 이룬 일이란/흔치 않'음을 인식한 김영랑은 마침내 북과 소리의 조화로 이루어진 예술과 삶의 일체감 속에서 '인생이 가을같이 익어가'는 모습을 발견하게 되는 것이다.

이밖에 안채 마당 앞에 있는 우물은 「마당 앞 맑은 새암을」, 김영랑이 열아홉 살 때 심었다는 사랑채 앞의 커다란 그늘을 드리운 은행나무는 「아파 누워 혼자」의 현장이다. 이렇듯 김영랑 생가는 남도의 위대한 서정시인 김영랑을 기를 만한 풍물과 정취를 두루 갖추고 있었으니, 그의 표현대로 "여기는 먼 남쪽땅 너 쫓겨 숨음직한 외딴 곳"(「두견」)이었지만 그만의 왕국이기도 했다.

마지막으로 덧붙이고 싶은 것은 저항성을 드러낸 김영랑의 시들이다. 순수 유미주의 시인으로 인식되어 있는 그를 두고 민족주의시인이자 저항시인이라고 주장한다면 아직도 모두들 의아해할 것이다. 그러나 이러한 주장은 이제 그리 새로울 것도 못 된다. 이미 여러 사람의 연구를 통해 그 사실이 밝혀졌기 때문이다. 앞에서도 언급한 바처럼 그는 학창 시절 누구 못지않게 독립운동에 열의를 보인 전력을 갖고 있다. 게다가 일제 때 강진에서 유일하게 창씨개명과 삭발, 신사참배를 끝끝내 거부한 사람이다. 그는 창씨개명을 강요하는 일경들에게 "내 집 성은 김씨로 창씨 했소" 하며 당당하게 받아넘겼다고 한다.

또한 그는 모두가 훼절하고 투항하던 시대에 맞서 "끝까지 지조를 지키며 단 한 편의 친일문장도 남기지 않은 영광된 작가"였다. 비록 그는 모든 것이 막혀버린 암울한 상황 속에서 적극적인 행동이나 강렬한 저항을 담은 시를 남기지는 못했지만 결코 비굴하게 지조를 꺾지는 않았다. 차라리 문을 닫아걸고 자폐적 상황을 택했다. 철저한 저항적 의지로 가슴에 독을 차고 인고의 세월을 보낸 것이다(1938~1940년 사이의 「거문고」, 「독(毒)을 차고」, 「춘향」 등과 같은 시에서는 저항적 요소가 매섭게 번뜩인다). 이러한 그를 두고 한가하게 순수와 유미에만 골몰했다고 보는 것은 대단히 편협한 시각이다. 앞으로도 이 점은 김영랑의 시를 논할 때 본격적인 재조명이 필요하다 할 것이다.

내 가슴에 독(毒)을 찬 지 오래로다
아직 아무도 해한 일 없는 새로 뽑은 독
벗은 그 무서운 독(毒) 그만 흩어 버리라 한다
나는 그 독(毒)이 선뜻 벗도 해할지 모른다 위협하고
독(毒) 안 차고 살아도 머지않아 너 나 마주 가 버리면
억만 세대가 그 뒤로 잠자코 흘러가고
나중에 땅덩이 모지라져 모래알이 될 것임을
'허무한듸!' 독(毒)은 차서 무엇 하느냐고?
아! 내 세상에 태어났음을 원망 않고 보낸
어느 하루가 있었던가 '허무한듸!' 허나
앞뒤로 덤비는 이리 승냥이 바야흐로 내 마음을 노리매
내 산 채 짐승의 밥이 되어 찢기우고 할퀴우라 내맡긴 신세임을
나는 독을 차고 선선히 가리라
마금날 내 외로운 혼 건지기 위하야

_「독(毒)을 차고」 전문

이 시는 김영랑의 작품 중에서 저항의식이 가장 두드러진 경우에 속한다. 비록 삶은 허무한 것이지만, 그러한 삶이나마 '이리'나 '승냥이' 같은 짐승에게 찢기지 않으려는 시인의 비장한 마음과 서릿발 같은 자존이 드러나 있다.

모두 4연으로 이루어진 이 시의 전개과정을 살펴보면, 1연은 화자가 스스로 '가슴에 毒을 찬 지 오래'임을 단호하게 선언하면서 그 결심이 외부의 유혹이나 압력에 쉽게 굴하지 않을 것임을 시사하고 있다. 2연에서는 친구의 의견을 '허무한듸!'로 집약하면서 사회의식이나 역

사의식과는 무관한 것이 허무주의의 숙명임을 자각하고 있다. 그러나 친구의 의견에 대한 답변에 해당하는 3연에서는 허무주의의 속성을 모르는 바 아니지만 자신이 처한 열악한 시대 상황 속에서 더 이상 비관적 허무주의에만 빠져 있을 수 없음을, 자신의 결의가 이 허무한 세상에서 스스로를 구원하는 길임을 밝히고 있다. 4연에서는 목숨을 걸고서라도 자신의 결의를 의연하게 지킬 것을 다짐하고 있다.

이 시에 나오는 '毒'은 다분히 암시적이다. 화자를 둘러싸고 덤비는 '이리'와 '승냥이' 떼의 위험 속에서 '내 마음'을 지키려는 김영랑은 독을 품지 않을 수 없었던 일제 말기의 시대 상황을 이렇게 고발한 것이다. 실제로 이 무렵 일제는 시인들이 순수시를 쓰는 일마저도 그냥 방치해두지 않았다. 시인들이 우리말을 쓰는 일에 규제와 간섭을 가하다가 끝내는 그 내용까지 지시하거나 통제하는 입장을 취했다. 이른바 국책에 부응한 시와 소설을 쓰도록 강요한 국책문학을 통해 천황에게 충성하고 그들의 침략전쟁을 찬양하고 미화하도록 했다. 그리하여 김영랑이 생명선으로 생각한 순수시는 지킬 수 없게 된 것이다. 이런 사태 속에서 그가 독을 지니게 되었다는 것은 마지막 자신의 진실인 시와 예술이 부정되거나 말소되는 일을 좌시하지 않겠다는 결의를 다지는 일이었다.

결국 마지막 구절인 '나는 독을 품고 선선히 가리라/마금날 내 외로운 혼 건지기 위하야'에서 보듯이, 이 시는 죽음이 아니면 굴욕이 있을 따름이던 위정 말기의 극한 상황 속에서 살고 있는 지성인의 서릿발 같은 지조가 칼날의 섬광으로 위세를 떨치고 있다. 또한 식민지 치하에서 지식인이자 시인으로서 김영랑의 현실인식은 결코 비굴한 순응자가 아니었음을 보여준다.

2) 김현구(1904～1950)

김현구는 김영랑보다 두 해 늦은 1904년 강진읍 서성리 179번지(현재 생가와 분가가 남아 있음)에서 몰락 관료인 김노식의 셋째 아들로 태어났다. 그러니까 김현구는 항렬상 같은 김해 김씨 집안인 김영랑의 조카뻘이 된다. 김영랑과 함께 향교인 관서제에서 한문을 배운 뒤 강진보통학교를 졸업하고, 1920년에 서울의 배재학당(현 배재고등학교)에 입학하여 다니던 중 무슨 사유에서인지 학교를 중퇴하고 향리 강진에 내려와 보은산의 병풍바위와 비둘기바위를 벗 삼아 습작생활을 한다. 이듬해 다시 일본 유학길에 오르지만 가정 사정으로 인하여 그리 길지 않은 학업을 중단하고 귀국하게 된다. 김영랑도 휘문고보를 중퇴한 뒤 일본 청산학원에 입학하였으나 관동 대지진으로 인하여 학업을 중단하고 귀국한다. 이때부터 김현구는 김영랑과 효암 등과 더불어 향리 강진에서 본격적인 시작 생활을 하면서 '청구'라는 문학동인회를 결성하고 동인지를 발간한다. 1927년 25세의 나이로 결혼한 그는 이후 슬하에 3남 6녀를 두게 된다.

1930년 5월 김영랑과 박용철의 천거로 『시문학』 2호에 「님이여 강물이 몹시도 퍼럿습니다」를 비롯한 4편의 시를 발표하며 시단에 나온 김현구는 시문학파의 일원으로 가담하여 이후 『문예월간』, 『문학』 등에 총 12편의 시를 발표하는 등 활발한 활동을 전개한다. 그러나 1934년 시문학파가 해체 일로에 놓이자 『문학』 3호에 「산비둘기 같은」을 마지막으로 시단 활동을 중단하고 강진에 칩거하게 되며, 생계를 위해 강진 읍사무소에 들어가 사망할 때까지 공직생활을 전전한다. 반면 상대적으로 김영랑은 서울을 자주 오르내리며 중앙 문단과 계속적인 연계 아래 지속적인 시단활동을 전개함은 물론 1935년에는 시문학사에서 『영랑시집』을 발간하면서 세상에 알려진다. 그러나 김현구는 김영랑과 정지용에 이어 시문학사에서 시집을 발간키로 약속이 되어 있었으나 박용철의 와병에 이은 사망으로 실패하고 만다.

1950년 10월 3일 김현구는 6·25 전란 와중에 좌익분자에 의해 죽임을 당한다. 그의 나이 만 46세였다. 김영랑은 그보다 나흘 빠른 9월 29일 서울에서 만 48세로 사망했다. 사후 20년 만인 1970년에 유족들과 임상호 씨를 비롯한 현구기념사업회에 의해 유고시집 『현구시집』이 고인의 뜻에 따라 비매품으로 발간되었고, 다시 22년 후인 1992년에 강진군립도서관 앞 김영랑 시비가 마주 보이는 자리에 김현구 시비가 세워져 오늘에 이른다.

이밖에도 김현구는 김영랑과는 여러 가지 면에서 대비가 된다. 우선 그는 소극적인 데다가 지나치게 결백하고 무욕적인 성격의 소유자였다. 문단활동에 소극적이었으며, 해방 이후 강진군수로 천거되었으나 사양한 것이 이를 입증한다. 적극적이고 호방하며 정치적으로 명예욕이 강했던 김영랑과는 좋은 대비가 된다. 아울러 학벌이나 재력으로 볼 때 김현구는 김영랑에게 대단한 콤플렉스를 가졌을 것으로 보인다. 그는 정치적이었던 김영랑을 못마땅하게 여겼으며, 서로의 시적 견해로도 얼굴을 붉히며 싸우는 일이 많았다고 한다. 열등감에 젖을 수밖에 없는 그가 "술만 먹으면 옆 사람을 쥐어뜯는 버릇이 있었다"는 차부진 씨의 증언으로 보아 얼마나 가슴속에 서러움의 덩어리가 많았는지를 짐작케 한다.

그러나 김현구는 최근의 연구 결과 김영랑과 박용철과 함께 가장 순수한 시문학파였으며, 시문학파의 문학적 이념을 충실하게 구현한 시인이었음이 밝혀졌다. 시세계 또한 김영랑과 대단히 유사한 특성을 지니면서도 서로 다른 특징을 지닌 시인이었다. 이는 시의 소재에서도 김영랑은 귀족적인 반면 김현구는 서민적이었다는 점, 표현에서는 김영랑보다 섬세하진 못했지만 감각적인 시어를 구사했다는 점 등이다.

무덤길을 찾아가는 유령의 발길이여
근심갓치 흘너가는 죽엄의 입김이여
누리의 오랜 서름 늬 입술로 빠러드려
새로 도든 내 무덤에 눈물꼿 피여주리

_「월광 1」 전문

인용한 시는 교교한 달빛을 '유령'과 '죽엄', 그리고 '서름'과 '무덤'으로 연결시켜 은유적으로 형상화한 4행시로 김현구 시의 감각적인 특징을 잘 보여주고 있다. 김영랑의 「쓸쓸한 뫼 아페」가 '유계의식(幽界意識)'으로 써졌다고 평가받을 만큼 탁월한 시라고 했지만, 김현구의 「월광 1」도 그것에 조금도 부족함이 없다고 할 만큼 형식과 내용이 적절한 조화를 이루고 있다. 또한 김영랑이 4행시의 귀재로 알려져 있지만, 김현구도 이에 못지않은 4행시를 성공적으로 구사한 시인임을 보여주는 시이다. 참고로 김영랑의 시 총 86편 중 28편이 4행시이며, 김현구는 총 85편 중 16편이 4행시다. 4행 연시는 오히려 김현구가 49편으로 김영랑의 39편보다 많다. 4행시는 김영랑과 김현구의 시적 바탕이었다.

한숨에도 불녀갈 듯 보-하니 떠 잇는
은빗 아지랑이 깨여 흐른 머언 산 둘레
구비구비 노인 길은 하얏케 빗납니다
님이여 강물이 몹시도 퍼렁습니다.
헤여진 성돌에 떨든 햇살도 사라지고
밤 비치 어슴어슴 들 우에 깔니여 감니다
홋홋 달른 이 얼골 식여줄 바람도 업는 것을
님이여 가이 업는 나의 마음을 아르십니까

_「님이여 강물이 몹시도 퍼렁습니다」 전문

이 시는 『시문학』 2호에 발표되었던 김현구의 데뷔작이다. 여기에서도 감각적인 특성은 잘 드러난다. 흰색(은빛 아지랑이)과 붉은색(홋홋 달른 이 얼골)의 대립, 의태어의 활용(구비구비, 어슴어슴 등)이 그것이다. 그는 '강물'에 '나의 마음'을 실어 시적 출발점으로 삼고 있다. 김영랑의 데뷔작도 「동백잎에 빛나는 마음」인 바, 두 사람 공히 '마음의 시학'에 관심을 두고 있음을 알 수 있다. 화자인 '나'는 아무도 찾아주지 않는 향리의 강변에서 날마다 흘러가는 강물을 바라보고 있다. 그 강물의 빛깔은 몹시도 퍼렇다. '몹시도 퍼렇다'는 '시퍼렇다'나 '짓푸르다'로 대체될 수 있는 말로서 그냥 '파랗다'와는 그 색상이나 의미가 훨씬 강렬하다고 할 수 있다. 즉 그것은 설움이나 외로움 또는 그리움이 사무쳐서 멍이 들 정도의 '가이 업는 나의 마음'의 빛깔이라 할 수 있다. 그것이 곧 김현구 마음의 색깔이다. 그 마음을 알아줄 이는 '님'뿐이다.

그런데 그 마음을 알아줄 대상은 여기에 없다. 부재의 님에게 '나의 마음을 아르십니까'라고 안타깝게 물을 수밖에 없는 비애스러운 존재, 그것이 곧 암울한 시대에 시골에 처박혀 시를 쓰는 김현구의 마음이었던 것이다. 그리하여 그는 기다림을 노래한다. 하지만 그 기다림이 헛되다는 것을 아는 시점에서부터 그의 시적 관심사는 인생무상과 죽음으로 바뀐다.

김현구 시의 소재적 특성은 한마디로 '향토적 자연과 습속'으로 요약될 수 있다. 엄격히 말해서 그의 시는 기행시 8편을 제외한 77편 전체가 고향 강진의 자연풍광과 습속에서 자유롭지 못하다. 이 점은 김영랑의 시도 마찬가지이다. 김현구와 김영랑은 시작 생활의 대부분을 향리 강진에서 펼쳤던 만큼, 그곳의 '강'과 '바다', '꽃'과 '새', '봄', '습속'과 '인정' 등을 주로 시 속에 끌어들이고 있다. 그러나 두 사람은 같은 소재를 취하면서도 그것을 표현하는 데 있어서 서로 많은 차이를 보이고 있다.

먼저 두 사람 공히 '강물'을 소재로 한 시를 시적 출발점으로 삼고 있으나, 김현구가 구체적인 자연으로서의 강물이라면 김영랑은 내면화되고 추상적인 강물이다. '바다'의 경우도 김현구가 고향바다를 자족적인 요람이자 유토피아로 파악하고 있음에 비해, 김영랑은 유배의 바다인 그곳을 떨치고 언젠가는 넓은 바다로 나아가고자 하는 대상으로 표현하고 있다.

'꽃'에 있어서 김현구는 '할미꽃', '민들레꽃', '땅찔레꽃' 등 주로 소박하고 이름 없는 들꽃들을, 김영랑은 '모란', '동백꽃', '복숭아꽃' 등 주로 정원에 핀 화사한 꽃들을 소재로 하고 있다. 특히 김현구의 경우는 '사랑꽃', '서름꽃' 등 관념화된 꽃의 이미지도 보여주고 있어 이채롭다. '새'에서도 김현구는 '산비둘기', '갈매기' 등 무리 지어 사는 수수한 새들을, 김영랑은 '두견', '꾀꼬리' 등 목소리나 자태가 고운 새들을 각각 자신과 동화시켜 소재로 취하는 특성을 보이고 있다.

'봄'은 두 사람이 사계절 중에서 가장 편애하는 소재이다. 김현구는 봄의 이미지를 어린이와 어른을 대비시켜 '거륵함'과 '슯흠'의 이미지로 교차시켜 보여주고 있고, 김영랑은 삶의 기대와 상실감을 '5월'과 '모란'에 집중시키고 있다. 또한 김영랑은 김현구와는 달리 '가을'을 소재로 한 시도 봄 못지않게 시적 소재로 즐겨 쓰고 있다.

또한 두 사람의 시에는 향리의 소박한 생활 모습과 인정을 그린 시가 많은데, 김현구가 대체로 고달프고 서러운 촌민들의 삶과 인정을 구체적으로 보여주고 있다면, 김영랑은 현실과는 일정한 거리를 둔 비교적 여유가 있거나 소박한 생활 습속을 보여주고 있다. 이밖에 김현구는 '낙화정'과 '신학산', '남포', '서문' 등 향리의 구체적인 지명들까지도 소재로 끌어들여 그가 확실한 고집쟁이 향토시인이었음을 입증시켜주고 있다.

김현구 시의 내용적 특성은 한마디로 '비애와 무상 시학'이라고 할 만하다. 이러한 정서는 김영랑과 거의 일치한다고 볼 수 있으며, 시문학파가 지향한 낭만주의적 순수시의 충실한 구현이라고 평가할 수 있다. 이는 전기시와 후기시에서 확연한 차이를 보여준다.

먼저 전기시(1930~1940)는 자연친화와 향토성, 비애의식, 비관적 현실인식과 무욕의 삶으로 요약될 수 있다. 자연을 인위적으로 해석하지 않고 그 자체를 노래하는 김현구의 시들은 지극히 밝고 아름답다. 그러나 김현구 자신을 투영시킬 때 비애의식이 싹튼다. 비애의식을 나타내는 시어들을 조사한 결과 김현구는 '외로움'과 '서러움'이 압도적이며, 김영랑은 '눈물'이나 '울음'이 많이 쓰이고 있다. 이렇듯 두 사람의 비애의식이 서로 유사하지만 김현구가 김영랑에 비해 유독 '외로움'과 관련된 시어가 많은 것은 그가 시골에만 묻혀 있었으며, 타협할 줄 모르는 결백한 성격의 소유자였음을 시사해준다.

김현구의 비애의식은 '봄'의 상실과 '님'의 부재에서 기인한다. '봄'과 '님'은 꿈과 희망, 그리고 기다림의 대상이다. 김영랑의 비애의식은 사별한 아내에 대한 그리움 또는 '봄'의 무너짐에서 촉발된다. 이들의 비애의식을 촉발하는 근원은 일제 치하라는 현실상황 속에서 개인적인 꿈과 삶의 보람을 상실한 것과 무관하지 않다. 그러나 김영랑은 '모란'에 기대어 '봄'을 끝까지 기다리는 자세를 취하고 있으며, 김현구는 아무리 기다려도 오지 않을 '님'으로 하여 체념의 자세를 보인다. 결국 김현구는 비관적인 현실인식에 이르게 됨으로써 속정의 개입을 불허하고 향리의 자연에 몰입하여 무욕의 삶을 추구하게 된다.

후기시(1941~1950)에 오면서 이들의 시 의식은 전기시와는 많이 달라진다. 그것은 인생무상과 죽음의식, 기행시와 국토예찬, 해방의 감격과 우국정신 등으로 요약될 수 있다. 전기시에서 이미 그 싹을 보인 바 있는 김현구의 허무와 죽음에 대한 관념은 후기시를 일관되게 지배하는 시 의식으로 자리한다. 이 점은 김영랑도 마찬가지다. 그러나 죽음을 대하는 시적 자세에서 큰 차이를 보인다. 김현구가 죽음을 자연 현상의 하나(행려의식)로 담담하게 받아들이는 반면, 김영랑은 죽음에 대한 인간적 두려움을 표출시키고 있다. 그리고 그 죽음을 촉발시키는 요인 또한 차이가 있는데, 김현구가 본질적 요인에 따른 것이라고 한다면 김영랑은 해방기의 현실 상황에 따른 요인이 더 크다.

해방을 맞이하자 이들의 시 의식은 전혀 다른 방향으로 전개된다. 마치 새로운 삶이 시작되기나 한 것처럼 그 목소리가 밝고 힘차다. 그러나 여기에서 김영랑은 해방을 맞이한 민족이 나아갈 길에 대한 구체적인 대안을 제시하지 못한 채 목소리가 들떠 있는 반면, 김현구는 단순한 감정 차원이 아닌 구체적인 대안도 제시하고 있어 차이를 보인다. 그러나 그 감격은 동족 간의 비극을 목도하면서 우국의 탄식으로 바뀐다.

1930년대 시문학파에 대한 지금까지의 논의나 평가는 그들이 독자적으로 구축한 시의 구조적 특성에 초점을 맞춰 이루어졌다고 해도 과언이 아니다. 이는 그들이 시가 언어의 예술이라는 점을 내세워 언어의 조탁과 전통적인 시가(詩歌) 율격에 기초한 시의 음악성 회복에 특별한 관심을 보여 한국어의 시적 아름다움을 극대화하는 데 기여하여 한국현대시를 예술의 경지로 끌어올렸거나 현대적 서정시를 완성했다는 평가일 것이다.

그리고 지금까지 시문학파에 대한 긍정적 평가에 값하는 사람은 동인 전체가 아닌 김영랑과 정지용 두 사람에 국한되었던 게 사실이다. 그러나 한 유파의 문학사적 공과는 마땅히 총체적인 결과에 따라 내려져야 한다. 동인 전체가 아닌 대표적인 몇 사람만으로 국한하여 평가를 내리는 자세는 결코 바람직하지 못하다.

김현구 시의 가장 큰 장점은 김영랑처럼 구조적인 특징에 집중되어 있다. 그것은 또한 시문학파의 시사적 업적으로 직결된다. 때로는 어학적인 접근 방법까지 동원하여 형태를 철저하게 분석한 결과를 요약하면 다음과 같다.

<표> 김현구·김영랑 시의 형태적 분류

형태		4행	4행 2연	4행 3연	4행 4연	4행 5연	2행 3연	2행 4연	2행 5연	2행 6연	2행 8연	2행 9연	3행 2연	3행 4연	3행 5연	5행 2연	5행 4연	5행 5연	7행 7연	8행 4연	혼합	무연	계
편수	현구	16	22		10	1	4	3		1	1	3	2	1		1	1				18	1	85
	영랑	28	6	1	2	2		3	2	1				2	1			2	1	1	15	19	86

위 표를 비교해보면 아래와 같은 흥미로운 사실들이 드러난다. 첫째, 4행시와 4행연시를 합한 편수가 김현구는 49편, 김영랑은 39편이나 된다는 점이다. 이는 전체의 58%와 46%에 해당하는 것으로 두 사람이 모두 4행시 형태를 시적 출발로 삼고 있다는 증거가 된다. 다만 김영랑은 4행시가 더 많은 반면에 김현구는 4행연시가 상대적으로 많다는 차이가 있다.

둘째, 4행시나 4행연시의 변형이라고 볼 수 있는 2행연, 3행연, 5행연, 7행연, 8행연의 시가 각각 김현구 18편과 김영랑 13편이다. 이를 다시 세분해보면, 2행연시의 경우 김현구가 13편이고 김영랑이 6편으로 김현구가 배 이상 많으며, 3행연과 5행연시는 3편과 2편으로 둘 다 같다. 그러나 비교적 긴 형태라고 볼 수 있는 7행연과 8행연시의 경우 김현구는 한 편도 없고, 김영랑만 각각 1편씩 있음을 본다. 이는 두 사람 모두가 4행시의 형태를 기축으로 하고 있으되 그것을 고수하려 했다기보다는 부단히 변형을 시도함으로써 새로운 율격을 창조하려 했음을 보여준다.

셋째, 두 사람의 시를 전기와 후기로 구분하여 살펴보았을 때, 전기에는 주로 4행시를 바탕으로 한 짧은 시형을 추구한 반면, 후기에는 혼합시와 무연시를 중심으로 한 다소 길고 산문적인 시형으로 바뀌었음을 알 수 있다. 특히 김현구가 초기시를 발표할 당시부터 4행시를 중심으로 한 짧은 시와 다소 긴 자유시형을 병행한 반면, 김영랑은 초기에는 거의 4행시형만을 추구하다가 후기에는 완전히 혼합형과 무연시로 바뀌고 있음을 본다. 이는 해방 이후 김영랑의 현실참여에 따른 시적 변모로서 그의 시적 기품과 긴장이 이완된 것으로 풀이된다. 한 가지 흥미로운 점은 김현구의 경우 무연시가 단 1편으로 김영랑의 19편과 대조된다는 것이다. 이는 김현구가 끝까지 행과 연의 구분에 각별한 관심을 기울였음을 입증해주고 있다.

이상으로 볼 때, 김현구 시의 형태적 근원은 김영랑처럼 4행시형에 있으며, 행과 연의 구분에 특별한 관심을 두었음을 알 수 있다. 그것은 말할 것도 없이 우리의 전통적인 시가의 율격을 현대적으로 계승하고 발전시키고 음악성을 고양시키기 위한 노력으로 평가할 수 있다. 그렇다면 실제적으로 김현구의 시에 나타난 형태적 특성은 무엇이며, 또 그 중요성은 무엇인지 한 편의 시를 예로 들어 구체적으로 살펴보자.

> 시들픈 꽃잎이 나른다 나른다/재운봄 언덕에
> 오오 벋아 그잔 들으시라/보는체 말자
>
> 무심한 세월은 흐른다 흐른다/아끼는맘 비웃고
> 오오 젊은이여 어둔한숨 거두우라/근심을 잊자
>
> 죽엄길의 상여소리 들린다 들린다/어제도 오날도
> 오오 그대여 서른귀 가리우라/드른체 말자
>
> 때오면 무덤에 도라갈 이몸도 이몸도/외로운 나그네
> 오오 님아 나를 껴앉어다고/슬픔을 잊자
>
> _「無常」 전문

이 시는 4행 4연시로서 4개의 연이 문맥상으로 각각 4개의 완결된 문장을 이루고 있으며, 각 연이 모두 동사로 끝나고 있다. 그러니까 이 시는 4연이 각각 대등한 문장구조를 이룸으로써 한 연씩 떼어 독립시켜도 4개의 완전한 4행시가 된다. 다만 각 연이 순차적 전개에 따른 의미의 점층 구조를 형성하고 있다.

즉, 1연의 '시들픈 꽃잎', 2연의 '무심한 세월', 3연의 '죽엄길의 상여소리', 4연의 '무덤에 도라갈 이몸' 등으로 무상의 느낌이 단계적으로 확대 또는 심화되는 것이다. 한편 이 시는 시인의 치밀한 의도로 쓰여 전체가 완벽한 하나의 리듬 덩어리를 형성한다고 할 수 있는데, 먼저 율격에 있어서 3·3조 또는 4·4조의 음수율에 각 연마다 4-2-4-2음보의 엄격한 정형률로 되어 있으며, 매 연의 첫 행이 '나른다 나른다', '흐른다 흐른다', '들린다 들린다', '이몸도 이몸도'의 반복과 매 연 3행 첫 구절의 감탄사 '오오'의 반복, 그리고 매 연의 끝도 '말자', '잊자', '말자', '잊자'가 일정하게 반복됨으로써 무상한 시간의 흐름에 대한 율동감을 적절하게 드러내고 있다. 또한 매 연마다 압운을 형성하고 있는 바 1연이 '-다, -에, -라, -자', 2연이 '-다, -고, -라, -자', 3연이 '-다, -도, -라, -자', 4연이 '-도, -내, -고, -자'의 각운의 효과를 충분히 살리고 있으며, 유독 'ㄹ' 음을 비롯한 'ㄴ, ㅁ, ㅇ' 등의 유성음을 많이 사용함으로써 음악성을 배가하는 '유포니(euphony)'의 효과까지 살리고 있음을 본다.

지금까지 살펴본 바에 따르면, 김현구의 시적 형태의 근원은 김영랑처럼 4행시와 그의 변형에 있음을 알 수 있다. 말하자면 4행연의 형태가 아닌 나머지 시들도 거기에서 파생한 것들이다. 4행시는 짧은 시이다. 짧은 시는 운율을 의식한 시이다. 시에 있어서 운율을 의식한다는 것은 곧 시의 음악성을 중요시한다는 말이다. 김현구는 김영랑처럼 순수시 운동을 주창한 시문학파의 문학적 방향에 걸맞게 시의 내용보다

구조에 훨씬 더 관심을 둔 시인이다. 이는 차트만이 "하나의 율격은 하나의 구조에 대한 기술(記述)이다"라고 하였듯이 거의 100%에 이르는 행과 연의 구분이라든지, 음보와 음수율을 중심으로 한 율격, 각운과 반복어, 반복연구(聯句), 그리고 유포니를 중심으로 한 압운 등으로 나타나고 있다. 일찍이 친티오는 "이미 만들어진 사실을 취급하고 새 것을 꾸며내지 않는다면 시인이라는 이름을 잃게 된다. 왜냐하면 그는 만드는 자가 아니라 단지 만들어진 것을 암송하는 자이기 때문이다"라고 '창조자'로서의 시인의 성격을 밝혔다. 김현구는 전통적인 4행시의 정형성에만 관심을 둔 것이 아니라 운율적 언어구조를 추구함으로써 그 나름대로의 독특한 시형을 창조하고 있으며, 전통적 율격의 변형에 의한 자유시형을 아울러 추구하고 있다고 하겠다.

흔히들 김영랑은 정지용과는 달리 시각적, 공간적 언어구조가 아닌 청각적, 운율적 언어구조를 창조함으로써 한국어의 시적 가능성을 시범한 시인이라고 한다. 이는 시문학파의 핵심 멤버인 김영랑에게 내려진 적절한 평가이다. 그러나 이러한 평가는 김영랑에만 국한하여 내려져서는 안 된다. 김영랑과 같은 선상에, 또는 김영랑의 바로 뒤에 김현구가 말없이 서 있기 때문이다.

다음은 시어이다. 김현구와 김영랑의 시에서 가장 많이 눈에 띄는 시어들은 전남 방언과 옛 말투, 즉 고어들이다. 특히 김현구의 경우 김영랑에 비해 전남 남부 방언적 성격이 더 강하게 나타난 것으로 보아 그 시어의 바탕이 전남 남부 방언, 즉 강진 방언에 있다고 할 수 있다. 김영랑의 경우는 지금까지 알려진 것과는 다르게 전남 방언보다는 옛 말투의 구사가 더 두드러진다.

김현구의 시 속에는 전남 방언으로 볼 수 있는 시어가 총 77개 나온다. 그것들을 다시 품사별로 분류하면 명사 30개, 동사 21개, 형용사 9개, 부사 13개, 그리고 종결형 어미가 4개이다. 김영랑의 경우는 총

68개로서 명사가 20개, 동사가 17개, 형용사가 9개, 부사가 각 10개, 조사가 4개, 그리고 종결형 어미가 8개이다. 특히 '청상(천상)', '사심한', '쎈추', '섬서리발', '까끔', '새다리' 등의 시어들은 전남 남부의 특유한 냄새가 물씬 풍기는 사투리라고 할 수 있다. 그러면 그것들이 갖고 있는 기능이나 효과를 알아보자.

먼저 김현구의 '늬', '괴럼', '외롬', '맘', '간대', '한종일', '불든' 등과 김영랑의 '맘', '외론', '실타리', '뻑은치야' 등은 음운을 축약시킨 것이며, 김현구의 '호리호리', '자꼬', '보드라', '희부얀' 등과 김영랑의 '작고', '히부얀' 등은 음성모음을 양성모음화하여 밝은 음조의 효과를 노린 것이다. 김현구의 '올마다가', '설리', '게울리' 등과 김영랑의 '올마오고' 등은 역시 유연성을 위해 밝은 유성음의 방언을 사용한 것이다. 또한 김현구의 '딱', '끈치어', '시다끼여' 등이나 김영랑의 '깔닙', '쏘', '딱', '쭈무러', '끄득', '쪼여들고' 등은 방언의 경음을 그대로 끌어들인 것이다. 이밖에 김현구의 '-갓', '입부게' 등이나 김영랑의 '인젠', '땅검이', '-갓', '불르면', '엽태' 등은 음운을 첨가시킨 것들이며, 김현구의 '나불니며', '흥그리니', 김영랑의 '흥근', '골불은' 등은 음운을 생략하거나 탈락시킨 것들이다. 이렇듯 김현구와 김영랑의 시 속에 나오는 전남 방언들은 대부분 음의 장단과 고저, 그리고 강약 등 시의 음악성을 살리는 데 크게 기여하고 있음을 알 수 있다.

김영랑의 방언 구사에 대해 "지방어-전라도-를 영랑 이상으로, 시화해 쓴 시인은 아직까지 없었다"라든지, "남도 방언과 그 억양까지 살린 듯한 구기(口氣)가 또한 영랑의 시어에서 독특한 면모를 나타내주고 있다"라든지, "남도의 방언들이 갖는 억양이나 향토색을 가미함으로써 시의 율조를 생동케 하고 있음은 영랑의 특이한 면이며 커다란 공적"이라는 등 이미 많은 평가와 찬사가 내려진 바 있다. 그러나 김현구의 시에서도 전남 방언이 김영랑 못지않게 구사되고 있다는 사실이 밝혀진 일은 아직 없다. 이 점이 구체적으로 밝혀진 이상 시사적으로 김영랑에게 내려진 이와 관련된 제반 평가는 김현구에게도 공히 내려져야 마땅하다고 생각한다.

그리고 김현구와 김영랑의 시 속에는 각각 70개와 90개의 옛 말투가 나온다. 옛 말투의 사용은 그 당시의 다른 시인들의 시에서도 종종 보이는 것이지만, 유독 이들이 즐겨 사용하고 있는 것은 다분히 의도적이라고 할 수 있다. 즉, 민족어를 통해 전통적 정서를 효과적으로 표현해내기 위함은 물론 시의 음악성을 최대한 살려내기 위한 시문학파의 문학적 이념 구현과 합치되는 것이다.

옛 말투의 사용 효과는 앞에서 살펴본 전남 방언과 비슷하다. 우선 김현구의 '하날', '얼골', '아조', '가삼', '아모', '뫼', '자최', '마조', '오날', '하로', '고요하야' 등과 김영랑의 '하날', '얼골', '가삼', '아모', '자최', '고만', '나종', '마조', '오날', '하로', '말삼', '모다' 등은 음성모음을 양성모음화 시킴으로써 밝은 음조의 효과를 내고 있으며, 김현구의 '하오신가', '가오리', '바이' 등과 김영랑의 '되오리', '서어로아', '하오련만', '바이' 등은 장음과 아어적(雅語的) 표현 효과를 내기 위해 모음을 첨가한 것들이다. 또한 김현구의 '붉었습데', '눈물일레', '쓸쓸타', '그립느냐' 등과 김영랑의 '이젓습네', '감기엿대', '몰랏스료만', '멈첬으라' 등은 단음의 효과를 내기 위해 모음을 탈락 또는 축약시킨 것들이며, 김현구의 '따', '버레', '나래', '소색임', '끈단말이' 등이나 김영랑의 '따', '나래', '버레', '조히등불', '차운', '너무로구려', '바달러냐' 등도 자음이나 음운을 탈락시키거나 생략한 것들이다. 이와는 반대로 김현구의 '향긔롭어', '자랑일다' 등은 자음을 첨가시킨 것들에 속한다.

전남 방언이나 고어 투의 사용보다 중요한 것은 시인으로서 자기 나름의 독특한 시어를 만들어 쓰는 노력일 것이다. 자기 나름의 언어를 신조하여 쓴다는 것은 매우 어려운 일에 속한다. 그것은 서정주의 표현을 빌리면, "우리말이 고스란히 무시되고 짓밟히던 일정(日政)의 식민지 시절에 있어서는 밤길에 흘린 좁쌀을 주워 금강석을 빛어내는 일만큼 어려운 일"이었는지도 모른다.

김현구는 85편의 시 속에서 무려 36개의 시어를 나름대로 신조하여 쓰고 있다. 김영랑이 86편의 시 속에서 25개의 신조어를 구사하고 있음을 감안한다면, 김현구의 조어에 대한 관심은 오히려 김영랑을 능가한다고 보아도 좋을 것이다. 두 사람의 중복된 신조어는 '날빗'과 '재운(제운)' 2개에 불과하다. 나머지는 모두가 각자 따로 만들어 쓴 시어들이다. 이러한 신조어의 구사는 당시의 상황을 감안할 때 민족어를 갈고 빛내어 그것을 완성시키는 차원에서 매우 소중한 업적임은 물론 우리 국어의 새로운 영역을 확장한 것으로 평가할 수 있다.

특히 김현구의 '얄포시', '시들퍼', '흐들폈노니', '재운', '으리는', '희살부린듯', '스르시' 등과 김영랑의 '애끈한', '제운', '호동글', '희미론', '향미론', '토록' 등의 시어들은 우리 국어의 새로운 영역을 확장했다고 보겠다.

그리고 김현구의 시어에 또 하나의 특기할 만한 것은 김영랑에 비해 감각어의 구사가 두드러진다는 점이다. 이 점은 김현구의 시가 김영랑의 시에 비해 훨씬 감각적인 요소가 짙다는 말이 된다. 김영랑이 주로 청각에 호소하는 성향이라면, 김현구는 청각과 시각을 적절하게 배합시킴으로써 보다 공감각적인 성향이 짙다. 이는 형용사와 부사어, 음성상징어, 접두·접미사, 음의 첨가·축약·생략, 그리고 색채어 등의 폭넓고 다양한 구사에 의해 이루어진다. 유연·소박·정밀성과 명암·거리·비애 감각을 효과적으로 나타내는 형용사와 부사어의 활용, 반복을 통한 음악적 효과와 시적 생동감을 불어넣는 음성상징어, 섬세한 감각을 드러내주는 접두사 '실-', '은-'과 접미사 '-결', 음의 고저와 장단을 위한 의도적인 음의 첨가·축약·생략 그리고 다양한 색채어의 구사는 어감이나 뉘앙스 그리고 이미지 창조에 이르기까지 상투적이 아닌 새로운 의미를 갖는다고 할 수 있다.

그러나 김현구의 시어에는 단점으로 지적될 수 있는 부분도 있다. 이는 한자 및 외래어가 많다는 점이다. 특히 한자의 남용은 그의 가장 큰 시적 결함으로 꼽을 수 있다. 같은 시문학파였던 정지용이나 신석정보다는 심하지 않지만 한자와 외래어의 사용을 극도로 자제했던 김영랑에 비하면 그 정도가 심하다. 이 점은 김현구가 김영랑을 뛰어넘을 수 없는 한계라고도 볼 수 있어 아쉬운 부분이다.

3) 오영재(1934~)

오영재는 1934년 전남 장성에서 태어났으나 소학교 교원이었던 부친을 따라 강진으로 이주하여 성장했다. 본인의 고백에 따르면, 장성에서 태어났을 뿐 대부분의 성장기를 강진에서 보냈기 때문에 진정한 고향은 강진이라고 한다. 또한 대부분의 언론이나 그의 생애에 대한 기록물에도 강진이 고향으로 소개되어 있어 그를 강진 출신 문인으로 보아도 결코 무리가 없다. 국립강진농업중학교(현 강진생명과학고) 3학년에 재학 중이던 오영재는 1950년 7월 의용군에 입대한 후 월북하여 자타가 공인하는 북한 최고시인인 계관시인이 되었다. 월북 후 김형직사범대학 조선어문학부를 졸업한 그는 조선문학예술종합출판사 기자 겸 시인으로 활약하다가 1970년대 조선문학창작사(조선작가동맹 시 분과위 전신)로 자리를 옮겨 현역 시인으로 본격적인 창작활동을 벌였다. 기자로 일했던 20대 중반부터 시인으로서 두각을 나타냈으며, 현재까지 수백 편의 시와 수십 권의 시집을 출간했다. 대표작으로 시집 『대동강』, 『영원히 당과 함께』 등과 서사시 「인민의 태양」 등이 있다.

특히 그는 평양 대동강 변에 있는 주체사상탑의 비문에 새겨진 시 「오! 주체사상탑이여」를 지어 북한 최고의 시인임을 과시했다. 1989년에 북한 시문학 발전에 기여한 공로로 '김일성상'을 수상했고, 1995년 12월 '노력영웅' 칭호를 받은 데 이어 북한 최고훈장인 '김일성훈장'을 받았다. 1989년 3월에는 남북작가 예비회담 대표로 참가했으며, 2000년 8월 이산가족 상봉단의 일원으로 서울을 방문함으로써 남한 문단에도 널리 알려졌다. 현재 김정일 총비서의 배려로 만경대 구역 광복거리에 마련된 문예인 전용주택에서 살고 있다.

오영재 시인은 후방에서 노력하는 인민 영웅들을 부각시키고 주체사회를 예찬하는 시를 주로 썼다. 그리고 가족을 두고 월북한 개인적 체험을 바탕으로 이산가족의 아픔을 노래한 시도 많이 발표했다.

가셨다 말입니까
정녕 가셨다 말입니까
아닙니다, 어머니 어머니!
나는 그 비보를 믿고 싶지조차 않습니다.

너희들을 만날 때까지
꼭 살아있겠다고 하셨는데……
너의 작품, 너의 사진, 편지를 보는 것이
일과이고 락이라 하시며
몸도 건강하고 기분도 좋다고 하셨는데……

그 약속을 어기실 어머니가 아닌데
그 약속을 안 믿을 아들이 아닌데
아, 약속도 믿음도
세월을 이겨낼 수 없었단 말입니까
리별이 너무도 길었습니다.
분렬이 너무도 모질었습니다. 무정했습니다.

_「아, 나의 어머니-무정」 전문

이는 「아, 나의 어머니」 연작시 중 어머니의 부음을 듣고 통곡 속에 쓴 「무정」이라는 시이다. 40년 만에 남녘에 살아 계신다는 어머니의 소식을 듣고 "생존해 계시다니/팔순이 다 된 그 나이까지/오늘도 어머님이 생존해 계시다니//(……)//그 기쁨 천근으로 몸에 실려/그만 쓸어져 웁니다/목놓아 이 아들은 울고 웁니다/땅에 엎드려 넋을 잃고/자꾸만 큰절을 합니다"(「아, 나의 어머니－고맙습니다」 부분)라고 기쁨으로 노래했던 그는 1995년 9월 어머니가 83세로 세상을 떠났다는 소식을 듣고 통곡한다. 통일이 되면 꼭 살아서 만나자고 약속했건만 '세월을 이겨낼 수 없었'던 어머니의 죽음에 대한 안타까움과 비통함이 가슴 절절하게 담겨 있다. 그리고 그럴 수밖에 없었던 원인이 너무 길었던 '리별'과 너무 모질었던 남북 '분렬'과 '무정'에 있음을 토로하고 있다.

4) 서종택(1944～)

서종택은 1944년 강진군 옴천면에서 출생하였다. 옴천면이 장흥군 유치면과 이웃하고 있다는 점 때문에 종종 장흥 출신으로 편입되곤 하지만, 그는 엄연히 강진 출신 소설가이다. 1969년 『월간문학』 신인상에 「수렁」과 『문화비평』에 「외출」을 발표하면서 등단했다. 1979년 홍익대 사대 교수, 1985년 고려대 국문학과 교수를 거쳐 현재 고려대 문예창작과 교수로 재직 중이다. 창작집으로는 『외출』, 『선주하평전』, 『백치의 여름』, 『원무(圓舞)』 등이 있다.

그의 소설세계는 주로 1980년대의 악몽과 우리 현대사의 피할 수 없는 중심인 '광주'에 뿌리를 내리고 있다. 젊은 날 지녔던 순수한 세계관이 한순간에 배신과 분노의 불덩이에 휩싸였던 1980년대라는 기막힌 시대상황이 그것을 견디면서 지탱했던 문학적 고뇌로 승화되어 있다.

가령 그의 대표작 중 하나인 「백치의 여름」에서 '광주'가 주인공이 처한 현실을 왜곡시켜 파탄케 하는 부정적 의미로 작용하고 있듯이, '아버지'는 시대와 신념이 서로 파탄을 일으키는 요소로 작용한다. 이러한 소설적 장치는 민족분단과 대립의 원인이 되는 이데올로기가 빚어낸 비극이 사회적인 구문 속에서 이해되는 것이 아니라, 대를 이어 재생하고 환생하면서 근본적인 영향을 끼치고 있음을 강조하고 있다. 이것이 서종택이 지닌 작가로서의 인본주의적 역사의식이다. 다시 말해 역사와 현실을 다루되 그것을 개개인의 정신사적 상흔으로 파악하고 있는 것이 서종택 소설의 특징이다.

5) 황충상(1945～)

황충상은 서종택과 더불어 강진 출신 소설가로서 쌍벽을 이룬다. 일찍이 출향 이후 서울에서만 활동하여 정작 강진에서는 잘 알려져 있지 않은 소설가이다. 1981년 「한국일보」 신춘문예에 소설 「무색계(無色界)」가 당선되어 등단하였다. 주요 작품으로 『꽃을 드니 미소 짓다』, 『붉은 파도』, 『화생』, 『물과 구름의 순례』 등이 있다. 중앙대 문예창작과 겸임교수 및 계간 『문학나무』 편집인으로 활동하고 있다.

그는 주로 현실적 삶을 초월하려는 관념적 무속세계를 통하여 존재의 의미를 탐구하는 작가이다. 현실을 초월하여 존재하는 영혼의 세계를 그려내고 있는 등단작 「무색계」에서 그가 말하고자 하는 것은 영혼의 세계에 본래 존재하고 있는 질서의 원리가 현실에서 얼마나 많이 파괴되는가이다. 그는 자신의 분신들과도 같은 주인공들로 하여금 자신을 부정하게 하고, 그 극한점에 이르러 자기 자신을 긍정하는 '존재 없음'을 통해 마침내 자신의 존재를 긍정하려 한다. 이것은 '십우도(十牛圖)'의 길이다.

6) 김옥애(1946~)

김옥애는 1946년 강진읍에서 태어나 광주교육대학을 졸업하고 오랫동안 초등학교 교사를 지낸 중견 동화작가이다. 1975년 「전남일보」 신춘문예와 1979년 「서울신문」 신춘문예에 동화가 당선되어 등단했다. 주요 작품집으로 『들고양이 노이』, 『엄마의 나라』, 『별이 된 도깨비 누나』, 『늦둥이』 등 여러 권이 있다. 최근 왕성한 창작활동을 하고 있으며 전남문학상과 광주예술문화상, 한국아동문학상을 받았다. 현재 광주에 거주하면서 한국아동문학인협회 부회장과 모란촌문학동인회 회원으로 활동하고 있다.

그는 주로 아이들이 난해하고 거부감을 느끼기 쉬운 '죽음'을 소재로 동화를 30년 이상 써오고 있다. 따라서 그의 동화 속에는 죽음에 대한 다양한 시선이 공존하고 있으며, 그 속에 녹아 있는 죽음의 필연성과 생명의 허무함은 곧 자신의 생사관을 반영한다. 그러나 죽음을 소재로 한 이런 동화들이 결코 삶의 부정이나 현실도피로 이어지지 않는다. 오히려 죽음으로 삶의 한계를 인식하고 더욱 진지한 삶에 대한 성찰과 노력으로 이끌어간다. 말하자면 죽음이라는 운명을 담담하게 인정하고, 그 의미를 아이들에게 들려주려는 데 목적이 있다.

3부

시세계

중기시의 현실인식과 저항성
_ 김영랑론

1. 들어가며

주지하다시피 영랑 김윤식(1902~1950)은 1930년대 순수시 운동을 전개한 시문학파의 대표적인 시인이다. 그는 지금껏 이데올로기적인 목적의식이나 현실참여적인 요소들을 배격하고 오로지 순수서정을 바탕으로 언어의 심미성과 음악성을 추구한 시인으로 인식되어왔다. 따라서 그의 시에 대한 논의나 평가도 초기시를 중심으로 언어미학적 탁월성이나 순수서정의 세계를 부각시키는 데 집중되었다. 그러나 이러한 인식이나 접근 태도는 김영랑이라는 한 시인에 대한 편향된 이미지를 고착시킬 뿐만 아니라, 그의 총체적인 시세계를 제대로 이해하는 데 걸림돌이 되고 있는 것이 사실이다. 그 와중에도 근래에 이르러 그의 시세계 전반에 대한 재조명이 이루어지고 있는 점은 퍽이나 다행스러운 일이다. 특히 중기시와 후기시에 나타난 현실인식의 문제와 함께 저항적 면모를 다룬 글들은 중요한 성과물로 기록될 만하다.[1]

---

1 김영랑의 시에 나타난 저항성을 다룬 대표적인 논저들은 다음과 같다.
박두진, 「김영랑의 시」, 『한국현대시인론』, 일조각, 1970.
김종, 「영랑시의 저항문학적 위상」, 『국어국문학』 제6집, 조선대 문리대 국문학과, 1984.
이명재, 『식민지시대의 한국문학』, 중앙대출판부, 1991.
이성교, 「김영랑론」, 『한국현대시인연구』, 태학사, 1997.
허형만, 「김영랑의 저항의식 연구」, 『어문논집』 제28집, 중앙어문학회, 2000.
박경숙, 「일제하 시인의 현실인식 연구」, 충북대 교육대학원 석사학위논문, 2000.

'김영랑' 하면 '순수서정시인'이라는 이미지를 떠올리는 데 익숙해져 있다. 그런 그의 이름 앞에 매서운 독기로 무장한 '민족시인' 또는 '민족저항시인'이라는 새로운 수식어를 붙인다면 대부분 의아해할 것이다. 그에게도 죽음까지 불사할 만큼 치명적인 독을 품고 일제와 맞선 저항의 시기가 있었다. 일제의 탄압이 극에 달했던 1938년부터 1945년 해방 이전까지(공백기를 제외하면 정확히 1938~1940년이다)가 바로 그 시기이다. 창작 시기를 3분화 했을 때 중기시에 해당한다고 볼 수 있는 이 무렵의 시들은 소위 '촉기와 마음의 시학'으로 요약할 수 있는 초기시(1930~1935)의 세계와는 달리 현실인식이 두드러진다는 점, 리듬이 길어진다는 점 등에서 극명한 차이를 보여준다. 또한 일제가 아닌 해방정국의 혼란스러운 상황에 대한 절망감과 우국정신을 산문시 형태로 드러냄으로써 현실참여 성향이 농후한 후기시(1946~1950)와도 차이를 보인다.

따라서 이 글은 김영랑 시인의 중기시에 나타난 현실인식의 요체가 저항의식에 있다고 보고, 그 세부 양상을 민족적 정한과 비애와 당대 현실의 반영과 고뇌, 허무주의와 매서운 독기로 구분하여 살핌으로써 그가 유미주의만을 탐닉한 '순수서정시인'이라는 이미지를 벗고 '민족저항시인'으로 거듭나 새롭게 위상을 정립하는 데 일조하고자 한다.

2. 저항적 배경

한 시인이 저항시인으로 새롭게 자리매김하기 위해서는 그가 쓴 시작품 면면에 나타난 저항적 문맥과 함께 생애 속에서 구체적인 저항적

강선주, 「김영랑 시에 나타난 저항의식 연구」, 경희대 교육대학원 석사학위논문, 2001.

행적을 살펴야 한다. 특히 우리나라 시인이라면 후자의 경우가 더욱 중요한 기준이나 조건이 된다. 이는 우리가 민족저항시인으로 부르는 한용운이나 이육사, 윤동주의 경우를 떠올리면 쉽게 이해가 갈 것이다. 따라서 민족저항시인으로서 김영랑의 위상을 재조명하기 위해서는 역사·전기적인 관점에서 그가 살았던 당대의 상황과 구체적인 저항의 행적을 살필 필요가 있다. 그래야만 그가 썼던 시 속에서 저항적 문맥을 제대로 해석하고 평가할 수 있을 것이라고 본다.

1) 개인적 배경

흔히 김영랑을 일제의 압박과 고통스러운 삶의 현장을 외면하고, 개인적 감상과 감미로운 서정에 침잠하거나 언어의 조탁에만 집착한 연약한 시인으로 이해하는 사람들이 많다. 게다가 500석 지주의 장남으로 태어나 가난을 모르고 살았으며, 풍류를 즐긴 한량으로 여기는 경우도 있다. 물론 이러한 지적은 어느 정도 사실성에 입각해 있다. 그러나 전자는 그의 중기시나 후기시를 도외시한 채 지나치게 초기시에만 집중하여 내린 평가라는 점과 그의 개인적인 면모나 생애를 자세히 들여다보지 않고 섣불리 내린 판단이다. 그리고 후자의 경우도 부정적인 시각으로 볼 때 그럴 수도 있지만, 지주 집안의 엄격한 가풍은 훗날 그가 일제의 가혹한 탄압에도 굴하지 않았던 의연한 선비정신의 바탕이 되었고, 풍류는 시 속에서 민족 전통정서와 음악성의 구현으로 이어졌다고 할 수 있다. 아무튼 김영랑은 이러한 우리의 선입견과는 달리 식민지 지식인이자 시인으로서 일제에 저항한 뚜렷한 행적을 지니고 있는 바 그것을 네 가지로 간추려 정리하면 다음과 같다.

첫째는 고등학교 재학 시절 고향 강진에서 3·1독립만세운동을 주도하다가 대구형무소에서 6개월간의 옥고를 치렀다는 점이다. 1917년 휘문의숙(현 휘문고, 당시 5년제)에 입학한 그는 1919년 3월 8일 학업을 중단한 채 같은 강진 출신 양경천(당시 경성법전 재학)과 함께 구두 안창 밑에 독립선언문을 깔고 속옷 섶에 독립신문과 애국가 가사를 감춘 채 강진에 도착,[2] 3월 20일 거사 예정일 3일을 앞두고 일경에게 검거되어 대구형무소에 수감되었다가 원심 취소로 풀려난 전력이다.[3] 형무소에서 풀려난 그는 이후 독립투사로서 입지를 굳히기 위해 중국 상해로 건너가겠다는 뜻을 밝힌 적도 있다고 한다.

둘째, 동경 유학 시절 혁명가 박열과 친교를 맺었다는 점이다. 감옥에서 풀려나 1920년 동경 청산학원 중학부에 입학한 그는 당시 무정부주의자이자 혁명가로 유명했던 박열과 같은 방에서 하숙을 했는데, 이때의 경험은 민족정서를 바탕으로 한 시세계를 구축하는 데 많은 영향을 끼쳤다. 이 점은 그와 절친했던 이헌구의 회고사[4]를 통해 알 수 있다. 또한 1923년 관동 대지진으로 학업을 중단하고 귀국한 그는 고향에만 칩거할 수 없어 상경한 후 그 당시 팽배해 있던 신흥 사회주의 분위기에 휩쓸려 그쪽 문사들과 친교를 맺기도 했다고 한다.

셋째로는 해방이 될 때까지 창씨개명, 신사참배, 삭발명령, 황국 신민의 서사 제창 등을 끝끝내 거부했다는 점이다. 1930년대 말부터 황국신민화정책으로 일제의 탄압은 더욱 극심해졌다. 이 과정에서 강진의 최고 인텔리로 통하던 그에게 쏠린 감시와 탄압이 어떠했을까는 불

---

2 주전이, 「영랑전기 ③」, 『모란촌』 12호, 1985.11.30, 75면.

3 최근 강진군에서는 김영랑의 독립운동 전력과 관련하여 그를 독립유공자로 추대하기 위한 노력을 기울이고 있다.

4 『영랑시집』, 박영사, 1959, 5~6면.
"영랑은 문학의 꿈나라를 몽상하기도 했지만 그가 같은 하숙에서 친하게 지내는 한 혁명 청년이 있었으니 그가 바로 유명한 박열 씨였다. 미래의 시인 영랑과 미래의 혁명자 박열은 3·1운동을 앞둔 일제의 무단정치하에서 억누를 수 없는 민족의 의분을 느껴왔던 것이다. 그리하여 기미년 3·1운동이 젊은 남녀 학도의 피 끓는 애국 정열 속에서 폭발되었을 때 두 청년이라기보다 17세 소년인 영랑과 박열은 이 도가니 속에 용감히 휩쓸려 들어, 잠시 영어의 몸이 되기도 했던 것이다."

문가지다. 그러나 그는 창씨개명을 강요하는 일경에게 "내 집 성은 김씨로 창씨 했소" 하며 당당하게 받아넘김으로써 강진군에서는 유일하게 이를 거부한 사람이었다. 이에 대한 보다 소상한 내용은 삼남 김현철의 증언에 잘 나타나 있다.[5]

마지막으로 친일 성격의 문장을 단 한 줄도 남기지 않은 영광스러운 작가였다는 점이다. 이에 대해서는 다음 인용문이 잘 말해준다.

> 끝까지 지조를 지키며 단 한 편의 친일문장도 남기지 않은 영광된 작가들도 적지 않았다. 福岡 감옥에서 옥사한 시인 尹東柱, 廢墟파에서 卞榮魯·吳相淳·黃錫禹, 朝鮮語學會에 관계하면서 시와 수필을 쓴 李秉岐·李熙昇, 젊은 층으로 趙芝熏·朴木月·朴斗鎭 등의 靑鹿派 시인과 朴南秀·李漢稷 등 文章 출신, 제일 먼저 붓을 꺾었다는 洪露雀과 金永郎·李陸史·韓黑鷗, 이들의 친일문장을 필자는 현재 조사한 범위 내에서 단 한 편도 발견하지 못했다.[6]

---

5 김현철, 「나의 아버지 영랑 김윤식」, 『시와시학』 2007년 봄호, 105면.
"자식들이 해방 전에 아버님 때문에 학교에서 계속해서 선생님들로부터 괴로움을 당한 사실이 있었습니다. 제 누님과 큰형님은 당시 광주와 서울에서 유학 중이었는데 각자 그 반 학생 가운데서 일본 성으로 창씨 하지 않고 우리 한국 성을 그대로 간직한 유일한 학생들이었습니다. 기숙사에 있다가 방학 때가 오면 선생님은 어김없이 누나와 형을 불러 '이번에도 창씨하지 않으면 새 학기에 학교로 못 돌아온다고 아버님께 말씀드려라'라고 협박했습니다. 창씨를 개명하지 않는 이유를 전혀 알 길 없는 자식들은 집에 돌아와 이번에도 창씨 하지 않으면 학교에 못 돌아간다고 울며 보챘습니다. 그러나 아버님께서는 아무것도 아니라는 듯이 '응, 다음에 창씨 한다고 그래라' 하셨고, 이 말을 들은 자식들은 이러한 아버님이 두고두고 원망스러울 수밖에 없었습니다. 매주 토요일이면 어김없이 강진경찰서의 일본인 형사가 사랑채 대문 옆에 붙여놓은 순찰함에 아버님이 집에 계심을 확인하는 도장을 찍었습니다. 혹시 경찰 몰래 집을 나가 독립운동 대열에 합류하시지 않았나 경계하는 일본 경찰의 조치였습니다."

6 임종국, 『친일문학론』, 평화출판사, 1966, 467면.

위 네 가지 사실을 감안할 때 김영랑은 죽음으로 맞선 이육사나 윤동주에는 못 미친다고 할지라도 식민지 지식인이자 시인으로서 그 저항적 행적이 뚜렷하다고 할 수 있겠다.

2) 시대적 배경

김영랑이 중기시(1938~1940)를 창작했던 1940년 전후 시기는 일제의 탄압이 최고조에 달한 시기이자 이른바 '문화의 암흑기'였다.

1930년대 후반부터 한국사회는 일본의 군국주의적 체제가 강화되기 시작하자 더욱 고통스러운 착취와 굴종의 상황에 직면하게 되었다. 일본은 중일전쟁(1937)과 태평양전쟁(1941)으로 이어지는 군국주의의 확대 과정에서 '내선일체론'이라는 새로운 지배이념을 내세웠다. 내선일체론은 식민지 한국을 일제에 동화시키기 위해 획책한 정책으로, 한국 민족의 정체성을 부인하고 한국인들이 일제의 식민지 정책에 절대적으로 복종하도록 하기 위한 것이다. 일본은 중국 대륙의 침략 기반을 다지기 위한 인적·물적 자원을 총동원하기 위해 이른바 '황민화정책'을 한국사회에 강요하였다. 일본은 한국인들에게 일본 천황의 신민이 될 것을 강요하면서 '신사참배'와 '황국신민의 서사'를 일상적으로 제창하도록 요구하였다. 한국인을 강제로 전쟁에 동원하기 위해 1938년 지원병 제도를 확대하여 강행하였으며, 1939년에는 한국인들에게 일본식 성명을 쓰도록 '창씨개명제'를 발동시켜 한국인의 민족적 뿌리를 말살하고자 하였다. 그리고 교육령을 개정하여 학교에서 '한국어 교육을 폐지'하고 일본어를 상용하도록 강요하였다. 1941년 이후에는 한국어의 사용을 전면적으로 금지함으로써 한국사회는 암흑의 시대로 접어들게 되었다.[7]

7 권영민, 『한국현대문학사 1』, 민음사, 2002, 443면.

또한 이 시기는 우리의 문화가 최악의 궁지에 몰린 시기이기도 했다.[8] 우리말로 된 문학작품은 발표지면을 거의 상실하게 되었을 뿐만 아니라, 작가에 대한 제약과 압박도 날로 심해져 붓을 꺾고 자취를 감춘 문인이 많았고, 징용으로 끌려가거나 구금상태에 놓인 문인들도 적지 않아 문학작품의 자유로운 창작활동은 불가능한 상황에 놓이게 되었다.[9] 특히 1937년 이후 한국어 교수 폐지와 간행물 폐간은 한국어의 말살, 한국문학의 죽음[10]을 의미하는 것이었다. 결국 김영랑은 이러한 시대상황에 맞서 "끝까지 지조를 지키며 단 한 편의 친일 문장도 남기지 않은 영광된 작가들"[11] 중의 한 사람이었다.

---

8 전광용 · 신동욱 공저, 『현대문학사』, 한국방송통신대학교 출판부, 1989, 273면.
"일제의 조선어 말살정책이 강행되는가 하면, 그들의 전쟁에 협력하는 내용이 아니면 작품활동을 할 수 없게 되었다. 또한 「조선일보」, 「동아일보」 등 민족지가 1940년 8월 10일 자로 강제 폐간되고, 계속하여 순문예지인 『문장』 및 『인문평론』마저도 자진 폐간할 수밖에 없게 되었던 것이다. 그뿐만 아니라, 우리말로 된 많은 서책의 발행 내지 판매 금지 조처가 내려지고, 급기야는 우리말 사전을 편찬 중에 있던 조선어학회 학자들도 체포 구금되는 단말마적인 사태를 빚기까지 했다."

9 권영민, 앞의 책, 444면.
"문인들이 이러한 상황에 대응하는 방법에는 세 가지 유형이 있었다. ① 문학을 통해 내선일체론의 허구성을 고발하고 이에 적극적으로 저항하는 방법, ② 소극적으로 침묵하면서 문학 활동을 포기하는 대신 현실을 인내하는 방법, ③ 내선일체론에 동조하여 황민화에 동참하는 방법이 그것이다."

10 김시태, 『식민지시대의 비평문학』, 이우출판사, 1982, 605면.

11 임종국, 앞의 책, 같은 면, 재인용.
"김영랑은 한국어 사용을 전면 금지한 1941년부터 1945년 광복 이전까지 일절 작품을 발표하지 않았다. 그 이유가 무엇 때문이었는지는 확실하지 않지만, 만약 이러한 상황에 대응하기 위한 나름의 방법이었다면 그는 분명히 절필한 작가군에 속한다. 그러나 그는 창씨개명제 등 황민화정책이 맹위를 떨치던 시기인 1938년부터 1940년까지는 완전히 붓을 꺾거나 문학 활동을 포기하지는 않았다. 뒤에서 구체적으로 작품을 다루겠지만, 「독을 차고」 등 죽음을 불사하는 상당수의 저항적인 작품을 발표하였기 때문이다."

3. 저항의식의 양상

'저항문학'이란 "압제나 외국 지배에 대하여 싸우는 문학"[12]을 뜻한다. 압제나 외국 지배라고 하면 우리나라의 경우 당연히 일제를 가리킨다. 따라서 저항문학의 의미를 항일문학의 맥락에서 본다면, 일본의 한국 식민지 통치에 대하여 저항하는 내용의 문학을 뜻한다고 할 수 있다. 그런데 이 저항의 경우도 적극적 저항과 소극적 저항으로 나뉜다.

> ① 적극적인 저항이 일제 당국이나 통치체제 및 친일적 대상에 대하여 강렬한 거부태도와 항거의식을 나타낸 것에 비하여 소극적인 저항은 그 농도가 다소 여리고 미온적인 대로 항일성을 지닌 작품들을 일컫는다. 적극적인 그것이 보다 직설적으로 일제 식민 통치의 부당성이나 죄악스런 면을 고발, 지탄했다면 이는 흔히 그것을 간접적으로 완곡하게 표출하는 작품들이 이에 속한다.[13]

> ② 만약 우리가 이 저항의 범위 설정에 있어 관용을 베푼다면 일제 지시를 따르지 않은 모든 것이 저항이 될 수 있는 것이고, 당시 우리 민족 대다수가 저항인이 아닐 수 없다. 그러므로 우리가 생각하는 저항이 그 나름의 의미를 띠기 위해서는 이러한 소극적인 것을 제외하고 일제하의 구체적인 활동이 있어야 할 것이다.[14]

①과 ②는 둘 다 적극적인 저항과 소극적인 저항의 의미를 규정하고 있다. 특히 ②는 적극적인 행동만이 저항으로서 의미임을 강조하고

---

12 국립국어연구원 편, 『표준국어대사전』, 두산동아, 1999, 2480면.

13 이명재, 앞의 책, 91면.

14 박호영, 「윤동주 시의 문제점 - 저항시 여부」, 『현대시 1』, 문학세계사, 1984, 235면.

있다. 그러나 시인의 경우 시를 쓰는 일이 곧 행동이고, 그 시 안에 저항적 문맥이 드러난다고 볼 때 작품이 아닌 행동에만 그 기준을 두고 있는 태도는 바람직하지 못하다고 생각된다. 그러므로 소극적이냐 적극적이냐를 분류하기보다는 시 정신과 시작 태도를 중시해야 할 것이다. 즉 어둡고 궁핍한 시대에 친일하지 않음은 물론 조국과 삶의 문제, 자아의 진실을 노래한 시, 우리 민족의 의지를 직시하고 이를 함양하는 데 이바지한 시를 저항시라고 해야 할 것이다.[15] 따라서 이러한 점들을 모두 충족시키는 김영랑의 중기시도 저항시로 보아야 마땅하다.

김영랑이 공식적으로 작품 활동을 한 기간은 10년 6개월이다. 1930년 3월 『시문학』 창간호로부터 서울 수복 시기인 1950년 9월 29일 사망하기에 이르기까지 19년 6개월 동안 세 차례의 공백기 9년[16]을 제외한 기간이다. 그는 이 기간 동안 시 86편과 산문 23편을 발표했다. 따라서 그의 작품 활동은 1930년 3월부터 1935년 11월 시문학사에서 『영랑시집』 발간까지(초기시)와 1938년 9월부터 1940년 8월까지(중기시), 그리고 광복 후 1946년 12월부터 1950년 6월까지(후기시) 세 차례에 걸쳐 집중적으로 이루어졌다.[17]

---

15 이탄, 「저항시의 정신」, 『한국의 대표 시인론』, 문학아카데미, 1994, 18면.

16 김영랑은 1932~1933년(2년), 1936~1937년(2년), 1941~1945년(5년) 등 9년에 걸쳐 작품을 발표하지 않았다. 이에 대한 정확한 사유는 아직 밝혀진 바가 없다.

17 김영랑의 이러한 작품 활동 시기에 대한 기존 연구자들의 구분은 다음과 같다.
첫째, 초기시(1930~1935년)와 후기시(1940년 전후~1950년)로 2분화 하는 경우이다. 이성교, 김학동, 김준오, 최동호, 최명길 등이 여기에 속한다. 이들은 고요하고 섬세한 감각과 자아의 내면, 곧 '마음'의 세계에 집중한 것이 초기시, 자아를 사회로 향해서 확대하고 '죽음'을 강렬히 의식한 것을 후기시로 구분하고 있다.
둘째, 초기시(1930~1935년), 중기시(1938~1940년), 후기시(1946~1950년)로 3분화 하는 경우이다. 박두진, 김명인, 양왕용, 서범석, 홍인표, 김선웅, 김종, 이상구 등이 이에 속한다. 이들은 전기시의 특징으로 촉기와 마음의 시학을, 중기시의 특징으로 형태적 변모와 인생에 대한 깊은 회의 및 죽음의식을, 후기시의 특징으로 적극적인 따라서 본고는 이중에서 현실인식이 가장 두드러진다고 판단되는 중기시를 중심으로 저항의식의 양상을 살펴보기로 하겠다.

1) 민족적 정한과 비애

식민지 시대에 변절하지 않은 시인들은 조선의 마음을 찾고 지키려는 전통성에 입각하여 시작을 했다고 할 수 있다. 그들이 전원에 의탁하거나 현실과 정면으로 맞서지 않았다는 부정적인 평가를 받기도 하지만, 당대의 작품 속에 시대적 상황과 향토의식이 발현되었다고 볼 때 자연귀의는 은둔이나 안일이 아니었음을 알 수 있다. 평생토록 강진이라는 향리에 파묻혀 전통의식과 향토의식에 입각하여 시를 썼던 김영랑도 마찬가지다. 따라서 그가 우리말과 가락을 통해 민족의 정서와 정신을 드높인 점에 저항적 의미를 부여해야 할 것이라고 본다.

> 울어 피를뱉고 뱉은피는 도루삼켜
> 평생을 원한과슬픔에 지친 적은새
> 너는 너룬세상에 서름을 피로 색이려오고
> 네눈물은 數千세월을 끈임업시 흐려노앗다
> 여기는 먼 南쪽땅 너쪼껴숨음직한 외딴곳
> 달빛 너무도 황홀하야 후젓한 이 새벽을

사회참여의식과 우국정신을 들고 있다. 이는 가장 많은 연구자들이 공감할 뿐만 아니라, 중기시와 후기시가 사회의식이나 현실인식이 두드러진다는 점에서는 하나로 묶을 수는 있다. 또한 일제와 해방이라는 상황의 차이, 참여의식의 강도 차이, 산문성의 농도 차이를 구분해야 할 필요가 있다는 점에서 설득력을 지니고 있다고 생각한다.

셋째, 작품활동 이전 시대(1902~1929년, 성장기)와 초기시 시대(1930~1935년, 시문학기), 중기시 시대(1938~1940년, 저항문학기)와 후기시 시대(1946~1950년, 광복문학기)로 4분화 하는 경우이다. 정숙희가 여기에 속한다. 그러나 이는 성장기만 제외하면 3분화 하는 경우와 대동소이하다고 할 수 있다. 그러나 중기시 시대를 '저항문학기'로, 후기시 시대를 '광복문학기'로 명확히 구분하고 있는 점은 의미가 있다.

송긔한 네우름 千길바다밑 고기를 놀내고
하날ㅅ가 어린별들 버르르 떨니겟고나

_「두견(杜鵑)」 1연[18]

모두 4연으로 구성된 이 시는 개인적인 서정의 한을 민족적인 정한이나 비애로 심화한 작품으로 볼 수 있다. 즉 식민지 상황 속에서 '두견'이 지니는 속성과 우리 민족의 정서에 담겨 전하는 이미지를 시화하여 시인의 개인적 정서가 민족적 정서로 확산되고 있다. 따라서 '여기는 먼 南쪽땅 너쪼껴숨음직한 외딴곳'에서도 알 수 있듯이 '두견'은 일제하에서 향리 강진에 묻혀 시를 쓴 김영랑 자신을 가리키기도 하고, '원한'과 '슬픔'에 사무친 우리 민족을 상징하기도 한다고 볼 수 있다.

다시 말해 "두견 자체를 대상으로 하여 그 속성과 전설적인 의미와 조선적인 정한의 사무침을 역사적인 소재를 빌려 현실화하면서 자기의 민족의 불행을 집중적으로 투영하고 있다"[19]라고 해석한 박두진의 말처럼, 이 시는 우리 민족이 처한 당시의 불행을 안타까워하며 서럽고 한스러운 삶을 형상화하고 있다. 특히 슬픈 전설을 간직한 두견의 처절한 울음소리에는 우리 민족의 보편적인 전통적 정서인 설움, 눈물, 슬픔, 그리움과 한이 서려 있다고 하겠다.

큰칼 쓰고 獄에 든 春香이는
제마음이 그리도 독했든가 놀래었다
성문이 부서지고 이 악물고

18 1935년에 발표된 이 시는 시기적으로 초기시에 해당하나 민족의식이 투영된 것으로 보아 중기시의 범주에서 살펴보았다.

19 박두진, 앞의 글, 같은 책, 98면.

사또를 노려보는 교만한 눈
그는 옛날 成學士 朴彭年이
불지짐에도 태연하였음을 알었었니라
오! 一片丹心

사랑이 무엇이기
貞節이 무엇이기
그때문에 꽃의춘향 그만 獄死하단말가
지네 구렁이 같은 卞學徒의
흉측한 얼굴에 까무러쳐도
어린가슴 달큼히 지켜주는 도련님생각
오! 一片丹心

상하고 멍든자리 마듸마듸 문지르며
눈물은 타고남은 간을 젖어 내렸다
버들잎이 창살에 선뜻 스치는 날도
도련님 말방울 소리는 아니들렸다
삼경을 세오다가 그는 고만 斷腸하다
두견이 울어 두견이 울어 南原고을도 깨어지고
오! 一片丹心

(……)

모진 春香이 그밤새벽에 또 까무러처서는
영 다시 깨어나진 못했었다 두견은 우렀건만
도련님 다시 뵈어 恨을 풀었으나 살아날 가망은 아조 끈기고
왼몸 푸른 脈도 홱 풀려 버렸을법
出道 끝에 御史는 春香의몸을 거두며 울다
「내 卞苛보다 殘忍無智하여 春香을 죽였구나」

오! 一片丹心

_「춘향(春香)」 1, 2, 3, 5연

이 시는 1940년 7월 『문장』에 발표된 것으로, 앞에서 살펴본 「두견」과 같은 맥락으로 볼 수 있는 작품이다. 김영랑은 두견처럼 춘향에 자기를 투사하고 있다. 다시 말해 '춘향'이 '도련님'을 위해 정절을 지켜나간 일과 김영랑 자신이 민족을 위해 지조를 지켜나간 현실이 겹쳐 있다. 그 정절과 지조를 유지할 수 있도록 떠받치는 시어가 '일편단심(一片丹心)'이다. 여기에서 김영랑의 민족에 대한 일편단심은 춘향의 그것뿐만 아니라 '성학사(成學士)'와 '박팽년(朴彭年)', '논개(論介)'와 같은 지조나 절개 있는 역사적 인물들과도 궤를 함께한다. 말하자면 김영랑은 민족과 나라를 향한 일편단심으로 혹독한 일제의 탄압 속에서도 지조를 지켰던 것이다. 그래서 이성교는 "지조 면으로 볼 때 영랑이야말로 진정한 민족시인"[20]이라고 칭했던 것이다.

그러나 김영랑의 이러한 지조는 다른 저항시인들처럼 그것을 적극적인 행동으로 보여준 것은 아니었다. 다만 그는 일제의 창씨개명과 신사참배 강요를 끝까지 거부하였을 뿐만 아니라, 지병인 만성복부질환을 이유로 머리를 깎지 않았으며 절대로 양복을 입지 않고 늘 한복만 입는 등 조용한 삶의 실천으로 보여주었던 것이다. 또한 그 지조는 '성문이 부서저도 이 악물고/사또를 노려보는 교만한 눈'에서도 알 수 있는 바 저항의 독기가 서려 있었던 것이다.

北으로
北으로
울고간다 기러기

20 이성교, 앞의 글, 같은 책, 166면.

南邦의
대숲밑
뉘 휘여 날켰느뇨

앞서고 뒤섰다
어지럴리 없으나

간열픈 실오랙이
네목숨이 조매로아

_「가야금」 전문

1939년 『조광』에 발표한 이 시는 위태로운 민족의 현실과 운명을 가야금의 속성에 빗대어 노래하고 있다. 1연은 일제의 탄압과 수탈에 못 이겨 만주지방으로 이주하는 상황을 환기하였고, 2연은 그 이주가 자의적인 것이 아니라 타의, 즉 일제에 의해 강요된 것임을 의미한다. 3연은 이주하고 있는 광경에 대한 묘사이고, 4연은 그러한 상황에 처한 민족의 삶이 '실오랙이'마냥 날아가는 기러기 떼처럼 가냘프고 위태로운 지경에 이르렀음을 뜻한다. 김영랑은 「가야금」 이외에도 「거문고」나 「북」처럼 우리 고유의 악기를 노래한 것은 민족의 정서나 정신을 표현하는 데 효과적이라고 생각한 듯하다.

2) 당대 현실의 반영과 지식인의 고뇌

김영랑의 중기시는 초기시와는 달리 당대의 열악한 현실을 비유를 통해 고발하는 한편 그 현실에 처한 지식인으로서의 갈등과 고뇌를 가감 없이 보여준다.

검은벽에 기대선채로
해가 스무번 박긔였는디
내 麒麟은 영영 울지를못한다

그 가슴을 통 흔들고간 老人의손
지금 어느 끝없는饗宴에 높이앉었으려니
땅우의 외론 기린이야 하마 이저졌을나

박같은 거친들 이리떼만 몰려다니고
사람인양 꾸민 잣나비떼들 쏘다다니여
내 기린은 맘둘곳 몸둘곳 없어지다

문 아조 굳이닫고 벽에기대선채
해가 또한번 박긔거늘
이밤도 내 기린은 맘놓고 울들 못한다

_「거문고」 전문

우렁찬 소리 한마디 안 그리운가
내 비위에 꼭 맞는 그 한마디!
입에 돌고 귀에 아직 우는 구나

사십 갓 찬 나이, 내 일찍 나서 좋다
창자가 잘리는 설움도 맛봐서 좋다
간 쓸개가 가까스로 남았거늘

(……)

행복을 찾노라 모두들 환장한다
제 혼자 때문만 아니라는구나 주제접게 남의 행복까지!

갓다 부처님께 바쳐라 알는 마누라 달래라

_「우감(偶感)」 부분

1939년 『조광』 1월호에 발표된 「거문고」의 핵심어는 '기린(麒麟)'이다. 기린은 또한 시제인 '거문고'의 비유이자 동시에 시인 자신, 나아가 우리 민족 전체를 상징하고 있다고 볼 수 있다. 김영랑은 이 시에서 자신이나 자신의 거문고를 신령스러운 상상의 동물 기린에 비유하여 시대를 잘못 만나 제 노래를 잃어버린 안타까움을 표현하고 있다.[21] 그러나 정작 우리가 주목해야 할 것은 '기린'의 이미지에 대치되는 '이리떼'와 '잣나비떼'이다. 이 시가 창작된 당시의 시대상을 감안할 때 기린은 애국지사나 선량한 국민 또는 시인 자신을, 이리 떼와 잔나비 떼는 일본 관헌과 그들을 추종하는 아첨배, 즉 친일파들을 암시한다. 말하자면 이 시는 동물의 알레고리를 통해 옴짝달싹도 할 수 없었던 당시의 상황을 고발하고 있는 것이다. 실제로 이 시가 쓰인 해인 1939년은 10월 29일에 친일문학단체인 '조선문예협회'가 결성되었고, 7월 8일에는 일본에 의해 국민 징용령이 공포되었다. 8월 11일에는 매월 1일을 '흥아봉공일(애국일)'로 제정하였으며, 마침내 11월 10일에는 조선인의 씨명(氏名)에 관한 '창씨개명'이 공포되었다.

기린은 무려 20년[22]이란 세월이 흘렀음에도 불구하고 본연의 울음

---

21 김영랑의 시가 중기시에 접어들면서 현실인식의 농도가 짙어질 뿐만 아니라, 리듬이 흐트러지고 길어져 음악성이 현저하게 떨어지는 원인도 바로 이러한 시대적 상황 때문이라고 생각한다. 다시 말해서 그는 초기시에서 보여준 '촉기'를 잃어버린 것이다. 그는 그것이 시대를 잘못 만난 탓이라고 여긴 듯하다. 이렇게 본다면 김영랑의 현실인식이나 저항의식을 촉발하게 한 근원은 '맘둘곳 몸둘곳' 없어진 '검은벽'인 셈이다.

22 여기서 20년이란 1919년 기미독립운동 이후의 세월을 뜻한다고 볼 수 있다. 이 시가 1939년 발표되었으니 스무 해가 지난 셈이다.

으로 울지 못하고 '검은벽에 기대선채로'이다. 따라서 '검은벽'은 기린이 마음대로 실컷 울 수 있는 본연의 자유로움을 가로막는 암울한 시대적 상황이다. 그 '검은벽'을 사이에 둔 바깥은 거친 들판으로서 '이리떼만 몰려다니고' '잣나비떼들 쏘다니'는 그야말로 민족에게는 정신적·육체적 황야인 셈이다. 따라서 '문 아조 굳이닫고'를 "자폐적 상황"[23]으로 보기보다는 오히려 시인의 투철한 시대인식 속에서 얻어지는 자기성찰과 고뇌의 표현으로 볼 수 있으며, 끝까지 지조를 지키기 위한 강인한 저항정신의 발로로 보아야 한다.

「우감」은 1940년 6월 같은 문예지에 발표된 작품으로 서러운 현실에 직면한 상황을 역설적으로 표현하고 있다. '사십 갓 찬 나이', '내 나이', '내 보금자리'는 화자 자신보다는 민족 전체의 현실을 의미하는 것으로 볼 수 있으며, 구체적으로는 식민지 시대 말기의 혹독한 압제를 말하고 있다. 그런데 표면적 진술을 보면 화자는 지금 이 시기를 가장 즐거워하며 다행이라고까지 말한다. 표면적 진술이 밝으면 밝을수록 내포는 더욱 확장되어 어둡고 암담한 세계로 나타난다. 이러한 모순어법 속에는 "내면적 비애의식"[24]과 함께 식민지 시대를 사는 시인의 갈등과 고뇌가 고스란히 담겨 있다고 할 수 있다. 또한 마지막 연 '행복을 찾노라 모두들 환장한다/제 혼자 때문만 아니라는구나 주제접게 남의 행복까지!/갖다 부처님께 바쳐라 알는 마누라 달래라'는 「거문고」의 3연과 비견할 수 있는 바, '간 쓸개가 가까스로 남'은 자로서 일본 제국주의자들과 여기에 협력하는 변절자들을 고발함과 동시에 혹독한 욕설을 퍼붓고 있다. 이 무렵에 그가 쓴 다음 수필은 당시 지식인들의 변절에 대한 갈등과 고뇌가 잘 드러나 있다.

---

23 김종, 「김영랑론」, 『식민지 시대의 시인 연구』, 시인사, 1985, 166면.

24 김정화, 「김영랑론」, 『한국현대시인연구』, 태학사, 1989, 285면.

> 오! 친구야, 현실은 무서웁고 괴롭도다. (……) 현실이 무서웁다니 사람이란 창자를 왜 한 가닥만 가졌느냐. 斷腸할 것도 없이 변통하면 그만인 것을 이 세대에 태어난 불쌍한 천재들이 허덕이다 못해 모조리 변통하지 않았느냐. 그들이 백치가 아니므로 스스로 경멸하게 되고 스스로 뉘우치게 될 것이냐. 어디까지나 외가닥 창자를 두 가닥으로 변통해 쓰고도 의기양양할 것이냐. (……) 사람으로 살려면 오로지 떳떳해야 시원하고, 그러려니 현실이 아프고 그래 우리는 어린 자식들을 두고 차마 눈을 못 감고 가는 게지.
>
> _「두견과 종다리」 부분

3) 허무주의와 매서운 독기

김영랑의 시는 초기부터 생에 대한 허무나 비관적 현실인식이 주조를 이루고 있다. 그것은 첫 부인과의 사별 등 개인적인 차원에서 형성된 부분도 있지만, 참담한 시대 상황에서 기인한 바가 크다. 이러한 허무주의나 비관적 현실인식은 중기시에 이르면 죽음의식으로 바뀐다. 그런데 이 죽음은 죽음 자체로 끝나는 것이 아니라 당대의 현실에 맞서기 위해 목숨을 건 저항으로서 의미를 지닌다고 할 수 있다.

> 내 가슴에 毒을 찬지 오래로다
> 아직 아무도 害한 일 없는 새로 뽑은 毒
> 벗은 그 무서운 毒 그만 흩어버리라 한다
> 나는 그 毒이 벗도 선뜻 害할지 모른다고 위협하고,
>
> 毒 안 차고 살어도 머지않어 너 나 마주 가버리면
> 屢億千萬 世代가 그 뒤로 잠잣고 흘러가고
> 나중에 땅덩이 모지라져 모래알이 될것임을
> 「虛無한듸!」 毒은 차서 무엇 하느냐고?
> 아! 내 세상에 태어났음을 원망않고 보낸

어느 하루가 있었던가, 「虛無한듸!」, 허나
앞뒤로 덤비는 이리 승냥이 바야흐로 내 마음을 노리매
내 산체 짐승의 밥이되어 찢기우고 할퀴우라 네 맡긴 신세임을

나는 毒을 품고 선선히 가리라,
마금날 내 깨끗한 마음 건지기 위하야.

_「毒을 차고」 전문

그때 열두담장 못 넘어뛰고 만
그 선비는 차라리 목마른채 賜藥을 받었니라고

_「한길에 누어」 6연

「毒을 차고」는 1939년 11월호 『문장』에 발표된 시로 김영랑의 작품 중에서 저항의식이 가장 두드러진 경우에 속한다. 비록 삶은 허무한 것이지만 그러한 삶이나마 '이리'나 '승냥이' 같은 짐승에게 찢기지 않으려는 시인의 비장한 마음과 서릿발 같은 자존이 드러나 있다.

모두 4연으로 이루어진 이 시의 전개 과정을 살펴보면 1연은 화자가 스스로 '가슴에 毒을 찬지 오래'임을 단호하게 선언하면서 그 결심이 외부의 유혹이나 압력에 쉽게 굴하지 않을 것임을 시사하고 있다. 2연에서는 친구의 의견을 '허무한듸!'로 집약하면서 사회의식이나 역사의식과는 무관한 것이 허무주의의 숙명임을 자각하고 있다. 그러나 친구의 의견에 대한 답변에 해당하는 3연에서는 허무주의의 속성을 모르는 바 아니지만 자신이 처한 열악한 시대 상황 속에서 더 이상 비관적 허무주의에만 빠져 있을 수 없음을, 자신의 결의가 이 허무한 세상에서 스스로를 구원하는 길임을 밝히고 있다. 4연에서는 목숨을 걸고라도 자신의 결의를 의연하게 지킬 것을 다짐하고 있다.

이 시에 나오는 '毒'은 다분히 암시적이다. 화자를 둘러싸고 덤비는

'이리'와 '승냥이' 떼의 위험 속에서 '내 마음'을 지키려는 김영랑은 독을 차지 않을 수 없었던 일제 말기의 시대 상황을 고발한 것이다. 실제로 이 무렵 일제는 우리 시인들이 순수시를 쓰는 일마저도 그냥 방치해두지 않았다. 시인들이 우리말을 쓰는 일에 규제와 간섭을 가하다가 끝내는 그 내용까지 지시하고 통제하는 입장을 취했다. 이른바 국책에 부응한 시와 소설을 쓰도록 강요한 국책문학으로 천황에게 충성하고 그들의 침략전쟁을 찬양하고 미화하도록 했다. 그리하여 김영랑이 생명선으로 생각한 순수시는 지킬 길이 없게 된 것이다. 이런 사태 속에서 그가 독을 지니게 되었다는 것은 마지막 자신의 진실인 시와 예술이 부정되거나 말소되는 일을 좌시하지 않겠다는 결의를 다지는 일이었다.[25]

결국 마지막 구절인 '나는 독을 품고 선선히 가리라/마금날 내 깨끗한 마음 건지기 위하야'에서 보듯이 이 시는 죽음이 아니면 굴욕이 있을 따름이던 위정 말기의 극한 상황을 사는 뼈 있는 지성인의 서릿발 같은 지조가 칼날의 섬광으로 위세를 떨치고 있으며,[26] 식민지 치하에서 지식인이자 시인으로서의 김영랑의 현실인식이 결코 비굴한 순응자가 아니었음을 보여준다.[27]

1940년 5월 『조광』에 발표한 「한길에 누어」는 「毒을 차고」에서 드러난 서릿발 같은 지조를 지키기 위해서는 죽음까지 불사하겠다는 결의를 표출하고 있다. 일제에 비굴하게 순응하느니 '차라리 목마른채 사약(賜藥)을 받었니라고'가 그것이다. 우리는 이 시를 통해 김영랑의 저항정신이 순간적인 감정이 아니라 참으로 오랫동안 벼려온 칼끝처럼 무섭고 섬뜩한 것이었음을 발견하게 된다.

---

25 김용직, 「음악성과 남도미학」, 『한국현대시인연구(하)』, 서울대학교 출판부, 2000, 32면.
26 박두진, 앞의 글, 같은 책, 99면.
27 허형만, 앞의 논문, 38면.

그러나 김영랑의 이러한 목숨을 건 저항정신도 죽음의 유혹 앞에서는 어쩌지를 못한다.

본시 평탄했을 마음 아니로다
구지 톱질하여 산산 찌저노았다

風景이 눈을 흘리지 못하고
사랑이 생각을 흐리지 못한다

지처 원망도 안코 산다

대체 내노래는 어듸로 갔느냐
가장 거룩한 것 이눈물만

아쉰 마음 끝네 못빼앗고
주린 마음 끄득 못배불리고

어차피 몸도 피로워졌다
밧비 棺에 못을 다저라

아모려나 한줌 흙이 되는구나

_「한줌 흙」 전문

1940년 『조광』 3월호에 발표한 이 시는 독기를 품고 죽음과 맞서는 모습을 보여준 앞의 시들과는 달리 인생허무와 죽음의식에 경도되어 있다. 지금껏 살아온 날들을 반추하면서 죽음을 목전에 둔 듯 체념과 자포자기의 분위기가 물씬 풍긴다. 이러한 절망적 분위기는 당대의 상황이 아무런 희망도 찾을 수 없을 만큼 암울한 것이었음을 반증한다.

실제로 김영랑은 이후부터 1946년 말까지 약 6년 동안 어떠한 작품도 발표하지 않았다. 그러나 이 시에서처럼 김영랑이 끝까지 죽음을 초극하는 자세를 보여주지 못한 점은 아쉬움으로 남는다.

이 시는 '본시 평탄했을 마음 아니로다/구지 톱질하여 산산 찌저노았다'고 자신의 삶을 고백처럼 밝히는 데서부터 비롯된다. 그래서 아무런 삶의 흥미나 의욕도 없다. 특히 3연에서 이러한 절망과 허무의 심정이 '지처 원망도 안코 산다'라는 구절 속에 극명하게 드러나 있다. 그리하여 시적 자아는 자기발전은커녕 '아쉰 마음 끝네 못빼앗고/주린 마음 끄득 못배불리'는 고착된 삶 속에서 죽음만을 기다린다. 마지막 행 '아모려나 한줌 흙이 되는구나'에는 암울한 민족적 현실에 대한 체념과 절망이 짙게 깔려 있다고 하겠다.

4. 위상 재정립을 위하여

지금까지 살펴본 바대로, 김영랑의 중기시는 초기시와 비교했을 때 현실인식의 측면에서 현저한 차이를 드러내고 있음을 확인할 수 있다. 그 현실인식의 요체가 일제에 대한 저항의식에 있다고 보았을 때, 그것은 그가 당대의 지식인이자 시인으로서 질곡과 같은 상황에 맞서 자신을 성찰하고 민족의 현실을 반영하기 위한 당연한 산물이었는지도 모른다. 하지만 이것은 아무나 할 수 있는 일이 아니었다. 따라서 모두가 훼절하고 투항하던 시대에서 자신과의 처절한 사투의 결과라고 할 수 있다.

본론에서 살핀 대로 김영랑은 일제하에서 누구 못지않은 저항의 행적을 갖고 있다. 고등학생으로서 강진에서 3·1만세운동을 주동하다 옥고를 치렀고, 일제의 탄압이 최고조에 이르렀을 때 강진 사람으로서는 유일하게 창씨개명과 신사참배를 거부하였다. 그는 "끝까지 지조를 지키며 단 한 편의 친일 문장도 남기지 않은 영광된 작가들" 중의 한 사람으로 남았다. 그뿐만 아니라 「두견」, 「춘향」, 「가야금」 등을 통해 민족적 정한과 비애를, 「거문고」, 「우감」 등을 통해 당대의 현실을 충실히 반영하는 한편 시인으로서의 고뇌를 나타냈으며 「毒을 차고」, 「한길에 누어」 등을 통해서는 목숨을 걸고 일제에 맞서는 서릿발 같은 지조와 독기를 보여주었다.

이렇듯 김영랑은 시인으로서 비교적 뚜렷한 저항적 행적과 작품을 갖고 있다. 비록 윤동주나 이육사처럼 적극적인 차원은 아닐지라도 민족시인 혹은 민족저항시인으로서 충분한 면모를 갖추었다고 판단되는 만큼 앞으로 그의 시인으로서의 위상을 새롭게 정립할 필요가 있다. 그리고 그를 '순수서정시인'이나 '유미주의시인'으로만 부른다거나, 그의 시를 '언어의 조탁', '순수서정의 본령'으로만 인식하는 편향된 시각은 이제는 사라져야 한다.

뿌리 찾기와 뿌리 잇기의 도정
_ 이근배론

1. 들어가며

올해로 시력(詩歷) 52년째를 맞이하는 이근배(1940~)는 지금껏 시집 『사랑을 연주하는 꽃나무』 등 3권과 시조집 『동해바다 속의 돌거북이 하는 말』 등 2권, 장편서사 시집 『한강』, 기념시집 『종소리는 끝없이 새벽을 깨운다』, 기행문집 『시가 있는 국토기행』, 시선집 『사랑 앞에서는 돌도 운다』를 상자한 우리 시단의 중진원로이다. 특히 그는 1961년 약관의 나이에 「경향신문」과 「서울신문」, 「조선일보」 신춘문예에 시조가 당선되었고, 이듬해 「동아일보」와 「조선일보」 신춘문예에 시조와 동시가 각각 당선되었다. 1964년에는 「한국일보」 신춘문예에 시가 당선됨으로써 '5대 일간지 신춘문예 3개 부문 석권'이라는 전무후무한 기록을 남기며 화려하게 등단한 시인으로 유명하다.

그러나 그는 시력이나 타고난 시적 역량에 비해 그리 많지 않은 시집을 남겼다. 또한 그는 첫 시집을 등단 이전에 펴낸 이후 20년 만에 두 번째 시집을 펴낼 만큼 시집 발간이 더뎠다. 이는 언뜻 보면 천재성을 지닌 시인들의 시적 태만이나 불성실함으로 비쳐질 수 있지만, 그보다는 시인 스스로의 시적 자존과 염결(廉潔)에 기인한 듯하다. 실제로 그의 시를 읽어보면 거의 빈틈이 없을 만큼 구조적인 완결을 지니고 있다는 사실이 이를 증명한다. 게다가 등단작부터 모두 스케일이 큰 야심작이었다는 점도 이후 이를 뒷받침하는 작품들을 지속적으로 생산하는 데 얼마간 부담으로 작용했을 것으로 보인다. 그는 남들처럼 많은 작품을 쓰지 않았지만, 문학사에 남을 만큼 우수한 문학성을 지닌 작품을 남긴 시인임이 분명하다. 더욱이 독자들은 읽어주지도 않는데 너무 많은 시집이 쏟아져 나와 어쩌면 시적 공해를 유발하는 요즘 시단 세태를 감안할 때, 엄격한 시적 자존을 견지하고 있는 그와 같은 자세야말로 오히려 바람직하다는 생각마저 든다. 중요한 것은 양보다 질이기 때문이다.

그는 한마디로 고전적 품격을 지닌 시인이다. 어쩔 수 없이 몸은 현대라는 시간 속에 있지만, 어디까지나 마음은 옛날을 살고 있는 듯한 느낌이 강하다. 이는 그만큼 그의 시적 관심이 우리 옛것에 쏠려 있음을 뜻한다. 시조와 시를 함께 쓰는 것도 이와 같은 맥락으로 이해된다. 혹자는 그를 두고 고리타분하다거나 과거 추수적인 시인이라고 할지도 모른다. 그러나 제 뿌리에는 무관심한 채 외래의 것들만 추종하는 작금의 시단 풍토 속에서 그의 존재는 상대적으로 소중하다. 그래서 또한 외롭다고 한 것이다.

2. 시세계 분석

이근배는 등단 무렵부터 시와 시조를 병행한 시인이다. 그의 시세계의 전모가 들어 있는 두 번째 시집 『노래여 노래여』(1981)와 세 번째 시집 『사람들이 새가 되고 싶은 까닭을 안다』(2004), 그리고 첫 번째 시조집 『동해바다 속의 돌거북이 하는 말』(1982)과 두 번째 시조집 『달은 해를 물고』(2006)를 보면 시집과 시조집의 발간 연도가 다소의 편차는 있으되 짝을 이루고 있음을 알 수 있다. 이는 그가 시와 시조를 동시에 밀고 나갔다는 증거이다. 따라서 시집과 시조집 사이에는 각각 그 형식의 차이가 있을 뿐 담고 있는 내용은 같다고 해도 무방할 것이다.

지금까지 이근배 시의 주제의식은 크게 분단 현실과 우국정신, 고전정신의 현대적 탐색으로 이분화 할 수 있다. 물론 그것을 보다 세분하면 젊은 날의 우울한 현실인식이라든가, 이념으로 인한 가족사의 상처 같은 것들이 포함된다. 그러나 가령 두 번째 시집을 초기시로, 세 번째 시집을 후기시로 편의상 분류했을 때 이 두 시집 사이에는 상당한 차이가 발견된다. 그것은 주제의식 자체의 변화라기보다 주제를 구현하는 표현방식의 변화에 있는 듯하다. 즉 등단작을 포함한 초기시가 서사시처럼 스케일이 크고 장중하며 구조적인 완결성을 지니고 있다면, 후기시는 개인사적인 내용을 일정한 틀에 얽매이지 않고 자유롭게 풀어 쓴 방식이다. 그러니까 시적 관심사가 바깥에서 안으로 이동했다고 할 수 있다. 그러면 그의 시세계를 주제별로 살펴보자.

1) 분단 현실과 우국정신

이근배의 등단작들은 모두가 일정한 공통점을 지니고 있다. 첫 번째는 분단현실과 우국정신을 노래하고 있다는 점, 두 번째는 장중한 스타일의 대작이라는 점, 마지막으로는 절실한 어조와 리듬, 적절한 표현을 동반하고 있다는 점이다. 첫 번째의 경우에는 1960년대 초반의 시대 상황을 고려할 때 당대의 절실한 문학적 관심사로 받아들여진다. 다만 뒤에서 다시 이야기하겠지만, 이러한 주제의식이 그의 개인적인 가족사를 표면에 드러내지 않은 채 보편화되었다는 점이다. 두 번째는 신춘문예에 당선된 시들의 일반적인 특징 중 하나로 볼 수 있지만, 유독 거시적인 상상력과 긴 호흡을 보여준다. 세 번째는 그의 시의 구조적인 완결성을 떠받치는 덕목들이다.

한 마리 후조가 울고 간/외로운 분계선/산딸기의 입술이 타던 그 그늘에/녹슨 탄피가 잠들어 있다./서로 맞댄 산과 산끼리 강과 강끼리/역한 어둠에 돌아누운 실재여/빈 바람이 고요를 흔들어가는/상잔의 동구 밖에 눈이 내리고/어린 사슴의 목쉰 울음이/메아리쳐 돌아간 꽃빛 노을 앞에서/반쯤 얼굴을 돌린 생명이여/사랑보다 더한 목마름으로/바라보아도 저기 하늘 찢긴 철조망./한 모금 포도주의 혈즙으로/문질러도 보는 이 의미의 땅에서/병정이여/조국은 어디쯤 먼가./눈먼 신화의 골짜기 나무는 나무대로/바람은 바람대로 소스라쳐 뒹굴던/뿌연 전쟁의 허리춤에서/성냥불처럼 꺼져간 외로운 자유./그 이지러진 풍경 속에/오늘도 적멸의 눈이 내린다.

_「북위선」 2부

향수의 꽃이파리/피 빛 피어 눈에 감겨

어머니! 외마디 지르고/고지에 올라서면

저기 저/조국의 가슴을 찢어/줄기져 간 철조망.

응시 눈빛을 거둬/문득 작은 돌을 본다.

입 다물어 굳었어도/품고 있는 슬픈 증언

자유를/사랑한 병사의/비문 없는 묘석인 걸.

(……)

세월이란 날개 속에/봄은 또 오리란다

피 모아 쌓은 열망/그날엔 끊어지리

무너져/강하가 되면/배를 질러 가야지.

_「벽-휴전선에」 1, 2, 5부

「북위선」은 1964년 「한국일보」 신춘문예 시 당선작으로 민족 비극의 현장인 싸늘한 군사분계선의 상황을 아프게 노래하고 있다. 지면 관계상 ' / '으로 행을 잇대고 전문을 인용하지 못한 게 유감이지만, 이 시는 총 67행으로 3부의 연작시 형태를 취하고 있다. 보통 시가 길어 20행을 넘지 않는 경우가 대부분임을 감안한다면 엄청나게 긴 시다. 마치 웬만한 대하서사시를 읽고 있는 듯한 느낌이 든다.

적도 이북의 위선을 뜻하는 '북위선'으로 설정된 군사분계선이라는 시적 공간도 공간이지만, 그 공간을 대상으로 흐트러짐 없이 장중하게 굽이치는 호흡이 읽는 이를 압도한다. 사실 이렇듯 스케일이 큰 작품을 창작함에 있어서 빈틈없이 시상을 전개해나가기란 타고난 시적 역량 없이는 불가능한 일이다. 게다가 '~이여'나 '~가' 같은 안타까운 탄성을 자아내는 감탄 어미들의 효과적인 활용과 시상의 전개 과정에 있어서 '후조', '산딸기', '어린 사슴', '꽃빛 노을' 같은 시어들을 적재적소에 배치함으로써 간절한 호소력을 배가시키고 있다. 또한 직설적인 표현보다 '산딸기의 입술이 타던 그 그늘', '어린 사슴의 목쉰 울음이/메아리쳐 돌아간 꽃빛 노을', '성냥불처럼 꺼져간 외로운 자유' 같은 감각적인 표현들이 뒤를 받치고 있다. 그리고 '이지러진 풍경'처럼 자칫 흥분하기 쉽고 어수선한 이 시의 분위기를 '오늘도 적멸의 눈이 내린다' 같은 구절이 차분하게 가라앉히면서 서정성을 자아내고 있다. 바로 이러한 요소들 때문에 그의 시는 낭송해야 어울린다. 그것도 장중한 목소리로 낭송해야 제격일 터이다.

「벽-휴전선에」는 1961년 「서울신문」 신춘문예 시조 당선작의 일부로 민족 비극의 상징적 현장인 휴전선 철조망을 남과 북 사이에 가로 놓인 '벽'으로 아프게 인식하면서 통일을 열망하고 있다. 다시 말해 시조라는 형식만 달리했을 뿐 내용은 「북위선」과 겹친다. 어쩌면 그의 시의 단아하고도 유려한 리듬은 몸에 밴 시조에서 나온 것이라고 할 수 있다. 따라서 그의 시의 리듬은 음수율에서 다소의 변형은 있으되, 음보율에서 시조와 크게 다를 바 없다는 것이다. 다만 시조의 특성상 「벽－휴전선에」가 「북위선」에 비해 압축미가 강하다는 느낌은 부인하기 어렵다. 「북위선」은 4음보를 기본으로 한 평시조이다. 특이한 것은 초장과 중장의 4음보를 각 2음보로, 종장은 3음보로 나누어 리듬의 변형을 꾀했다는 점이다. 즉 「벽－휴전선에」는 평시조 5수를 합한 형태로 그 길이는 총 35행에 이른다. 이 역시 시조임을 감안하면 매우 길이가 긴 장시조이다. 이렇듯 이근배는 시든 시조든 스케일이 크고 호흡이 긴 작품을 생산하는 데 특별한 능력을 지니고 있다. 바로 이 점이 나라 안에서 어떤 시인도 흉내 낼 수 없는 그만의 특장이다. 이러한 특장이 기념시 창작에도 유감없이 발휘되고 있음을 본다. 주지하다시피 그는 그동안 쓴 기념시만으로 시집 한 권을 묶을 만큼 탁월한 기념시의 달인이다.

2) 어둡고 우울한 시대인식

그러나 이근배의 초기시에는 분단 현실이나 우국정신을 노래한 시만 있는 게 아니다. 어린 시절에는 6·25를, 대학 시절에는 4·19와 5·16을 겪은 그의 시에는 격변과 폭압의 시대를 견뎌야만 했던 우울한 현실인식과 역사의식이 담겨 있다. 그러나 그의 시는 이러한 폭압적인 현실에 적극적으로 맞서거나 지근거리에 있지는 않았다. 직설적인 언어가 아니라 상징적인 언어로 내면화하는 데 주력하였다. 이 점은 언제 어떠한 여건 속에서도 문학 본연의 입장을 저버리지 않은 이근배만의 시다움이라고 여기지만, 한편으로 거기에는 필시 그럴 수밖에 없는 사연이 있었을 것으로 짐작한다. 그래서 그의 초기시에는 유독 '겨울'을 배경으로 한 시가 많다. 대표작으로는 「겨울의 시력」과 「겨울 풀」, 「겨울의 들은 비어 있다」, 「겨울행」, 「겨울 자연」 등이 있다. 이는 이육사가 「절정」에서 그랬던 것처럼 만물이 움츠려 떠는 폭압의 시대를 '겨울'로 인식한 것이다.

> 우리들의 슬픈 음반은/눈이 내리는 벌판을 들려준다./바람과 나무, 그 모두가 소외된 시간의 곁에서/우리들이 엎지른 밤도 젊음도/지금은 흩어진 몇 낱의 노래다./아, 분노여/외치고만 싶은 산야에서/우리들의 내용은 무엇인가./불도 꺼진 어두운 지경에서/떨어져 우는 사랑의 미아/앓는 세계 속을 헤매는/우리들이 걷고 있는 길은 춥고 멀다./다만 외로운 피의 처분이/나부껴 오는 환상의 잎들로부터/저 눈 먼 땅의 호흡과/우리들의 욕망은 끝나지 않는다./뜨거운 목마름으로 남는다.
>
> _「광장」 전문

> 모진 바람이 불고 있는/내 불면의 밑바닥,/목마른 풀잎처럼 아픈 뿌리를 뻗고/갈망하면서 나는,/여린 목숨을 허우적거리면서 나는/어둡고 깊은 공간을 일어선다./사방에서 찢겨 흐르는/난파의 그 황량한 소리./전신으로 때리던 현은 끊기고/나는 들판에 돌처럼 누워/바람의, 어둠의 함성을 듣는다.//역사의 최후를 바라보듯이/쓰거운 눈으로 현실을 가늠하며/그러나 끝내 나약한 목숨의 나는/흩어지고 붕괴된다.
>
> _「가장 어두운 지역의 어두운 나는」 부분

「광장」과 「가장 어두운 지역의 어두운 나는」은 두 번째 시집 『노래여 노래여』에 실린 것으로 위에서 말한 어둡고 우울한 현실인식을 보여준다. 「광장」은 제목이 시사하는 바, '우리'라는 공동체적 화자를 내

세워 폭압에 맞섰던 광장의 시간을 되돌아보고 있다. 그러나 그 광장은 '눈이 내리는 벌판'과 '불도 꺼진 어두운 지경'으로 인식되고 있으며, 거기에 모였던 우리의 현재도 '흩어진 몇 낱의 노래'와 '떨어져 우는 사랑의 미아'에 불과하다. 따라서 우리들이 걷고 있는 길은 '춥고 멀' 수밖에 없다. 그럼에도 불구하고 '우리들의 욕망은 끝나지 않는다./뜨거운 목마름으로 남는다'고 함으로써 그 희망을 포기하지 않았음을 본다.

「가장 어두운 지역의 어두운 나는」은 「광장」과 달리 '나'라는 화자를 내세워 어둡고 황량한 현실에 대응하는 내면 상태를 묘사하고 있다. 이 역시 제목이 시사하는 바처럼 '나'의 내면 상태는 매우 우울하고 부정적이다. 시련과 불면의 시대를 살아가는 나는 비록 나약하지만 뭔가를 갈망하고 있다. 그러나 현실은 '난파의 그 황량한 소리./전신으로 때리던 현은 끊기고'에서 보듯이 절망적인 상황의 연속이다. 그래서 이를 극복하려고 독한 결심을 품어보지만 끝내는 '나약한 목숨'으로 되돌아온다는 것이다. 여기에서 한 가지 주목할 것은 이러한 현실 인식을 노래함에 있어 매우 상징적인 시어와 비유로 일관했다는 점이다. 바로 이 점이 당대의 다른 시인들의 시와 구별되는 이근배 시의 장점이다. 이렇듯 젊은 날에 쓴 그의 초기시는 당대의 현실에 대한 치열한 인식을 보여주고 있다.

3) 이념으로 인한 가족사의 상처

이근배의 시는 거시적인 주제나 상상력이 주조를 이루지만, 그에 못지않게 미시적이고 섬세한 개인사를 다룬 시들도 많다. 그중 하나가 이념으로 인한 가족사의 상처를 담고 있는 시들이다. 이는 소위 '빨갱이'의 유족(아들)으로 세월을 살아온 아픔이다. 이숭원은 그 내력을 시를 바탕으로 재구성하였다.

그는 충남 당진의 반가인 경주 이씨의 후손으로 태어났는데 그의 조부는 당진 일대에서 한학으로 이름이 높은 유학자였고 그의 부친은 일제 강점기 때 항일운동에 투신하여 몇 차례의 옥고를 치른 인물이다. 그의 외조부는 절의의 선비 면암 최익현의 수제자인 '장후재학사'이며 그의 모친은 그분의 셋째 딸이다. 전통과 가문을 숭상하는 가문끼리 혼약을 이룬 것이나 잘못 만난 시대 때문에 그의 부친은 전통유학의 길과는 먼 독립운동의 길을 걸었고 그의 모친은 지아비의 옥바라지로 반생을 보낸 것이다.

해방 이후 친일분자들을 그대로 행정직에 주저앉힌 미군정에 반기를 들고 항일독립운동 세력 대부분이 좌익으로 기울었던 것처럼 그의 부친도 남로당의 일원이었고 당진에서 은인자중 농사를 짓던 부친은 6·25가 나자 인공기를 찾아들고 온양으로 길을 떠난 후 지금까지 돌아오지 못하였다. 부친이 그렇게 집을 나섰을 때 시인의 나이 열한 살 국민학교 5학년 때였다.

_『종소리는 끝없이 새벽을 깨운다』 해설

인용문에서 보는 바처럼 그는 가출하여 불귀의 객이 되어버린 '남로당 일원'인 아버지 때문에 입 다문 세월을 살아왔다. 당시로서는 그 사실 자체가 남에게 손가락질 당하는 큰 죄나 다름없었기 때문이다. 지사적인 아버지의 피를 이어받은 그의 초기시가 폭압의 시대에 맞서 적극적인 저항의 언어를 쏟아낼 수 없었던 것도 어쩌면 여기에 기인하는지도 모른다.

어머니가 매던 김밭의
어머니가 흘린 땀이 자라서
꽃이 된 것아
너는 사상을 모른다
어머니가 사상가의 아내가 되어서

잠 못 드는 평생인 것을 모른다
초가집이 섰던 자리에는
내 유년에 날아오던
돌멩이만 남고
황막하구나
울음으로도 다 채우지 못하는
내가 자란 마을에 피어난
너 여리운 풀은.

_「냉이꽃」 전문

"저놈은 즈이 애비를 꼭 닮았어!"

한학도 높으셨고 당진고을이 내세우는 유림이셨던 할아버지는
큰손자인 저를 꾸짖을 때 하시는 말씀이셨지만
저는 속으로 그 말씀이 어찌나 기뻤던지요
일제 때는 나라를 되찾아 보겠다고
해방이 되고서는 좋은 세상 만들어 보겠다고
감옥을 드나들며 처자식을 돌볼 줄 모르던
할아버지의 큰아들인 저의 애비가
어린 나이에도 몹시 자랑스러웠으니까요

_「할아버지께 올리는 글월-벼루 읽기」 부분

「냉이꽃」은 두 번째 시집, 「할아버지께 올리는 글월-벼루 읽기」(이하 「벼루 읽기」)는 세 번째 시집에 실린 작품으로 둘 다 이념으로 인한 유족의 아픔과 내력을 담고 있다. 그러나 이 두 작품은 아픔을 이야기하는 방식에 큰 차이를 보여준다. 고향 마을에 핀 '냉이꽃'을 통해 화자 자신이나 어머니의 회한을 간접적으로 들려주고 있는 「냉이꽃」은 그 표현이 매우 절제되어 있다. 절제되어 있는 만큼 회한의 내용이 구

체적으로 드러나지 않는다. 다만 '어머니가 사상가의 아내가 되어서/잠 못 드는 평생', '내 유년에 날아오던/돌멩이'라는 구절을 통해서 어렴풋이 짐작할 뿐이다.

그러나 구체성이 부족한 만큼 상상력을 무한히 확대시키는 서정적 울림은 크다. 반면에 할아버지께 올리는 편지 형식을 통해 가족사의 내력을 이야기하는 「벼루 읽기」는 매우 구체적이고 사실적이다. 「냉이꽃」에서 가졌던 궁금증이 낱낱이 풀리고 있다. 그러나 그만큼 우리에게 던져주는 시적 여운은 짧다. 그렇다면 「냉이꽃」과 「벼루 읽기」의 발화 방식의 변화는 어디에서 비롯된 것일까. 그것은 일단 「냉이꽃」과는 달리 「벼루 읽기」가 편지 형식을 취하고 있다는 점에 있다. 그 근본적인 원인은 구체적인 사실을 이야기할 수 있는 시대와 없는 시대의 차이에 있다고 본다. 말하자면 시대적 여건의 차이가 발화 방식의 변화를 가져온 것이다. 비록 시적 긴장미는 떨어지지만 이와 같은 발화 방식의 변화가 후기시부터 시작되었다는 점이 이를 증명한다.

4) 고전정신의 현대적 탐색

이근배 시가 추구한 주제의 양 축은 분단 현실과 우국정신, 고전정신의 현대적 탐색 또는 계승이라고 할 수 있다. 이 두 가지 관심사는 그냥 우연히 주어진 것이 아니다. 결론부터 말한다면 이는 가족사적 환경에서 비롯된 필연의 결과로 받아들여진다. 즉, "한학도 높으셨고 당진고을이 내세우는 유림이셨던 할아버지"(「할아버지께 올리는 글월-벼루 읽기」)와 "조선왕조를 한몸으로 지키려던/거유 면암의 문하에서도/으뜸이던 장후재학사"(「다시 냉이꽃」) 외할아버지, 그리고 "일제 때는 나라를 되찾아 보겠다고/해방이 되고서는 좋은 세상 만들어 보겠다고/감옥을 드나들며 처자식을 돌볼 줄 모르던/할아버지의 큰아들인"(「할아버지께 올리는 글월-벼루 읽기」) 아버지의 영향이다. 특히 그는 "사랑방 문갑 위에/먹물이 마르지 않던 남포석 벼루와/조선백자 산수문 연적이 지금도 눈에 선"(「할아버지께 올리는 글월－벼루 읽기」)하다는 고백처럼 할아버지의 절대적인 훈육 아래서 자랐다. 따라서 그는 할아버지와 외할아버지로부터 고전적 품격을, 아버지로부터는 지사적인 애국심을 자연스럽게 이어받은 것이다. 그러니까 그의 작품세계는 선대의 정신을 이어받기 위한 일종의 뿌리 찾기와 잇기의 일환이라 해도 과언은 아닐 것이다.

다시 대정에 가서 추사를 배우고 싶다
아홉해 유배살이 벼루를 바닥내던
바다를 온통 물들이던 그 먹빛에 젖고 싶다

획 하나 읽을 줄도 모르는 까막눈이
저 높은 신필을 어찌 넘겨나 볼 것인가
세한도 지지 않는 슬픔 그도 새겨 헤아리며

시간도 스무해쯤 파지를 내다보면
어느 날 붓이 서서 가는 길 찾아질까
부작란 한 잎이라도 틔울 날이 있을까

_「부작란－벼루 읽기」 전문

우리나라의 벼루들은 압록강 기슭의 위원에서 나오는 화초석이 으뜸인데요, 녹두색과 팥색이 시루떡처럼 켜켜이 층을 이뤄서 마치 풀과 꽃이 어우러지는 것 같대서 이름이 화초석인데요, 거기 먹을 가는 돌에다 우리네 사는 모습이며 우주만물을 모두 새겨놓았는데요, 그 조각들은 사람의 솜씨가 아니라 귀신의 짓거리라고 밖에는 볼 수 없는데요, 내가 가진 그것들 중의 하나에는 열한 명의 아이들이 냇가에서 벌거숭이로 모여서 놀고 있었는데요, 삼백 년쯤 전에는 이중섭이 살았던 것인지? 고추 뻗치고 오줌 싸는 놈, 발버둥치고 앉아서 우는 놈, 개헤엄치고 물장구치는 놈, 씨름 한판 붙자고 덤벼드는 놈, 고녀석들 얼굴 표정이며 손발의 놀림이 살아서 팔딱거리는데요, 자세히 들여다보면 어린 날 동네아이들과 냇가에서 멱감던 내가 그 속에 있는 것인데요, 물가에는 가지 말거라, 외동아들 행여 명이 짧을까 걱정하시던 어머니의 목소리도 들리는데요, 어머니 세상 뜨신 지금도 나는 어머니의 말씀 안 듣고 세상의 깊은 물속에서 개헤엄으로 허우적거리고만 있는 것인데요.

_「하동(河童)」 전문

「부작란－벼루 읽기」는 두 번째 시조집에 실린 시조이고, 「하동(河童)」은 세 번째 시집에 실린 시이다. 둘 다 '벼루'를 소재로 우리 고전 정신의 현대적 탐색과 자아성찰을 잘 보여준 작품들이다. 이근배 시인은 스스로 '벼루의 황제'라고 칭할 만큼 벼루 수집광이다. 실제 그는 지금껏 수집한 800여 점의 벼루를 소장하고 있다. 또한 '벼루 읽기'라는 부제로 10여 편 이상의 시와 시조 연작을 쓸 만큼 벼루에 대한 깊은 시적 천착을 보여주고 있기도 하다. 따라서 벼루는 그에 있어서 시의 보물창고인 셈이다. 「부작란－벼루 읽기」는 '부작란'을 들여다보거나, 붓으로 '부작란'을 치면서 쓴 시조라고 짐작된다. '부작란'은 추사 김정희가 그린 유명한 난 그림으로 일명 '불이선란(不二禪蘭)'이라고도 한다. 추사는 당대에 서화에 있어서 진정한 '추(醜)의 미학'을 구현했다 할 만큼 파격적이고 실험적인 예술을 추구했던 사람이었던 바 이근배는 평소 그의 예술혼을 추앙했던 듯하다. 그래서 그는 추사의 글씨를 보고 "－이게 바로 포스트모던!"(「추사고택에 가면－벼루 읽기」)이라며 작금의 시단을 향해 일갈한 바 있다. 그런 그가 부작란을 보며 다시 추사의 유배지인 '대정'에 가고 싶은 것은 당연하다. '시간도 스무해쯤 파지를 내다보면/어느 날 붓이 서서 가는 길 찾아질까/부작란 한 잎이라도 틔울 날이 있을까' 하는 갈망을 가져보는 것 또한 당연하다. 그의 감추어둔 시적 자존이 여지없이 드러나는 시이다. 그러나 자신의 한계를 절감하며 자세를 낮춘다.

「하동」은 으뜸으로 친다는 '화초석'으로 만든 벼루에 새겨진 '열한 명의 아이들이 냇가에서 벌거숭이로 모여서 놀고 있는' 그림, 즉 '하동'을 보며 쓴 일종의 '벼루 읽기'이다. 시공을 초월하여 펼쳐지는 시인의 상상력이 기발하고 흥미롭다. '삼백 년쯤 전'에 제작되었을 벼루에 '이중섭'의 그림을 겹치더니, 다시 벼루를 자세히 들여다보며 어린 시절 멱을 감던 '나'를 떠올린다. 말하자면 민족사와 개인사가 하나로 겹쳐진 새로운 인식의 발견이다. 또 하나 흥미로운 것은 해학적인 문체이다. 마치 남에게 구어체로 조곤조곤 이야기를 들려주듯 '~데요'로 풀어가는 어법은 그 이전의 장중함과 엄격함에 비교하면 분명히 파격적이다.

3. 나오며

지금까지 살펴본 바대로 이근배는 주로 우리 민족사의 아픔과 조국에 대한 사랑, 그리고 우리 고유문화의 천착에 뜻을 두고 시작 활동을 했다. 특히 백두대간을 타고 굽이치는 듯한 거대한 상상력과 장중한 울림을 지닌 시의 미덕은 우리 시의 품격을 한 단계 고양시키는 데 충분한 기여를 했다. 따라서 시작 편수가 많고 적음은 그에 있어서 중요한 문제가 아니다. 그가 남긴 뛰어난 시편들이 그것을 상쇄하고도 남기 때문이다.

그렇다면 앞으로 그의 시는 어디로 나아갈 것인가. 그는 '시와시학상' 수상 특집 문학적 자전에서 "길을 만들기는커녕 주어진 길도 못

찾아가는 나를 호되게 채찍질해서 일으켜 세울 개벽도 내게는 올 것 같지가 않다. 시름거리며 이대로 비틀거리며 이대로 내가 쓰고 싶은 시 한 편 쓰는 날을 막막하게 서서 바라볼 뿐이다"라고 다소 비관적인 소감을 밝혔다. 이는 솔직한 고백이다. 시작은 무리한 욕심을 낼 필요도, 그리고 내서도 안 되기 때문이다. 다만 지금껏 그가 우리 민족사와 문화의 드넓은 터전에서 시의 광맥을 찾아내어 오늘의 입장으로 다시 제련했듯이, 또 시로만 이야기했던 나라 사랑을 직접 국토 기행을 통해 몸소 실천했듯이, 앞으로도 남은 시간을 지속적으로 투자해주길 바랄 뿐이다. 끝으로 못내 안타까운 한 가지가 있다면 이 전통이 단절화된 시대에서 그가 이룩한 문학적 계보를 누가 이어갈 것인가라는 점이다.

첫 시집 『황토』와 목포
_ 김지하론

1. 출생 관계와 고향 목포

이 글은 김지하의 첫 시집 『황토』에 실린 목포 관련 시편들을 시인이 스스로 밝힌 고백적 기록을 토대로 재해석함으로써 그동안 곡해되었거나 제대로 해석이 안 된 부분을 바로잡는 데 주된 목적이 있음을 밝힌다.

노겸(勞謙) 김지하(金芝河)는 1941년 목포시 산정동 1044번지에서 태어났다.[1] 본명은 영일(英一), 지하(芝河)는 필명이다. 목포 산정초등학교를 졸업하고, 목포중학교(현 목포고등학교) 1학년을 마친 1953년 12월에 아버지를 따라 원주로 이주했다. 원주중학교 2학년으로 편입해 다니던 중 천주교 원주교구의 지학순(池學淳) 주교와 인연을 맺은 뒤, 1956년 서울 중동고등학교에 입학하면서 문학의 길로 들어섰다. 1959년 서울대학교 미학과에 입학하여 4·19혁명에 참가한 뒤 학생운동에 앞장서는 한편, 1961년 5·16 군사정변 이후에는 수배를 피해 고향 목포로

---

1 지금까지 김지하의 출생 주소는 '목포시 대안동 18번지'로 알려져 있다. 그러나 목포시청 지적과에서 확인한 호적부에 따르면 '목포시 산정동 1044번지'에서 출생한 것으로 되어 있다. 그가 산정초등학교를 다녔던 사실로 미루어볼 때 앞의 주소는 거리가 멀다. 또한 이 주소는 영세 상인이었던 부친이 세 들어 장사를 했던 상가 주소이다. 따라서 그의 생가 주소는 산정동 1044번지(김지하의 증언에 따르면 당시 개펄 바닥 위에 지은 가건물이었다고 함)가 확실하다고 추정된다. 목포 유달산 뒤쪽 어민동산에 그의 시비가 세워져 있다.

숨어들어 항만이나 도로공사판 인부로 일하며 도피생활을 했다. 이 무렵 목포 오거리에서 평론가 김현과 시인 최하림을 만나 문학 청년기를 보냈으며, 1963년 『목포문학』에 「저녁 이야기」라는 시를 처음으로 발표하기도 했다. 여기까지가 그가 고향 목포에 직접 몸을 담고 살았던 기록의 전부이다. 그가 목포에서 살았던 기간은 출생하여 중학교 1학년까지 13년, 1961년부터 1963년까지 도피생활로 4년을 포함하여 약 17년에 해당한 셈이다. 결코 길다고 할 수 없는 이 기간 동안의 고향 체험은 이후 그의 문학적 정서나 정신의 밑바탕으로 자리하게 된다.

또한 목포는 김지하의 집안 선조들의 사상적 활동과 직결되어 있는 공간이다. 그의 증조부와 조부는 동학당 출신이었다. 전남 신안군 암태면 입금리 출신인 증조부는 갑오전쟁 이후 법성포 주아실이라는 은둔처에서 일정 기간 몸을 숨기고 살다가 줄포를 거쳐 김제로 옮겨가 동학당에 입문했다. 조부는 이중 신앙자로 밤에는 동학당 재건 활동과 낮에는 천주교 활동을 했으며, 기술자로 김제에서 법성포로 옮겨와 다시 목포에 정착하였다. 이들은 지금도 암태도 선산에 묻혀 있다. 외증조부는 정계에 진출하여 중앙관리가 되었으나, 천주교도이며 개화당이었던 관계로 제주도에 귀양 가서 당시 이재수의 난을 경험하기도 했다. 외조부는 해남군 상공리에서 중선배를 가지고 있었던 객주였으며 불교와 인연이 깊었다. 부친은 남로당원이었으며, 영암 월출산에 입산한 뒤 빨치산 부대를 이탈하여 방첩대에 자수한 후 그 모멸감과 굴욕감 때문에 자살을 시도했으나 실패한 후 원주로 이주하게 된다. 이렇듯 김지하의 집안은 철저하게 사상적으로 무장한 내력을 지니고 있었던 바, 이는 나중에 그의 사상이나 시적 지향성에 지대한 영향을 미치며 동시에 커다란 상처로도 각인된다.[2]

---

2 김지하 · 김선태 신년대담, 「김지하 시인에게 듣는다」, 『시와사람』 2007년 봄호.

김지하는 1969년 11월 고향 친구 김현의 도움을 받아 시 전문지 『시인』에 5편의 시를 발표하면서 본격적인 시인의 길로 들어섰다. 1970년에 발간한 『황토』는 1960년대 산업화로 척박해진 이 땅의 현실과 억압에 대한 울분과 저항의식을 드러낸 첫 시집이다.[3] 대학 시절에 쓴 시편들을 하나로 묶은 이 시집은 목포를 주요 배경으로 하고 있다. 특히 「황톳길」 등 일련의 시편들은 목포를 직접적인 소재로 취하고 있는바, 이는 무엇보다도 어린 시절의 끔찍했던 고향 체험이 기저에 깔려 있다.[4] 따라서 이 글은 김지하 시의 뿌리라고 할 수 있는 목포 관련 시편들을 목포라는 공간의 현장성과 시인 스스로의 기록을 바탕으로 살펴봄으로써 해석상의 여러 오류를 시정함은 물론 그의 초기시를 제대로 이해하는 데 보탬이 되고자 한다.

2. 목포 관련 시편들의 세계

김지하의 첫 시집 『황토』에 실린 32편의 시는 대부분 고향 목포를 무대로 창작되었다고 해도 과언이 아니다. 특히 「산정리 일기」, 「비녀산」, 「성자동 언덕의 눈」, 「용당리에서」, 「황톳길」 등 구체적인 지명을 제목으로 달고 있는 경우가 대표적이다. 이들 지명은 지금도 그대로

이 대담에서 그는 이러한 그의 집안 내력을 "아주 괴상하다"고 술회하고 있다.

3 1970년 한얼문고에서 간행된 이 시집은 1980년 당시 소위 '삐라'로 간주되어 대학생들이 몰래 타이핑하여 돌려 보던 책이다. 목포대학교 전신인 목포교육대학 도서관에서 구입하여 소장되어 오다가 1980년 신군부 정권에 의해 5 · 18 광주민주화운동이 짓밟히면서 목포대학 도서관에 보관된 다른 도서 1권과 함께 불온서적이라는 죄목으로 분서갱유를 당한 적이 있다.

4 그는 이 시집을 "대학 시절에 전라도하고 목포하고 나의 개인사를 연결시키는 민중시를 썼는데, 대표작 「황톳길」을 내 시의 출사표라 그러죠"라고 했다.

존속하고 있다.

또한 이들 5편의 시는 한결같이 1950년대 6·25 직후 목포에서 자행된 비극적인 죽음과 척박한 민중의 삶을 증언하고 있다. 이들 시는 1961년 남북학생회담 남쪽 대표 3인 중 한 사람으로 지명수배 된 그가 학업을 중단하고 목포로 도피하여 항만 인부생활 등을 하며 20대 초반의 피 끓는 젊음을 숨어 지낼 때 쓴 것이다. 그는 산문 「고행-1974」에서 목포를 "내 시의 어머니, 굽이굽이 한이 맺힌 저 핏빛 황토의 언덕들"[5]이라고 묘사하고 있다. 그는 목포를 자신의 시적 근원이요 어머니로 인식하고 있었던 것이다.

김지하의 초기시들은 모두가 비극적 현실인식과 부정정신을 담고 있다. 그런데 한 가지 주목할 만한 것은 그가 문학에 입문하던 고등학교 시절과 대학 시절 초기까지 리얼리즘보다는 모더니즘이나 초현실주의에 관심이 있었다는 사실이다. 그런 다음 조동일을 만나 비판적 리얼리즘 쪽으로 기울게 된다. 이 점에 대해 그는 다음과 같이 설명하고 있다.

> 내가 고등학교 때부터 대학 초기까지도 초현실주의 쪽이었어요. 그리고 모더니즘 영향을 굉장히 많이 받았어요. 그럼에도 불구하고 조동일이 나에게 어떤 새로운 민족시의 가능성을 보고 자꾸 꼬드겼어요. 그런데 이상하게도 시는 초현실주의적으로 쓰면서 미학과에서 전공한 것은 리얼리즘 미학이야. 그리고 비판적 실재론이 나와요. 그런데 리하르트 하트만이라는 사람은 소위 칸트 식의 주관주의하고 헤겔 식의 실재론과 객관주의를 종합했죠. 그래서 비판적 리얼리즘, 그러니까 추상성과 관념성 또는 초현실주의의 초월성을 리얼리즘에 결합하는 미학적 주류가 하트만이에요. 내가 그걸 전공했어요. 그러니

---

5 김지하, 「고행-1974」, 「동아일보」, 1975년 2월 25~27일 자.

까 나중에 이게 결합하면서 초기시에서부터 점점 초월적인 것이라든지 서정적이라든지 하는 것들이 내 시에 많이 깔리게 되죠. 그러니까 이상하다 그러지요. 그 이전의 초기시라고 볼 수 있는 「저녁 이야기」는 그래도 쉬운 계통이었죠.[6]

접시에 흙을 담았다
가락지는 흙 속에
저녁 속에
있다.

나무는 말을 안 한다
말은 기일게 길을 달리며
누군가의 입술은
움직이다 말 것이다.

접시가 깨어진 것은
줄 간, 무너진 돌기둥 밑이나
바위 밑 접시 쪽 깨어진 한 모서리
내 지문(指紋)은 있다.

우리는 너무나 기인 목의 춤을 추지만
흰 길이 고사리 까맣게 피울지도 모른다.
아마도 달이 뜨면
네가 네 손을 내게 빈틈없이만 준다면

또한
그것은

---

6 김지하 · 김선태, 앞의 신년대담 참조.

아마
아주 鑛石인지도 모른다.

허나
차디찬 너의 얼굴, 허나
허나 네 입술은 퍼어런 금이 많음을
나무는 또한 말을 안 한다.

겨울이 하나씩
분홍빛 거울 속을 지나가지만
그렇게도 가지만
나무는 또한 말을 안 한다.

기인 말울음 끝에 뜨는 달
달빛으로 그리인 접시에
차라리 붉은 접시에
흙을 담지만

흰 모시옷, 내가 쓰러지고 저녁에는
가락지와 이제
접시는 이제
없다.

_「저녁 이야기」 전문

이 시는 그가 문청시절인 1963년 『목포문학』에 '김지하(金之夏)'란 이름으로 처음 발표한 것으로 초기에 추구한 초현실주의적인 특징을 강하게 내포하고 있다. 말하자면 그가 앞의 인용문에서 언급한 비판적 리얼리즘, 즉 '추상성, 관념성 또는 초현실주의의 초월성을 리얼리즘에 결합하는 미학' 이전의 시에 해당한다고 볼 수 있다. 그래도 그는 이 시가 '쉬운 계통'에 속한다고 했지만, 사실성이 배제된 채 추상성·관념성·초월성이 뒤섞여 있어 아무리 꼼꼼히 읽어보아도 제대로 의미 파악을 하기 어렵다. 그가 시집 『황토』의 「후기」에 "우리들의 의식은 가위눌려 있다. 반은 잠들고 반은 깬 채, 외치려 하나 외쳐지지 않고, 결정적으로 깨어나고자 몸부림치나 결정적으로 깨어나지질 않는다"라고 썼듯이 깨어지거나 닫혀 있고 묻혀 있는 상황, 그러나 말을 할 수 없는 암담하고 답답한 상황만 어렴풋이 감지될 뿐 '접시', '흙', '가락지', '저녁', '나무', '입술', '광석', '겨울', '달', '흰 모시옷' 등 무수히 난무하는 이미지들의 상관관계와 '흰'과 '분홍'과 '붉은'이 수식하는 색채의 대비를 무엇이라고 명쾌하게 해명하기가 불가능하다.[7]

말하자면 전형적으로 난해한 초현실주의적 특성을 지니고 있다. 소위 민중시, 저항시를 썼던 김지하의 작품이라고 보기에는 너무나 이질적인 속성을 갖고 있는 것이다. 그러나 그의 초기시를 면밀히 읽어보면 일반 민중시와는 달리 이러한 추상성과 관념성, 초월성이 일정 부분 섞여 있음을 부인하기 어렵다. 바로 이것이 김지하 자신이 말한 비판적 리얼리즘 미학에 입각한 그만의 어법인 것이다. 따라서 그의 시를 단순히 리얼리즘 계통으로 받아들여서는 안 된다는 결론이 나온다. 다시 말해 그의 비판적 리얼리즘의 시들은 초현실주의의 기반 위에서 탄생했음을 유념하면서 초기시를 읽을 필요가 있다.

김지하가 초기시를 발표할 당시는 정치적으로 매우 암울한 시기였다. 그는 박정희 정권의 '경제성장정책'에 대한 모순을 예리하게 파악하여 이를 강하게 부정했다. 박정희 정권은 '조국 근대화'를 내세우며 서구 자본주의 또는 일본의 발전 모델을 기반으로 국가주도의 강력한

---

7 지금껏 이 시를 해석한 경우는 전무하다.

경제성장정책을 폈다. 하지만 '중단 없는 전진'을 추구하며 내세운 경제개발은 실상 정치적 독재와 표리를 이루고 있었고, 무엇보다도 도시와 농촌의 양극화와 빈부 격차의 심화, 특권층의 부패와 지배로 얼룩졌다고 할 수 있다.[8]

특히 첫 시집 『황토』에 실린 시편들이 창작된 1960~1970년대 초반에는 박정희 정권의 유신에 맞서 학생과 지식인 집단이 중심이 되어 민주화를 향한 열망을 부르짖던 시기였다. 그리고 강압적인 경제개발정책으로 삶의 터전을 상실한 농민들 대다수가 도시로 유입되던 농촌해체 과정의 시대였다. 또한 겉으로 보이는 경제정책의 성공은 그 이면에 정치적 억압과 함께 도시와 농촌의 불균형 성장을 담고 있어 사회문화적으로도 큰 문제와 위험성을 안고 있었다. 당시의 산업화 정책은 철저히 도시 중심적이었으며, 이에 따른 도시의 급속한 성장은 농민들에게 도시에 대한 환상과 동경을 심어주기에 충분했다. 이로 인해 서울로 올라온 농민들은 거대한 도시빈민층을 형성했고, 기존의 도시빈민들과 함께 노동력 과잉의 불균형 현상을 초래하여 저임금의 노동력 착취구조를 더욱 공고히 하고 있었다.

김지하는 이렇게 어둡고 암담한 현실을 죽음, 즉 생명의 상실로 인식하게 된다. 그리고 생명 상실에 대한 절망감은 극에 달한다. 특히 시집 『황토』에는 죽음을 묘사한 시들이 널려 있다. 이러한 죽음의 이미지들은 우리 민족의 역사적 한의 모습을 담고 있다.

그러면 이러한 시대적 배경에 대한 인식을 바탕으로 『황토』에 실린 목포 관련 초기시 5편을 「황톳길」, 「비녀산」, 「성자동 언덕의 눈」, 「산정리 일기」, 「용당리에서」의 순서로 읽어보자.

---

8 김동춘, 「1960~1970년대 민주화 운동세력의 대항이데올로기」, 역사문제연구소편, 『한국 정치의 지배이데올로기와 대항 이데올로기』, 역사비평사, 1994, 228~229면.

황톳길에 선연한/핏자욱 핏자욱 따라/나는 간다 애비야/네가 죽었고/지금은 검고 해만 타는 곳/두 손엔 철삿줄/뜨거운 해가/땀과 눈물과 모밀밭을 태우는/총부리 칼날 아래 더위 속으로/나는 간다 애비야/네가 죽은 곳/부줏머리 갯가에 숭어가 뛸 때/가마니 속에서 네가 죽은 곳/밤마다 오포산에 불이 오를 때/울타리 탱자도 서슬 푸른 속니파리/뻗시디 뻗신 성장처럼 억세인/황토에 대낮 빛나던 그날/그날의 만세라도 부르랴/노래라도 부르랴

대삷에 대가 성긴 동그만 화당골/우물마다 십 년마다 피가 솟아도/아아 척박한 식민지에 태어나/총칼 아래 쓰러져간 나의 애비야/어이 죽순에 피는 물방울/수정처럼 맑은 오월을 모르리 모르리마는

작은 꼬막마저 아사하는/길고 잔인한 여름/하늘도 없는 폭정의 뜨거운 여름이었다/끝끝내/조국의 모든 세월은 황톳길은/우리들의 희망은/낡은 짝배들 햇볕에 바스라진/뻘길을 지나면 다시 모밀밭/희디흰 고랑 너머/청천 드높은 하늘에 갈리는/아아 그날의 만세는 십 년을 지나/철삿줄 파고드는 살결에 숨결 속에/너의 목소리를 느끼며 흐느끼며/나는 간다 애비야/네가 죽은 곳/부줏머리 갯가에 숭어가 뛸 때/가마니 속에서 네가 죽은 곳.

_「황톳길」 전문

김지하 시의 출사표로 불리는 이 시의 무대는 목포의 '부줏머리 갯가', '화당골', '오포산'이다. 먼저 '부줏머리 갯가'는 하당 신도시 옥암동에 있는 '부주산의 바닷가'를 말한다. 지금은 아파트단지가 들어섰지만 1990년대 후반까지만 해도 '당가두'라는 작은 갯마을이 있었다. 하당 신도시도 1980년대 후반까지는 숭어가 뛰노는 바다였으며, 물이 빠지면 광활한 개펄이 펼쳐졌다. 또한 부주산 골짝은 6·25 당시 좌익과 우익들이 서로를 죽이는 살육의 현장이었다. 그래서 지금도 화장터

와 공동묘지가 있다. '화당골'[9]의 '화당'은 지금의 '하당'을 가리키는데, 신시가지가 들어서기 전까지는 대숲이 있는 작은 섬이었다. '오포산'은 정오를 알리기 위해 오포를 쏘았던 유달산 앞 노적봉 부근을 지칭한다.

이렇듯 이 시는 지명과 그에 얽힌 역사적 사실을 제대로 알고 나서야 해석이 가능하다. 그러나 현지인이 아니라면 이에 대한 정확한 해석이 불가능하다. 그래서 지금껏 이 시에 나오는 지명이나 시어를 엉뚱하게 해석한 경우가 많았다. 이는 바로잡아야 마땅하다고 할 것이다.

이 시는 시적 화자의 소명이 '아버지 찾기―아버지와 하나 되기'에서 출발하고 있다. 시적 화자는 '길고 잔인한', '폭정의 뜨거운 여름' 속에 있다. 그곳은 '작은 꼬막'이 아사하고, '낡은 짝배들'이 바스라지고, '모밀밭'이 메말라 '희디흰 고랑'을 드러내는 죽음의 땅이다. 그는 이러한 절박한 상황에서 '애비'가 죽은 곳으로 향해 있는 '황톳길'을 떨쳐나선다. 따라서 시적 화자에게 '애비'는 삶의 좌표이며 지향점이다.

이 시의 중심부를 가로지르는 '나는 간다'의 반복은 '애비'를 향한 화자의 직선적 행보의 속도감을 배가시킨다. 그렇다면 여기에서 '애비'의 실체는 무엇인가. 애비는 '척박한 식민지에 태어나/총칼 아래 쓰러져간 나의 애비야'에서 암시되듯 압제와 외세를 향해 싸웠던 이 땅의 민족적 민중항쟁의 주체이다. 따라서 황톳길을 떨쳐나서는 그의 행보는 '애비'가 저항하던 척박한 역사 현실과 '폭정의 뜨거운 여름'으로 표상되는 오늘날의 시대상이 동일하다는 인식과 아울러 민족·민중 변혁운동의 현재적 계승의 의미를 지닌다.[10]

---

9 이 지명은 목포 출신 소설가 천승세의 단편 「화당리 솟례」에서도 나온다.

10 「황톳길」에 대해 김지하는 "대표작 「황톳길」이 내 시의 출사표라 그러죠. 목포문학은 내 삶에 있어서 메타포 형식으로 한다면 '핏빛 흙'이에요. 나는 그 당시 황토가 누렇지 않고 핏빛인 것은 수많은 사람들의 피가 스며들어서 빨개진 게 아닌가, 그렇

다시 말해 '황톳길'의 의미는 식민지 시대의 억압이 그대로 이어지고 있는 황폐한 땅이자 동족상잔의 비극이 자행되었던 죽음과 한의 장소이다. 이러한 길을 그대로 따라가는 것이 아니라 그 역사를 기억하며 '나는 간다'라고 한다. 이것은 새로운 저항과 투쟁의 의지를 보여주는 부분이라고 할 수 있다.

또한 이 구절은 현재의 '나'를 규정하는 과거사에 수동적으로 적응해가는 것이 아니라, 그 주어진 여건들을 능동적으로 선택하고 결정하는 자율적인 자기결정의 과정을 보여주고 있음을 의미한다. 김지하의 증조할아버지와 할아버지가 동학군이었으며, 아버지는 인공 때 영암 월출산에서 활동했던 빨치산의 일원이었음은 이미 서두에서 밝힌 바 있다.

무성하던 삼밭도 이제
기름진 벌판도 없네 비녀산 밤봉우리
외쳐 부르던 노래는 통곡이었네 떠나갔네.

시퍼런 하늘을 찢고
치솟아 오르는 맨드라미
터질 듯 터질 듯
거역의 몸짓으로 떨리는 땅
어느 곳에서나 어느 곳에서나
옛이야기 속에서는 뜨겁고 힘차고
가득하던 꿈을 그리다
죽도록 황토에만 그리다
삶은 일하고 굶주리고 병들어 죽는 것.

게 생각했어요. 그게 상징성이 있다고 생각합니다. 거기서 선조로부터 시작된 해방투쟁이 자손에게 전승된다는 것이죠"라고 말하고 있다.

삶은 탁한 강물 속에 빛나는
푸른 하늘처럼 괴롭고 견디기 어려운 것
송진 타는 여름 머나먼 철길을 따라
그리고 삶은 떠나가는 것.

아아 누군가 그 밤에 호롱불을 밝히고
참혹한 옛 싸움에 몸 바친 아버지
빛바랜 사진 앞에 숨죽여 울다
박차고 일어섰다
입을 다물고
마지막 우러른 비녀산 밤봉우리
부르던 노래는 통곡이었네 떠나갔네
무거운 연자매 돌아 해가고
기인 그림자들 밤으로 밤으로
무덤을 파는 곳
피비린내 목줄기마다 되살아오르고
낡은 삽날에 찢긴 밤바람
외쳐대는 곳.

여기
삶은 그러나
낯선 사람들의 것.

_「비녀산」 전문

이 시의 무대인 '비녀산'은 현재 목포대학교 목포캠퍼스 뒷산을 가리킨다. 생김새가 머리에 꽂는 비녀와 같다고 해서 생긴 이름이다. 목포사람들은 이 산을 '양을산'이라고도 부르며, '유달산', '유방산' 등과 함께 목포의 3대 명당으로 꼽고 있다. 그러나 이곳 역시 한국전쟁 무렵 살육의 현장이었다고 한다. 다음의 기록이 이를 생생하게 증언하고 있다.

> …… 사잣밥을 주워 잡수시던 할머니의 갈퀴 같은 손. 굶어죽은 내 조카 진국이의 시체를 묻으며 뻘밭에 이마를 찍으시던 외할아버지의 통곡, **대창을 휘두르며 비녀산을 내려오던 뚜쟁이의 그 핏덩어리 같은 두 눈, 생매장당한 아버지를 찾기 위해 캄캄한 밤, 송장들마다 들치며 소리 죽여 울던 창남이의 모습**. 그 고향에 나는 수갑을 찬 모습으로 돌아온 것이다.[11]

이 시는 한국전쟁 중 목포에서 반공 이데올로기로 인해 같은 이웃끼리 피투성이의 보복이 자행되어 죽임을 강요당할 수밖에 없었던 현대사의 비극을 표현하고 있다. '무성한 삼밭'과 '기름진 벌판' 그리고 '노래'가 들려오는 곳, '무거운 연자매를 돌려도' 착취당하지 않는 조화로운 질서가 보장되는 삶의 터전은 꿈속에서나 그려볼 뿐 현실은 삶의 기반이 되지 못하는 결핍의 땅이다.

이런 현실의 어긋남은 생명의 피흘림, 곧 살아 있는 것의 죽음이라는 극단적인 양상으로 표현된다. 즉 도시화가 진행되면서 많은 사람들이 허구적 근대화가 제공한 자본주의적 환상을 좇아 비자발적 임금 노동자가 되는 것이다. 즉 근대화 과정에서 급속히 진행된 도시화는 '밤으로 밤으로 무덤을 파는' 그 어떠한 전망도 기대할 수 없는 죽음의 시공간화를 뜻한다. 다시 말해 도시 이주민들에게 '비녀산'은 이제 '낯선 사람들의 것'일 수밖에 없다. 민중에게 현실은 삶의 기반이 무너지고 파괴당하며 생존을 위협받는 모진 세상이다. '참혹한 옛 싸움에 몸 바친 아버지'는 동학란에 참여하였거나 인공 때 이념분쟁으로 희생당

---

11 김지하, 「고행-1974」 중. 진한 글씨는 필자이다.

한 자들을 의미하는 듯하다. 옛이야기 속에서는 동학군이나 빨치산 아버지처럼 뜨겁고 힘찬 반역의 거센 몸부림이 있었지만 화자는 그 사진 앞에서 숨죽여 울 수밖에 없다. 그만큼 시적 화자의 현실인식은 비극적이며 그에 따른 절망은 깊다.

지금도 너는 반짝이느냐
성자동 언덕의 눈
아득한 뱃길 푸른 물굽이 굽이 위에
하얗게 날카롭게
너는 타느냐

산 채로
산 채로 묻힌 붉은 흙을 해치고
등에 칼을 꽂은 채 바다로 열린 푸른 눈
썩은 보리와 갈리진 논바닥이 거기서 외치고
거기서 나의 비탄은 새파란
불꽃으로 변한다 너는 타느냐

마주한 저 월출산 아래 내리는
저 용당리 들녘에 내리는 은빛
비행기의 은빛 비늘의 눈부심, 독함 눈부심 위에
아아 푸른 눈
침묵한 아우성의 번뜩임이 거기서 타느냐
지금도 너는 반짝이느냐
성자동 언덕의 눈
하얗게 날카롭게 너는 타느냐.

_「성자동 언덕의 눈」 전문

'성자동 언덕'은 지금의 목포교회가 들어선 언덕으로 신도심과 구도심을 연결하는 백년로 사거리 일대를 가리킨다. 입암산과 연결되어 있는 이 야트막한 산줄기에 오르면 바다 건너 영암 월출산과 영암군 삼호면 용당리의 목포비행장(지금은 폐쇄됨)이 한눈에 들어온다.[12] 이곳 역시 한국전쟁 무렵 살육의 현장이었다.

> 그 큰 달! 그 달은 그보다 몇 달 전 어느 날 밤에도 떠 있었다. 그 달을 바라보며 내 단짝친구였던 창복이 어머니가 실성한 듯 울부짖고 있었다. "느그 아부지 왼쪽 발목 복숭씨 밑에는 큰 혹이 있어야! 그 혹만 찾으면 되어야!"
>
> 6·25 직전 목포형무소탈옥사건 때다. **창복이 아버지는 좌익간부로 이 사건에 연루돼 영산강 가의 성자동 언덕에서 바로 그날 낮에 생매장당한 것이다.** 어머니는 창복이와 마침 놀러갔던 나에게 아버지의 신체적 특징을 알려주며 송장을 찾아오라고 울부짖고 있었던 것이다.[13]

그런데 '성자동 언덕의 눈'에서 '눈'의 해석을 두고 논란이 분분하다. '눈[目]이냐, 눈[雪]이냐'부터, '눈이 성자동 언덕의 흰 바위를 가리킨다'느니, 당시 목포 앞바다에서 뛰노는 흰 고래를 가리킨다는 등 무수한 상상이나 억측이 있다. 그러나 이 시에서 '성자동 언덕의 눈'이라 함은 어떤 구체적인 물체를 가리킨다기보다는 분노와 반역의 정신으로 '하얗게 날카롭게' 타는 시적 화자의 의식이 반영된 눈이거나, 온갖 고난의 역사와 척박한 삶을 살다 참혹하게 죽은 민중들의 저항과 울분에 찬 눈빛이라고 할 수 있다. 보다 정확히 말하면 위의 인용문에서도

---

12 1970년대까지만 해도 성자동 언덕배기에 오르면 멸치나 꽁치 떼를 쫓는 밍크고래가 목포 앞바다를 거쳐 나불도 내륙까지 올라왔다고 한다.

13 김지하, 「나의 회상-모로 누운 돌부처」, 「동아일보」, 1991 참조. 진한 글씨는 필자이다.

나타나듯이 한국전쟁 무렵 성자동 언덕에서 생매장된 민중들의 한스러운 눈빛이라고도 할 수 있다. 왜냐하면 '너'는 '성자동 언덕의 눈'을 가리키는데, 그것이 '등에 칼을 꽂은 채 바다로' 열려 있거나 '침묵한 아우성의 번뜩임'의 주체가 될 수는 없기 때문이다. 이 시는 시인이 '6·25 직전'인 어린 시절에 성자동 언덕에서 겪었던 끔찍한 기억을 바탕으로 쓴 것이다.

시적 화자는 성자동 언덕에 올라 '반짝이느냐', '타느냐'를 끊임없이 묻고 있다. 이는 '산 채로 묻힌 붉은 흙을 해치고/등에 칼을 꽂은 채 바다로 열린' 생매장된 이의 한스러운 넋이 혹은 분노에 찬 눈빛이 지금도 계속되고 있느냐를 묻고 있는 것이다. 그러면서 시적 화자는 '거기서 나의 비탄은 새파란/불꽃으로 변한다'라고 말함으로써 그 죽임을 당한 이들의 한과 분노에 찬 '푸른 눈빛'과 동조를 꾀하고 있는 것이다. 따라서 이 시 역시 「황톳길」이나 「비녀산」과 마찬가지로 참혹했던 역사와 비극적 현실을 증언하고 있다고 해야 할 것이다.

> 나를
> 여기에 묶는 것은 무엇이냐
> 뜨거운 햇발 아래 하얗게 빛날 뿐
> 고여 흐르지 않는 둠벙 속에 깊이 숨어
> 끝끝내 나를 여기에 묶는 것은 무엇이냐.
>
> 눈부신 붉은 산비탈
> 간간이 흔들리는 흰 들꽃들조차
> 가까이 터지는 남포 소리조차 아득히 멀고
> 흙에 갇힌 고된 노동도 죽음마저도
> 나를 일깨우지 않는다.

흐린 불빛이
가슴을 누르는 소주에 취한 밤
목쉬인 노래와 칼부림으로 지새우는 모든 밤
뜬눈으로 지새우는 알 수 없는 몸부림에
기어이 나를 묶는 것은
아아 무엇이냐 무엇이냐
깨어 있지도 잠들지도 않는
끝없는 소리 없는 이 어설픔은 무엇이냐.

밤마다 취해서 울던
붉은 눈의 海州 영감은 죽어버렸다
열여섯 살짜리 깨곰보도
취한 채 잠을 이루지 못한다.

어디에 와 있는 것이냐
나는 살아 있는 것이냐
무딘 느낌과 예리한 어둠이 맞서
섞이지 않는다 부딪히지도 않는다
또다시 시퍼런 새벽이 온다.

남포가 터진다
흙차가 돌아간다
나는 흙 속에 천천히 깊숙히
대낮 속에 새하얀 잠의 늪 속에 빠져들어간다
이것이 대체 무엇이냐.

_「산정리 일기」 전문

이 시에 나오는 '산정리'는 지금의 목포 '산정동' 일대를 가리킨다. 당시 그 일대에는 채석장이 있었다고 한다. 이 시는 그가 지명수배 되어 목포에서 숨어 지낼 무렵인 1961년 5·16 직후에 창작된 것이다. '남포 소리'가 터지는 '산정리'는 당시 그가 노동을 하던 현장이다. 지명수배를 피해 고향에 숨어든 그는 매일 밤을 노동자들과 함께 '소주'와 '목쉬인 노래'와 '칼부림'으로 지샌다. 군사독재 정권이 들어선 이 땅의 암울한 상황을 멀리하고 고향 땅에 숨어 있을 수밖에 없는 그의 참담한 의식을 점령하고 있는 것은 비관과 절망과 죽음이다. 그러한 상황을 그는 '고여 흐르지 않는 둠벙 속', '깨어 있지도 잠들지도 않는/끝없는 소리 없는 이 어설픔', '무딘 느낌과 예리한 어둠이 맞서/섞이지 않는다 부딪히지도 않는다', '흙 속에 천천히 깊숙히/대낮 속에 새하얀 잠의 늪 속에 빠져들어간다'고 표현하고 있다. 그리고 이 시에서도 죽음은 이어진다. '밤마다 취해서 울던/붉은 눈의 海州 영감은 죽어버렸다'가 그것이다. 이는 척박한 삶을 이기지 못한 노동자의 죽음이다. 또한 그는 그 무기력하고 절망적인 상황 속에서 청춘의 독주를 마시며 '기어이 나를 묶는 것은/아아 무엇이냐 무엇이냐', '나는 살아 있는 것이냐'고 끊임없이 자문한다. 당시 그를 암울한 고향에 묶는 것이 무엇이었을까. 그야 당연히 군사독재의 서슬 퍼런 칼날일 터이다.

> 용당리에서의 나의 죽음은
> 출렁이는 가래에 묻어올까, 묻어오는
> 소금기 바람 속을
> 돌 속에서 흐느적거리고 부두에서
> 노동자가 한 사람 죽어있다
> 그러나 나의 죽음
> 죽음은 어디에,
>
> 무슨 일일까 신문지 속을 바람이 기어가고
> 포래포래마다 반짝이는 내 죽음의

흉흉한 남쪽의 손금들 수군거리고
해가 침몰하는 가래의 바다 저 끝에서

단 한번
짤막한 기침 소리 단 한번.
그러나 용당리에서의 나의 죽음은
침묵의 손수건에 묻어올까
난파와 기나긴 노동의 부두에서 가마니 속에
노동자가 한 사람 죽어있다
그런데 무슨 일일까
작은 손이 들리고
물 위에서 작고 흰 손이 자꾸만
나를 부르고.

_「용당리에서」 전문

이 시에 나오는 '용당리'는 목포 앞바다 건너편에 있는 지금의 영암군 삼호읍 용당리 선착장 일대를 가리킨다. 용당리 선착장은 1980년대 초반 영산강하구언(榮山江河口堰)이 놓이기 전까지 영암, 강진, 해남 등지의 사람들이 철선을 타고 목포를 오가는 중요한 길목이었고 부두 노동의 현장이었다. 지금은 영산강하구언에 도로가 개설됨으로써 선착장의 기능이 거의 상실됐다.

이 시 역시 김지하가 지명수배 되어 목포에서 숨어 지낼 무렵인 1961년의 암울한 상황에서 창작된 것으로 볼 수 있다. 당시 병으로 몸과 마음이 피폐해진 김지하는 어느 날 소위 '땅끝'으로도 불리는 용당리 선착장에 내려 노동자의 죽음을 목격함과 동시에 자신의 죽음을 묻고 있다.

> 내 나이 스물한 살 때, 그러니까 5·16이 나던 해 고향 목포와 그 언저리를 한 푼 없는 빈털터리 떠돌이로 돌아다니고 있었다. 온 세상에 뜻을 잃고 몸은 지쳐서 때론 피를 뱉으며 대낮에도 식은땀을 줄줄 흘리며 이곳저곳을 무작정 흘러 다녔다. 목포 거리도 유달산도 하늘빛마저도 내게는 적의를 가득 품은 낯선 사물처럼 느껴지고, 돌담 너머 석류, 칸나 등 꽃들의 붉은 빛은 아득히 머나먼 시간의 저편에서 풀기 힘든 암호를 보내오는 듯 낯설기만 했다. 그 무렵 어느 날 목포 부두 연락선 선착장에서 '땅끝행'이라는 글씨를 보았다.
>
> 땅끝이라! 그렇다. 나는 땅끝에 와 있구나. 그곳이 어딘지도 확실히 모른 채 땅끝이라는 지명에 일치해 들어가는 내 마음속의 망연한 절망감을 느끼고 있었다.
>
> 땅끝이라! 그곳은 어떤 곳일까? 내 마음의 끝, 세계의 끝, 내 방황의 끝, 내 삶의 끝이 목포 앞바다, 그 똥 덩어리 둥둥 떠다니는 시꺼먼 바다 저편에서 내게 손짓하는 것 같았다. 그래, 가자! 땅끝으로 가자! 가서 끝내버리자! **그러나 내가 간 곳은 겨우 용당반도 끝이었고, 그 스산한 시아 바다 물결 속에서 내 서투른 자살 기도는 결국 실패했고, 시 한 편만이 뒤에 남았다.**[14]

이 시에서의 관심사는 노동자의 죽음과 나의 죽음의 대비이다. 노동자의 죽음은 '난파와 기나긴 노동'에 의한 것으로 당시 척박한 민중들의 현실을 반영한다. 그러나 '나'의 죽음은 피폐해진 심신과 세상에 대한 절망감으로 인한 자살 충동에서 비롯된 것이다. 그 절망감과 무기력은 앞에서 살핀 「산정리 일기」와 동궤라고 볼 수 있다. 하지만 그의 죽음은 '출렁이는 가래', '흉흉한 남쪽의 손금들', '물 위에 작고 흰 손'에서 그 징후를 읽을 수 있을 뿐 실재하지는 않는다. 앞의 인용문에 따른다면 '그 스산한 시아 바다 물결 속에서 내 서투른 자살 기도는

---

14 김지하 수상록, 『살림』, 동광출판사, 1987, 14~16면. 진한 글씨는 필자이다.

결국 실패했고, 시 한 편만이 뒤에 남'은 것이다. 따라서 이 시는 당시의 척박한 노동 현실을 증언한 시라기보다는 절망감에 사로잡힌 시인 자신의 죽음을 내비친 것으로 보아야 더 타당하다고 할 수 있다.

김지하의 첫 시집 『황토』에는 구체적인 지명이 나오는 시 5편 외에도 1960년대 말 산업화 과정에서 어쩔 수 없이 도시로 떠나야 했던 이 농민들의 아픔을 노래한 「서울길」과 더 큰 싸움의 세계로 나아가기 위해 지명수배 시절 무기력과 절망감에 사로잡혀 있었던 고향 목포와 과감히 결별하며 쓴 「결별」이 추가되어야 하지만, 여기에서는 생략한다.

3. 글을 마치며

지금까지 살핀 바대로, 김지하에게 고향 목포는 시의 출발점이자 어머니로 자리하고 있다. 특히 첫 시집 『황토』의 무대는 목포라고 해도 과언이 아닐 만큼 불가분의 관계에 놓여 있다. 따라서 당시 목포가 안고 있었던 역사적 상황과 배경, 목포의 구체적인 지명과 거기에 얽힌 이야기 등을 모르고서는 시집 『황토』를 제대로 해석했다고 볼 수 없다. 지금껏 분분했던 해석상의 오류가 이를 증명한다. 여기에서는 목포 현지인으로서의 견해와 김지하 시인의 고백적 기록을 토대로 이들을 재해석하고 바로잡는 데 주력했다.

1960년대를 배경으로 하고 있는 첫 시집 『황토』는 비극적 현실인식과 부정 정신을 담고 있다. 그중에서도 5편의 목포 관련 시편은 모두가 죽음을 다루고 있는데, 한국전쟁 중 이념분쟁으로 인한 이웃들끼리의 처참한 살육이 지배적이다. 그는 이렇게 어둡고 암담한 현실을 죽음, 즉 생명의 상실로 인식하게 된다. 그리고 생명 상실에 대한 절망감은 극에 달한다.

그러나 차후 이 '죽임'을 하나의 이데올로기적 실체로 고착화하지 않고, 이를 극복하는 차원에서 생명의 세계에 대한 천착, 즉 '살림'으로 반전시키는 역동성을 보여준다. 1980년대의 『애린』 연작 이래 『별밭을 우러르며』, 『중심의 괴로움』, 『화개』 그리고 『대설 남』 등을 통해 그가 일관되게 추구하고 있는 생명의 본성과 실체에 대한 탐색이 여기에 해당한다. 이러한 문학적 변모는 죽임의 세력에 대한 직접적인 응전과 저항의 대립 구도에서 죽임의 세력까지도 순치시켜 포괄하는 생성과 살림의 문화를 향한 보다 근원적이고 본질적인 단계로 심화하여 확대한 것으로 파악된다. 이것이 '생명사상'으로 집약할 수 있는 김지하 시의 본질이다. 따라서 그의 생명사상은 첫 시집 『황토』의 절망과 죽음을 딛고 태어났으며, 그 연장선상에 자리하고 있다.

남도의 서정과 운율
_ 송수권론

1. 들어가며

운문과 산문은 '리듬(가락, rhythm)'의 유무에 따라 구분된다. 더욱이 '서정시(lyric poem)'에서 '리릭(lyric)'의 어원이 현악기의 일종인 '라이어(lyre)'에서 유래한 점만 보아도 음악과 불가분의 관계를 맺고 있음을 알 수 있다. 우리 고전문학에서도 시를 '시가(詩歌)'라고 하여 노래와 분리시키지 않는다.

그러나 근대 이후 이러한 인식의 틀은 점차 변화를 겪게 되었다. 현대시가 듣는 시에서 보는 시로 바뀌었다든지, 서정시에 대해 "음악 수반이 더 이상 의무조항이 아니"[1]라든지, 시는 노래의 체계에서 비평의 체계로 넘어왔다는 말들이 그것이다. 더욱이 1980년대 이후 우리 현대시는 급격한 해체화·산문화·요설화 경향으로 치닫고 있다. 그래서 서정시의 기본에 충실하게 쓴 시들을 흘러간 유행가쯤으로나 여기는 풍토가 우리 시단에 만연해 있다. 전통 서정시는 더욱 그러하다.

이러한 현대시의 변모 양상은 어쩌면 불가피한 것인지도 모른다. 시의 개성이나 독창성, 성실성은 기존의 질서, 즉 적격을 파괴하는 데서 비롯하기 때문이다. 다시 말하면 현대시는 모방이나 계승보다는 창조를, 관습이나 지식보다는 주관성이나 체험을 그 가치 기준으로 삼고

1 김준오, 『시론』 제4판, 삼지원, 2000, 19면.

있다. 이는 비단 시뿐만 아니라 모든 예술 장르의 공통된 속성이라고 할 수 있다.[2]

그러나 지나친 변모로 인한 부작용도 간과할 수 없다. 우선 전통성의 단절에 대한 우려이다. 한 나라의 고유한 문학적 전통은 그 나라만의 문학적 변별력이나 독창성을 나타내는 소중한 자산이자 척도이다. 따라서 모든 문학적 변모는 전통을 바탕으로 이루어져야 바람직하다. 전통의 계승이라 함은 옛것의 답습이 아니라, 옛것의 바탕 위에서 새로운 어떤 것을 만들어낸다는 뜻이다. 그러니까 전통의 창조라는 말 속에는 수용과 변화의 의미가 동시에 포함되어 있다. 중요한 것은 그 변화를 뿌리까지 훼손해서는 안 된다는 점이다. 하지만 최근 우리 시단에는 우리의 문학적 전통을 내팽개친 외래의 문학적 경향이 판을 치고 있다.

다음으로 시와 독자와의 간극을 더욱 벌어지게 한다는 점이다. 오늘날의 독자들은 시를 읽지 않는다. 무엇보다도 먹고살기에 바쁘기 때문이다. 게다가 영상매체의 급속한 발달로 인해 문자를 매체로 한 문학의 입지는 점점 좁아지고 있다. 그래서 시의 독자는 시를 쓰는 시인 자신들뿐이라는 자조 섞인 이야기까지 나온다. 그러나 독자들이 시를 읽지 않는 배경에는 이러한 외적 요인만 있는 것은 아닌 듯하다. 최근의 시적 경향 자체에도 문제가 있다는 이야기다. 어렵고 재미가 없다거나, 리듬이 없고 길어서 도대체 낭송하거나 읽을 맛이 안 난다는 것이 독자들의 불만이다.[3]

---

2 한 예로 요즘 대중음악이 얼마나 다양하고 빠르게 변화하고 있는가를 보라. 그리고 그런 음악을 즐기는 신세대들에게 기성세대들이 얼마나 이질감을 갖고 당혹스러워하는가를 보라.

3 특히 최근의 시들이 리듬을 무시한 채 산문화, 요설화로 치닫는 현상은 시와 독자와의 거리를 더욱 멀어지게 할 뿐 아니라 시에서 음악적 요소를 분리시킴으로써 서

따라서 이 글은 생존한 국내 시인 중 우리 시의 전통성을 가장 효과적으로 계승하고 발전시키고 있다고 판단되는 송수권의 시를 중심으로 그 가락적 특성을 분석함으로써 시에서 음악적인 요소가 얼마나 중요한가를 다시 한 번 생각해보는 계기로 삼고자 한다.

송수권(1940~)은 전통적인 정서에 기반을 둔 남도의 대표적 시인이다. 그의 시가 지닌 최대의 장점은 작품 속에 내재한 정신도 정신이지만, 바로 우리 정서의 뿌리를 건드리는 말과 가락에 있다. 그는 1920년대 김소월이 그랬던 것처럼 현대 물질문명의 위세와 온갖 실험적 경향들이 난무하는 작금의 문단 풍토에 아랑곳하지 않고 꿋꿋이 우리의 문학적 전통성을 현대적으로 계승하고 발전시켰다. 그런 의미에서 그는 우리 현대 시문학사에서 김소월→김영랑→박목월→서정주→박재삼→송수권[4]으로 이어지는 전통 서정시인의 계보에 속한다고 할 수 있다. 그러나 그는 같은 계보의 선배 시인들이 이룩한 시업을 이어받는 데 그치지 않고, 그 장점들을 취하는 대신 단점들을 극복함으로써 새로운 전통 서정의 시세계를 열어놓았다.

그러면 지금부터 그의 시가 지니고 있는 가락의 특성을 전통율과 변형의 가락, 남성적 울림의 가락, 남도의 토착적 가락, 유장한 곡선의 가락으로 나누어 살펴보기로 하겠다.

정시의 존립 근거 자체를 말살할 가능성이 있다.

4 이 계보는 전통적 정서와 가락을 기준으로 놓고 보았을 때 그렇다는 것이지, 보편화되어 있는 것은 아니다.

2. 살펴보며

1) 전통율과 변형의 가락

일반적으로 시의 리듬을 지칭하는 운율은 운(韻, rhyme)과 율(律, meter)을 합한 개념이다. 따라서 운율은 율격만을 가리키는 개념이 아니다. 흔히 압운이라 불리는 운은 규칙적인 소리의 반복이다. 그러나 우리의 고전시가나 현대시의 경우 음절의식이 강한 한시나 영시의 경우처럼 엄격한 규칙성의 운을 찾아보기 어려우므로 의미가 없다. 율격이라 불리는 율은 고저, 장단, 강약의 규칙적 반복이다. 이는 음수율과 음보율로 나뉜다. 우리 시의 전통적 율격은 3·4조 또는 4·4조의 음수율과 3음보 또는 4음보의 음보율을 그 바탕으로 하고 있다. 그러나 한 행을 이루는 음절수는 가변적이기 때문에 음수율 역시 의미가 없다. 따라서 우리 시의 가락은 음보율을 바탕으로 하는 것이 여러모로 바람직하다고 할 수 있다.[5]

송수권의 시의 가락도 바로 이러한 우리 시가의 전통 율격을 바탕으로 출발하고 있다.

> 누이야/
> 가을山/그리메에/빠진/눈썹 두어 낱을
> 지금도/살아서/보는가
> 淨淨한 눈물/돌로 눌러/죽이고
> 그 눈물/끝을/따라가면
> 즈믄 밤의/江이/일어서던 것을
> 그 강물/깊이깊이/가라앉은/苦惱의 말씀들
> 돌로/살아서/반짝여 오던 것을

5 김준오, 앞의 책, 137~146면 참조.

더러는/물 속에서 튀는/물고기같이
살아오던 것을/
그리고/山茶花/한 가지 꺾어/스스럼없이
건네이던 것을/

누이야/지금도/살아서/보는가
가을산/그리메에/빠져 떠돌던,/그 눈썹 두어 낱을
기러기가/강물에/부리고 가는 것을
내 한 잔은/마시고/한 잔은/비워 두고
더러는/잎새에/살아서 튀는/물방울같이
그렇게/만나는 것을

누이야/아는가
가을산/그리메에/빠져 떠돌던
눈썹 두어 낱이/
지금/이 못물 속에/비쳐 옴을.

_「山門에 기대어」 전문[6]

먼저 이 시는 1연 '누이야~지금도 살아서 보는가'에 걸리는 5개의 목적어, 2연 '누이야 지금도 살아서 보는가'에 걸리는 2개의 목적어, 3연 '누이야 아는가'에 걸리는 1개의 목적어 등 총 3연 8개의 목적어로 구성되어 독특한 가락을 형성하고 있다. 조사나 어미로만 따지면 '~야' 라는 호격조사와 '~는가'라는 의문형 어미, 그리고 '~을'이라는 목적격 조사의 반복 구조 속에 시 전체가 걸린다. 말하자면 이 조사나 어미가 시 전체의 가락을 통어하는 핵심인 셈이다. 그리고 화자인 '내'가 청자인 '누이'를 부르는 소리이며 독자의 주의를 환기시키는 역할을 하는

6 송수권, 『산문에 기대어』, 문학사상사, 1980.

'누이야'는 "님이여"로 시작되는 「공무도하가」를 비롯하여 "달하"로 시작되는 백제가요 「정읍사」, 그리고 신라향가인 「제망매가」 등에 접맥되어 있다. 현대시에서는 김소월의 「엄마야 누나야」, 서정주의 「국화 옆에서」, 고은의 「폐결핵」 등에 연결되어 있다고 할 수 있다. 이는 우리에게 가장 친숙한 호칭 중 하나로 통하는 '누이'를 상대로 대화를 이끌어가는 우리 전통시인들이 즐겨 쓰는 화법이다. 송수권은 이 전통 화법을 「續 산문에 기대어」, 「아침 江」 등에서도 구사하고 있음을 확인할 수 있다.

다음으로 율격을 보기 위해 이 시를 편의상 호흡 단위나 의미 단위로 끊어 읽어보면 대체로 3음보나 4음보를 유지하고 있음을 알 수 있다. 그러나 전통시가와는 달리 음절수가 많아 호흡이 길어지거나 불규칙하다. 그리고 4음보를 넘어설 경우 의도적인 분행(分行)으로 변형을 꾀하는 경우가 많다. '누이야 ~ 보는가'도 그대로 쓰지 않고 매 연마다 변화를 줌으로써 단순한 반복을 피하고 있음을 알 수 있다. 또한 이 시의 가락을 살리는 데 결정적으로 기여한 것은 '~을'로 반복되는 도치법의 활용이다. 만약 이 도치법을 살리지 못했더라면 이 시의 유연한 가락과 읽고 난 뒤의 여운은 반감되었을 것이다. 여기에다 '누이', '그리메', 'ㅈ믄', '두어 낱' 등 지금은 잘 쓰지 않는 순우리말을 효과적으로 구사함으로써 고전적인 가락을 형성하는 데 일조하고 있다.[7]

---

7 한편 송수권의 데뷔작이자 대표작인 이 시에서는 그만의 시적 비밀이 있다. 재생 또는 환생의 시학이다. 전술한 바대로 이 시는 화자인 '내'가 죽은 '누이'의 혼을 생생하게 불러들여 그 넋을 위로하며 대화를 나누는 형식으로 되어 있다. 그러므로 일종의 진혼가 혹은 초혼가라고 할 수 있다. 하지만 김소월의 「초혼」이나 다른 시인들처럼 슬픔이 사무치거나 무겁고 음울하지 않다. 시 속에 동원된 이미지들이 생생하게 살아서 튀기 때문이다. 실제로 시 속에서는 누이의 넋을 대신하는 '눈썹 두어 낱'은 놀랍게도 살아서 움직인다. 죽음의 그림자는 어디에서도 찾아볼 수가 없다. 슬픔을 표상하는 '눈물'은 '돌로 눌러 죽'임으로써 'ㅈ믄 江'으로 일어서며, '苦惱의 말씀들'

「산문에 기대어」 이후에 발표된 시들의 율격적 변화는 어떠한지 보자.

미루나무에서/까치 울음소리가/들립니다.
까작, 까작, 까작,/문을 열고/내다봅니다.
닳고 닳은/문돌쩌귀/맞물고 돌아/매번/뒤틀리기만 하는/사랑
기다림 끝에/환히 밝아오는/정말,/사랑이란/이 낱말은/어떨까요.

_「우리말」 부분[8]

옛날, 할아버지 살던 茁浦마을은 그렇지,/한통 지게를 엎어 놓으면/꼭 맞는 말일지도 몰라./ 두 개의 山脈이 지게 목발처럼 내려앉아서/지게 고작처럼 휘어들더니,/바다의 중동을 자르고,/애타게 만나질 듯 만나질 듯/마주친 두 개의 지네 대궁지처럼/물 속에 자물리고 있더란다./보름 사릿물이 오를 때쯤은/지네발로 두 대궁지가 달싹달싹/일어서는 것이 역력하더란다.

_「줄포마을 사람들」 부분[9]

은 고뇌 자체로 끝나는 것이 아니라 '돌로 살아서 반짝'이며 '물고기같이' 살아서 튄다. 이는 슬픔의 끝에서야 비로소 기쁨을, 절망의 끝에서야 비로소 희망을 이야기할 수 있는 역설의 원리와 상통한다.

또한 판소리에서의 한은 한으로만 사무치는 것이 아니라 그것을 초극함으로써 득음의 경지에 이르는 것과 같다. 이것이 맺고 풀림의 관계이며, 이러한 경지에서 나오는 소리가 '수리성'이다. 이는 산전수전을 다 겪은 소리로서 이른바 '그늘'이라는 깊은 맛과 가락을 거느린다. 김영랑 식으로 말하면 '촉기(애이불비의 기름진 기운)'이다. 「제망매가」나 「찬기파랑가」가 그랬듯이 종래의 여성적이고 퇴영적인 한을 남성적이고 역동적인 한으로 승화시킨 이 자리, 보이지 않는 것들을 다시 불러내 생생하게 보여주는 놀라운 재생 또는 환생의 상상력, 바로 이것이 송수권 시의 출발점이자 다른 전통시인들과 다른 점이다. 이 시를 출발점으로 하여 그는 이 땅에서 이미 사라졌거나 사라져가는 모든 한국적인 정서나 정신의 낱낱을 다시 살리는 일에 천착할 수 있었던 것이다. 따라서 이 시는 송수권의 시 전체를 아우르는 '서시'라고 보아도 좋을 것이다.

8 송수권, 『꿈꾸는 섬』, 문학과지성사, 1983.

「우리말」은 3음보를 기본 율격으로 하고 있다. 그러나 1, 2행과는 달리 3, 4행에서 형태상 기본 율격이 지켜지지 않고 있다. 두 개의 행을 하나로 잇대었기 때문이다. 따라서 3음보를 중첩한 6음보에 가깝다고 할 수 있다. 그러므로 다시 분행하면 3음보의 율격은 무리 없이 유지된다. 하지만 그렇게 되면 지나치게 전통 율격을 따르는 형태가 된다. 그래서 의도적으로 행을 잇대어 변형을 꾀함으로써 호흡이 긴 가락을 만들고 있다. 시적 리듬의 낯설게 하기 차원의 한 예로 받아들일 수 있는 이러한 변화는 그의 시 전반에 걸쳐 다양한 양상으로 나타나고 있다.

「줄포마을 사람들」은 1980년대에 발간된 동학서사 시집 『새야새야 파랑새야』 앞쪽에 실린 산문시이다. 송수권은 전통 서정시인답게 산문시를 쓰지 않으려고 의식적으로 노력하는 시인이다. 그럼에도 불구하고 과감히 외도를 범하고 있는 것은 아마도 이 시가 지닌 서사성과 시대적 상황을 고려했기 때문으로 보인다. 그러나 산문시라고 하여 그냥 산문은 아니다. 산문시도 일정한 산문율을 지니고 있기 때문이다. 이 시 역시 '/'로 끊어서 행을 구분해보면 대체로 3음보 또는 4음보의 일정한 율격을 지니고 있음을 알 수 있다. 물론 「우리말」과 「줄포마을 사람들」에서 음수율은 별 의미가 없다.

이상 3편의 인용시를 통해 살펴본 바 송수권 시의 가락은 우리 전통시의 율격에 그 바탕을 두고 있다. 하지만 이를 고수하기보다는 다양한 변주를 통해 현대적인 가락으로 계승하고 발전시키고 있음을 확인할 수 있다. 특히 그가 직조한 가락은 어떤 일정한 틀에 연연하기보다는 자유롭고 활달하며 간명하기보다는 유장하다. 그의 식으로 말하면 우리 전통 여인네들의 삼단 같은 머릿결처럼 "치렁치렁하다". 이는 같

9 송수권, 『새야새야 파랑새야』, 나남, 1987.

은 전통 서정시인으로서 간결하면서도 여성적인 가락에 치중했던 김소월, 김영랑과는 극명하게 구별된다.

그런 의미에서 그는 이들보다는 서정주의 영향을 가장 많이 받은 시인이라고 할 수 있다. 호흡, 즉 산문율이 길어진다는 점으로만 보면 한용운이나 백석의 영향도 간과할 수 없다.

2) 남성적 울림의 가락

송수권 시의 가락에 나타난 두 번째 특징은 남성적인 힘과 울림이 있다는 점이다. 그렇다면 이 남성적인 힘과 울림은 어디에서 비롯되는가. 첫째 앞에서 인용한 시인 「산문에 기대어」에서도 확인한 것처럼 일차적으로 슬픔이나 한을 초극하는 재생 또는 환생의 상상력에 기인한다고 할 수 있다. 그러니까 개인적인 슬픔이나 한(민족적인 슬픔이나 한이라고 해도 좋다)이 그 자체로 머물거나(정체) 가라앉는(하강) 것이 아니라, 삭임(발효)의 과정을 거친 다음 새로운 모습(승화, 화해, 만남)으로 밑바닥을 치고 올라오는(상승) 것이다. 여기에서 슬픔이나 한, 절망 등 모든 비극적 정서를 포함한 감정은 부정적이고 퇴영적인 모습에서 긍정적이고 진취적인 모습으로 바뀌어 비로소 힘을 얻게 된다. 이것이 진정한 한국적 한의 본바탕이다.[10]

그러나 대부분의 전통 서정시인들은 그 극복의 과정을 넘지 못한 채 여성적인 나약함과 처량한 울음만을 양산하고 말았다. 바로 이 흐름을 남성적인 강인함과 건강한 울음으로 바꾸어놓은 시인이 바로 송수권이다. 둘째는 한의 흐름 속에 역사성을 도입했기 때문이다. 주지하다시피 한은 개인적인 한과 집단적인 한으로 나뉜다. 민중의 한이라고 할 수 있는 집단적인 한은 억압이 심하면 강력한 저항으로 폭발한다. 그것

10 천이두, 『한의 구조 연구』, 문학과지성사, 232~235면.

이 이른바 민란이요 혁명이다. 여기에서 한은 역사의 흐름을 바꿀 만큼 엄청난 힘의 원천이 된다. 따라서 가녀린 여성의 어깨가 아니라 근육질 남성의 어깨에 비견할 수 있는 힘과 웅혼한 울림을 갖게 된다.

다음 시는 「산문에 기대어」와 더불어 바로 이러한 역설의 원리를 담고 있다고 할 수 있다.

여러 산 봉우리에 여러 마리의 뻐꾸기가
울음 울어
떼로 울음 울어
석 석 삼년도 봄을 더 넘겨서야
나는 길뜬 설움에 맛이 들고
그것이 실상은 한 마리의 뻐국새임을
알아 냈다.

智異山下
한 봉우리에 숨은 실제의 뻐국새가
한 울음을 토해내면
뒷산 봉우리 받아 넘기고
그래서 여러 마리의 뻐국새로 울음 우는 것을
알았다.

智異山中
저 연연한 산봉우리들이 다 울고나서
오래 남은 추스림 끝에
비로소 한 소리 없는 강이 열리는 것을 보았다.

섬진강 섬진강
그 힘센 물줄기가

하동쪽 남해를 흘러들어
南海群島의 여러 작은 섬을 밀어 올리는 것을 보았다.

봄 하룻날 그 눈물 다 슬리어서
智異山下에서 울던 한 마리 뻐꾹새 울음이
이승의 서러운 맨 마지막 빛깔로 남아
이 細石 철쭉꽃밭을 다 태우는 것을 보았다.

_「지리산 뻐꾹새」 전문[11]

이 시는 화자인 '나'가 시적 대상인 '뻐꾹새 울음'이 어떠한 과정을 거쳐 어떻게 확산되며, 발현되는가를 깨닫는 순차적인 구도에 놓여 있다. 이 깨달음의 과정(관찰→발견→확인의 과정이라고 해도 좋다)을 매 연의 끝에 나오는 5개의 동사 '알아냈다(1연)', '알았다(2연)', '보았다(3연)', '보았다(4연)', '보았다(5연)'가 뒷받침한다. 1연에서 화자가 뻐꾹새 울음의 비밀을 제대로 알기까지는 '석 석 삼년도 봄을 더 넘겨서' '길뜬 설움에 맛이 들'고서야 비로소 가능했던 일이었음을 감안할 때, 뻐꾹새 울음은 시적 화자 혹은 송수권 개인의 한이나 서러움과도 겹친다고 볼 수 있다. 이렇게 보았을 때 이 시는 송수권 개인의 한(한 마리의 뻐꾹새 울음)이 삭임의 시간(오래 남은 추스림 끝)을 거쳐 집단적인 한(여러 마리의 뻐꾹새 울음)으로 보편화되거나 세상을 두루 울릴 수 있는 힘을 얻어가는 과정이나 원리를 노래한 것으로 볼 수도 있다.

이렇듯 이 시는 뻐꾹새 울음으로 가득 차 있다. 그런데 주목할 것은 뻐꾹새 울음의 전개 과정이 절묘한 판소리 가락을 형성하고 있다는 점이다. 1연에서 완만한 진양조로 시작한 뻐꾹새 울음이 2연 중반부에서 여러 산봉우리를 받아넘김으로써 중모리 또는 중중모리로 확산되고, 3

11 송수권, 『산문에 기대어』, 문학사상사, 1980.

연에서 오래 추스르며 숨을 고른 뒤에는 4연에서 다시 섬진강의 힘센 물줄기가 되어 자진모리로 흐르다가, 5연에서 세석 철쭉 꽃밭을 다 태우는 휘몰이로 절정에 이른다. 이는 다시 '토해냄→받아넘김→추스림→열림→밀어 올림→태워버림'의 과정으로 간추릴 수 있다. 또한 '지리산하→지리산중→섬진강→남해군도→세석 철쭉꽃밭'으로 이어지는 공간 이동이 '상승→하강→상승'으로 굽이치면서 스케일이 크고 장중한 남성적 가락을 만들고 있다. 그것은 판소리로 말하면 서편제보다는 동편제에 훨씬 가깝다.[12]

사실 이 시는 시 자체로만 놓고 보면 그 가락이 뛰어나다고는 할 수 없다. 오히려 유연한 맛이 없고 딱딱하기조차 하다. 판소리의 사설처럼 능청맞지도 않다. 그럼에도 불구하고 이 시가 남성적 가락과 웅혼한 울림을 지닌 것은 공간의 이동 구조와 "상상력이 상상력의 물꼬를 트는, 상상력의 연쇄구조에 힘입은 바 크다"[13]고 하겠다.

「지리산 뻐꾹새」가 울음 천지이듯이 송수권의 시에는 유독 소리에 관련된 이미지가 많다. 그는 자연경관이나 사물에까지도 소리를 듣는 밝은 귀를 갖고 있다. 그런 점에서 볼 때 그는 뛰어난 귀명창이다. 시각적 이미지와는 달리 청각적 이미지는 시의 음악성에 기여한다. 그가 만들어낸 소리 이미지들 역시 시 속에서 음악성을 배가시킬 뿐만 아니라 울림의 진폭을 확대하는 데에도 크게 기여하고 있다.

> 누이야, 동트는 우리 새벽 강물/너는 따라가 보았는가/수런수런 큰 기침하며 강가에 나와/우리 산들 얼굴 씻는 것/어떤 산은 한 모금 물을 마시고 쿠렁쿠렁/양치질하는 것/어떤 산은 밤새도록 발을 절고 내

---

12 그러고 보니 이 시에 나오는 지명 자체가 동편제의 태생 공간이기도 하다.

13 염창권, 「흔적 찾기와 흔적 되살리기」, 『송수권 시 깊이 읽기-송수권 시인 정년 기념문집』, 나남출판, 2005, 221면.

려와/발바닥 티눈을 핥는 것/누이야, 너는 그런 동트는 새벽 강물/따라가 보았는가

_「아침 강」 부분

봉당 밑에 깔리는 대숲 바람소리 속에는
대숲 바람소리만 고여 흐르는 게 아니라요
대패랭이 끝에 까부는 오백 년 한숨, 삿갓머리에 후둑이는
밤쏘낙 빗물소리……

머리에 흰 수건 쓰고 죽창을 깎던, 간 큰 아이들, 황토현 넘어가던
징소리, 꽹과리 소리들……

_「대숲 바람소리」 부분

「아침 강」은 '새벽 강물'에 비친 '산'의 풍광을 의인화한 시다. 이런 풍광을 묘사할 때는 응당 시각적인 이미지를 동원할 수밖에 없다. 그러나 이 시에서는 청각적 이미지가 지배적이다. 수런수런 큰기침하는 소리, 얼굴 씻는 소리, 물 마시는 소리, 쿠렁쿠렁 양치질하는 소리, 밤새도록 발을 절고 내려오는 소리, 발바닥 티눈을 핥는 소리로 온통 시끄럽다. 여기에 동원된 소리 이미지들은 모두가 시각적인 이미지이다. 그러나 정태적인 고요에 소리를 부여함으로써 놀랍게도 풍광 자체가 돌연 살아서 움직인다. 이른바 정중동(靜中動)의 미학이 발현된 것이다.

이 소리 이미지들은 시를 음악으로 바꾸어놓음으로써 커다란 울림을 주고 있다. 마치 건장한 사내가 이른 새벽 강에서 세수를 하고 이를 닦고, 냉수마찰을 한 뒤 운동을 하고 있는 것을 연상시킨다. 특히 '쿠렁쿠렁' 같은 의성어들은 남성적인 가락과 울림을 형성하는 데 크게 기여하고 있다. 그는 이 시뿐만 아니라 다른 시에서도 의성어와 의태어를 의도적으로 만들어 음악성을 높이는 데 적극 활용하고 있는 바

대표적인 것들을 소개하면 '처릉처릉', '빼랑빼랑', '우렁우렁', '조잘조잘', '까작까작', '윗대윗대', '무지무지', '헐렁헐렁', '휘익휘익', '흐렁흐렁', '흐득흐득', '어슬어슬', '꾸꿈꾸꿈', '추적추적', '울먹울먹', '아슴아슴, '긴장긴장', '끙얼끙얼', '악을악을', '쫄래쫄래', '고만고만', '두세두세', '꺼뭇꺼뭇', '뚤래뚤래', '너울너울' 등이다.

「대숲 바람소리」에서는 '대숲 바람소리' 속에서 대숲 바람소리만 듣는 것이 아니라 '오백 년 한숨소리', '밤쏘낙 빗물소리', '징소리', '꽹과리 소리' 등 억압에 분연히 들고 일어선 민중들의 소리와 삶의 숨결을 듣는다. 이는 그의 역사의식이 만들어낸 상상력의 산물로서 강렬한 남성적 힘의 가락을 느끼게 한다.

3) 남도의 토착적 가락

송수권 시의 가장 큰 특징을 이야기하라고 한다면 주저 없이 '남도의 토착정서와 정신'[14]을 들 수 있다. 그는 고향 남도에 굳건히 시의 뿌리를 내리고 초지일관 토착 정서와 정신을 천착한 '남도 지킴이'이다.[15] 그러다 보니 시의 소재는 물론 가락이 자연스럽게 남도풍을 띠고 있다. 한마디로 '남도 가락'이라고 할 만한 그의 시 가락은 남도의 판소리를 비롯한 민요와 무가, 농악, 춤, 잡가, 토착방언을 시에 적극 끌어들임으로써 얻어진다. 심지어 그는 식요(食謠)에까지 관심을 보인다.[16]

---

14 그는 '대[竹]의 정신', '황토의 정신', '개펄의 정신'을 남도의 3대 정신이라고 부른다(송수권, 「나의 시와 지형학」, 『송수권 시 깊이 읽기-송수권 시인 정년기념문집』, 나남출판, 2005, 570~573면).

15 그는 젊은 한때를 제외하고는 결코 서울을 동경하지 않았으며, 지역문학을 활성화하기 위해 1987년 지역문학 무크지 『민족과지역』을 발간하는 등 지역문학운동의 선봉에 서기도 했다(송수권, 「나의 삶, 나의 길」, 「동아일보」, 1991. 6. 17). 그리고 지금도 남도를 지키며 시를 쓰고 있다.

16 그는 실제 「남도의 밤 식탁」과 「개양할미」 등의 무수한 음식 관련 시를 썼으며,

자전거 짐받이에서 술통들이 뛰고 있다
풀 비린내가 바퀴살을 돌린다
바퀴살이 술을 튀긴다
자갈들이 한 치씩 뛰어 술통을 넘는다
술통을 넘어 풀밭에 떨어진다
시골길이 술을 마신다
비틀거린다
저 주막집까지 뛰는 술통들의 즐거움
주모가 나와 섰다
술통들이 뛰어내린다

_「시골길 또는 술통」 전문

아 동헌마루를 우지끈 부수고 알상투를 끌어내어 수염을 꼬시르고 깨를 벗긴 채 볼기를 쳐 三門 밖으로 내쫒았더니 그래도 양반 때는 알았던지 옴팡진 씨암탉처럼 두 손으로 쇠불알을 끄슥드랑깨. 활텃거리에서 작것 竹槍 끝에 안 걸렸드랑가. 뚝소리 내고 떨어졌당깨. 옴마. 그란디 한 여편네가 엎어지드니만, 옴마. 이 작것. 이 작것. 우리 딸니미 잡아먹은 갓끈 달린 이 작것 하드니만 치마폭에다 싸들고 줄행랑을 쳤드랑깨. 혀는 뽑혀도 말은 바로 허지만 말이여. 내가 그 달딴 녀석 아닌가 말이여. 알긋써. 이러더니란다.

_「茁浦마을 사람들」 부분

「시골길 또는 술통」은 남도의 농악이나 춤을 연상케 하는 시이다. 시골길, 술통, 자전거 바퀴살, 풀, 자갈, 주모가 한데 어울려 한바탕 신

'개미(곰삭은 맛. 흔히 음식이 잘 삭아서 특별한 맛을 낼 때 "개미가 쏠쏠하다"고 한다. 판소리의 '그늘'에 해당하는 말)'라는 전라도 사투리를 처음으로 국어사전에 등재시키기도 했다. 그뿐만 아니라 탁월한 음식문화기행서 『남도의 맛과 멋』(창공사, 1996) 등을 펴내기도 했다.

명 나는 가락을 형성하고 있다. 생물과 무생물, 자연과 인간이 완전한 조화를 이루고 있다. 정신없는 즐거움과 해학이 있다. 그리고 이 시가 엄청난 운동성을 확보하는 것은 '돌린다', '튀긴다', '넘는다', '떨어진다', '마신다', '비틀거린다', '뛰어내린다', '죽는다' 등의 동사로 넘쳐나기 때문이다. 한마디로, 동사로 왁자지껄한 시다. 따라서 시골길 자체는 느린 곡선이로되, 그 위에서 펼쳐지는 시의 가락은 빠르고 경쾌하다. 비포장 시골길이 아니었다면 이러한 신명 나는 가락이 펼쳐질 리가 만무하다. 그러므로 곡선으로 비틀거리는 시골길이야말로 원형적인 한국의 길이다.

「茁浦마을 사람들」은 영락없는 판소리 가락을 연상케 하는 시이다. 질펀한 토착방언으로 범벅이 된 사설이 그렇고, 해학과 풍자로 넘쳐나는 내용이 그렇고, 걸판지게 맺고 풀리는 가락 또한 그렇다. 그대로 「동학가」라 이름 붙여 판소리로 공연해도 무방할 시이다. 순수 우리말과 함께 송수권이 시에서 적극적으로 활용하고 있는 전라도 사투리는 여유와 능침의 말 가락을 형성한다. 송수권 스스로 설명한 바에 따르면, "판소리의 표준어는 전라도 말이다. 전라도 말은 타지방의 말 가락과 달리 여유와 능침의 말과 멋에서 정서가 우러나올 뿐만 아니라 그 리듬이 형성된다. 이것이 겨레의 핏줄에 스민 원형적 숨결이며 토속어의 구수한 맛과 은근한 멋이다"[17]라고 했다. 전라도 사투리를 부분적으로 시에 끌어들인 시인으로 김영랑과 서정주가 있지만, 이렇게 원형적인 맛과 멋 그리고 가락으로까지 제대로 구사한 시인은 송수권뿐이다. 이 시에 동원된 '꼬시르고', '깨를 벗긴', '옴팡진', '끄슥드랑깨', '작것', '걸렸드랑가', '떨어졌당깨', '옴마', '그란디', '여편네', '딸

---

17 송수권, 「남도의 표본적 정서와 말 가락」, 『송수권 시 깊이 읽기–송수권 시인 정년기념문집』, 나남출판, 2005, 520면.

니미', '쳤드랑께', '말이여', '알긋써' 등의 전라도 사투리가 얼마나 원색적이고 능청스러우며 재미있는 맛과 멋, 가락을 형성하는가.

4) 유장한 곡선의 가락

송수권 시의 가락은 한마디로 곡선[18]이다. 그것도 호흡이 긴 유장한 곡선이다. 곡선은 여유와 느림을 상징한다. 이 여유와 느림이야말로 브레이크 없이 무서운 속도로 직선의 길 위를 치닫는 현대인들의 삶을 구원할 수 있는 유일한 가치요 정신이다. 그러므로 곡선의 세계에는 모든 정신이 들어 있다. 여유의 정신, 양보의 정신, 배려의 정신, 겸손의 정신, 온유의 정신, 사랑의 정신, 노장정신, 불교정신, 산수정신, 남도정신, 생명정신 등이다. 이는 노자의 『도덕경』 6장에 나오는 곡신불사(谷神不死, 골짜기의 신은 죽지 않는다)와 8장에 나오는 상선약수(上善若水, 좋은 것은 물과 같다)와도 맥을 같이한다. 여기서 골짜기와 물은 곡선의 표상이다. 이는 자연의 순리에 따라 사는 삶을 지향한다.

송수권은 스스로 그의 가장 중요한 시적 코드로 '곡즉전(曲卽全)'을 내걸고 있다. '곡선이야말로 완전하다'는 뜻이다.[19] 그렇다면 그의 시의 가락을 형성하는 이 곡선은 어디에서 연유하는가. 그것은 한마디로 이 땅, 특히 남도의 생김새 그대로를 따른 것이라고 할 수 있다. 자연의 길이라고 할 수 있는 시골길을 비롯하여 치렁치렁한 곡선으로 흘러가는 산의 능선과 강물, 징소리나 범종소리, 저녁연기 등이다. 이것들은 모두 곡선의 가락을 연출한다. 구체적으로 시를 보자.

---

18 송수권 시의 발상법을 '곡선의 想法'이라고 명명한 사람은 김준오이다(김준오, 「곡선의 想法과 전통시」, 『시와시학』 1991년 가을호).

19 그래서인지 그의 모든 시의 정서와 정신, 가락이 이 곡선 안에 수렴되지 않은 것이 없다. 심지어 그의 삶의 방식이나 생김새, 말투, 걸음걸이조차도 곡선이다. "세월이 좀먹느냐" 하는 식이다.

버선코 같다든가
기와집 추녀끝 같다든가
풀어 흘린 치맛말 같다든가
처갓집 안방에 들러 안 가는 데 없이
대님 푸는 소리 같다든가
蘭을 치고 앉은 여인의 둥근 어깨 같다든가

_「능선」 부분

보아라, 저 방랑의 검객/한 굽이 감돌면서 모래밭을 만들고/또 한 굽이 감돌면서 모래밭을 만드는 건/힘이다.//누가 저 유연한 힘의 가락 다시 꺾을 수 있느냐/누가 저 유연한 힘의 노래 다시 부를 수 있느냐

_「江」 부분[20]

캄캄하게 저물며 뒤늦게 오는 땅 울음/그 징소리가 좋아요//저물다가 저물다가 하늘로는 못 가고/저승까진 죽어 갔다가/밤길에 쏘내기 맞고 찾아드는 계집처럼/새벽을 알리며 뒤늦게 오는 소리가 좋아요.

_「뻘물」 부분[21]

대숲마을 해어스름녘/저 휘어드는 저녁연기 보아라/오래 잊힌 진양조 설움 한 가락/저기 피었구나.

_「남도의 밤 식탁」 부분

「능선」은 곡선으로 흘러가는 산의 능선을 노래한 시이다. 우리나라의 지세는 동고서저형으로 동쪽의 산들은 높고 가파르며, 서쪽의 산들은 낮고 완만하다. 해안선도 동해는 단조로운 반면 서해나 남해는 굴

---

20 송수권, 『바람에 지는 아픈 꽃잎처럼』, 문학사상사, 1994.
21 송수권, 『수저통에 비치는 저녁노을』, 시와시학사, 1999.

곡이 심하고 복잡하다. 그래서 지역마다 말씨도 다르고 노랫가락도 차이가 있다. 특히 남도지역의 산천은 완만하고 유장하기 그지없다. 전라도 말씨와 판소리를 비롯한 남도 가락은 바로 여기에서 비롯됐다고 할 수 있다. 남도지역의 산세만 보아도 섬진강을 중심으로 동쪽은 다소 높고 서쪽은 그야말로 완만하다. 그래서 판소리의 편제도 동편제와 서편제로 나뉜다. 이 시에서 말하는 능선은 말할 것도 없이 바로 남도의 유장한 산의 능선이다. 시인은 이를 '버선코', '기와집 추녀 끝', '풀어 흘린 치맛말', '대님 푸는 소리', '여인의 둥근 어깨' 등 다양한 전통적 이미지와 연결시킨다. 이 이미지들은 모두가 아름다운 곡선의 가락을 담고 있다.

「江」 역시 곡선으로 흘러가는 강물을 역동적으로 노래한 시이다. 우리나라의 강은 그대로 하나의 노래로 맺고 풀리고를 반복하는 판소리 가락이다. 때로는 완만한 진양조로 흐르다가도 점점 유속이 빨라져 중중모리와 자진모리 가락으로 바뀌고 허리를 뒤틀면서 거센 휘몰이로 굽이치기도 한다. 강은 결코 직선으로 흐르지 않는다. 지형의 생김새를 닮아 '갈 지(之)' 자로 유연하게 굽이친다. 그 유연하게 굽이치는 힘이 '모래밭'을 만들기도 하고, 그 곡선의 품 안에 수많은 동식물과 인간의 마음을 끌어안는다. 그 인간의 마음에서 새어 나오는 눈물과 한숨, 기쁨과 희망을 보태어 함께 흐른다. 그러므로 강은 이 땅에 사는 민중의 삶을 반영하거나 역사의 흐름을 상징하기도 한다. 그러고 보면 우리나라의 역사도 저 파란의 강을 닮아 곡선인 셈이다.

「뻘물」은 곡선의 소리를 내는 징소리를 노래한 시다. 우리 산천의 생김새대로 소리를 낸다고 생각되는 징은 가장 대표적인 고유의 서민 악기이다. 생김새는 비슷하되 징은 꽹과리와 전혀 다른 소리를 낸다. 꽹과리가 빠르고 경쾌한 소리를 내는 반면에 징은 한없이 낮고 느리고 긴 소리를 낸다. 이는 뱀처럼 땅바닥을 천천히 기어가는 소리이다. 그래서 질펀하고도 웅혼한 '땅 울음'을 동반한다. 이 징소리보다 몇 차원 더 심화된 소리가 범종소리이다. 특히 절간에서 퍼져나가는 저녁 범종소리는 한없이 긴 호흡과 웅혼한 울림으로 만상을 잠재운다. 이는 교회당에서 나오는 경망스러운 '땡그랑' 종소리와는 차원을 달리한다. 그래서 교회당 종소리는 하늘로 가고, 우리의 징소리나 범종소리는 땅으로 간다. 이는 인간, 특히 서민들의 삶을 감싸 안은 수평과 하강의 소리라고 할 수 있다.

「남도의 밤 식탁」은 '저녁연기'를 판소리의 '진양조 가락'으로 연결시킨 시이다. 여기서 저녁연기라 함은 무슨 공장 굴뚝에서 나오는 시커먼 연기가 아니라, 땔감으로 아궁이에 불을 지펴 저녁밥을 짓던 시절 우리네 초가집 굴뚝에서 흰 실오라기처럼 새어 나오던 그런 연기이다. 그래서 지금은 도저히 구경할 수조차 없는 '오래 잊힌 진양조 설움한 가락'인 것이다. 그 저녁연기 역시 징소리처럼 대밭을 기어서 들판으로 길고 느리게 퍼져나간다. 저녁연기가 곰삭은 그늘을 드리우며 서편제 한 가락으로 서럽게 피는 것이다.

3. 나오며

지금까지 이 글은 송수권 시에 나타난 가락의 특성을 전통율과 변형의 가락, 남성적 울림의 가락, 남도의 토착적 가락, 유장한 곡선의 가락으로 유형화하여 살펴보았다. 본론에서 살핀 바를 다시 간추리면 다음과 같다.

첫째, 송수권 시의 가락은 우리 전통 서정시의 율격을 그 바탕으로 하되, 그것을 새롭게 변형하고 발전시키고 있다는 점이다. 다시 말해서 3음보나 4음보를 기본 골격으로 하지만, 반드시 거기에 연연하지 않고 자유롭게 행을 늘이거나 나누어서 그만의 독특한 가락을 만들어 내고 있다. 특히 호흡이 길되 치렁치렁하게 곰삭은 그늘을 드리운 가락은 한용운, 백석, 서정주와도 구별되는 장점이라고 할 수 있다.

둘째, 송수권 시의 가락은 남성적인 힘이 있으며 소리 이미지가 지배적이어서 커다란 울림을 갖고 있다는 점이다. 그것은 소리 이미지가 시의 음악성을 나타내는 데 중요한 요소이며, 가락에 촉촉한 윤기를 부여한다는 점을 고려한 결과이다. 특히 정적인 대상에게까지 동적인 소리 이미지를 부여하여 시각을 청각화해 정중동의 가락을 창조하고 있다.

셋째, 송수권 시의 가락은 대부분 남도 가락에서 차용하고 있다는 점이다. 남도의 토착방언을 비롯한 판소리, 민요, 농악, 춤, 무가, 육자배기를 비롯한 잡가 등이다. 그래서 그의 시는 남도의 모든 가락을 자기만의 가락으로 재구성한 것에 가깝다. 이는 같은 전라도 선배 시인인 김영랑이나 서정주 시의 남도풍을 뛰어넘는 것이라고 할 수 있다.

넷째, 송수권 시의 가락은 유장한 곡선으로 굽이치고 있다는 점이다. 느림의 미학을 구현하는 이 곡선의 가락은 산의 능선이라든가 강물의 흐름, 징소리나 범종소리, 비포장 시골길, 저녁연기 등에서 얻어오고 있다. 이는 남도 자연의 생김새 자체를 가락으로 끌어들인 것이다.

이 네 가지 특성들은 각기 변별력이 있으나 상호 유기적인 관계를 맺고 있다. 즉 유연한 곡선의 가락으로 수렴될 수 있다는 것이다. 이 유연한 곡선의 가락이야말로 남도의 가락이자 한국의 원형적 숨결이다. 한마디로 '곡즉전(曲卽全)의 가락'인 것이다.

내면의 깊이와 고요
_ 허형만론

사람은 날지 않으면 길을 잃는다.
－파블로 네루다

1. 시인 소개

올해로 시력 39년째를 맞고 있는 허형만 시인은 1970년대를 대표하는 중견시인 중 한 사람이다. 허형만 시인은 1945년 전남 순천에서 공무원의 아들로 태어났다. 중학교 때부터 문예부장을 맡는 등 문학에 관심을 보인 그는 고교 시절과 대학 시절에 문학 동인회를 결성하고, 중앙대학교 신문 현상문예에 시가 당선되는 등 활발한 습작기를 거친다. 특히 그는 고등학교 때 만난 문병란 시인과 대학교 때 만난 조병화와 김현승 시인으로부터 큰 영향을 받는다.

1973년 『월간문학』 신인상에 시가 입상함으로써 공식적으로 시단에 나온 그는 1978년 첫 시집 『청명』을 발간한다. 1979년 광주에서 강인한과 고정희, 국효문, 김종 등과 '목요시' 동인회를 결성한 그는 '원탁시' 동인회에 참여하는 등 본격적인 시단 활동을 벌인다. 이중 '목요시' 동인회는 서울의 '반시' 동인회, 대구의 '자유시' 동인회 등과 더불어 1980년대 동인지 시대의 서막을 알리는 선두주자 역할 담당은 물론, 광주의 '5월시' 동인회를 탄생시키는 데에도 상당한 영향을 미친다. 1984년 두 번째 시집 『풀잎이 하나님에게』를 발간한 그는 『창작과 비평사』의 17인 신작 시집 『마침내 시인이여』에 참여함으로써 시단의 주목을 받게 된다. 이후 세 번째 시집 『모기장을 걷는다』를 비롯해 네 번째 시집 『입맞추기』, 다섯 번째 시집인 『공초』와 여섯 번째 시집 『이 어둠 속에 쭈그려 앉아』, 일곱 번째 시집 『진달래 산천』, 여덟 번째 시집 『풀무치는 무기가 없다』, 그리고 아홉 번째 시집 『비 잠시 그친 뒤』, 열 번째 시집 『영혼의 눈』, 열한 번째 시집 『첫차』, 열두 번째 시집 『눈먼 사랑』, 열세 번째 시집 『그늘이라는 말』에 이르기까지 모두 13권의 시집을 속간함으로써 중견시인으로서의 위치를 확고히 한다.

그동안 허형만 시인은 영랑시문학상과 심연수문학상, 월간문학동리상, 한성기문학상, 광주문화예술대상, 전남도문화상, 편운문학상 등을 수상했다. 시작 활동 이외에도 목포대학교에 재직하는 동안 목포문학의 발전과 후진 양성에 공헌하였다.

한편 허형만 시인의 직장생활은 교직으로 일관되어 있다. 1973년 학다리고등학교 교사를 시작으로 약 8년간 고등학교에 몸담았던 그는 1984년에 목포대학교 국문학과 전임강사로 부임한 이래 문학박사 학위를 받고 인문대학장 등을 지냈다. 그러다 2012년 2월을 끝으로 대학 교수생활 28년을 마무리하게 된다.

2. 시세계의 흐름

1) 초기시, 순수와 전통서정

이 지면을 통해 허형만 시인의 시세계를 총체적으로 다룬다는 것은 불가능한 일이다. 따라서 정밀한 논의나 분석을 피하는 대신 시세계에 대한 흐름과 변모과정을 개략적으로 살펴보기로 한다.

지금까지 허형만 시인의 시세계에 대한 논의는 지엽적인 선에서 그치고 있다. 말하자면 시세계 전반을 총체적으로 조명한 경우가 거의 없었다고 할 수 있다. 더구나 첫 시집인 『청명』에 관한 언급이나 시세계의 변모과정을 제대로 구획하고 정리한 경우는 한 번도 없었다. 그래서 필자는 허형만 시인의 시적 변모과정을 나름대로 다음과 같이 구획해본다.

첫째로 1973년 등단 무렵부터 첫 시집 『청명』이 출간된 1978년까지 발표된 시를 초기시로 본다. 이때의 시들은 주로 개인적인 순수 서정을 노래한 것들이다. 둘째는 '목요시' 동인으로 활동하던 1979년부터 여덟 번째 시집인 『풀무치는 무기가 없다』를 펴낸 1995년까지를 중기시로 본다. 전체적으로 몸통에 해당하는 이 시기의 시들은 소위 '진솔한 삶의 역사와 향토적 서정'으로 한꺼번에 수렴될 수 있다. 세 번째로는 1996년부터 『그늘이라는 말』을 펴낸 2011년 현재까지를 후기시로 볼 수 있다(물론 앞으로 발표할 시들도 여기에 포함된다). 이때의 시들은 그 이전의 시들과는 달리 내면의 깊이와 고요를 획득하고 있다는 점에서 극명하게 구분된다. 이러한 시기 구분은 다소 무리가 있긴 하지만, 뚜렷한 시세계의 변모 양상에 따르고 있다. 그러면 이에 준거하여 시세계의 흐름을 개략적으로 따라가보기로 한다.

습작기를 포함하여 등단 초기에 발표한 초기시들은 그 편수가 얼마 안 될뿐더러 지금껏 논의의 대상에서 제외한 것이 사실이지만, 필자가 보기엔 허형만 시인의 시세계의 근간을 이루는 요소들이 모두 들어 있다. 굳이 지적하자면 맑고 섬세한 감성, 투박한 향토성과 전통성, 간결한 언어와 가락 등이다. 다만 노래의 대상이 아직은 자기 안에 머물고 있다는 점에서 밖으로 뛰쳐나오는 중기시와는 분명하게 다르다.

『청명』은 제목처럼 맑고 투명한 순수서정 시집이다. 나는 여기에 실린 49편의 시를 읽으면서 그가 얼마나 섬세하고 여린 감성의 소유자인가를 발견한다. 주로 그의 1980년대 이후의 시를 통해 날카롭고 강렬한 인상과 목소리였던 그가 이렇게 변할 수도 있다는 것을 새삼 깨닫는다.

허형만 시인의 초기시들은 주로 전통성에 기대고 있다. 이는 그의 시가 전통적 발상법을 충실히 따르는 데에서 출발하고 있다는 뜻이다. 그가 습작기에 문병란과 조병화, 김현승 시인으로부터 시를 배워 그 영향을 받은 것이 사실이지만, 실제로는 서정주와 박재삼 시인의 시풍이 더 강하게 드러난다. 이는 초기에 그가 우리의 고전적 숨결과 아름다움을 많이 탐닉한 데 기인한 것으로 보인다. 이 같은 특징은 시어의 선택이나 가락의 조율에서 특히 두드러진다.

빈 손으로 왔어요.

다홍 치마 저고리
버선발로 달빛 밟고
옷고름 매며 뛰어 왔어요.

초롱불은 끄기로 해요.
차마 옷고름이 풀리지 않는군요.
한 줄기 설움으로 올을 내어
열 두 겹겹 감싼 속살인걸요.

포옥 안아 주세요.
그리고 炯炯한 幽界의
가장 낮으막한 목소리로
불러 주세요.

내 이름은 新婦,
우주의 꽃잎으로 불태우던
아, 내 소원
新婦.

불은 꺼졌으나
九天 하늘 어둡지 않으니
늘 어둠다히 밝게 살아
가진 거 없으나, 우리
빈 몸이 곧 가득한,
내일 아침에도 新行 길.

빈 손으로 떠나기로 해요,
눈 감으세요.
이제사 비로소
저를 재우세요,
바람으로 살래요.
빛살로 살래요.

_「예맞이」 전문(시집 『청명』)

'어느 소년소녀의 영혼결혼식에'라는 부제를 달고 있는 이 작품은 허형만 시인의 데뷔작이다. 신부의 어투를 빌려 쓴 이 시는 서정주의 「춘향유문」이나 「신부」를 연상케 한다. 이 시에 등장하는 화자는 이승에서 사랑을 맺지 못했거나 꽃다운 나이에 결혼도 하지 못하고 죽은 서러운 넋이다. 따라서 밑바닥에 깔려 있는 정서는 우리의 전통적인 정서를 대표하는 한(恨)이다. 그러나 그 한은 서러움이나 눈물 따위가 밖으로 철철 넘쳐나는 그런 퇴영적 한이 아니다. 그 처연한 슬픔은 놀랍게도 안으로 잘 승화되어 결코 밖으로 드러나지 않는다. '애이불비(哀而不悲)의 미학'이라 함은 바로 이를 두고 한 말이다. 따라서 "유계(幽界)"의 언어로 쓴 듯한 이 상처 입은 넋을 위한 추도사는 우리에게 섬뜩하리만치 투명한 아름다움을 선사한다.

이 시는 앞서 지적한 전통적 요소를 두루 갖추고 있다. 첫 번째는 제목부터 고전적인 이미지가 물씬 풍긴다. 두 번째는 여성적인 화자를 내세움으로써 간절한 호소력을 자아낸다. 세 번째는 내용 자체가 우리 전통 정서인 한을 노래하고 있다. 네 번째는 리듬 자체도 전통적인 가락에 기대어 간결하게 넘어간다. 다섯 번째는 '다홍 치마 저고리', '버선발', '옷고름', '초롱불', '구천(九天)', '어둠다히' 등 고풍스러운 시어들이 다수 동원되고 있다.

이러한 전통적 요소들은 비단 이 시에만 국한된 것이 아니다. 이는 "하마 핏물질가/아롱디리 우닐세라/이처럼 고요론 숨결로……"(「봄 그리운 이에의 시」)를 비롯한 초기시 대부분에서도 동일하게 확인된다. 특히 전통적 가락에 기반을 둔 짧고 간결한 호흡법은 그의 중기시나 후기시까지 그대로 이어진다. 이렇게 볼 때 그는 간결하고 단아한 시풍이, 호흡이 긴 시풍에 비해 체질적으로 어울리는 시인이다. 물론 초기시 중에는 「전라도 안개」, 「학다리 마을」 등과 같이 투박한 향토를 드러내거나 「유치원에서」, 「이슬」, 「창」 등 이미지 만들기를 위주로 한 시들이 혼재한 것이 사실이다. 하지만 그 중심을 관류하고 있는 것은 고전적 시학 또는 전통적 시학이라고 본다. 따라서 필자는 허형만 시인의 시적 근원이나 시인으로서의 자질을 제대로 이해하기 위해서 『청명』에 실린 초기시를 간과해서는 불가능하다고 감히 단언한다. 젊은 날의 상처가 석류처럼 알알이 박혀 진한 속울음을 피워내고 있는 첫 시집 『청명』은 매우 아름다운 시집이다.

2) 중기시, 진솔한 삶의 역사와 향토성

1979년 '목요시' 동인회를 결성하고 동인으로 활동하면서부터 허형만 시인의 시세계는 일대 변화의 바람이 불기 시작한다. 특히 1980년 벽두의 5·18 광주민중항쟁을 기점으로 거세게 몰아닥친 민주화의 열풍은 그를 비롯한 이 땅의 젊은 시인들에게 '시란 무엇인가', '시는 무엇을 할 수 있으며, 또 어떻게 써야 하는가'를 심각하게 자문하도록 만든다. 그 자문의 결과 그의 시적 자아는 초기 내면의 집을 박차고 밖으로 뛰쳐나오게 된다. 시적 화자 또한 '나'에서 '우리'로의 전환이 자연스럽게 이루어지는 것이다. 이 시적 자아는 이후 1995년까지 16년 동안 거친 역사의 광장에서 '진솔한 삶의 역사와 향토적 서정'을 일관되게 노래한다. 따라서 중기시로 묶을 수 있는 것들이 『풀잎이 하느님에게』(1984), 『모기장을 걷는다』(1985), 『입맞추기』(1987), 『이 어둠 속에 쭈그려 앉아』(1988), 『공초』(1989), 『진달래 산천』(1991), 『풀무치는 무기가 없다』(1995) 등 7권의 시집이다.

우리의 연약함을 보시고
우리의 이파리를 꺾이지 않게 하시며
당신의 이름을 위해 우리를 지키소서
야훼, 우리 하느님
태풍이 몰아쳐도 뿌리 뽑히지 않게 하시고
들불이 번져와도 타지 않게 하소서
비록 어둠 속에서도 두 눈 크게 뜨게 하시며
나팔을 높이 불어 쓰러진 동족을 일으키소서
우리의 햇살을 전과 같이 함께 하게 하시고
우리의 새들도 처음처럼 돌려보내 주소서
짓밟는 자에게 생명의 귀함을 일깨워 주시고
낫질하는 자의 낫은 녹슬게 하소서
야훼, 우리 하느님
우리의 땅은 더욱 기름지게 하시고
우리의 영혼을 버러지로부터 보호해 주시고
우리의 뿌리는 더욱 깊이 뻗게 하시며
우리의 하늘은 더욱 푸르르게 하소서

_「풀잎이 하느님에게」 전문(시집 『풀잎이 하느님에게』)

민중적 상상력과 기독교적 상상력이 한데 어우러져 간절한 기도가 되고 있는 이 시는 허형만 시인의 중기시를 대표할 만한 수작이다. 초기시 일부에서 가느다란 발성의 싹을 보인 역사의식이 이 시에서 큰 목소리 또는 외침으로 바뀌고 있음을 본다. 이 시의 육성은 간절한 기도의 형식을 취하고 있지만 가만히 들여다보면 마음속으로나 읊조리는 정도의 그런 소박한 기도가 아니다. 기도 속에 날선 비수를 감추고 있는 이 시는 탄원하듯 함께 부르짖어야 제맛이 나는 절규에 가깝다. '낫질하는 자의 낫은 녹슬게 하소서', '우리의 영혼을 버러지로부터 보호해 주시고' 같은 구절이 그 비수에 해당한다. 그 낫질하는 자나 버러지가 누구이겠는가.

실제로 그는 이 시를 낭송할 때 느닷없이 청중 속에서 튀어나와 단상에도 오르지 않고 원고도 없이 절규하듯 큰 소리로 낭송했다. 마치 성난 호랑이의 우렁찬 포효와 같았다. 좌중을 완전히 사로잡아 정신을 번쩍 들게 하던 그의 낭송을 통해 이 시의 진정한 의도가 어디에 있는가를 비로소 알 수 있었던 것이다.

허형만 시인은 독실한 기독교 신자이다. 그래서 그의 시에는 기도조가 상당히 많다. 다섯 번째 시집인 『이 어둠 속에 쭈그려 앉아』(1988)의 시 전편이 바로 이러한 투철한 역사의식을 담은 기도시이다. 그리고 그의 기도시는 단순한 기도시가 아니다. 다음 시를 보자.

> 세상을 살다보면/숨 죽여 작은 소리로는/통하지 않을 때가 많다/세상을 살다보면/조용히 홀로 있는 작은 소리는/언제나 신음에 불과할 뿐//목소리도 크게/발소리도 크게/몸짓도 눈짓도 크게 크게/그래야 사는 세상 속에서//세상을 살다보면/침 넘어가는 작은 소리 정도는/통하지 않을 때가 많다.
>
> _「큰소리」 전문(시집 『진달래 산천』)

1980년대는 어쩌면 큰소리가 필요했던 시대였는지 모른다. 그도 그럴 것이 싸움의 문학, 현장의 문학, 저항의 문학을 표방한 시가 '침 넘어가는 작은 소리'에 불과하다면 어떻게 통할 수 있겠는가. 따라서 이 시에서 주장하는 논리는 당연한 시대적 요청이요, '큰소리'는 그의 의도적인 시적 전략으로도 받아들여진다. 그래서 기도마저도 큰 소리로 했는지 모른다. 그러므로 그의 중기시 중에서 역사의식을 담고 있거나 저항시적 요소가 강한 시들은 모두가 '큰소리'이다.

하지만 큰소리도 실천을 담보로 하지 못할 때 허망해진다. 또 사람의 감정이나 선호도는 아주 약은 것이어서 똑같은 패턴이 지속되면 빨리 싫증을 내고 돌아서고 만다. 그래서 방법론적인 전환이 필요한 것일 터이다.

> 손님이 와도 짖지 않는 개는/개가 아니다/잡상인이 와도 짖지 않는 개는/개가 아니다/더더욱 도둑을 보고도 꼬리치는 개는/개가 아니다//어느날 대낮에 도둑을 맞고/개 한 마리 얻어 왔다/짖지 않는 개/눈치만 보는 개/개가 개이기를 포기하는/그 개를 보며 자문했다//-왜 컹컹컹 짖지 못할까?/-무엇이 목청껏 짖지 못하게 할까?/-무엇 때문에 시원스럽게 짖을 수 없을까?/-왜? 어째서? 왜? 어째서?
>
> _「개로 인하여-供草 4」 전문(시집 『供草』)

이 시는 모순을 보고도 말을 못하거나 방관하는 자의 비겁함을 개에 빗대어 강하게 질타하고 있다. '손님이 와도', '잡상인이 와도' 짖지 않는 개는 '개가 아니다'. 더구나 '도둑을 보고도 꼬리치는 개', '눈치만 보는 개'는 '개이기를 포기하는' 개이다. 그 개는 불행하게 목울대가 거세된 개도 아니요, 제정신이 아닌 미친개도 아니다. 그럼에도 짖지 않는 개는 차라리 미친개보다 못한 개이다. 그것은 자신의 안위를 위해 어쩔 수 없이 속으로만 신음하던 지난 연대 우리들의 슬픈 자화상이다.

그 개의 부류 속에는 허형만 시인 자신도 포함된다. 그래서 '왜? 어째서?'라고 고통스럽게 자문하는 것이 아닌가. 그리고 이 질문 속에서 자유로울 수 있었던 사람들이 과연 몇이나 되는가. 아니 질문조차도 하지 않은 사람들은 또 얼마나 많았던가. '큰소리'를 표방하며 '목청껏' 짖고 싶었던 그도 이 실천의 문제 앞에서는 난관에 봉착할 수밖에 없었음을 고백하고 있다. 이러한 의미에서 이 시는 자신의 비겁함까지 진솔하게 드러내는 양심적이고도 통렬한 자기반성으로 읽힌다.

> 오늘도 출근하기 전에 아들놈
> 껴안고 입맞추기 아랫도리 벗기고
> 엉덩이랑 똥구멍까지에도 입맞추기
> 일기예보는 청명 출근길은 정상
> 기분상태 양호 아직도 풀잎은 초록
> 전봇대도 가로수도 품안 가득 품고
> 입맞추기 길바닥에 널린
> 달래 보리 풋나물에도 입맞추기
> 우리네 위대한 황토땅에도(교황성하처럼근엄하게는말고)
> 으스러지게
> 입맞추기 사람이라면 사람 누구나
> 그것이 비록 북풍이거나 창칼이거나
> 아님 시래기국이거나 라면일지라도
> 사람으로 치고 입맞추기
>
> _「입맞추기」 부분(시집 『입맞추기』)

이 시는 「풀잎이 하느님에게」와 함께 허형만 시인의 중기시 중 필자가 가장 좋아하는 작품이다. 제목을 달리 바꾸라 한다면 「사랑법」이라 해도 좋을 만큼 이 시는 사랑을 토대로 시를 쓰는 그의 시학이 모두 있다. 그가 이야기하는 사랑의 실체가 무엇인가도 구체적으로 묘사되어 있다.

또한 이 시는 아름답다는 뜻이 무엇인지 극명하게 보여준다. 우리는 대개 겉으로만 번지르르한 것을 아름답다고 말한다. 하지만 그것은 진정한 아름다움을 잘 모르는 소치이다. 그것은 마치 외모만 화려한 여자를 아름다운 여자로 착각하는 것과 같다.

허형만 시인의 시적 관심 또는 사랑의 대상은 무슨 특별한 데 있는 것이 아니다. 그것은 이 세상에 존재하는 모든 것에 있다. 아니다. 오히려 귀하고, 잘나고, 화려하고, 깨끗한 것들보다는 천하고, 못나고, 볼품없고, 더러운 것에 있다. 그는 사람의 몸뚱어리 중 가장 더러운 부위인 '똥구멍'에 입을 맞추고, 생명이 없는 '전봇대'에도 입을 맞추고, 하잘것없는 '달래 보리 풋나물'에도 입을 맞추고, 팍팍하고도 서러운 '황토땅'에도 입을 맞춘다. 뿐만이 아니다. 사람이라면 나를 고난에 빠뜨리고 죽일 수도 있는 '북풍이거나 창칼'이라도 입을 맞추고, 못난 '시래기국이나 라면일지라도' 기꺼이 입을 맞춘다. 그것도 '뜨겁게 뜨겁게', '온몸으로 온몸으로'. 그리고 '땀 흘리며 햇살로 희망으로' 입을 맞춘다. 이는 무엇이 세상을 진정으로 사랑하는 길이고, 어떻게 해야 자신의 시가 구원의 손길이 될 수 있는가를 절실히 터득하고 있기 때문이다. 모름지기 아름답다는 말은 이럴 때 써야 어울리는 표현이다.

이렇듯 허형만 시인의 중기시는 시집마다 다소의 차이가 있지만 크게 보아 '진솔한 삶의 역사와 향토적 서정'으로 수렴된다. 달리 말해 '나'라는 초기시의 협소한 공간에서 '우리'라는 세상의 드넓은 광장으로 걸어 나와 그것을 오래도록 진솔하게 껴안고 또 부대끼던 모습을 노래한 것이 중기시라 할 것이다.

3) 후기시, 내면의 깊이와 고요

그러나 허형만 시인은 여덟 번째 시집인 『풀무치는 무기가 없다』(1995)를 펴낸 이후 상당 기간 동안 시 쓰기와 발표를 삼가는 공백기를 갖는다. 이 공백기는 그가 스스로 진중한 시적 변모를 꾀하기 위해 웅크린 기간으로 이해된다. 그리하여 4년 후에 펴낸 시집이 『비 잠시 그친 뒤』(1999)이다. 따라서 이 시집은 그 공백기가 탄생시킨 결과물이다.

이 시집은 여러 가지 측면에서 그 이전의 시집들과 성격을 달리한다. 첫째, 시적 관심사가 치열한 현실의 전면에서 일상과 자연에서 한 발짝 물러나 있다는 점. 둘째는 대상을 보는 눈이 깊어지고, 목소리 또한 고요해지고 있다는 점. 셋째, 직설적인 진술보다는 말을 최대한 아낌으로써 절제된 표현미를 획득하고 있다는 점 등이다. 이는 50대 중반이라는 연륜의 깊이와도 비례한다고 볼 수 있겠지만, 달라진 시대적 상황과 급변하는 문학의 흐름을 감지하고 이를 효과적으로 수용하기 위한 불가피한 선택으로 받아들여진다. 그의 이러한 시적 변모는 매우 자연스러운 현상으로 받아들이면서 긍정적으로 평가된다.

그러면 허형만 시인의 이러한 시적 변모의 계기는 어디에서 오는가. 그것은 "살아온 날보다/살아갈 날이 훨씬 짧아졌구나/천상의 모든 생명들이/서둘러 흙으로 돌아오고 있구나"(「처서」 일부)라는 시구에서 알 수 있듯이 지천명의 나이에 대한 자각과 성찰에서 비롯된다. 당연히 사람도 자연의 일부인 바, 그도 어느덧 인생의 가을을 맞고 있는 것이다. 이는 그 멀고도 험난한 세상을 떠돌던 한 마리 새가 이제 본연의 집으로 돌아올 시간이 되었다는 뜻이다.

그러므로 허형만 시인의 시는 바야흐로 가을이다. 가을이 어떤 계절이던가. 가을이 되면 햇빛부터가 그 음색이 다르지 않던가. 만물의 눈빛과 소리가 그윽하게 깊어지는 계절. 하여 가을밤은 한낱 쓰르라미나 귀뚜라미 소리마저도 그만큼 깊고 정밀하여서 멀리서 울어도 가까이 들린다. 여름내 푸르던 가을 들판도 스스로 변색하여 무겁게 출렁인다.

가까이 다가서기 전에는
아무 것도 가진 것 없어 보이는
아무 것도 피울 수 없을 것처럼 보이는
겨울 들판을 거닐며
매운 바람 끝자락도 맞을 만치 맞으면
오히려 더욱 따사로움을 알았다
듬성듬성 아직은 덜 녹은 눈발이
땅의 품안으로 녹아들기를 꿈꾸며 뒤척이고
논두렁 밭두렁 사이사이
초록빛 싱싱한 키 작은 들풀 또한 고만고만 모여 앉아
저만치 밀려오는 햇살을 기다리고 있었다
신발 아래 질척거리며 달라붙는
흙의 무게가 삶의 무게만큼 힘겨웠지만
여기서만은 우리가 알고 있는
아픔이란 아픔은 모두 편히 쉬고 있음도 알았다
겨울들판을 거닐며
겨울들판이나 사람이나
가까이 다가서지도 않으면서
아무 것도 가진 것 없을 거라고
아무 것도 키울 수 없을 거라고
함부로 말하지 않기로 했다

_「겨울 들판을 거닐며」 전문(시집 『비 잠시 그친 뒤』)

아홉 번째 시집에서 단연 돋보이는 이 시는 대상을 바라보는 성찰의 깊이가 빛나는 작품이다. 직설적인 목소리 위주였던 중기시와는 달리 그 표현의 깊이가 현저하게 다르다. 사물의 본질을 끝까지 물고 늘어지며 현현시키는 성찰의 깊이, 더구나 아무것도 없을 것 같은 겨울 들판에서 이토록 많은 의미를 건져 올리고 있는 성찰의 깊이는 어디에서 오는가. 이는 멀리서 그냥 바라보는 것이 아니라 직접 '겨울 들판을 거닐며' 가까이 다가가 있기 때문이다. 또 그러기 전에는 무엇이 어떨 거라고 '함부로 말하지 않기로' 하는 자기반성과 깨달음이 동반됐기 때문이다. 이 반성과 깨달음을 가능케 하는 근원은 당연히 오랜 삶의 경험에서 터득한 지혜와 비로소 자신을 돌아볼 수 있는 여유에 있다.

그래서 겨울 들판은 황량하고 살벌한 죽음의 들판이 아니다. 겨울 들판은 외양과는 달리 새로운 봄을 기다리는 생명들이 안식을 취하면서 꿈틀거리는 희망의 들판인 것이다. 살벌한 겨울 들판은 이 시로 다시 따스하게 태어난다. 그것이 겨울 들판의 본질이다.

> 이탈리아 맹인가수의 노래를 듣는다. 눈먼 가수는 소리로 느티나무 속잎 틔우는 봄비를 보고 미세하게 가라앉는 꽃그늘도 본다. 바람 가는 길을 느리게 따라가거나 푸른 별들이 쉬어가는 샘가에서 생의 긴 그림자를 내려놓기도 한다. 그의 소리는 우주의 흙냄새와 물 냄새를 뿜어낸다. 은방울꽃 하얀 종을 울린다. 붉은점모시나비 기린초 꿀을 빨게 한다. 금강소나무 껍질을 더욱 붉게 한다. 아찔하다. 영혼의 눈으로 밝음을 이기는 힘! 저 반짝이는 눈망울 앞에 소리 앞에 나는 도저히 눈을 뜰 수가 없다.
>
> _「영혼의 눈」 전문(시집 『영혼의 눈』)

이탈리아의 시각장애인 가수 안드레아 보첼리의 노래를 듣고 쓴 것으로 판단되는 이 시는 허형만 시인의 시 전체에서 가장 형상화가 감각적으로 뛰어난 작품이다. 시각이 점멸된 '눈먼 가수'는 '소리'로 '본다'. '영혼의 눈으로 밝음을 이기는 힘'을 지니고 있기 때문이다. 그리하여 '느티나무 속잎 띄우는 봄비'와 '미세하게 가라앉는 꽃그늘'을 보는가

하면 '우주의 흙냄새와 물 냄새를 뿜어'내고, '은방울꽃 하얀 종을 울'리는 등 우주의 만물과 교감을 한다. 그 놀라운 '소리'의 힘에 압도당한 느낌을 '아찔하다'고 표현하고 있다. 그러므로 소리 속에 감추어져 있는 '반짝이는 눈망울' 앞에 '나는 도저히 눈을 뜰 수가 없'는 것이다.

그런데 시각장애인 가수의 노래도 노래이지만, 그보다도 주목할 것은 그 노래의 결을 읽어내고 해석하는 시인의 뛰어난 감각이다. 물론 이는 시각장애인 가수의 노랫소리가 그만큼 시인을 감동시켰기에 가능한 일이다. 그렇다고 해서 그 노랫소리의 미세한 결을 아무나 따라갈 수는 없는 일이다. 그런데 시인은 소리의 결을 섬세한 감각으로 형상화시켰다. 이는 시인 역시 그만큼 예민한 감각의 촉수를 지니고 있음을 뜻한다. 그만큼 허형만 시인의 시적 감각이 이순을 넘어서면서부터 깊이와 넓이를 획득했다는 증거이다. 이러한 감각은 최근으로 올수록 더욱 투명하게 빛을 발한다.

갓밝이 닭울녘
동녘 하늘로 아스라이 번지는
저 빛살 참 곰살갑다
연사흘 장마 걷고
새맑은 바람
오늘
잎망울 옹알이는 소리 듣것다
굴참나무 다람쥐 맑은 눈 보것다

_「산거 4」 전문(시집 『그늘이라는 말』)

우선 열세 번째 시집 『그늘이라는 말』을 읽어보면 시어에 대한 관심이 눈길을 끈다. 이는 이전의 시집들과는 다른 현상으로 근래에 이르러 허형만 시인이 시어 하나하나에 각별한 애정을 쏟고 있음을 보여준다. 특히 순우리말과 남도 사투리를 적재적소에 배치하고 있음을 본다. 인용한 시도 마찬가지다. '갓밝이', '곰살갑다', '잎망울' 같은 순우리말과 '듣것다', '보것다' 같은 전라도 사투리가 그것이다. 이러한 시어들의 구사는 우리 모국어의 아름다움을 한껏 드러낼 뿐만 아니라 시 자체를 감칠맛 나게 하는 효과를 발휘한다.

허형만 시인은 연륜이 깊어질수록 말을 아끼고 있다. 그는 스스로 "말을 비워 말을 잊었다"(「말을 비워」)고 선언하고 있다. "구름이 앞산에 그림자 드리우며 떠가니 마침내 다다를 곳을 안다"(같은 시) 같은 구절이 그에 대한 해답을 제시하고 있다. 말수를 줄이거나 말을 비우면 침묵과 고요가 말을 대신한다. 그러다 보니 근래에 이르러 그의 시는 현저하게 짧아지고 단아해졌다. 그리고 깊고 그윽해졌다. 이는 대단히 바람직하고 바람직한 현상이다. 이제야말로 그의 시에서 거기에 합당한 연륜의 무게와 깊이가 느껴진다.

허형만 시인은 안식년을 맞아 지리산으로 들어가 노모와 지냈던 것으로 알고 있다. 지리산에 은거하면서 고요 속에 침잠하며 순수한 눈으로 자연물을 대했던 모양이다. 그 결과물이 시집 『그늘이라는 말』이고, 그중에서도 「산거」 연작이다. '연사흘 장마 걷고/새맑은 바람'을 맞으며, '잎망울 옹알이는 소리'와 '굴참나무 다람쥐 맑은 눈'을 보는 감각이 얼마나 청신한가. 모든 것을 내려놓고 작은 것에서 큰 기쁨을 찾으며 얼마나 자연의 섭리에 순응하려 하고 있는가. 이제 그는 여생에 가야 할 길을 제대로 찾은 것이다.

4부

시집과 시

‘울다’와 ‘가만 있자’의 시학
_ 조재도 시집, 『좋은 날에 우는 사람』

1. ‘울다’, 호곡론(好哭論)

필자는 조재도 시인을 만난 적이 없어 잘 모른다. 하지만 이번 시집을 읽고 추측하건대, 적어도 그가 울음이 많은 사람일 것이라는 생각이 든다. 울음이 많으니 또한 한이 많고 다정다감한 성품의 소유자일 것이라는 생각도 든다. 평탄하게 살아왔거나 성격이 차갑고 메마른 사람이 울음을 달고 다닐 리 만무하기 때문이다. 그의 울음은 땡감처럼 설익은 것이라기보다 늦가을의 홍시처럼 찬 서리 맞아 팍 곰삭은 것에 가깝다. 신산고초를 다 겪은 울음은 넓은 그늘과 진한 향기를 품는다.

그의 약력을 보니 그저 평탄하게 살아온 사람이 아니다. 『민중교육』지 사건(1985)과 전교조 결성(1989)으로 해직되었다가 1994년에야 복직된 암울한 기억을 갖고 있다. 게다가 “병환 중인 아버지와 고된 노역을 혼자 감당해야 하는 어머니, 말을 하지 못하는 형과 실직한 동생”(「호곡론을 읽다」 발문)에서도 알 수 있듯이 우환과 곤궁으로 인한 불행한 가족사가 겹쳐 있다. 따라서 그의 울음은 천성일 수도 있지만 대체로 이 두 가지의 불행 혹은 상처에서 자유롭지 못한 듯하다.

이렇듯 조재도의 다섯 번째 시집 『좋은 날에 우는 사람』은 울음을 중심 화두 중 하나로 삼고 있다. 울음의 근원은 그가 겪었거나 지금도 겪고 있는 불행 혹은 상처이다. 따라서 그의 ‘호곡론(好哭論)’은 이 두 가지를 중심축으로 하고 있다고 해도 좋을 것이다. 전자가 가족을 포함한 일반 민초들의 신산한 삶과 관련된 울음이라면, 후자는 시인 스스로 현실에 응전하기 위한 울음의 성격이 짙다. 먼저 전자의 경우를 살펴보자.

> 슬픔의 안쪽을 걸어온 사람은/좋은 날에도 운다/(……)/ 이 좋은 날 울긴 왜 울어/어여 눈물 닦고 나가 노래 한 마디 혀, 해도/못난 얼굴 싸구려 화장 지우며/운다, 울음도 변변찮은 울음/채송화처럼 납작한 울음/반은 웃고 반은 우는 듯한 울음/한평생 모질음에 부대끼며 살아온/삭히고 또 삭혀도 가슴 응어리로 남은 세월/누님이 그랬고/외숙모가 그랬고/이 땅의 많은 어머니들이 그러했을,
>
> _「좋은 날에 우는 사람」 부분

이번 시집의 표제시이기도 한 이 시는 우리네 민초들의 울음의 속성을 잘 보여준다. 그 속성을 한마디로 표현한 구절이 '좋은 날에도 운다'이다. 일반적으로 울음이 슬픔과 결부되어 있다고 볼 때 이는 그것을 뒤집는 표현에 해당한다. 기쁘고 즐거워서 웃어야 할 날에 그들이 우는 이유는 '슬픔의 안쪽을 걸어'왔기 때문이다. 다시 말해 '한평생 모질음에 부대끼며 살아온/삭히고 또 삭혀도 가슴 응어리로 남은 세월'이 회한의 주마등처럼 떠올랐기 때문이다. 이는 오래 헤어져 살던 이산가족이 상봉하거나 각고의 노력 끝에 어떤 목표를 이루었을 때 기뻐서 웃기보다는 감격에 겨워 먼저 눈물을 흘리는 경우와도 같다. 이것이 민초들의 울음이다.

그런 의미에서 슬픔은 기쁨의 가까운 이웃이며, 울음과 웃음은 서로의 다른 이름이다. 그들의 울음 속에는 웃음과 울음이 반반씩 섞여 있다. 그래서 '변변찮은', '납작한', '못난' 울음이지만, 지극히 인간적이고 다정다감한 울음이기도 하다. 조재도 시인은 그 스스로 농군의 자식답게 이번 시집의 여러 시편을 통해 민초들의 삶과 애환을 노래

하고 있다. 그런 의미에서 그의 시세계는 여전히 민중지향성을 띠고 있다고 할 수 있다. 다음으로 후자의 경우를 보자.

> 처서 무렵 우는 매미는/강철 빛깔이다/골무만한 몸통에서/가슴팍 열어 젖혀 쟁명히 울어대는/매움 매움, 저 매미 소리는/하늘과 땅 사이 나 아니면 울 게 없다는/아니 아니 하늘과 땅 사이 울 것 투성이인데/아무도 울지 않아 내가 대신 운다는/매미가 쓰는 호곡론(好哭論)이다/그래 그건 그렇고/넌 언제 울어봤니/두 줄기 눈물 비줄배줄 흘리는 그런 울음 말고/막힌 칠정 한꺼번에 터져 나와 목젖이 다 갈라지는/크나큰 울음, 통곡을/넌 어느 때 울어 봤어/아파트 숲 단풍나무 가지에 앉아/꽁댕이 들었다 놨다 울어 퍼지르는/아흐, 저 빛살의 매미 소리/어떤 톱날로도 자를 수 없는
>
> _「매미 소리」 전문

위의 시는 조재도 시인이 펼치는 '호곡론'의 내용이 무엇인지 담겨 있다. 여기서 '好哭'은 목 놓아 슬피 운다는 '號哭'과는 다른 마땅히 울어야 한다는 울음의 당위성을 의도적으로 강조하는 의미로 읽힌다. 또한 그가 이 시에서 주장하는 울음은 '어떤 톱날로도 자를 수 없'을 만큼 견고하고 '막힌 칠정 한꺼번에 터져 나와 목젖이 다 갈라지는/크나큰 울음, 통곡'인 바, '울음도 변변찮은 울음/채송화처럼 납작한 울음'으로 표현된 앞의 시의 울음과는 사뭇 다른 양상을 지니고 있다. 앞의 시가 민초들의 수동적이고 폐쇄적인 울음이라면, 이는 적극적이고 공격적인 울음이라는 점에서 상반된다. 그러니까 이 시에서의 울음은 현실참여적인 성격을 지니고 있다고 할 수 있다. 다시 말하면 조재도 시인 자신처럼 당대의 현실을 반영하는 시인들의 울음은 어떠해야 하는가를 이야기한 것처럼 보인다.

그의 호곡론은 매미의 울음소리를 통해 펼쳐진다. 매미는 여름에 운

다. 아니 여름이니까 매미가 운다. 그런데 이 시에서의 매미는 여름의 끝자락인 '처서 무렵'에 운다. 게다가 그 울음소리는 어찌나 쟁명한지 '강철 빛깔'로 시각화되어 있을 정도로 공격적이다. 그래서 그 울음소리까지 '매앰 매앰'이 아니라 '매움 매움'이다. 그리고 주목할 만한 것은 매미가 우는 이유를 '하늘과 땅 사이 울 것 투성이인데/아무도 울지 않아 내가 대신 운다'라고 쓰고 있다는 점이다. 이는 아무리 시대가 바뀌었더라도 현실상황은 여전한데, 아무도 그것을 시로써 반영하거나 노래하지 않으니 혼자서라도 대신할 수밖에 없다는 안타까움이 묻어 있는 구절로 읽힌다. 그러면서도 시인은 스스로 '넌 언제 울어봤니' 하고 묻는다. 이 물음은 자신의 울음에 대한 반성임과 동시에 울지 않거나 울어본 적도 없는 시인들을 향한 통렬한 질타이다.

조재도 시인의 호곡론을 읽고 보니, 1980년대 말 이후 소위 민중시인들이 사라진 우리 시단 상황이 떠오른다. 1980년대라는 여름날을 '쟁명히' 울어대던 매미들은 어디로 가고 정적만이 감도는가. 울지 않는 매미들은 다들 울음이 거세되었는가, 아니면 울 필요가 없는 것인가.

2. '가만 있자', 느림과 고요

'울음'과 더불어 이번 시집의 또 다른 화두는 '느림'과 '고요'이다. 이 두 화두는 따로따로 존재하는 것이 아니라 서로 유기적인 관계 속에서 공존하고 있다. '느림'은 '빠름'에 반하는 말로서 속도의 시대를 살고 있는 우리의 바쁜 발걸음에 제동을 걸 수 있는 중요한 덕목에 해당한다. 그것은 무서운 속도로 질주하는 직선의 길이 아니라, 천천히 에돌기도 하고 잠시 쉬었다가도 갈 수 있는 곡선의 길 위에서 실현된다. 또한 그것은 앞만 보고 달려가는 것이 아니라 뒤를 돌아보는 여유에서 생긴다. 이 느림의 미덕이야말로 브레이크 없이 낭떠러지를 향해 달려가는 자동차처럼 정신없이 살아가는 현대인을 구원할 소중한 미덕임에 틀림없다.

> 그곳에선 모든 것이 천천히 흘러간다/구름도 배나무도 반쯤 졸려 눈을 감고 있는 저녁나절의 햇살도/아름다운 한 순간의 배경으로 머물고/할머니 한 분 바구니 들고 느릿느릿 텃밭에 든다/구부정한 허리만큼이나 밭고랑이 좁다/(……)/오갈든 호박잎이 구겨진 치마폭을 서서히 편다/모든 것이 고요히 천천히 흘러가는 뒤뜰/허공을 가로지르다 휘청 거미줄에 걸린 매아미의 비명소리
>
> _「뒤뜰 정담」 부분

위 시는 '뒤뜰'을 통해 느림의 미학을 구현하고 있다. '뒤뜰'이라 함은 넓고 부산한 '앞뜰'과는 달리 좁고 한적한 뜰을 가리키는 것으로, 어린 시절 우리네 시골집에서나 볼 수 있었던 공간이다. 지금은 좀처럼 볼 수 없거나 사라졌다는 점에서 주로 아파트에서 살아가는 현대인들에게 그것은 아스라한 추억의 공간이기도 하다.

그곳에선 '모든 것이 천천히 흘러간다'. '구름도', '배나무도', '저녁나절 햇살도', 텃밭에서 일하시는 '할머니'도, 할머니의 '구부정한 허리'도, '치마폭을 펴는 호박잎'도, '거미줄에 걸린 매아미의 비명소리' 마저도 온전히 느림과 곡선의 이미지로 수렴된다. 실제로 시인은 이 느림의 의미를 구현하기 위해 '천천히', '느릿느릿', '서서히' 같은 부사들을 배치하고 있기도 하다. 그 느리고 한적하기 그지없는 뒤뜰에서 시인으로 생각되는 '사내'와 시인의 어머니인 듯한 '할머니'의 정담이 '수국처럼' 두런두런 부푼다. 참으로 우리들이 버리고 온, 지금은 돌아갈 수 없어 너무나 안타까운, 그래서 더욱 그립고 아름다운 시간이자 풍경이 아닐 수 없다. 그리고 마지막 구절 '허공을 가로지르다 휘청 거

미줄에 걸린 매아미의 비명소리'가 느림의 미덕을 상실한 우리들의 불행한 비명소리로 들려 마음이 아프다.

> 어떤 말이 늘 서서 걸으며 달려가는 우릴 멈추게 하겠는가/그 자리에 멈추어, 앉아, 되돌아보게 하겠는가/가만 있자의 그 순간이 어디/사람에게만 있겠는가/날아오를 자리 가늠하며 대가리 까댁이는/미루나무 꼭대기의 저 까치에게도/주춤대며 개천 다리 건너오는/오늘 아침 샛강의 자욱한 안개에도/그러니까 그 자세 가만 있자의/낮은 걸음 자세는 깃들어 있는 것이다/왜 아니겠는가, 한 순간 불티처럼 튀어나온 그 깨달음에/극(極)으로 치닫던 마음이 돌아앉는다
> _「가만 있자 그러니까 그게 거, 할 때의 가만 있자에 대하여」 부분

> 사과할래, 안합니다, 그럼 한 번 쳐야겠어, 네, 너도, 네, 좋아, 치고 싶다면 쳐야지, 나도 열 받는다, 막무가내 앞에서 나도 막무가내 되고 싶다.//그러다 문득, 우리 5분만 가만 있자, 그런 다음 치기로 하자, 멀뚱히 떨어져 앉아 삼·백·초를 견딘다. 운동장에 까치 한 마리 날아와 앉는다. 은행잎 호로로 진다. 그새 늦가을 한 토막 서둘러 간다.//갈밭에 눈 내리듯 분노 잦아든다. 고요의 손길이 터진 제 몸을 한 땀 한 땀 깁는다. 씩씩거림 흥분이 고요 속으로 기어든다. 강둑 물안개 퍼지듯 고요, 고요히 제 자리 찾아 앉는다.//얼핏 신성(神聖)이 지나는 걸 보았다
> _「고요의 힘」 부분

「가만 있자 그러니까 그게 거, 할 때의 가만 있자에 대하여」(이하 「가만 있자」)와 「고요의 힘」은 '가만 있자'는 말 속에 '느림'과 '고요'가 '깨달음'이나 '신성'으로 깃들어 있음을 설득력 있고 재미있게 보여준다. 「가만 있자」에서 '가만 있자'는 제목에서도 알 수 있듯이 우리가 뭔가를 표현할 때 생각이 안 떠올라 더듬거릴 경우 자주 쓰는 말로

'잠깐만' 혹은 '잠시만 기다려 봐'의 의미를 지니고 있다고 할 수 있다. 그런데 이 어눌한 말 한마디가 '늘 서서 걸으며 달려가는' 우리의 자세를 '멈추어, 앉아, 되돌아보게 '하는 힘을 부여한다. 다시 말해 이 말 한마디가 우리에게 '여유'와 '반성', '용서'와 '화해'의 길로 안내해주는 것이다. 이 '낮은 걸음 자세'는 비단 '사람'에게만 있는 것이 아니라 '까치' 같은 생물이나 '안개' 같은 무생물에도 다 깃들어 있다. 그리하여 결국 그것은 '깨달음'의 다른 이름이 된다.

「고요의 힘」의 '가만 있자'는 「가만 있자」의 의미를 포함하면서 동시에 '조용히 있자', '좀 더 깊이 생각해보자'의 의미를 지니고 있다고 할 수 있다. 이 한마디는 '고요'나 '침묵'의 과정을 거쳐 모든 것을 제자리로 돌려놓는 '신성'의 의미를 품는다. 막무가내로 싸우던 녀석들이 '5분만 가만 있자'는 선생님의 말씀에 거짓말처럼 흥분을 가라앉히고 화해의 길로 접어드니 이 한마디에 어찌 신성이 깃들어 있다고 하지 않을 수 있겠는가. 실로 '5분'이라는 시간이 갖는 상처 또는 갈등의 치유능력이 위대하다고 아니할 수 없다. 이 '5분' 혹은 '삼 · 백 · 초'가 그들에게 다시 생각할 여유와 성찰의 기회를 부여하는 동안 '운동장에 까치 한 마리 날아와 앉는다. 은행잎 호로로 진다. 그새 늦가을 한 토막 서둘러 간다'. 그동안 아이들만 분노와 흥분을 가라앉히는 것이 아니라 창밖으로 우주만물의 풍경도 함께 달라지는 것이다. 그러므로 이 '5분'이라는 짧은 시간은 여기서 '다섯 시간'이나 '5일', 아니 그 이상의 긴 시간으로 확대된다. 그것이 고요와 느림이 갖고 있는 힘이다.

필자는 이번 시집을 통해서 조재도 시인이 찾아낸 가장 위대한 발견이 바로 이 '가만 있자'라는 말이라고 생각한다. 우리가 평소 무심코 사용하거나 흘려버린 말 한마디가, 아니 제대로 말을 못해 주저하거나 더듬거림을 대신하던 말 한마디가 이토록 우리를 구원의 길로 이끄는 길라잡이가 될 수 있다니 참으로 신기하고 놀랍지 아니한가.

3. 토속어의 적절한 구사

이번 시집의 화두 못지않게 관심의 대상이 되고 있는 것은 토속어의 적절한 구사라고 할 수 있다. 여기서 토속어라 함은 지금은 잊혀져 잘 사용하지 않는 순우리말이나 충청도 사투리 등을 가리킨다. 조재도 시인은 이러한 토속어의 활용 이외에도 자신의 방식대로 시어를 만들어서 적재적소에 활용하고 있기도 하다. 이렇듯 시어에 대한 그의 극진한 배려는 모국어를 한껏 빛낸다는 차원에서 의미가 있을 뿐만 아니라, 사라져가는 토속적인 정서를 살려내는 데 크게 기여하고 있다. 특히 독특한 말맛과 가락을 형성하는 효과를 발휘하고 있음을 본다.

> 예나 지금이나 낡은 국수틀은 틀틀틀 은어 뱃바닥 같은 흰 국수를 느런히 찰찰히 뽑아만 내는데/국수가드락 앞 이빨로 오독오독 씹어 맛보며/국수는 뭐니뭐니 해도 이 집 국수가 최고여, 멸치 국물 후넉후넉하게 말아 무 잎새 짠지 척 걸쳐 먹으면 을매나 맛나고 칼타운지 몰러, 하시는 어머니 말씀에/염소같이 헤벌씸 웃기만 하던 주인도 주인의 동생도 그 국숫집도
>
> _「은산 국수집」 후반부

> 그러믄유 딴 거 읎슈/올해두 농사짓자는 거유/내 땅에 내가 물 대어/내 손으로 농사짓겠다는디/웬늠의 참견이 이리 성가시대유/그럼유, 우린 딴 거 안 바래유/작년처럼 올해두/농사짓자는 거유/미군기지가 일루 옮겨오면/그 땅이 여의도 몇 배?/열 배라나 스무 배라나 허더먼서두/그리고 또 뭐라지?
>
> _「대추리」 전반부

시인의 고향 부근에 있는 '은산 국수집'의 풍경(추억)을 맛깔스럽게

읊은 「은산 국수집」은 순수 우리 토속어의 잔칫상을 보는 듯하다. 낡은 국수틀이 돌아가는 소리를 표현한 '틀틀틀(덜덜덜, 털털털이 아니라)'이라는 새로운 첩어를 비롯해 '느런히(나란히, 가지런하게, 기다랗게)', '찰찰히(찰랑찰랑하게)', '가드락(가락)', '후넉후넉하게(후하게, 넉넉하게)', '짠지(묵은지)', '칼타운지(칼칼한지)', '헤벌씸(헤벌쭉)' 같은 순 우리 토속어, 그리고 충청도 사투리로 보이는 '최고여', '을매나(얼마나)', '몰러(몰라)' 등은 얼마나 맛깔스럽고 토속적인 말맛을 풍기는가. 게다가 이러한 시어들이 어울려 얼마나 '국수 가드락'처럼 휘늘어진 가락을 형성하며 느림의 미학을 구현하고 있는가. 읽으면 읽을수록 이 시는 저 백석의 시를 연상케 한다.

미군기지 이전에 반대하는 순박한 농민들의 항변을 담은 「대추리」는 충청도 사투리 사용의 진수를 보여준다. 그것은 어미의 활용에서 두드러진다. '그러믄유', '거유', '성가시대유', '바래유', '몰러유', '하나유', '읎슈', '읎을규' 등에서의 '－유', '나가라구 혀'에서 '－혀'가 그것이다. 이 어미들은 말끝을 길게 빼는 충청도 사투리의 특징을 그대로 드러냄으로써 역시 느림의 가락을 구현하는 데 기여하고 있다. 시에서의 사투리 사용은 그 지역의 향토적 정서를 드러내는 데 효과적이지만, 무분별한 사용은 오히려 시의 품격을 떨어뜨리므로 유의해야 한다. 이는 꼭 사투리로 표현하지 않으면 안 되는 경우에만 사용해야 한다는 뜻이다. 그런 의미에서 이 시는 효과 만점이라고 할 수 있다. 만약 충청도 사투리를 사용하지 않았다면 시적 효과의 반감은 물론 농심(農心)을 생생하게 드러내지 못했을 것이기 때문이다.

조재도 시인은 이번 시집을 통해 위에서 언급한 시어들 이외에도 '매움 매움'(「매미 소리」), '씀벅씀벅'(「좋은 날에 우는 사람」), '후엉후엉'(「날마다 새로워지는 중」), '사물사물'(「그집」), '홰홰 설설'(「보리밥」), '움먹'(「뒤뜰 정담」) 등의 첩어와 '걀쪽하게', '매아미'(「뒤뜰 정담」), '희까스른다'(「문장대」), '코쭝배기'(「다시 읽는 시」), '까댁이는'(「관계」), '짜개져'(「군락」), '추썩거려'(「빈 의자」)와 같은 토속적인 순우리말, '－댜', '－먼', '－디', '－겨' 등의 충청도 말투를 효과적으로 구사함으로써 시적 효과를 극대화시키고 있다. 이는 아무리 시대가 바뀌어도, 아무리 영어지상주의가 판치는 세상이라도 우리말을 지키고 보전해야 한다는 점에서 소중한 작업의 일환이 아닐 수 없다.

끝으로 조재도 시인의 울음이 더욱 깊이 곰삭아 진한 맛과 향으로 세상 사람들을 두루 울리기를 바라면서, 그리고 그의 느림과 고요의 미학이 우리의 바쁜 발걸음을 멈추게 하길 바라면서 그의 시 한 구절을 다시 인용하는 것으로 이 글의 끝을 맺는다.

우리 5분만 가만 있자,

_「고요의 힘」 중에서

기억의 지도를 따라 돌아다니다
_손정순 시집, 『동해와 만나는 여섯 번째 길』

1. 프롤로그

손정순의 시는 돌아다닌다. 그러므로 언제나 '길' 위에 있다. 돌아다닌다는 것은 '길' 위에서 마주치는 풍경에 기대어 잠시 위안을 얻기 위한 것일 수도 있지만, 그보다는 궁극적으로 무엇인가를 찾기 위해서이다. 그 무엇은 삶에 대한 질문과 해답일 터이다. 그러나 안타깝게도 풍경은 해답을 보여주지 않는다. 오히려 거기에는 끝내 떨쳐버릴 수 없는 지난날의 아프고도 아름다운 기억의 서사가 언제나 따라다닌다.

이번 시집의 서시라고 할 수 있는 '裸木 끝에 끝끝내 매달린 枯葉 하나, 무성했던 지난날과 흔들리는 그대 이름 불러준다'(「존재」)라는 구절은 '枯葉 하나'로 표현된 기억의 실체가 무엇인지를 암시한다. 그것은 그가 지금껏 살아온 날들의 체험 속에 자리한 유년시절과 아버지, 그리고 젊은 날의 사랑이다. 그것들이 그의 마음속에 지울 수 없는 '그늘'을 드리웠지만, 오늘 자신으로 하여금 시를 쓰게 하는 힘의 원천이다.

손정순 시인의 처녀시집 『동해와 만나는 여섯 번째 길』은 2001년 『문학사상』으로 등단한 이후 10년 만에 펴낸 결실이다. 오랜 공들임과 망설임 끝에 내놓은 시집이어서 그만큼 그간의 시적 다변성이 혼재해 있을 것으로 예상했으나 놀랍게도 일정한 서정적 톤과 틀을 유지하고 있다. 이는 기억을 동반한 돌아다님의 구도이다.

이번 시집의 기억의 서사는 현재－젊은 날－유년의 순서로 엮여 있다. 말하자면 현재에서 과거로 거슬러 오르는 회상 방식을 택하고 있다. 그러나 여기에서는 시간의 흐름을 통해 기억의 면모를 순차적으로 보여주기 위해 과거로부터 출발하여 현재에 이르는 방식으로 시집을 들여다보고자 한다.

2. 유년의 서사, 고향과 아버지

고향과 가족사를 이야기하는 손정순 시인의 시에는 어머니보다 아버지가 자주 등장한다. 보통 딸이 아버지와 더 가깝기 마련이긴 하지만, 유년시절 손정순 시인의 아버지는 다정다감한 존재였다. 그렇기 때문에 시인의 아버지는 모든 추억의 근원이고, 현재 삶의 자리를 물려준 장본인이며, 오늘의 시를 있게 한 원형이기도 하다.

> 어릴 적 아버지는 밤새 낚아온 화금붕어 두 쌍을
> 뒤뜰, 흙으로 빚은 장독 속에 풀어놓았다
> "아빠, 우리도 잘 보이게 예쁜 유리어항에다 키워요?"
> "안 된다, 저들도 비밀이 있는데 우리가 훔쳐보면 곤란하지?
> 밤에는 이불 속에서 뽀뽀도 하고 사랑도 나누는데
> 우리가 귀찮게 굴면 불면증에 걸려서 금방 죽게 돼"
> 아버지는 밤이 되면 금붕어가 잠든 독방에
> 바람이 잘 통하는 삼베이불을 덮어주었다
> 이른 아침 그 삼베이불을 걷어 젖히면
> 붕어가 햇살 속으로 은빛 기지개를 켜고 튀어 올랐다
>
> _「금붕어 이야기」 부분

유년시절 '화금붕어' 한 쌍을 두고 나눈 딸과 아버지의 대화는 부녀

간의 관계가 얼마나 친밀하고 다정한가를 여실히 보여준다. 이 시에 나오는 아버지는 무뚝뚝하고 근엄한 존재가 아니다. 금붕어의 비밀을 지켜주고 건강을 염려하여 '바람이 잘 통하는 삼베이불'까지 덮어주는 그런 자상하고 생명을 소중히 여길 줄 아는 아버지다. 어린 시절 그런 아버지의 따뜻한 말씀이 딸에게 교육적 효과로 전이되어 오늘날까지 어떤 영향을 미치고 있을지 상상하는 것은 어렵지 않다. 그래서 아버지는 돌아가신 후에도 '어느새 내 손등 위로도 뚝, 뚝 떨어지는 내 아버지 개밥바라기별'(「다시 蘇來에 와서」)이거나 '어둔 밤하늘로 生의 그물을 던져//멸치배 가득 파란 혼불 밝히실 나의 아버지'(「그리운 별 아래-식도에서」)로 나타나며, 때로는 '당신이 너무 보고 싶습니다'(「안부를 묻다-영화 〈체인질링〉을 보고」)라고 간절히 불러보기도 하는 것이다.

손정순 시인의 고향에 대한 기억은 아름답기도 하지만 최초로 아픈 상처를 남겨준 곳으로 각인되어 있다. 그것은 댐 공사로 수몰된 고향 마을 때문이다.

> 그해 겨울, 운문 지서와 우체국 옆으로 검은 아스팔트 공사가 시작되고, 구름마을은 입 큰 물귀신의 먹이가 되었습니다. 마을 한복판에 매달린 둔중한 종소리가 온 들판에 울려퍼지면, 자전거를 타고 깔깔거리던 그 플라타너스 길도 지도에서 영영 사라져버렸습니다. 벙어리 옥이 언니는 청도 다방으로, 건장한 몸뚱이뿐인 삼촌은 부산 바닷가로 일자리를 찾아 떠났습니다. 늙으신 할머니는 이곳에 뼈를 묻겠다고 통곡했지만 아버지는 도회의 불빛을 따라 달렸습니다. 어린 동생이 아무리 멀미를 해대도 어머니는 반응이 없었습니다. 차창으로 유난히 많은 불빛들이 모여들어 은하수를 만들었습니다.
>
> _「운문댐, 그 후」 1연

누구에게나 자신의 태를 묻었던 고향은 죽을 때까지 잊을 수 없는 법이다. 그곳이 자신의 근원이기 때문이다. 그런데 그 근원이 사라진다는 사실, 그것도 거대한 댐 속에 깊이 가라앉는다는 사실은 엄청난 충격과 상실감을 불러올 것이 자명해서 어쩔 수 없이 커다란 상처로 각인될 수밖에 없다. 화자는 '그해 겨울'에 펼쳐진 상처의 풍경을 고스란히 기억하고 있다. 댐 공사가 시작되면서 온 들판에 울려 퍼지던 '종소리'도, 자전거를 타고 달리던 '플라타너스 길'도 사라지면서 아름다웠던 유년의 추억은 산산이 깨진다. 또한 '벙어리 옥이 언니는 청도 다방으로, 건장한 몸뚱이뿐인 삼촌은 부산 바닷가로 일자리를 찾아' 떠나고, 우리 가족은 '도회의 불빛을 따라' 도시로 이주함으로써 마을 사람들과 가족이 뿔뿔이 해체되는 결과를 초래한다. 오래도록 살았던 집을 물속에 묻고 낯선 도시로 이주한다는 사실은 그 자체로 참담함의 극치이다. '차창으로 유난히 많은 불빛들이 모여들어 은하수를 만들었습니다'라는 구절은 당시 가족들의 처연한 표정을 눈에 보이듯 선연하게 보여준다. 그리하여 '강에서 떠밀려온 농사꾼'은 고향을 등진 채 비정하고 삭막한 도시생활을 시작하게 되었던 것이다.

3. 젊은 날의 서사, 쓰린 사랑의 상처

손정순 시인의 젊은 날의 기억을 사로잡고 있는 것은 운동권 체험과 운동권 청년과의 사랑이다. 특히 시 속에서 '수배자', '그대', '당신'으로 부르고 있는 어느 운동권 청년과의 고통스러운 사랑의 기억은 사랑이 끝난 이후에도 끝끝내 남아 그녀를 따라다닌다. 차마 못 이룬 사랑이기에 채울 수 없는 공복처럼 남아 오래도록 쓰라리다.

낡은 필름을 돌린다, 다시

책 무덤 속에서 한세상 혁명을 꿈꾸었고
광장에서,
반기지 않는 고향 깊은 골짜기로 숨었다가, 독방으로
군대로 끌려간 청춘이었지만
내 사랑 당신, 아직도 잔치 끝난 그 三溪 아래 이끼를 뒤집어쓰고
한참이나 눈멀고 귀 먼 사랑을 한다

_「그 여름, 삼계리」 부분

화자가 사랑했던 그의 이력은 '책 무덤 속에서 한세상 혁명을 꿈꾸었고/광장에서,/반기지 않는 고향 깊은 골짜기로 숨었다가, 독방으로/군대로 끌려간 청춘'이다. 소위 모래시계 세대라면 누구나 짐작할 수 있는 전형적인 골수 운동권이다. 그런 그를 상대로 화자는 '잔치 끝난' 후에도 '한참이나 눈멀고 귀 먼' 맹목적인 사랑을 한다.

'내 나이 열아홉'(「노고산동」)에 '매일 도서관 앞에서 선동을 주도'하는 그와의 사랑은 시작되었고, 그에게 이끌려 덩달아 '대자보'를 쓰는 운동권 행세를 하기도 한다. 그러나 '아무 곳으로도 오가고 싶지 않았네'에서도 알 수 있듯이 자신은 운동권의 사상이나 이념, 행동에 물드는 것을 달갑게 여기지 않았다. 오히려 운동보다는 문학에 관심을 두었던 듯하다. 그럼에도 불구하고 부담스러운 그를 떨쳐내기보다는 오히려 껴안는다. 이는 서초동 꽃마을의 대학생들이 운영했던 건넌방의 기억(「건넌방-1989년 봄」)이나 '삼삼오오 아무렇게나 쓸려가는 저 꽃잎들이여, 우리 어느 역 어느 광장의 바다에서 다시 환생하여 이마에 붉은 꽃 가득 피울 수 있을까요?'(「청년이었던 당신에게」)에서도 드러난다. 이는 타자를 향한 손정순 시인 특유의 안타까움과 연민의 마음이 작용한 건 아닐까 짐작해본다.

어느새 풍경처럼 나타났다 사라져가는

내 사랑, 수배자의 향기!
꿈속에서도 비켜갈 수 없다면
당당하게 죄짓고
붉은 원죄의 꽃향기로 열매 맺으리

_「복사꽃 진자리」 부분

그리하여 화자는 죄를 무릅쓰고 그와의 사랑을 감행하겠다는 의지까지 내보인다. 어느 봄날 화자는 들녘에서 꽃망울을 터뜨리는 복사꽃을 보다가 '내 사랑, 수배자의 향기!'를 맡는다. 때가 봄인지라 자연스럽게 지난날의 '사월'을 연상하고, '사월'을 떠올리다 보니 복사꽃 향기에서 '내 사랑, 수배자의 향기!'가 스민 것이다.

그리하여 화자는 '꿈속에서도 비켜갈 수 없다면/당당하게 죄짓고/붉은 원죄의 꽃향기로 열매 맺'겠다는 의지까지 내비치기도 한다. 그만큼 그를 향한 화자의 사랑이 강렬하다는 증거이다. 하지만 '손아귀 사이로 발갛게 번지는 솜꽃 눈물, 움켜쥐면 쥘수록 빠져나가는 당신, 신기루다 빈 소주병에 꽃불 피우던'(「개골산 진경」)에서도 읽을 수 있는 바, 집착할수록 사랑은 '신기루'처럼 빠져나간다. 마침내 '그대 허울 부여잡고 긴 겨울 날 수 없어 놓아'버림으로써 사랑은 일단락된다. 그러나 그에 대한 기억이 완전히 사라진 것은 아니다. 이 운동권 청년은 아버지와 더불어 지금껏 손정순 시인의 기억에 각인된 가장 강렬한 존재이다.

4. 현재의 풍경, '길' 위에서의 성찰

유년시절 겪은 고향의 수몰과 아버지에 대한 그리움, 그리고 젊은 시절 운동권 청년과의 끈질긴 인연으로 홍역을 앓았던 손정순 시인은 그 상처의 기억을 간직한 채 이제 자신의 존재론적 성찰을 위해 길 위를 떠돌아다닌다. 지난날의 상처를 달래고 진정한 길 찾기를 위해서이다.

주로 그녀의 발길이 닿는 곳은 절간이거나 바닷가 또는 포구이다. 격렬한 시기를 지나온 자가 찾기에 알맞은 곳이다. 그녀의 돌아다님을 견인하는 것은 그리움이다. '바다는 늘, 저렇게 멀리서 누워 있구나'(「동해 가는 길」)에서 알 수 있듯이 그리운 것들, 잡을 수 없는 것들은 항상 나로부터 멀리 떨어져 있기 때문이다. 그리하여 그녀의 관심은 이제 자신의 내부로 쏠린다. 풍경을 통해 자신의 내부를 들여다보는 것이다.

> 단풍으로 겉옷 걸친 백제 코끼리 한 마리 쓸쓸히 웅크린 발치 아래 개심사 경지(鏡池), 여우비 오듯 낙엽들 수수거린다 마음 주렴으로 걸러내면 잎 다 떨군 굴참 몇 그루도 알몸으로, 거울에 제 모습 비추고 섰다
>
> _「개심사 거울못」 부분

어느 가을날 화자는 '개심사 경지'에 선다. '경지'는 개심사의 모든 것을 비추는 거울이다. 거기엔 연두색 봄날과 무성한 초록의 여름날을 거쳐 늦가을에 이른 '잎 다 떨군 굴참 몇 그루도 알몸으로, 거울에 제 모습 비추고 섰다'. 격렬한 젊은 날을 거쳐온 '나'도 굴참나무처럼 '마음 주렴으로 걸러'내고 서 있다. 거기엔 과거의 어떤 그림자도 없는 것처럼 보인다. 정적만으로 나 자신을 성찰하고 있는 것이다. 그리하여 '상왕산(象王山) 임금코끼리 등허리에 올라타 하늘문 두드리고 싶다'는 소망까지 내비친다. 그러나 그 순간 '오토바이 탄 우체부'가 '세상 소식을 들고 막 절문으로 들어'섬으로써 그 정적은 깨져버린다. 이는 화자가 세상사로부터 온전히 벗어날 수 없음을 암시하는 것으로 볼 수 있다.

지나온 모든 길도 문득 보이다 불현듯 사라지기도 했으리라 점점 매서운 눈보라 화폭을 찢자 층층 겹겹 덧칠한 기봉과 암벽들 울컥한 기운으로 치솟았다 순간 아홉 마리 용이 꿈틀, 한다 폭설은 집요하게 덧칠을 뭉개고 질풍노도의 기세로 금강사군첩을 허문다 산세 초본이 기우뚱, 한다 기우뚱하는 것은 저 설봉이 아니라 내 비루함이다

_「개골산 진경」 2연

금강산의 겨울을 한 폭의 진경산수로 노래한 시편이다. 인용한 부분만 보면 풍경에 대한 묘사 이외에 과거의 어떤 그림자도 보이지 않는 듯 목소리가 안정되어 있지만, 다른 부분에선 여전히 '움켜쥐면 쥘수록 빠져나가는 당신, 신기루다 빈 소주병에 꽃불 피우던'과 같은 옛사랑에 대한 기억과 '그 신기루 다 메우느라 상팔담 저 물속까지 눈꽃 반짝거리며 여행객 무더기로 주저앉힌다 바닥 쳤던 힘으로 솟아오르는지' 같은 자기성찰이 끼어든다. 손정순의 이번 시집에서 가장 큰 특징을 꼽는다면 여행 시편들이 묘사의 진수를 보여준다는 점일 것이다.

이 시도 그렇다. '점점 매서운 눈보라 화폭을 찢자 층층 겹겹 덧칠한 기봉과 암벽들 울컥한 기운으로 치솟았다 순간 아홉 마리 용이 꿈틀, 한다 폭설은 집요하게 덧칠을 뭉개고 질풍노도의 기세로 금강사군첩을 허문다 산세 초본이 기우뚱, 한다' 같은 표현은 얼마나 물 흐르듯 매끄럽고 감각적인가. 마치 절창으로 소문난 천양희의 「직소폭포」에 견주어 모자람이 없다. 이 시 이외에도 「사패능선」, 「변산 지나며」, 「개심사 거울못」, 「동해와 만나는 여섯 번째 길」, 「겨울 은적암」 등은 묘사의 절편에 해당하는 시편들이다.

가곡(佳谷)은 골짜기 골짜기마다에 이름 어울리는 문패를 매달고 지도에도 없는 바람소리 물소리 실어 나른다 여행지 어느 안내판에도

적혀 있지 않은 저 단풍! 계곡의 아름다움 직접 제 눈으로 마주치게 한다 마음으로만 밟고 오르라고 온통 불붙는 절벽 사이 비집고 지나가면 너머가 풍곡(風谷)일까 한 줄기 바람이 골짜기 아래까지 서늘한 생각 잇대 놓는다

길은 이곳에서 저곳으로 이어지는 생의 한 이동일까 무얼 만나러 우리 그 풍경 위에 서는가 이 길 다 벗어나 어느 굽이에 또 불붙는 절경 만들며 우리 삶의 한 구비 접게 될른지, 아득하므로 꼬리만 끊어놓고 사는지 어느새 사곡(蛇谷), 차가 뱀꼬리 물고 돌아서자 갑자기 여섯 번째 길 끝 동해와 마주친다 그 바다 또한 해답 없는 질문처럼 아득하게 펼쳐져 있다

_「동해와 만나는 여섯 번째 길」 전문

이번 시집의 표제시인 이 시는 길 위를 돌아다니는 일의 일단락을 아름답게 보여준다. 가곡－풍곡－사곡을 이동하는 동안 골짜기마다 묘사의 절경을 펼쳐놓는다. 그러면서도 '길은 이곳에서 저곳으로 이어지는 생의 한 이동일까 무얼 만나러 우리 그 풍경 위에 서는가 이 길 다 벗어나 어느 굽이에 또 불붙는 절경 만들며 우리 삶의 한 구비 접게 될른지' 같은 길의 의미 혹은 삶의 사색을 그치지 않는다. 그리하여 마지막에 이른 종착지는 '동해'. 그러나 아득하게 펼쳐져 있는 '동해'는 길이나 삶의 궁극을 보여주지 않는다. 길이 끝이 없는 것처럼 삶도 명확한 해답이 없다는 사실이 어쩌면 정답임을 보여줄 뿐이다. 그러므로 삶의 의미를 묻는 길, 떠남 혹은 방랑은 살아 있는 한 계속될 수밖에 없는 것이다.

5. 에필로그, 앞으로의 시적 향방

이렇듯 손정순 시인의 첫 시집은 과거의 시간 속에 내재한 기억의 트라우마와 현재의 의미를 탐색하는 방랑 혹은 떠남의 시편들로 채워져 있다. 그렇다면 이번 시집 이후 그녀의 시적 향방이 어떻게 펼쳐질 것인지 자못 궁금하다. 이에 대해 다음과 같은 몇 가지 예측과 사족을 곁들여본다.

첫째, 첫 시집의 모든 것을 그대로 이어가는 경우이다. 이 경우는 가능성도 적거니와 바람직하지도 않다고 생각한다. 누구나 첫 시집에서는 가족사와 젊은 날의 성장통을 이야기하는 경우가 대부분이다. 그 통과의례를 넘어서야만 다른 세계로 나아갈 수 있기 때문이다. 따라서 필자는 이번 시집을 끝으로 손정순 시인이 과거 기억의 서사를 이만 마무리하길 바란다. 다만 삶의 의미를 묻는 여행시편은 계속 끌고 가도 좋다고 본다. 그녀 스스로도 "그리움의 길 트자면 땅끝까지 가야만 한다…… 가도 가도 꼬리 감추는 굽이굽이 해안선"(「마량포구」)에서 보듯 아직 탐색의 시선을 거두지 않고 있기 때문이다.

둘째, 일상과 현실의 전면을 노래하는 경우이다. 이는 그동안 애써 등한시했던 생활의 문제로 시적 관심을 새롭게 전환하는 경우로서 가장 가능성이 높은 세계이다. 이미 이번 시집에서도 여기에 해당하는 시편들이 싹을 보이고 있다. 이를테면 「사막 뉴타운」, 「2010년, 서울 시민」 등과 같은 경우가 그것이다. 이 같은 시적 변화가 가장 바람직하다고 본다.

셋째, 전혀 새로운 시적 방법론을 도입하는 경우이다. 이는 기존 세계에서 환골탈태를 보여준다는 점에서 의미가 있긴 하지만, 한 시인의 시세계가 갑자기 전혀 엉뚱한 방향으로 흘러가기는 어렵고 또한 바람직하지도 않다는 점에서는 부정적이다. 어디까지나 시적 변모는 이미 있는 것의 확장·심화이기 때문이다.

그런 의미에서 이번 시집의 맨 마지막에 실린 시가 어떤 새로운 변화를 예고하는 출사표 같아 인용하며 이 글을 맺는다.

> **오랜 장마였습니다**//웃통이 빠져나간 삽과 호미를 볼 때마다//당신의 근육이 가볍게 출렁입니다//서툰 삽질에도 웃고 있는 당신의 이빨이 튕겨 나오네요//벗겨진 화장, 거짓말처럼 슬쩍 바쪄나간 언어들//당신의 生과 나의 生을 조금씩 뜯어다가//구석구석 구멍 난 우리 사이를 땜질해 봅니다//모처럼 편안해 보이는군요//한 열흘, 세상 밖에서 마구 자라난 뭇 사내의 잔뿌리가//당신의 서늘한 입가에도 묻어납니다//**이제는 돌아가야지요?**
>
> _「장마 끝」 전문[1]

1 진한 글씨는 필자이다.

고백의 언어와 성찰의 시학
_ 김영천 시집, 『찬란한 침묵』

1. 프롤로그

김영천은 48세에 계간 『문학세계』로 등단한 늦깎이 시인이다. 그러나 다소 늦게 등단했을 뿐 지금껏 각종 문예지 등을 통해 다수의 작품 발표와 4권의 시집을 상재할 만큼 왕성한 창작열을 보여준 시인이다. 이번 시집이 5번째이니 등단 이후 3년에 한 번씩 시집을 세상에 내놓게 된 셈이다.

1948년 광주시 대인동에서 태어나 일찍이 목포로 이주하여 성장한 그는 목포중·고등학교를 거쳐 조선대 약대를 졸업한 보기 드문 약사 출신 시인이기도 하다. 뒤늦게 목포대학교 대학원 국문학과 석사학위를 취득한 것은 본격적으로 시를 쓰기 위한 이론적 바탕이 필요했기 때문이라고 짐작된다. 또한 그는 목포문인협회장을 비롯하여 목포시약사회장, 목포시의회 의원, 민주평통자문회의 목포협의회장 등을 지낼 만큼 다방면에 걸쳐 남다른 열정을 보인 사람이다. 그런 그가 왜 시를 쓰게 됐는가에 대한 자세한 내막은 알 길이 없지만, 세상을 향한 열정이 넘치는 만큼 거기에서 부딪치는 갈등과 상처를 다스리기 위한 내적 장치로서 시가 절실히 필요하지 않았을까 추측해본다.

2. 존재론적 성찰의 시학

이번 김영천 시집은 삶의 과정에서 야기된 욕망과 갈등, 그리고 그로 인한 상처의 편린들을 드러낸다. 또한 철저한 자기성찰을 통해 깨달음에 이르고, 그 깨달음을 바탕으로 한 재출발 혹은 재도약의 의지를 담고 있다고 할 수 있다. 이는 곧 자신의 삶을 들여다보는 과정을 통해 존재인식에 이른다는 차원에서 한마디로 존재론적 성찰의 시학이라고 할 만하다.

먼저, 욕망과 갈등 그리고 상처의 편린들을 담은 시편을 보자.

초라하고 보잘 것 없는 모습으로
당신의 한 귀퉁이에 처박힐 내 영혼을 위해
상처마다 약을 바르고
구멍마다 때우기 위해
온갖 노력을 다하지만
팽팽히 차오르며 터질 것 같던
욕망이나 분노, 슬픔 따위를 주체할 수 없다

_「낡은 자루」 부분

몇 해를
목숨으로가 아니라
이름으로 살았다
이름보다 몇 배나 길고 오묘한
직위로 살았다

나는 어디로 가고
내 순전한 목숨은 어디에 두고
얼굴에도 맞지 않는

탈을 쓰고 다녔을까

_「명함」 부분

한참을 피해도
오히려 비판의 중심에서
도무지 벗어날 수 없던
곤고한 세월

_「하얀 웃음」 부분

「낡은 자루」는 이미 상처받은 자가 '당신', 즉 구원을 베풀 수 있는 자나 신으로부터 그 상처를 치유받기 위해 '온갖 노력을 다하지만', 그 때마다 어김없이 차오르는 '욕망이나 분노, 슬픔' 따위를 숨길 수 없음을 고백하고 있다. '나'도 나약하고 불완전하며, 게다가 오욕칠정을 지닌 어쩔 수 없는 인간이기 때문이다. 이는 실제의 삶과 종교적 계율의 괴리에서 야기되는 신앙적 갈등일 수도 있다. 그래서 "모든 것을 주기만 해야 한다면/나는 단호히 사랑을 거두겠습니다/아무것도 바라지 않아야 한다면/나는 결단코 사랑을 멈추겠습니다"(「사랑과 위선」 부분)와 같은 인간적 선언을 하기도 하는 것이다.

그렇다면 그 상처나 갈등은 어디에서 연유하는 것인가. 「명함」은 그 실체를 보여준다. 그것은 시적 화자가 '목숨'이 아니라 '이름'이나 '직위'로 살았기 때문이다. 이는 본연의 입장을 견지하지 않고 허명이나 가식에 사로잡혀 '얼굴에도 맞지 않는 탈을 쓰고' 살았다는 뜻이다. 이렇듯 내 본연의 모습이 아닌 '탈'을 쓰고 살도록 끊임없이 나를 부추기는 것이 욕망이다. 물론 인간은 욕망 없이 살 수가 없다. 욕망은 생의 의욕의 다른 이름이기 때문이다. 하지만 이 욕망이 지나칠 때 인간은 타락에 빠질 수밖에 없다. 그것도 자신이 타락한 사실 자체를 미처 인식하지 못할 경우가 많다. 서두에서도 언급했듯이 실제로 김영천 시인은 시를 쓰는 일 이외에 다방면에서 많은 직함을 가지고 있었던 바, 짐작건대 그것들이 갈등과 상처의 근원이 되었을 가능성이 크다.

「하얀 웃음」은 「명함」으로 인하여 주변 사람들로부터 '비판의 중심'에 설 수밖에 없었던 괴로움을 토로하고 있다. 자신에게 날아오는 화살을 피하려 애써보지만 그러면 그럴수록 더욱 많은 화살이 자신을 향하는 삶을 살 수밖에 없었던 것이다. 그것은 참으로 '곤고한 세월'일 수밖에 없으며, 외부로부터 나를 가두는 결과를 초래한다.

그렇다면 갈등과 상처를 치유하기 위해 어떠한 성찰의 자세를 견지하는가.

> 돌아보면, 나도 참 빠르게 달려왔구나
> 굽은 길을 펴고,
> 낡은 역사를 헐고,
> 푯말 하나 남기지 않고
> 너무 멀리 와버렸구나
>
> 아직도 시끌벅적한 장꾼들의 소리가
> 내 안 깊숙이 남아 있는데
> 그렇게 추억은 아직도 풍요로운데
> 나는 텅 빈 소리 하나 꺼내어
> 더듬어 닦는다
>
> _「폐역부지에서」 전문

> 잠시 숨을 멈추고
> 죽는 연습을 하는 것이네
>
> 새로이 푸르러지고, 꽃이 피고
> 열매를 맺기 위해

한 해만큼의 목숨을 절제하는 것이네
아니, 연습이 아니고
몇 달 동안은 실제로 죽은 것이네
성장점을 멈추고
모든 이동로를 차단하였느니

사실은 그렇게 잠시 죽는다는 것이
얼마나 힘이 드는 일인지,
숨을 멈추어 나를 죽인 후
내 밖의 세상을 바라보는 일이
얼마나 가슴 아픈 일인지,

죽어야 살아나는
그 겸손으로
보라, 이 찬란한 정지를.

_「나무들의 겨울잠」 전문

「폐역부지에서」의 '폐역부지'는 과거에 기차역이 있었으나 지금은 헐리고 자리만 남은 땅을 가리킨다. 이는 시인의 현 상태가 폐허나 다름없음을 암시한다. 여기에서 시인은 자신이 지나온 길을 돌아보며 '참 빠르게 달려왔'으며, '너무 멀리 와버렸'음을 깨닫는다. 특히 '너무 멀리 와버렸'다는 표현 속에는 다시 출발선으로 복귀하기에는 이미 늦었다는 인식이 깔려 있다. 하지만 마음속에는 헐리기 전의 시끌벅적했던 '소리'와 '추억'이 여전히 남아 있다. 이는 그 '풍요로'웠던 시절로 돌아가고 싶다는 일말의 미련이 있다는 증거이다. 그러나 시인은 결국 시끌벅적했던 과거의 '소란'을 지우는 대신 '고요'의 '텅 빈 소리'를 택한다. 이는 꽉 차 있던 과거의 모든 것을 잊고 조용히 자신을 성찰하겠다는 자세이다. 이른바 비움의 철학이다. 이 비움의 철학은 그 숱한 갈등과 상처를 치유하기 위해 시인이 꺼내 든 처방이다.

그리하여 시인은 마음을 비우고 침묵 속에 빠져든다. 「나무들의 겨울잠」은 새로 싹이 트기 위해 나무가 긴 겨울잠을 자듯 새로운 출발을 위해 정지의 시간 속에 자신을 가두는 지혜를 보여준다. '정지'란 움직임을 멈춘 상태를 뜻하지만, '정지' 그 자체를 위해서 '정지'하는 것은 아니다. '죽음' 그 자체를 목적으로 '잠시 숨을 멈추고/죽는 연습을 하는 것'도 아니다. 잠시 내 자신을 죽임으로써 다시 살아나기 위해서이다. 이른바 '죽어야 산다'는 원리를 터득한 것이다.

그리하여 겨울나무처럼 '성장점을 멈추고/모든 이동로를 차단'한다. 그러나 '잠시 죽는다는 것이' 말처럼 쉬운 일은 아니다. 모든 활동을 정지하고 죽은 듯이 내 안에 칩거하여 바깥세상을 바라보는 것은 매우 고통스러운 일이다. 이는 "팽팽히 차오르며 터질 것 같던/욕망이나 분노, 슬픔"(「낡은 자루」 부분) 때문이다. 그럼에도 불구하고 모든 것을 꾹 눌러 참고 자신을 낮추며 잠시 죽음의 상태를 감행한다. 그래야만 다시 황홀한 도약을 할 수 있기 때문이다. 그런 맥락에서 '정지'라는 시어에 달라붙는 '찬란한'이라는 수식어는 매우 적절하고 설득력이 있다.

그리하여 마침내 시인은 새로운 출발과 소망의 출사표를 내던진다.

배에서 내린 곳이 뭍의 시작입니다만
당신들은
천 리쯤 쉬이 내닫고는
비로소 땅끝에 이르렀다 합니다

끝과 시작이 내 몸 하나
돌아서기와 같다면
아, 나는 내 끝에 서서
새로이 시작하고 싶습니다

무너지며 일어서고
꺾어지며 일어서고
스러진 자리에서 또다시 시작하는
여린 풀잎처럼
날마다 태어나고 싶습니다

_「새로운 시작」 부분

'시작'은 '끝'이요, '끝'은 '시작'의 다른 말이다. 따라서 '시작'과 '끝'은 서로 몸 바꾸기가 가능한 역설의 의미를 품고 있다고 할 수 있다. "오늘은 절망이 내 모든 희망이다"(「절망과의 조우」 부분)라는 역설도 같은 맥락이다. 절망은 진정한 희망의 어머니이기 때문이다. 그래서 '나'는 '내 끝에 서서/새로이 시작하고 싶'다는 소망을 피력하기에 이른다. 새로운 시작을 가능케 하는 힘은 '나'를 죽이는 '정지'와 견인의 시간을 보낸 데 있다.

그래서 시인은 "무너지며 일어서고/꺾어지며 일어서고/스러진 자리에서 또다시 시작하는/여린 풀잎"이길 바란다. 개구리가 몸을 웅크리는 것은 멀리 뛰기 위해서이다. 이제 김영천 시인은 자신의 인간적인 욕망으로 인해 파생된 갈등과 번민, 그리고 상처를 정지하고 비움으로써 깨달음을 얻고 치유하여 극복하고, 진정한 시인으로서의 재출발과 도약을 준비하고 있다. 그것이 그냥 이루어진 것이 아니라 지난한 과정 끝에 비로소 가능하게 되었다는 점에서 그의 재출발은 믿음이 간다. 이것이 이번 시집의 진정한 의미이다.

3. 진솔한 고백의 언어

다음은 표현적 특성을 이야기할 차례이다. 이번 김영천 시집의 표현적 특성은 고백적 어투와 직설적 화법이 주류를 이룬다는 점이다. 이러한 특징은 곁에 있는 사람에게 자신이 하고 싶은 말을 조곤조곤 들려주는 방식을 취한다. 마치 일기나 편지의 어법을 닮았다. 그런 의미에서 이번 시집에 나타난 김영천 시인의 어법은 고백 성사를 연상시킨다. 이를테면, "모든 것을 주기만 해야 한다면/나는 단호히 사랑을 거두겠습니다/아무 것도 바라지 않아야 한다면/나는 결단코 사랑을 멈추겠습니다"(「사랑과 위선」 부분)와 같은 경우가 그것이다. 하지만 현대시가 직설적인 언어보다는 비유나 수사를 통한 감각적 언어와 애매성(ambiguity)을 표현적 특성으로 하고 있다는 점에서 그의 어법은 개선할 점이 많다고 할 수 있다.

게다가 이번 시집에 실린 많은 시편들이 주변에서 얻어지고 있다. 시가 무슨 거창하고 특별한 것들만을 소재로 취하지 않는다는 점에서 그의 시작 태도는 일단 바람직하다고 할 수 있다. 그러나 지나치게 단순하고 소박하여 쉽다는 점은 극복해야 할 과제이다. 이는 창작을 하는 시인 자신이나 독자들에게는 좋을지 모르지만, 독자들로부터 다양한 해석의 여지를 빼앗기 때문이다. 그렇다고 무조건 의도적으로 어렵게 쓰라는 이야기는 아니다. 그만큼 창작 과정에서 언어에 세공을 들일 필요가 있다는 이야기이다. 그리고 쉬운 시란 그저 쉽게 쓴 시라는 뜻은 결코 아니다. 모든 난해한 언어적 표현을 잘 발효시켜 걸러내야만 하고 오랜 연륜이 필요하다는 점에서 쉬운 시야말로 아무나 쓸 수 없는 진정한 난해시에 해당한다고 할 수 있기 때문이다.

그러나 이번 시집에는 앞에서 지적한 그런 시들만 있는 것이 아니다. 제대로 세공을 들여 형상화한 시들도 다수 포함되어 있다. 이로 볼 때 김영천 시인은 시인으로서 좋은 자질을 지니고 있음이 분명하다. 앞으로 이러한 방향으로 집중하여 시를 쓴다면 그의 시는 지금보다 한층 격이 달라질 것이다. 지금부터 필자의 시선을 끈 몇 편의 시들을 들여다보기로 하겠다.

빛만 있고 열기 없는
사랑 하나 아네
깜깜한 심중에야 더욱 환히 빛나면서도
얇은 잎새 한 장 태울 수 없는
그 뜨거움을 아네

별똥별처럼,
겨우 빛만 남은 쪽달처럼
산 속 외롭게 핀 풀꽃을 닮아서
금방 하늘하늘 숨지고 마는
그 초롱초롱한 눈빛
지금은 어느 골짜기에 잠시
한 마디 푸른 언어로 숨었다가
까마득한 날에야 깜박깜박 날아오르려는가

_「반딧불이」 1, 2연

인용한 시는 서정시의 동일화 원리를 충실하게 따른 시이다. 서정시의 동일화 방법에는 '동화(assimilation)'와 '투사(projection)'가 있는데, 이 시는 노천명의 시 「사슴」처럼 시적 자아인 원관념 '나'를 보조관념인 '반딧불이'에 투사한 경우에 해당한다. 동일화에 있어서 가장 선행해야 할 일은 대상과 세계의 속성 파악, 즉 집요한 관찰이다. 대상의 속성 파악을 통해 자아와 닮은 점을 추출하고 서로 연결시키는 일이다. 그것이 얼마나 긴밀히 연결되었느냐에 따라 서정시의 성패가 결정된다.

인용한 시는 '반딧불이'의 속성을 잘 파악하고 있다. 여기서 '반딧불이'는 '빛만 있고 열기 없는 사랑', '별똥별', '겨우 빛만 남은 쪽달',

‘산 속 외롭게 핀 풀꽃’, ‘한 마디 푸른 언어’의 이미지로 다양하게 감각화되었다. 그러니까 ‘반딧불이’의 원관념은 ‘나’인 바, ‘나’의 속성은 위에서 열거한 반딧불이의 속성과 일치하는 것이다. 그만큼 ‘나’의 현재 자화상은 ‘반딧불이’처럼 쇠잔하고 가엾고 외로운 모습을 지니고 있음을 반영하는 것이다.

이렇듯 서정시는 대상을 통해 나를 드러내는 행위에 해당한다. 이를 원관념 그대로 드러내느냐 아니면 보조관념을 통해 드러내느냐의 문제인데, 당연히 후자에 입각한 방식이 직설적 진술을 차단하고 감각적 진술로 가는 지름길이다.

은사시나무는 오래 전에
한 줄기 강물이었는지 모릅니다
물결 위에 햇살이 하얗게 부서지어
마침내 파르스름하게
은사시 잎새가 되었는지 모릅니다

그 눈부심이 하도 고와
반짝이는 물너울 온 몸에 매달고
나도 저렇게 빛나게 흔들리려 했더니
하얗게 부서지려 했더니
온갖 그리움이나 슬픔 따위가 우루루 날아올라
둥지를 틉니다

_「은사시나무」 부분

달빛이 강물 위에 부서지는 소리,
갈참나무 잎에 이슬이 흘러내리는 소리,
아니면, 새벽녘 어둠이 서서히 벗기어지는
소리일지도 모릅니다

지극히 은밀한 소리가 있습니다

실뿌리가 조용히 물을 끌어올리는 소리,
바람에 지쳐 떨어지는 잎새의 소리,
이윽고 가슴을 여는 회산연꽃방죽
가시연꽃 피는 소리인지도 모릅니다

_「이 작은 소리들은」 부분

「은사시나무」는 감각적 표현이 빛나는 시이다. '은사시나무'가 '한 줄기 강물'로, '은사시 잎새'가 '물결 위에 햇살이 하얗게 부서지'는 모양으로 시각화되어 있다. 특히 날씬하게 쭉 뻗어 올라가는 은사시나무를 흐르는 한 줄기 강물과 연결시킨 것은 얼마나 신선한 비유인가. 그리하여 '나'도 '은사시나무'와 동화되기를 꿈꾼다. 그러나 '온갖 그리움이나 슬픔 따위가 우루루 날아올라/둥지를' 틀면서 그 꿈은 하나가 되지 못한다. 여기에서 '그리움이나 슬픔 따위'는 인간이 지닌 잡스러운 감정 혹은 욕망의 다른 이름으로도 볼 수 있는 바, 좋은 시를 쓸 수 있기 위해서는 그것들의 싹을 잘라버려야 할 터이다.

「이 작은 소리들은」 역시 감각적인 표현이 빛나는 시이다. 시인은 보통 사람들이 전혀 들을 수 없는 소리를 듣는 존재이다. 따라서 '달빛이 강물 위에 부서지는 소리', '갈참나무 잎에 이슬이 흘러내리는 소리', '새벽녘 어둠이 서서히 벗기어지는 소리' 등 지극히 은밀한 소리들을 듣는다. 심지어 '실뿌리가 조용히 물을 끌어올리는 소리', '바람에 지쳐 떨어지는 잎새의 소리', '가시연꽃 피는 소리'를 감각하는 정밀한 귀를 갖고 있다. 이러한 소리들은 아무나 들을 수 없는 소리라는 점에서 새삼 김영천 시인이 얼마나 예민한 감각의 소유자인가를 확인하는 부분이다.

이밖에 양지 녘 고양이의 동태를 묘사한 "함께 따라온 적요 한 자락을/가르릉가르릉, 혀로 핥아내더니/늘어진 하품을 한번 하고는/한낮을 향해 길게 다리를 뻗으며 눕는다"(「대치리의 봄」 부분) 같은 구절은 또한 얼마나 놀라운 표현인가. 이렇듯 김영천은 타고난 시적 자질을 보유한 시인이다. 앞으로 그가 단순하고 직설적인 시보다 위의 시들처럼 타고난 자질을 십분 발휘할 수 있는 시로 방향을 전환하길 바란다.

3. 에필로그

거칠게나마 해설을 마무리하면서 김영천 시인의 진정한 시적 도약을 위해 감히 몇 가지 충언하고자 한다.

첫째, 모든 현실적 집착과 욕망으로부터 자유로워지길 바란다. 이번 시집에서 스스로 깨달았듯이 비움의 철학을 실천할 때만이 좋은 시를 창작할 수 있다. 따라서 버릴 것은 과감히 버리고 오로지 좋은 시 쓰는 일에만 전념하길 바란다.

둘째, 한 편의 시를 쓸 때 좀 더 치밀한 세공을 들이라는 점이다. 김영천 시인은 타고난 시적 자질을 갖추고 있음에도 불구하고 너무 시를 쉽게 쓰는 것 같아 안타깝다는 생각을 할 때가 많다. 한 편의 시를 쓸 때 제목에서부터 주제, 발상과 표현에 이르기까지 주도면밀한 내공을 쌓았으면 한다.

셋째, 자족적인 시안(詩眼)과 지역 차원의 미시적 시각에서 벗어나 문단 전체에 걸친 거시적 안목을 길러야 한다는 점이다. 지금껏 목포라는 지역 문단 위주로만 활동을 해온 만큼 보다 시야를 넓힐 필요가 있다. 부단한 독서도 필수요건이다. 그렇게 되면 부질없는 직함으로부터도 자유로울 수 있을 것이다. 이러한 점들을 유념하며 시를 쓴다면 머지않아 새로운 시인 김영천이 탄생하게 되리라 확신한다.

중진 시인 4명의 시적 변모
_이시영, 고형렬, 김사인, 이재무의 시

1. 들어가며

1980년대 말 이후 우리 시의 흐름을 한마디로 요약한다면 '집단적 서정의 퇴조와 개인적 서정의 팽배'라고 할 수 있을 것이다. 그래서인지 요즘에 발표되는 시들 속에서 '나'가 아닌 '남'이나 '우리'의 이야기를 좀처럼 찾아보기 힘들게 되었다. 대다수의 시들이 독자들과 소통의 여지를 남겨두지 않은 채 저 혼자만의 내밀한 세계로 깊이 빠져들고 있을 뿐이다. 게다가 1970~1980년대 우리 시단의 주류를 형성했던 그 많은 민중시 계열의 시인들은 다들 어디로 사라졌는지 얼굴조차 구경하기 힘들다.

이는 시대의 변화에 따른 현상이라고 하겠으나, 작금의 우리 현실이 1970~1980년대와 전혀 딴판이 아닌 만큼 여전히 많은 문제가 상존해 있고, 문학의 흐름도 점진적으로 변모해간다는 사실을 감안할 때 결코 바람직하다고 할 수 없다. 특히 민중시의 퇴조와 민중시 계열의 시인들이 급격히 자취를 감춘 것은 더 이상 그러한 시가 효력을 발휘할 수 없기 때문이라기보다 시대의 변화에 적절하게 대처하기 위한 문학적 방법론을 찾지 못한 데 그 원인이 있다고 볼 때, 실로 안타까운 일이 아닐 수 없다. 변모나 변화는 변질과는 다르기 때문이다.

그렇다고 앞에서 말한 바처럼 우리 시단에서 민중시나 민중시 계열의 시인들이 완전히 사라진 것은 결코 아니다. 소수이긴 하지만 아직도 몇몇 뛰어난 시인들은 민중시적 바탕을 유지하면서도 바람직한 변모를 모색함으로써 성공적으로 살았기 때문이다. 그뿐만이 아니라 선배시인들의 문학적 약점을 극복하면서 그 계보를 훌륭하게 이어가는 젊은 시인들(대표적으로 문태준, 손택수, 유홍준 등이 그들이다)도 가세하고 있음을 볼 때 필자는 앞으로 우리 시단에 민중적 서사의 새로운 가능성이 열릴 수도 있다는 기대감마저 갖게 된다.

그런 의미에서 이 글은 기존 계간평의 방식에서 벗어나 민중시 계열 혹은 민족문학 계열에 속한다고 생각하는 중진 시인 4명(이시영, 고형렬, 김사인, 이재무)의 최근 시집에 실린 시들을 중심으로 시세계의 변모 양상을 간략하게 살펴보고자 한다. 다시 말해 그들이 기존의 문학적 입장 위에 시대의 변화를 수용하면서 어떻게 새로운 문학적 변모를 꾀하고 있는지를 일별하고자 한다.

2. 중진 시인 4명의 시적 변모

이시영은 1969년 「중앙일보」 신춘문예에 시조가, 같은 해 『월간문학』 신인상에는 시가 당선되어 등단한 이래 첫 시집 『만월』(1976)부터 열한 번째 시집 『우리의 죽은 자들을 위해』(2007)에 이르기까지 시대와 민중의 아픔을 줄기차게 노래한 민중시 계열의 대표적 시인 중 한 사람이다. 그러나 그의 시는 다섯 번째 시집 『무늬』(1994)에 이르러 변화의 조짐이 보인다. 여기서 변화라 함은 내용이라기보다는 형식의 차원인데, 놀랍게도 시의 길이가 이전의 시들과는 달리 짧게는 2행에서 길어야 10행을 넘지 않은 단시 형태로 바뀐다. 그가 짧은 시형을 추구한 것은 무엇보다 시가 논리적 설명이 아니라 섬광처럼 스쳐 지나가는 이미지를 포착하여 제시함으로써 단아한 절제의 미학을 구축하려는 의도일 것이다. 그러나 필자가 보기엔 이러한 의도 이외에도 지난 시간 동안 시인 스스로 많은 말을 해왔다는 점, 지금도 다변의 시대를 살고 있다는 점, 그래서인지 우리 시가 너무 요설과 장광설로 가득하다는 점에 대한 반성적 차원으로 읽힌다. 그리고 그의 단시가 시조의 변형으로도 보이는 것은 그만큼 그가 우리의 전통 시형인 시조에 대한 애착이 깊고 창작에도 조예가 있다는 증거일 터이다.

> 용산 성당 밑 계성유치원 담벼락, 한 애인이 한 애인의 치맛자락을 걷어올리자 눈부신 새하얀 허벅지가 드러났다. 달님이 뽀시시 나왔다 간 입술을 가리고 구름 속으로 얼른 들어가 숨는다.
>
> _「달밤」 전문

> 목련이 활짝 핀 봄날이었다. 인도네시아 출신의 불법체류 노동자 누르 푸아드(30세)는 인천의 한 업체 기숙사 3층에서 모처럼 아내 리나와 함께 단란한 시간을 보내고 있었다. 목련이 활짝 핀 아침이었다. 우당탕거리는 구둣발 소리와 함께 갑자기 들이닥친 출입국관리사무소 직원들이 다짜고짜 그와 아내의 손목에 수갑을 채우기 시작했다. 겉옷을 갈아입겠다며 잠시 수갑을 풀어달라고 했다. 그리고 그 짧은 순간 푸아드는 창문을 통해 옆 건물 옥상으로 뛰어내리다 그만 발을 헛디뎌 바닥으로 떨어져 숨지고 말았다. 목련이 활짝 핀 눈부신 봄날 아침이었다.
>
> _「봄날」 전문

「달밤」과 「봄날」은 최근에 발간한 시집 『우리의 죽은 자들을 위해』에 실린 것이다. 「달밤」은 다섯 번째 시집부터 시도한 시적 변모를 그대로 보여주는 시이다. 우선 달밤에 목격한 남녀의 애정 행각을 소재로 하고 있다는 점이 이채롭다. 초기시에서는 좀처럼 취하지 않은 소재이다. 그것도 밀밭이나 보리밭이 펼쳐진 고향 달밤의 연애가 아니라 도시의 달밤에 성스러운 공간인 '용산 성당 밑 계성유치원 담벼락'에서 펼쳐진 연애이다. 그러나 시인은 그 순간에도 자연과 인간의 아름다운 교감이나 조화를 '얼른' 포착하여 보여준다. 시인은 이 아름다운 그림을 군더더기 없이 단 4행으로 압축하여 보여줌으로써 독자들에게 강렬한 인상과 여운을 남기는 데 성공하고 있다.

「봄날」은 시집 제목에 부합하는 소재를 다루고 있는 시이다. 그러나 시적 진술의 방법이 특이하다. '목련이 활짝 핀 봄날이었다' 같은 구절의 반복을 제외하고는 마치 일간신문에 실린 사건 기사를 그대로 옮겨온 것 같은 느낌이다. 이는 사건의 현장이나 정황에서 주관적인 감정을 극도로 배제한 채 생생하게 전달하기 위한 방법으로 이해된다. 불법체류 노동자의 죽음을 '목련이 활짝 핀 눈부신 봄날 아침'이라는 정황과 대비시킴으로써 그 억울함과 비참함, 안타까움을 극대화하고 있다. 이시영은 여덟 번째 시집 『은빛 호각』(2003)부터 자신이 겪은 현실 체험이나 역사적 사건, 인물 등에 대한 자잘한 기억들을 불러내 순간적인 장면이나 인상을 강렬하게 기록하고 있다. 잊혀져서는 안 될 기억들이 사라져도 아무도 거들떠보지 않으려는 시대에 그의 이러한 기억 재생, 혹은 호명의 작업은 그래서 그만큼 눈물겹고 소중한 것이라 아니할 수 없다. 그런 점에서 그는 초지일관의 시인이라 할 만하다.

고형렬은 1979년 『현대문학』을 통해 등단한 이래 첫 시집 『대청봉 수박밭』(1985)부터 『밤 미시령』(2006)에 이르기까지 총 9권의 시집을 통해 줄곧 투명한 시적 깨달음과 무욕의 쓸쓸함을 잔잔하면서도 독특한 어법으로 노래했다. 민족문학 계열의 시인에 속한다고 볼 수 있는 그의 목소리는 초기에 민족과 통일을 노래할 때에도 크거나 거칠지 않았다. 천성적으로 자신을 드러내지 않는 조용한 성품을 지닌 그는 어쩌면 처음부터 소위 민중시, 투쟁시, 통일시 들이 지닌 과도한 목소리나 사회적 포즈가 못마땅했는지도 모른다. 그러면서도 그는 늘 진영을 이탈하지 않은 채 묵묵히 자신의 시적 행보를 지속했다. 그런 의미에서 그는 참으로 꾸준한 시인의 전형이라 할 만하다. 그래서인지 뒤늦게야 그 꾸준함이 빛을 발하는 것 같다.

졸짱붕알을 달고 명태들 먼 샛바다 밖으로 휘파람 불며 빠져 나간다 덕장 밑 잔설에 새파란 나생이 솟아나올 때 바람 불면 아들이랑 하늘 쳐다보며 황태 두 코다리 잡아당겨 망치로 머리 허리 꼬리 퍽퍽 두드려 울타리 밑에 짚불 놓아 연기 피우며 두 마리 불에 구워 먹던 2월 어느 날

개학날도 다가오고 나는 오늘을 안 듯 눈구덩이 설악으로 끌려가는 해를 무연히 바라보다 오만 데 바다로 눈길 준 지 잠시인 걸 엊그제 속초 설 쇠고 오다 미시령 삼거리서 사온 누렁이 두 마리 돌로 두드려 혼자 뜯어 먹자니, 내 나이보다 아래가 되신 선친이 불현듯 생각나

아버지가 되려고 아들을 불러 앉히고 그 중태를 죽죽 찢어 입에 넣어주었다 그 황태 쓸개 간 있던 곳에서 눈냄새가 나고 납설수 냄새도 나자 아버지 냄새가 났다 슬프다기보다 50년 신춘에 이렇게 건태 뜯어 먹는 버릇도 아버지를 닮았으니, 아들도 나를 닮을 것이다

명태들이 삭은 이빨로 떠나는 새달, 그렇게 머리를 두드려 구워 먹고 초록의 동북 바다로 겨울을 보내주면, 양력 2월 중순에 정월 대보름은 달려왔고 우리 부자는 친구처럼 건태를 구워 먹고 봄을 맞았다 남은 건 내 몸밖에 없으나 새 2월은 그렇게 왔다 가서 이 시만 이렇게 남았다

_「명태여, 이 시만 남았다」 전문

위 시는 최근에 발간된 시집 『밤 미시령』에 실린 것이다. 고형렬은 전남 해남에서 태어나 강원도 속초에서 성장한 후 20대 후반부터 서울 생활을 시작했다. 그래서인지 그의 시 속에는 고향이나 다름없는 성장지에 대한 그리움으로 가득하다. 특히 속초를 중심으로 한 강원 지역 어촌의 삶과 애환을 노래한 시편들이 많다. 따라서 그의 몸은 서울에 있되 그의 마음은 여전히 속초에 있다고 할 수 있다. 다시 말해 그나 그의 시는 아직도 온전히 서울에 정착하지 못한 것이다. 그런 의미에서 이번 시집의 제목에 나오는 '미시령'은 속초(고향)와 서울(타향), 혹은 과거와 현재를 경계 짓는 분수령이자 상징적인 공간인 셈이다. 이번 시집을 통해 볼 때 앞으로 그나 그의 시는 아마 이 고개를 넘어 다시는 고향에 돌아가지 않을 것처럼 보인다. 그러나 이러한 징후는 언젠가는 마침내 돌아가 쉴 것이라는 의미를 내포하고 있는 것이나 다름없다.

위의 시도 마찬가지다. '엊그제 속초 설 쇠고 오다 미시령 삼거리서 사온 누렁이 두 마리'를 매개로 하여 기억이 촉발된다. 회상 기법으로 쓴 이 시는 '헌 2월'과 '새 2월'을 기점으로 과거와 현재를 넘나든다. 1연이 과거 시점이라면 2연은 과거와 현재가 겹쳐 있고, 3연이 현재의 시점이라면 4연은 다시 과거와 현재가 겹친 구성이다. 시간의 변이를 보여주듯 '누렁이－중태－황태－명태－건태'로 다양하게 불리는 '명태'는 '아버지－나－아들'을 이어주고 중첩시키는 촉매이다. 명태를 통해 가족의 혈연의식을 확인한 시인은 결국 명태처럼 죽어서 없어질 '몸'보다 '시'만이 영원히 살아남는다는 사실을 깨닫고 시에 대한 새로운 의욕을 불태우는 것이다.

고형렬의 시는 가족, 고향, 일상, 자연을 주요 소재로 다루지만 불화의 행간들과 불명료한 의미들로 인해 쉽게 읽히지 않는다. 바로 그 점이 여느 민중시 계열 시인과는 구별되는 그만의 독특한 어법이라 할 수 있다. 『밤 미시령』 이후에 발표한 그의 시들(「미토콘드리아에 사무치다」, 「달개비의 사생활 · 2」 등)을 보면 이러한 독특한 어법이 더욱 심화되고 있을뿐더러 상당한 변모의 조짐마저 엿보인다. 유독 작고 미세한 것들에 대한 관심을 식물적 상상력을 통해 펼쳐 보일 그의 시세계가 앞으로 사뭇 기대된다.

김사인은 1982년 동인지 『시와경제』를 통해 등단한 이래 지금껏 단 두 권의 시집만 펴낼 정도로 지독한 과작(寡作)의 시인이다. 민족문학 계열의 시인인 그는 첫 시집 『밤에 쓰는 편지』(1987)를 펴낸 지 약 20년 만에 두 번째 시집 『가만히 좋아하는』(2006)을 펴내 세간의 주목을 받은 바 있다. 그래서인지 이 두 시집 사이의 거리는 현격하다. 첫 시집이 현실에 대한 정면 응시와 맞섬의 자세를 견지하고 있다면, 두 번째 시집은 여기서 한 발짝 비켜선 섬김과 초탈의 자세를 보여준다. 이러한 변화는 그간에 시적 기조가 달라졌다기보다는 세월의 흐름에 따른 자연스러운 현상으로 비친다. 두 번째 시집에서도 그의 시에 대한 염결성은 여전하다.

그러나 작고 가녀린 것들에 대한 관심과 한없이 고즈넉한 어조를 새롭게 장착한 점은 커다란 변화임에 틀림없다. 특히 파란만장한 세상을 다 살아버린 듯한 허망함과 쓸쓸함에 능청과 청승까지 곁들인 어조는 그만의 독특한 맛과 멋의 그늘을 치면서 독자들을 미묘한 마력으로 사로잡는다. 이 의고투의 여성적 부드러움을 지닌 어조, "대모적 대부(大母的 大父)"(정효구, 「대모적 대부의 삶」, 『시와사람』 2007년 가을호)의 어조야말로 우리 시가 오랫동안 방치하거나 잃어버렸던, 그러므로 되살려야 할 어조가 아닌가 한다.

가는 비여 가는 비여

가는 저 사내 뒤에 비여

미루나무 무심한 둥치에도

가는 비여

스물도 전에 너는 이미 늙었고

바다는 아직 먼 곳에 있다

여윈 몸 등지고 가는 비

가는 겨울비

잡지도 못한다 시들어 가는 비

_「비」 전문

위 시는 두 번째 시집에 실린 것으로 김사인의 시 중에서 드물게 의미의 중첩에 따른 낯설게 하기의 효과를 잘 보여주는 시이다. 이 시 속에서 '비'를 수식하는 '가는'이라는 시어는 모두 7회나 나온다. 동사로서 7회, 형용사로서도 7회이다. 동사로서 쓰일 때는 '가다(行)'의 의미를, 형용사로서 쓰일 때는 '가늘다(細)' 또는 '여위다(瘦)'의 의미를 지닌다. 동사로 읽을 때는 '지나가는 비'(혹은 비가 내리는 것을 가만히 지켜보면 어딘가로 가는 것처럼 보임), 형용사로 읽을 때는 '가늘게 내리는 비'(혹은 가랑비나 이슬비, 이 시에서는 겨울비)가 된다.

이 시를 반복해서 읽고 있으면 추적추적 비의 발자국 소리가 들리고, 겨울비를 맞으며 어디론가 가고 있는 쓸쓸한 한 사내의 뒷모습이 떠오른다. 그는 누구일까? 시 속의 '스물도 전에 너는 이미 늙었고'라는 구절을 통해 '가는 비'는 '사내'와 분리되어 있지만, 내용상으로는 겹쳐 있음을 알 수 있다. 이를 볼 때 '가는 비'는 스무 살 이전에 이미 세상의 풍파를 두루 만나버린 시인의 쓸쓸하고 우울한 자화상이 된다. 그는 젊은 시절부터 우산도 없이 비를 맞으며 줄곧 어디론가 가고 있다. 멈춰 설 수도 없이 늙어가고 있는 것이다. '가는 비여 가는 비여'라는 구절의 영탄 속에는 짙은 회한의 그늘이 드리워져 있다. 그 회한의 그늘은 처연하지만 그래서 더욱 아름답다.

지난 1980년대를 누구보다 치열하게 살아왔던 그는 이제 문학과 시대적 과제 사이에서의 갈등을 벗어나 자유로워진 듯하다. 여기에서 필자는 그의 과작에 대해 다시금 생각해본다. 그는 시가 "스스로 제 이름을 꽃 피울 때를 오래 기다리겠습니다. 그들이 열어 허락한 만큼만을 저의 시로서 받들겠습니다"(「함께 비 맞고 서 있기」, 『시와사람』 2007년 가을호)라고 한다. 이에 대해 혹자는 게으르고 불성실한 태도가 아닌가 반문할지도 모르겠다. 그러나 그 반문에 앞서 우리는 시를 빌려 너무 많은 말을 하는 것은 아닌가, 이 엄청난 물량의 시가 쏟아져 나오는 한국 시단에서 과연 부지런한 다작만이 능사인가를 한 번쯤 자문해볼 일이다.

이재무는 1983년 『삶의문학』 등에 시를 발표하면서 작품 활동을 시작한 이래 지금껏 첫 시집 『섣달 그믐』(1987) 등 총 여덟 권의 시집을 상자했다. 민족문학 계열의 시인으로서 누구보다 열심히 활동한 그는 시에 대한 뜨거운 열정으로 부단히 변모를 거듭하여 같은 계열의 또래 시인 중에서 거의 유일하게 살아남은 시인이기도 하다. 농촌 출신답게 초기에는 유년체험을 바탕으로 건강한 농촌정서를 노래한 그의 시는 농촌을 떠나 도시로 이주하면서부터 한 차례 변모를 겪는다.

네 번째 시집 『몸에 피는 꽃』(1996)부터 비롯된 도시 생활의 냉혹함과 고향에 대한 그리움이 상호 길항하는 세계가 드러난다. 낙원을 상실한 세계에 대한 아픔으로 요약할 수 있는 이러한 시세계의 변화는 가난한 농촌 태생으로서 도시에 정착하기 위해 끝없는 유목의 생활을 전전해야 했던 그로서는 어쩌면 필연적인 결과일 터이다. 그리하여 이 낙원상실 의식은 이후 시집부터 자연파괴에 따른 생태계복원 의식으로 또 한 차례 자연스럽게 변모하여 발전한다. 그리고 최근에 발간한 여덟 번째 시집 『누군가 나를 울고 있다면』(2007)에 이르러서는 특유의 정직성을 바탕으로 자아와 죽음에 대한 성찰과 사랑의 아픔까지 노래하게 된다.

> 내 나이 올해로 오십이니
> 단명했던 가계사로 앞날 예측한다면
> 삼십 년 혹은 사십 년 후엔
> 필경 나는 이미 죽은 이거나
> 죽어가는 이가 되어 있을 것이다
> 그날에는 늘 체중보다 웃돌았던 생활의 등짐
> 내려놓고 홀가분하게 작고 사소한 풍경 되어
> 세제 풀어놓은 듯 거품 들끓는 세계
> 물끄러미 관조할 수 있을 것인가
> 욕망의 과부하로 크게 앓던 육체의 기관들도
> 긴장의 이음새 느슨하게 풀어놓고
> 제멋대로 따로 놀다가 기꺼이 벌레들
> 한 끼니 밥이라도 될 수 있을 것인가
> 발동기가 내뿜는 물처럼 혈관 속
> 뜨겁게 역류하던 검붉은 피 모조리 빠져나간
> 몸 추수 끝난 볏단처럼 순하게 말라갈 수 있을 것인가
> 애증과 집착으로 숯불처럼 이글거리던 눈
> 차갑게 식어버린 뒤 물 떠난 연못 되어
> 산비탈 감자 꽃 만나고 온

빼적 마른 바람이나 품고 있을 것인가
산 자에 대하여는 평가 인색한 사람들도
죽음에는 대체로 관대한 법이니
내 지은 허물과 죄 크게 탓하지는 않을 것인가
내 나이 올해로 오십이어서
앞서 간 이들 적지 않고 또 앞서 갈 이도 있을 것인데
늙지 않은 슬픔은
가까스로 뿌리내린 생 자주 흔들고 있는 것인가
가까운 훗날 일생에 기식했던 그 모든
선악과 미추는 다만 갱지 한 장의 풍경으로 남아
누렇게 바래다가 문득 흔적도 없이 스러져갈 것인데
오늘 나는 사소한 이별 하나로
냇가 벗어난 치어라도 되는 양 벌떡벌떡
일상의 비늘 뒤집어대며 호들갑 떨어대고 있는 것인가

_「슬픔은 늙지 않는다」 전문

위 시는 최근에 펴낸 여덟 번째 시집(연시집)에 실린 것으로, 지천명에 접어든 자신의 삶에 대한 갈등과 불안의식이 잘 드러나 있다. 또한 최근에 부쩍 그의 시적 관심사로 대두한 죽음의식과 사랑으로 인한 고뇌까지 함축한 대표작이다. 그런 의미에서 이 시는 지천명의 우울한 자화상이라고 할 만하다.

지천명이라 함은 하늘의 이치를 모두 깨달아 흐트러짐이 없는 나이임을 뜻한다. 그러나 이 시 속의 화자는 몸과 마음이 따로 논다. 욕망과 집착 때문에 슬픔은 늙지 않고 늘 푸르러서 어쩔 수 없이 또한 슬픈 것이다. 더욱이 이 시를 촉발시키는 동기는 '사소한 이별 하나'이다. 그것이 사소한 집착과 욕망이란 것을 시인 스스로 잘 알고 있다. 그러면서도 그것을 잘 갈무리할 수 없어 어쩔 줄 몰라 한다.

고갈되지 않는 사랑에의 욕망 또는 허기, 이는 천성적으로 야생의

습성을 지닌 이재무 시인에게는 어쩌면 숙명적이다. '단명했던 가계사'에서도 드러나듯이 일찍 부모를 여의고 정처 없이 유목의 삶을 살아온 그는 '겨우' 또는 간신히 말의 발걸음을 옮겨놓는데, 그 뒤를 진한 안타까움과 쓸쓸함 같은 것들이 따라간다.

민중적 서사의 새로운 가능성
_ 손택수, 박성우, 이창수의 시

1. 우리 시단의 최근 동향

최근 우리 시단에는 새로운 실험시를 쓰는 젊은 시인들이 나타나 기존 시인들을 긴장시키고 있다. 끊임없이 새로움을 추구하는 것이 시의 속성이고, 어느 시대에나 기성의 언어를 거부하며 새로운 시들이 탄생하였듯이 일단 이들의 출현은 우리 시단의 새로운 충격으로 받아들여진다. '지금 여기'에 대한 강한 부정의식과 해체의식, 주체의 상실로 인한 서정시의 붕괴, 대중문화의 전면적 영향 등을 배경으로 깔고 있어 시대적 당위성도 확보하고 있는 것으로 보인다. 따라서 이들의 시가 "위반과 일탈이 만들어내는 충격을 통해 고착된 현실을 동요시키고 새로운 삶의 영토를 창조"(엄경희, 「환상적 실험시에 대한 몇 가지 질문」, 『시작』 2006년 봄)하고 있다는 점에서 가치를 부여할 수 있을 것이다.

그러나 대부분의 평자들은 이들의 시에 대한 평가를 유보하는 자세를 견지하고 있다. 긍정적인 시각보다는 부정적인 시각이 우세한 만큼 많은 문제점이나 한계를 지니고 있기 때문이다. 오랜 서정시의 장르적 관습을 허물고 다성성과 혼종성을 구현하고 있으며, 당대의 새로운 감수성을 살리기 위한 시적 스타일의 창조라는 긍정적인 평가에도 불구하고 지금까지 이들의 시가 드러낸 문제점이나 한계가 무엇인지를 몇 가지로 간추려 정리하면 다음과 같다.

첫째, 획일성과 상투성이 두드러져 환상성에 대한 내용이나 표현이 서로 비슷하여 잘 구별이 되지 않는다는 점이다. 이는 세계의 부조리와 환멸, 시인들의 경험과 상상이 일정한 틀 안에서 공유되는 데 기인한 것으로 보인다. 상처와 고통과 폭력적 현실을 드러내는 방식은 충분히 끔찍하고 충격적이지만, 그것을 상투화함으로써 그들의 의도와는 달리 독자들에게 오히려 지겨움과 혐오스러움을 안겨주고 있는 것이다. 이렇듯 개별성이나 독자성이 없는 획일성과 상투성은 그들이 그토록 멀리하려고 애를 썼던 지난 시대 민중시의 전철을 되밟게 되는 결과를 초래할 가능성을 배제할 수 없다.

둘째, 장광설이 지나치다는 점이다. 이들의 시는 대부분 산문투로 이루어져 있으며 말이 많고 길다. 따라서 읽기에 힘이 들뿐더러 일부러 독자와의 의사소통을 차단하고 있는 듯한 인상마저 풍긴다. 게다가 자본주의가 낳은 물질성 언어로 채워져 있다. 시어의 지시적 기능은 거의 무시한 채 이미지들이 서로 뒤엉켜 흘러간다. 이는 더 이상 언어의 투명성 자체를 불신하는 시대, 진실을 대변할 만한 언어가 부재하는 현실 속에서 기존의 서정시로는 담을 수 없는 내용을 담기 위한 그들 나름의 시적 전략으로 보인다. 그러다 시의 근원을 송두리째 무시하고 문학이 성립하기 위한 필수 요소인 독자들을 멀리하면서까지 그들이 추구해야 할 문학적 당위성과 의미가 무엇인지 알 수 없다.

셋째, 지나치게 개인의 폐쇄적 내면세계를 다루는 데 치중하고 있다는 점이다. 이들의 시는 중심에 대한 부정, 아버지에 대한 부정 등 기성세대에 대한 부정이나 거부감을 무의식적으로 드러내고 있다. 또한 지난 시대의 공동체 정신에 대한 관심은 안중에도 없는 성향을 보이고 있다. 기존의 그릇되고 낡은 질서를 거부하면서 자신의 존재에 대한 연원을 묻는 것까지야 그렇다고 치더라도, 왜 지나치게 사적이고 폐쇄적인 내면만을 그려야 하는지에 대해선 쉽게 공감이 가지 않는다. 그러한 사적인 고통이나 상처의 까발림에 왜 독자들이 귀를 기울여야만

하는지 그 이유를 잘 모르겠다. 그리고 자본주의의 병폐가 만연한 우리 시대가 분명히 총체적인 위기인 것은 사실이지만, 그들이 인식하듯 정말로 희망과 전망이 아예 부재하는 구제불능의 현실인지, 그래서 환상성만이 유일한 시적 대안일 수밖에 없는지 묻고 싶다. 혹시 '지금 여기'에 대한 그들의 인식이 얼마나 절실성과 진정성을 지니고 있는지, 혹시 세기말이라고 하여 쓸데없이 부산을 떨었던 1990년대 말처럼 지나친 엄살이나 비명은 아닌지 묻고 싶다. 오히려 그러한 포즈가 가뜩이나 혼란스러운 시대에 더욱 혼란과 위기의식을 부채질하지는 않는지 묻고 싶다.

넷째, 체험의 절실성과 사유의 깊이가 부족하다는 점이다. 아무리 그들이 현실을 현실이 아닌 가상으로, 환상을 환상이 아닌 사실로 만드는 시적 전략을 채택하고 있다고 할지라도, 현실이 아무리 폭력성과 잔혹성, 엽기성으로 얼룩져 있다고 할지라도 절실한 체험의 동반 없이 지나치게 과장된 포즈로 인터넷 게임에나 있는 가상공간 속의 현실을 실재하는 현실처럼 묘사하는 그들의 언어가 왠지 공허하다는 느낌을 지울 수가 없다. 특히 폭력적이고 엽기적인 언어로 범벅이 된 그들의 언어가 오히려 독자들에게 폭력성을 부추길 수도 있다는 생각을 배제할 수 없다. 과연 이것이 당대의 현실을 치열하게 반영하고 있는 것인지 의문이 간다. 게다가 실재의 복잡성을 담지 못한 채 사유의 깊이가 너무 단순하고 장난스럽기까지 하다. 이 점에 대해서는 엄경희의 지적대로 "새로운 방법의 추구가 개인의 가치관이나 세계관과 연관되지 않을 때 그것은 일종의 유희 이상의 것이 되기 어"려울 것이다. 그래서 이들의 시는 가슴보다는 머리로 쓰였다는 인상을 지우기 어렵다. 절박감보다 지적인 냉소주의와 허무주의가 넘쳐난다.

그러나 같은 1970년대생이라 할지라도 이들과는 달리 서정의 궤도를 이탈하지 않은 채 빼어난 언어의 감수성을 바탕으로 민중서사적 서정시를 쓰는 젊은 시인들도 있다. 이 글에서 다루고자 하는 손택수, 박성우, 이창수가 그들이다. 이들 역시 가족사를 시적 출발점으로 삼고 있다. 가족사의 상처를 이야기하되 그것을 전대(前代)의 시인들과는 달리 뛰어난 문학적 감수성으로 갈무리하고 있다는 점에서, 그리고 절실한 체험을 바탕으로 진정성과 감동을 동시에 안겨준다는 점에서 이들 세 시인은 민중적 서사의 목소리가 사라진 우리 시단의 공백을 메우는 새로운 가능성이라고 해도 무리는 아닐 듯하다.

2. 새로운 서사의 풍경들

1) 손택수의 시

손택수의 첫 시집 『호랑이 발자국』(2003)은 가족과 고향에 대한 서사, 그리고 자신의 내부에서 터져 나오는 시적 자존을 뛰어난 언어적 감수성과 빈틈없는 구성력으로 담아낸 성공적인 시집이라고 할 수 있다. 특히 이 시집은 첫 시집임에도 불구하고 노련한 언어의 운용과 놀라운 감정의 절제력, 그리고 태작이 한 편도 없는 완결성을 갖추고 있다. 이는 그가 연마한 시적 기본기와 내공이 그만큼 탄탄하다는 것을 보여주는 증표라고 하겠다.

전술한 바대로, 손택수 시인의 시적 출발점은 가족과 고향이다. 누구에게나 가족과 고향은 자신의 뿌리라는 점에서 반드시 짚고 넘어가야 할 통과의례로서의 의미를 지닌다. 이를 제대로 극복하지 않고서는 다른 길로 나아갈 수 없다. 그러면서도 그것은 평생토록 잘라버릴 수 없는 질긴 끈이다. 흔히 시인들의 가족사와 고향의 기억 속에는 상처의 풍경이 펼쳐져 있다. 그 상처가 시인을 먹여 기른다. 그런 의미에서 상처는 무궁한 시적 자산이다. 시인은 평생토록 상처의 두엄을 파먹고 사는 존재인지도 모른다.

먼저 손택수 시인의 가족사에는 가난으로 인한 아픈 기억이 내재해 있으며, 그 기억의 중심에 아버지가 있다. 그의 시에서 아버지는 "노름꾼 아버지의 발길질 아래/피할 생각도 없이 주저앉아 울던/어머니"(「소가죽북」 부분)에서도 알 수 있듯이 결코 좋은 모습은 아니며 원망의 대상으로 그려져 있다.

> 등짝에 살이 시커멓게 죽은 지게자국을 본 건
> 당신이 쓰러지고 난 뒤의 일이다
> 의식을 잃고 쓰러져 병원까지 실려온 뒤의 일이다
> 그렇게 밀어드리고 싶었지만, 부끄러워서 차마
> 자식에게 보여줄 수 없었던 등
> 해 지고 달 지고, 달 지면 해를 지고 걸어온 길 끝
> 적막하디적막한 등짝에 낙인처럼 찍혀 지워지지 않는 지게자국
> 아버지는 병원 욕실에 업혀 들어와서야 비로소
> 자식의 소원 하나를 들어주신 것이었다
>
> _「아버지의 등을 밀며」 부분

아버지는 자식들을 키우기 위해 밤낮으로 지게에 남의 짐을 지는 일을 업으로 삼았던 모양이다. 그는 등짝의 지게자국을 보여줄 수가 없어 단 한 번도 아들을 데리고 목욕탕에 가지 못한다. 아들은 그런 아버지를 "그때마다 혼자서 원망했고, 좀 더 철이 들어서는/돈이 무서워서 목욕탕도 가지 않는 걸 거라고/아무렇게나 함부로 비난"까지 했지만, 정작 그럴 수밖에 없었던 아버지의 마음을 알 게 된 것은 아버지가 쓰러져 병원 욕실에 업혀 들어와서이다. '등짝에 낙인처럼 찍혀 지워지지 않는 지게자국'을 비로소 확인했기 때문이다. 이를 계기로 아버지는 아들에게 원망이나 비난의 대상이 아닌 화해와 연대의 대상

으로 바뀐다.

그러나 등에 지게자국이라는 낙인을 찍게 만든 아들은 시인이 되어 아버지의 기대에 부응하지 못한다. "서른이 넘도록 빈둥대는 아들놈", "갈수록 짐만 되는 아들놈"이 된다. 그리하여 아버지는 돌아가시고 가장의 짐을 이어받은 아들은 불효자로 남아 아버지를 절망케 한 회한과 부채감에서 벗어나지 못한다. 그래서 "나를 무심코 집어삼킨 세상에/ 우둘투둘한 옻독을 옮기리라"(「옻닭」 부분)고 결심한다. 세상에 옻독을 옮기는 일, 즉 좋은 시로써 세상에 복수하는 일이야말로 돌아가신 아버지의 기대에 부응하는 일이자 가슴에 품은 회한의 고리를 풀어버리는 일일 터이다. 그래서 아들은 스무 살 시절 흑백사진 속의 아버지와 늙은 느티나무를 견주면서 "돌아가신 당신을 쏙 빼닮았다는 등허리를 아름드리 둥치에 지긋이 기대어"보기를 갈망하며, "어쩌면 흑백의 저 푸른 느티나무 아래서 부를 노래 하나를 장만하기 위하여 나의 남은 생은 온전히 바쳐져도 좋을는지 모른다"(「아버지와 느티나무」 부분)고 다짐하는 것이다. 이것이 손택수 시인의 시가 무서운 독을 품을 수밖에 없는 근원일 터이다.

다음으로 손택수 시인에게 고향은 어떻게 그려지고 있을까. 결론부터 이야기한다면 아픈 가족사와는 사뭇 다른 모습을 하고 있다. 그것은 마치 아들이 객지를 떠돌며 입은 몸과 마음의 상처를 핥아주고 품어주는 어머니처럼 편하고 혹은 아름다운 대상으로 여전히 존재한다. 손택수 시인의 고향은 부산이 아닌 전남 담양이다. 그가 고향 관련 시편에서 주로 어린 시절의 기억을 시적 대상으로 삼고 있는 것을 보면, 담양에서 태어나 어린 시절 부모님을 따라 부산으로 이주하여 지금까지 살아왔을 가능성이 크다. 시기적으로 볼 때 그의 가족의 이주는 1960~1970년대 이촌향도 현상과 관련이 깊었을 수도 있다. 그러나 객지인 부산에서 훨씬 더 오래 살았을 것임에도 불구하고 그의 시는 부산보다 담양 냄새가 지배적이다.

담양은 대나무로 유명한 고장이다. 그래서인지 그의 고향 관련 시편들에는 대나무가 빈번하게 등장한다. 그러고 보면 대나무는 시인의 기억 속에 각인된 고향의 상징인 셈이다.

대숲 속으로 강물이 흘러들어간다 하류에서 상류까지 마디마디 몇 개의 둑을 지나온 것일까 어로도 없는 둑 너머로 은어가 튄다 담양 댓이파리 미끈한 어족이 휫휫 허공을 가른다 가로지른 칸칸 숨가쁘게 건너뛰며 할딱거리는 강물 속으로 은어는 그냥 흘러온 것이 아니다 장애물경주 주자처럼 푸파푸파 전력을 다해 뛰어온 것이다 하류에서 상류까지 영산강 강파른 물줄기를 휘이며 매달리는 은어떼, 대숲을 타고 오른다 수문을 닫아놓은 대나무 속으로 죽죽 몇 개의 둑을 더 건너뛰어야 할까 추월산 굽이 돌아 가마골 등푸른 은어가 튄다 강의 시원지 용소까지 대숲이 진저리, 진저리치며 휘어진다

_「강이 휘어진다-江爭里」 전문

위의 시는 눈길 위를 걸어간 소쿠리 장수 할머니의 발자국이 녹은 모양을 '긴 묵죽(墨竹)을 친다'고 표현한 「묵죽(墨竹)」과 함께 손택수 시인이 고향을 노래한 시편 중 가장 아름답게 읽히는 작품이다. 대숲을 강물로, 댓잎을 은어로, 대나무 마디를 둑으로 각각 비유하여 제 고향의 삶과 역사, 그리고 근원에 대한 탐색의 과정을 언어로 형상화한 이 시는 얼마나 빼어나게 아름다운가. 하류에서 상류로 거슬러 오르는 강물처럼 가락은 또 얼마나 힘차고 숨 가쁜 휘몰이로 흘러가고 있는가. 날랜 칼솜씨처럼 '휫휫 허공을 가'르며 튀어 오르는 등 푸른 은어 떼의 눈부신 아름다움은 또 어떠한가. 결국 이 시는 대숲 부근에 살면서 대나무의 모든 것을 잘 알고 있거나, 또 대나무의 정신을 언어로 형상화할 수 있는 뛰어난 감수성이 수반되지 않고는 쓸 수 없는 명편이다.

이렇듯 손택수의 고향 관련 시편들은 아픈 상처의 가족사와는 달리 비교적 행복하거나 아름다운 기억에 닿아 있다. 그것은 고향이 갖고 있는 신화적인 마력인지도 모른다. 그래서 그는 '고향에 가면 신기하게 설사가 멎는다/(……)/사람이 제 똥 먹지 않고 삼년을 살면 병들어 죽기 십상이다'(「腸으로 생각한다」 부분)라고 스스로 밝히고 있지 않은가.

그러면 손택수 시인이 갖고 있는 시적 자세는 어떠하며, 그가 겨냥하고 있는 시적 목표물은 무엇일까.

> 언뜻 내민 촉들은 바깥을 향해
> 기세 좋게 뻗어가고 있는 것 같지만
> 실은 제 살을 관통하여, 자신을 명중시키기 위해
> 일사불란하게 모여들고 있는 가지들
>
> 자신의 몸 속에 과녁을 갖고 산다
> 살아갈수록 중심으로부터 점점 더
> 멀어지는 동심원, 나이테를 품고 산다
> 가장 먼 목표물은 언제나 내 안에 있었으니
>
> 어디로도 날아가지 못하는, 시윗줄처럼
> 팽팽하게 당겨진 산길 위에서
>
> _「화살나무」 전문

인용시에 따르면, 그의 시적 자세는 당겨진 시윗줄처럼 팽팽하다. 바깥을 향한 원심력과 중심을 향한 구심력이 서로 길항하고 있기 때문이다. 그러나 그의 시적 목표는 화살나무처럼 '제 살을 관통하여, 자신을 명중시키'는 데 있는 것으로 보인다. 자신을 명중시키는 일이 무엇인가. 그것은 세계와 자아가 길항하는 속에서 끊임없이 자신의 삶을 성찰 또는 통찰하는 일이 아닐까. 그 성찰 혹은 통찰을 통하여 자신의 내부에서 들끓고 있는 지난날의 상처와 허기를 관통함으로써 삶의 근원을 적출해내는 일이 아닐까. 그것이 또한 "나를 무심코 집어삼킨 세상에/우둘투둘한 옻독을 옮기"는 일이요, 시라는 화살로 나라는 과녁을 명중시킴으로써 세계의 폐부를 명중시키는 일이 될 것이다. 그러기 위해서 그는 "목구멍까지 차오른 가려움을 꾸욱 눌러 참"으며, "독을 우려낸 진국"(「옻닭」)을 삼키고 있는 것이다. "바람을 몰고 잠든 가지들을 깨우며 생살 돋듯 살아나는 노래의 그늘 아래"(「아버지와 느티나무」) 서 있는 것이다.

2) 박성우의 시

박성우의 첫 시집 『거미』(2002)는 여러 가지로 손택수의 첫 시집 『호랑이 발자국』과 겹친다. 가난한 가족과 고향에 대한 서사가 그렇고, 그것을 뛰어난 언어적 감수성으로 담아내는 솜씨가 그렇고, 탄탄한 시적 기반과 감정의 절제력 또한 그렇다.

또한 이들은 시간적인 차이는 있으되 가족이 시골에 살다가 도시로 이주한 경험을 갖고 있기도 하다. 그러나 박성우의 경우, 가난과 가족사에 대한 상처의 농도가 상대적으로 짙다는 점, 절실한 체험을 바탕으로 묘사가 리얼하다는 점, 가족사 중심에 아버지 대신 어머니가 자리하고 있다는 점 등이 손택수와는 다르다. 아무튼 같은 1970년대생들이면서 비슷한 시기에 등단한 점을 감안하더라도 이들의 체험과 시가 어쩌면 이토록 유사성을 지니고 있는지 놀랍다.

박성우의 첫 시집은 "지나온 흔적을 뒤돌아보며 나는 새"(「새」 부분)에서도 드러나듯이 지금껏 자신이 살아온 생에 대한 처절한 상처의 기록이라고 볼 수 있다. 그 기록의 대부분을 채우고 있는 것은 가난으로 인한 아픈 가족사이며, 그 가족사의 중심에 "오래된 대나무 같은"(「대나무는 나이테가 없다」) 어머니가 있다. 그의 시에서 아버지는 가족을 먹여 살리기 위해 막일을 하는 사람, 가난으로 인해 빚쟁이가 되어 집에 돌아오지 못하는 사람, 그리하여 결국 무거운 짐을 이기지 못하고 흙으로 돌아간 사람으로 그려져 있다. 아버지의 최후는 "아버지 안녕히 가세요/인공호흡기를 뽑는 일에 동의했어요"(「친전-아버지께」)라는 절제된 표현에 자세히 드러난다. 그러나 이러한 아버지는 자식의 입장에서 보면 무능한 가장일 수도 있지만, 결코 원망이나 비난의 대상은 아닌 듯하다. 따라서 아버지는 어머니와 동류항에 묶인다고 볼 수 있다. 다만 그의 가족사의 기술에 있어서 어머니가 중심에 놓여 있는 것은 아버지가 세상을 뜨고 난 후의 가족을 돌보아야 하는 불가피한 주체이기 때문으로 보인다.

> 막둥이인 내가 다니는 대학의
> 청소부인 어머니는 일요일이었던 그날
> 미륵산에 놀러 가신다며 도시락을 싸셨는데
> 웬일인지 인문대 앞 덩굴장미 화단에 접혀 있었어요
> 가시에 찔린 애벌레처럼 꿈틀꿈틀
> 엉덩이 들썩이며 잡풀을 뽑고 있었어요
> 앞으로 고꾸라질 것 같은 어머니,
> 지탱시키려는 듯
> 호미는 중심을 분주히 옮기고 있었어요
> 날카로운 호밋날이
> 코옥콕 내 정수리를 파먹었어요
>
> 어머니, 미륵산에서 하루죙일 뭐허고 놀았습디요
> 뭐허고 놀긴 이놈아, 수박이랑 깨먹고 오지게 놀았지
>
> _「어머니」 부분

앞의 시에는 어머니와 나의 현재 혹은 근래의 가족 생활상이 극명하게 드러나 있다. 시적 화자의 어머니는 '내가 다니는 대학의/청소부'이다. 자식을 가르치기 위해 청소부 일을 하는 어머니, 그것도 자식이 다니는 바로 그 대학의 청소부라는 사실은 당사자인 어머니는 물론 그 어머니를 바라보는 자식에겐 고통 그 자체이며 치욕에 해당한다. 그리고 그 사실을 고백하는 일은 더더욱 힘들고 고통스러운 일이다. 그러나 박성우 시인은 자신의 내부에 켜켜이 쌓인 가난과 그로 인한 상처를 감추고, 부끄러워하지 않고 정면 돌파하겠다는 용기와 의지를 드러내고 있다.

나는 일요일이어서 미륵산에 놀러가신다며 도시락을 싸신 어머니가 대학 화단에서 잡풀을 뽑고 있는 모습을 발견한다. 아마 어머니는 한 푼이라도 더 벌어보기 위해서 자식에게 거짓말을 했을 터이다. 몸이 성치 않은 어머니는 사력을 다해 '가시에 찔린 애벌레처럼 꿈틀'거린다. 그런 어머니를 호미가 지탱해준다. 호미를 열심히 놀리지 않으면 어머니는 물론 가족 전체가 쓰러질 것이기 때문이다. 그러므로 '날카로운 호밋날이/코옥콕 내 정수리를 파먹었어요'는 자식의 입장에서 불가피한, 너무도 아픈 표현이다. 여기까지는 절제된 표현에도 불구하고 흐느낌이 새어 나온다. 그것을 사투리 섞인 마지막 연이 극적으로 막아준다. 아니다, 그렇게 서로 모르는 척 주고받는 대화가 더욱 처연하게 느껴진다.

박성우 시인은 대학생이 되기 이전에 이미 산전수전을 다 겪은 것으로 보인다. 시집에 실린 사진에서도 그 흔적이 충분히 드러나지만, ① "웬, 약주를 하셨어요? 아버지/비켜라 이놈아, 너 같은 자식 둔 적 없다!/(……)//아버지 안에서 나는 그렇게 베어졌다"(「감꽃」), ② "헛물켠 시간들이 나를 세월의 방죽 위에 뜨게 했네"(「개구리밥」), ③ "칠순 바라보는 어머니 집에 가면/반나절과 한나절의 일당보다도/더 무기력한 내가 벽에 걸릴 때가 있지”(「반나잘 혹은 한나잘」), ④ “보조사원 박성우 한 대,/고장나 있다//몸에 미싱바늘 꼽은 채/수리를 기다린다”(「미싱창고」) 같은 구절들이 그것이다.

①, ②, ③은 제 앞가림을 할 나이가 되었음에도 불구하고 가족에게 보탬이 되지 못한 채 실업의 나날을 보냈거나 실속 없는 일에 정력을 낭비했던 경험의 표현으로 보이며, ④는 실제로 봉제공장에서 노동을 했던 시절의 기록으로 보인다.

가난으로 인한 불행과 상처를 뼈저리게 겪은 그는 자신의 체험을 기록하는 일 못지않게 타자의 불행과 상처를 위무하기 위해 따뜻한 손을 얹기도 한다. 이는 자연스럽고도 마땅한 일이다. 그리고 세상의 모든 상처에는 그것을 치유한 흔적인 옹이가 있음을 발견한다.

꽃잎 떨어져나간 자리에 옹이가 박혀 있네
배냇니로 젖을 빨던 정이는 시집을 갔네
감정을 절제해도 절제된 가슴이 우네
암(癌), 이제는 암시랑 안혀
정이야 무너질 가심이 없응께 참 좋다

거울 속의 가슴을
거울 밖의 어머니가 내리쳤을 때
도려져나간 가슴이 젖을 흘렸네
정이 친정집 목욕탕엔 거울이 없네
움푹 들어간 가슴이 비치질 않네

세상의 상처에는 옹이가 있네

_「옹이」 부분

시 속에 나오는 '정이'의 어머니는 젖가슴이 병들었다. '상추쌈 먹고 젖을 먹이면 초록똥을 쌌'던 젖가슴이 암에 걸린 모양이다. 한때 꽃봉오리가 맺히고 꽃이 피던 젖가슴이 시들고 병에 걸릴 수 있는 것은 다른 요인도 있겠지만, 자식들이 그것을 다 빨아먹었기 때문일 것이다. 그런 의미에서 이 세상의 모든 늙고 처진 어머니의 젖가슴엔 옹이가 있다.

가슴을 도려낸 어머니는 그러나 자식 앞에서 처량한 심경을 애써 내비치진 않지만, '감정을 절제해도 절제된 가슴이 우'는 것까지야 어쩔 수 없다. 어머니는 거울 앞에서 보기 흉한 젖가슴을 내리치고, 깨진 거울에선 젖 대신 피가 흐른다. 그래서 정이의 친정집엔 거울이 없다. 그러나 옹이는 상처의 흔적 자체일 수도 있지만, 아문 흔적이기도 하다. 예를 들어, 나무의 둥치에 박힌 둥근 옹이는 나무 스스로 수액을 분비하여 상처를 치유한 흔적이다. 그리하여 나무는 그 옹이를 기점으로 하여 새로운 가지를 뻗고 꽃을 피우고 열매를 맺는다. 상처가 밑거름인 셈이다.

위의 시도 앞에서 인용한 「어머니」처럼 터져 나오는 오열을 감당하기 어려운 내용을 지니고 있지만, 감정을 잘 다스린 언어적 표현이 빛난다. 특히 '정이야 무너질 가심이 없응께 참 좋다'라든지, '정이 친정집 목욕탕엔 거울이 없네'처럼 자칫 무너져버릴 감정을 다잡는 절제된 표현이 돋보인다. 이렇듯 그의 첫 시집에는 인용한 시 외에도 타자의 불행과 상처에 대한 따뜻한 관심과 사랑을 노래한 시편이 상당하다. 「소록도」, 「어청도」, 「띠쟁이 고모네 점방」, 「촛농」, 「참새」 등이다.

이제 산전수전을 두루 겪은 박성우가 뒤늦게야 대학에 들어와 시를 배우고, 악착같이 시를 써서 시인이 되었으며 성공적인 첫 시집으로 시단의 주목을 받고 있다. 필자는 그 원천이 그의 내부에 거름벼늘처럼 쌓여 향기를 풍기는 상처의 힘이라고 믿는다. 또한 그의 시는 어떠한 상황에서도 무너지지 않을 독기를 품고 있음을 읽는다. 삶의 밑바닥을 보았기 때문이다. 부디 앞으로 그의 시가 “마지막 말초신경까지 다 녹여내린 뒤에야/제맛이 난다는 동해안 덕장의 명태”(「정읍역」)가 되길 바란다. 끝으로 그런 당찬 각오가 서린 출사표로 읽히는 시 한 편을 인용한다.

> 갯바람 냄새 바뀌어 봄 오면
> 몇 알의 씨앗 남기고 죽을지언정
> 지금은 내 자릴 넓혀가리라
> 순결했던 어제는 처음부터 없었을지도 모르니
> 날 창녀 같은 바다이끼라 불러도 좋다
> 습하고 짭짤한 공간에서야
> 어쩌다 그리워해주는 그대들을 위해
> 그 독하다는 염산에도 난 죽지 않으리라
>
> _「개야도 김발 3」 전문

3) 이창수의 시

이창수의 첫 시집 『물오리 사냥』(2005) 역시 손택수나 박성우의 첫 시집처럼 가족과 고향에 대한 서사를 담고 있다. 그리고 그 서사 속에 상처나 사연을 간직하고 있는 것이나, 그것을 표현하는 언어적 감수성도 유사하다. 그러나 이창수의 서사는 이들과는 분명한 차이점을 지니고 있다. 가족사 속에 가난이 아닌 가족 간의 균열이나 이념적 갈등으로 인한 상처가 자리하고 있다는 점, 가족사 기술의 중심에 어머니나 아버지보다 할머니를 배치하고 있다는 점, 고향에 대한 기억 속에 죽음을 비롯한 끔찍함이 도사리고 있다는 점 등이다.

먼저, 이창수 시인의 가족사 속에 숨어 있는 균열이나 이념적 상처의 정체는 무엇일까.

할머니를 중심으로
우리 가족은 카메라를 보고 있다
아니, 카메라가 초점에 잡히지 않는
우리 가족의 균열을
조심스레 엿보고 있다
(……)
이미 무너지기 시작한 담장처럼
잠시 후엔 누가 붙잡지 않아도
제풀에 지쳐 제각각 흩어져갈 것이다
언제나 쫓기며 살아온 우리 가족
무엇이 그리 바쁘냐며
일부러 늑장을 부리시는
아버지의 그을린 얼굴 위로
플래쉬가 터진다
순간, 담장을 타고 올라온
노오란 호박꽃이
푸른 호박을 끌어안고
환하게 시들어간다

_「가족사진」 부분

시집의 맨 첫 페이지에 실린 이 시는 사진 한 장을 통해 가족 간의 미묘한 균열을 암시하고 있다. 그러나 균열의 원인이나 배경이 무엇인지에 대해선 구체적으로 설명하지 않고 있다. 시집 전반을 훑어보아도 이를 짐작할 만한 단서는 보이지 않는다. 다만, 이 가족사진이 '할머니를 중심으로/우리 가족은 카메라를 보고 있다'는 점, '제풀에 지쳐 제각각 흩어져갈 것이다' 같은 구절에서 짐작할 수 있는 바, 이 가족이 지금까지는 전통적 가족제도를 고수해왔다는 것, 그러나 자식들이 부모를 모시지 않고 각자 도시로 흩어져 살게 됨에 따라 분산이 불가피하다는 것, 그리하여 조만간 할머니나 부모님이 돌아가시면 완전히 종래의 가족은 붕괴될 것이 불을 보듯 뻔하다는 것만 어렴풋이 짐작될 뿐이다. 그런데 문제는 '언제나 쫓기며 살아온 우리 가족'이라는 구절이다. 이는 뒤의 문맥으로 보아 바쁜 일상에 쫓기며 살아온 것으로 해석하는 것이 옳을 듯하지만, '쫓기며'가 타자에 의해 줄곧 감시를 당해왔거나 도망치며 살아온 것으로 해석될 수 있다. 이는 뒤에서 설명할 가족의 이념적 상처로 인한 가족의 균열로도 볼 수 있는 개연성이 있다. 이 가족사진 한 장에는 앞으로 다가올 가족의 균열과 붕괴가 담겨 있어서 시인에게는 아픈 풍경이 아닐 수 없다. 그래서 마지막 구절이 호박꽃이 '환하게 피어 있다'라거나 '환하게 웃고 있다'가 아니고 '환하게 시들어간다'고 표현되지 않았는가.

이창수 시인의 가족사에 내재한 이념적 상처의 중심은 '외삼촌'과 '삼촌－이양래'에 있는 듯하다. 이는 '봄날 외삼촌은 빨치산들에게 총살당했다/순천사범학교를 다니던 삼촌은 지리산으로 들어가 여태 소식이 없다/삼촌 때문에 더 많은 가족들이 죽어나갔다'(「봄날은 간다」)와 '이 산줄기 타고 밤마다/새로운 세상 갈망했을 삼촌 이양래/얼굴도 모르는 당숙들이 겨울나무로 서서/무기력한 세월 살아내고 있다'(「겨울 천봉산」)에 자세하다. 그러니까 삼촌은 '빨치산'이었고, 외삼촌은 빨치산에게 죽임을 당했으니 다른 집안도 아닌 친족 간에 좌익과 우익의 이념적 갈등과 상처가 있었던 셈이다. 더욱이 빨치산인 삼촌 때문에 당숙들을 비롯한 더 많은 가족들이 연루되어 죽었으니 이는 불행한 현대사가 시인의 가족에게 씻을 수 없는 상처를 안겨준 셈이다. 그래서 시인은 서문에서 '개인의 아픔과 역사의 아픔이 무관하다고 생각하지 않는다'라고 적고 있다.

그리고 할머니가 왜 가족사의 기술에서 중심에 배치되어야 하는지에 대해서는 구체적인 근거가 불충분하다. 시집에는 맨 처음 살아 계신 할머니(「가족사진」)와 맨 끝 돌아가신 할머니(「물고기자리」)에 관련된 시를 배치함으로써 서사의 중심에 할머니가 있음을 분명히 하고 있는데, 정작 구체적인 내용은 드러내지 않는다. 다만 빨치산이었던 아들로 인한 한을 묵묵히 견디며 살아오신 분에 대한 연민이라든지, '나를 위해 점을 치던 할머니'에서 알 수 있듯이 시인의 운명을 염려한 것에 대한 애착 같은 것이 느껴질 뿐이다.

이창수 시인에게 고향은 애틋한 추억이 서린 곳으로 묘사되어 있지 않다. 오히려 무섭고 끔찍한 기억이 많아 벗어나고 싶은 대상으로 그려져 있다. 이는 무엇보다 도처에 죽음의 그림자가 널려 있기 때문이다. 앞으로도 그가 고향에 대한 이야기를 시로 쓸 때 좀처럼 이 각인된 죽음의 그림자를 떨쳐버리기 힘들 것이다.

> 여름방학이 끝나면 빈 자리가 하나씩 보였다/강 가운데 있는 바위를 찾지 못하였거나/강물에 지나친 만용을 부리다/화를 당한 친구의 자리였다
>
> _「보성강」 부분

> 가뭄에 한 번씩 속 드러내는 강바닥엔 지상보다 많은 돌무덤이 쌓여 있다
>
> _「무거운 구름」 부분

위 두 편의 시는 시인의 고향을 흐르는 '보성강'을 노래한 것이다. 그런데 어린 시절 미역을 감고 물장구를 치며 놀던 강은 추억의 강이 아니라 '사나운 강'으로 묘사되어 있다. 그곳에는 죽음의 기억이 서려 있기 때문이다. 「보성강」에는 물에 빠져 죽은 '친구'의 죽음이, 「무거운 구름」에는 죽은 친구들의 '돌무덤'이 쌓여 있기 때문이다. 말하자면 '강 가운데 있는 바위'는 친구들의 무덤인 셈이다. 나중에 시인은 그곳

을 지나칠 때마다 다음은 네 차례이니 '어서 건너오라'는 죽음의 유혹을 느낀다. 더욱이 고향은 삼촌들과 친족들의 죽음이 서린 곳이니 달가울 리 있겠는가.

이창수 시인은 비교적 성공적인 첫 시집을 냈다. 통과의례로서의 의미를 지니는 이번 시집에서 주목할 점은 그의 언어적 감수성이다. 그가 경전 읽는 소리를 싸리나무 흔들리는 모습으로, 단풍잎이 바람에 쓸리는 소리를 계곡물로 각각 시각화하는 솜씨와 목어들이 은비늘을 튀기며 살아 움직이는 모습을 보는 환상적인 눈을 지니고 있음을 보여주는 시를 인용하는 것으로 마무리한다.

선암사 탁발승들 경전 읽는 소리 싸리나무 흔들고 있다

뒤뜰 단풍잎 위로 세차게 쏟아져 내리는 계곡물 타고 송사리 떼 올라온다

낙엽 태우는 매운 연기 사이사이로 목어들 은비늘 튀기며 경내로 몰려든다

_「幻」 부분

3. 나오며

지금까지 이 글은 1970년대에 태어난 젊은 시인들인 손택수와 박성우, 이창수의 첫 시집에 나타난 가족과 고향에 관련한 서사의 내부를 들여다보았다. 그리고 이들의 시가 같은 1970년대생이면서 소위 '미래파'로 불리는 시인들의 자기 연원을 묻는 시들과 어떻게 구별되며 왜 그들의 시보다 진정성 있게 다가오는지 간접적으로 밝혔다.

이들 세 시인은 나이가 비슷하고 농촌 태생이라는 점 외에도 시적으로도 공통점이 많다. 그것을 세 가지로만 간추리면, 그 첫째가 통과의례로서 가족과 고향, 즉 자기 연원에 대한 서사를 시의 출발점으로 삼고 있다는 점, 둘째는 그것을 뛰어난 언어적 감수성으로 형상화하고 있다는 점, 셋째는 절실한 체험을 바탕으로 하고 있다는 점이다. 따라서 1980년대 민중시의 계보를 잇고 있다고 판단되는 이들의 시는 선배들이 놓친 문학성과 진정성을 확보함으로써 새로운 민중서사적 서정시의 가능성을 열었다고 평가할 수 있다.

혹자는 이들의 시가 무엇이 그리 새로울 것이 있느냐고 반문할지도 모르겠다. 그러나 문학의 새로움이라는 것이 무조건 지금까지 다루지 않은 것만을 다루는 것이 새롭다는 의미는 아닐 것이다. 이를 뛰어난 문학성 혹은 작품성을 전제로 어떻게 다루었느냐가 보다 더 중요하다고 생각한다. 그리고 무엇보다도 절실한 체험을 바탕으로 하지 않거나 자신의 무게가 실리지 않은 시는 지적인 말놀음에 불과하다고 감히 단언한다. 진정성이 없기 때문이다. 아무리 우리 시대가 폭력과 죽음과 타락이 난무하는 시대라고 하지만, 시가 그것을 확대 또는 과장하여 혼란을 부추길 것이 아니라 오히려 그럴수록 이를 계도하고 구원할 수 있는 대안과 전망이 필요하다고 본다.

시가 대접받지 못한 시대일수록, 언어가 더 이상 제구실을 못한다고 운위되는 시대일수록 서정시의 본분에 충실할 필요가 있다. 과도한 요설과 장광설을 버리고 절제된 언어와 짧은 리듬을 회복할 필요가 있다. 새삼 우리 시단이 지나치게 유행에 민감할 것이 아니라 차분히 보다 멀리 바라보는 시각을 확보했으면 하는 바람이다.

부록

한국 생태시의 현황과 과제

1. 출현 배경

오늘날 우리가 살고 있는 지구의 생태환경은 심각하게 오염되고 있다. 산, 들, 강, 바다, 하늘 등 어디를 보아도 온전한 곳이 하나도 없다. 물, 공기, 눈, 비 그리고 우리가 매일 섭취하는 음식물 속에도 위험이 도사리고 있다. 신이 창조한 동식물의 생명 파괴와 복제가 함부로 자행되고 있다. 물질만능주의에 사로잡힌 인간은 정신이 황폐화된 채 점차 기계의 노예로 전락하고 있다. 살림의 문화보다는 죽임의 문화가 만연하고 있으며, 심지어 문학의 공해까지 우려하는 사람들마저 있다. 이 모두가 자연보다 인위를 내세운 인간의 과도한 오만과 탐욕이 불러온 자가당착의 결과이다.

그러나 이러한 총체적 위기 상황에도 불구하고 인간은 스스로의 행위에 대한 반성과 상생을 위한 새로운 발상의 전환을 꾀하려는 노력보다 여전히 개발과 성장을 앞세운 자연파괴와 대량생산 및 소비로 인한 환경오염의 속도를 늦추지 않고 있다. 생태환경의 중요성이 인간과 자연의 생존과 직결되는 문제라는 사실을 아직도 절실하게 깨닫지 못하고 있기 때문이다. 이대로 가다가는 불원간 공멸의 날이 다가와 초록별 지구는 생명이 없는 암흑의 행성으로 우주를 떠돌지도 모른다. 따라서 생태환경의 위기에 대한 우려와 인식, 그리고 대안의 모색은 우리 시대가 직면한 가장 시급하고 중요한 과제임이 분명하다. 문학적 대응방식의 하나인 생태시의 출현 배경도 이와 궤를 함께한다고 할 수 있다.

1950년대 후반의 독일어권 나라들과는 달리 한국의 시단에 '생태시(Ecological Poetry)'[1]가 출현한 시기는 1980년대 후반부터라고 할 수 있다. 그러나 본격적인 논의와 더불어 주요 문학적 흐름으로 자리 잡은 것은 1990년대 들어와서부터이다. 물론 생태환경에 대한 시적 대응이 그 이전에도 없었던 것은 아니다. 1974년 『문학사상』이 주최한 '시인들의 축제'에서 낭송한 성찬경의 시 「공해시대와 시인」이 한 예이다. 그러나 이 시는 환경오염과 인간의 위기에 대한 절박한 외침에도 불구하고 그 당시 큰 반향을 불러일으키지는 못했다. 1970~1980년대에 환경문제의 중요성이 부각될 수 없었던 것은 환경문제보다 독재정권과의 싸움이 보다 긴급한 문제라는 인식과 경제개발의 부산물인 환경문제는 경제성장 이후에 해결해도 늦지 않다는 인식이 배면에 깔려 있었기 때문이다.

그러나 1980년대 말의 급격한 정치 상황의 변화는 이러한 인식에 대한 전면적인 수정과 함께 생태시의 출현을 불가피하게 만들었다. 구체적으로 말하면 동구권의 몰락과 문민정부의 등장에 따른 이념의 부

---

1 '생태시'란 '생태학(ecology)'이라는 학문과 '생태주의(ecologism)'라는 이념으로부터 존립의 근거를 취하면서 이들의 방법론과 이념을 작품 속에 구현하고자 하는 시를 말한다. 다시 말해 생태학적 인식을 바탕으로 환경문제를 다루고 있는 시, 생태학적이거나 생태주의적 관점에 의해 생겨났거나 혹은 생태학적 인식과 환경운동의 이념들에 대한 적극적인 지향을 표방하는 시적 실천이나 작품들로 정의할 수 있다. 이 용어는 독일의 생태학자이자 문학 연구가인 마이어 타쉬(P. C. Mayer-Tasch)가 쓴 「생태시는 정치적 문화의 기록물」(1980)이라는 논문에서 처음 사용되었다. 특히 그가 펴낸 『직선들의 폭풍우 속에서-독일의 생태시 1950~1980』(1981)은 독일어권 국가들의 유일한 생태 사화집으로 알려져 있다. 또한 '생태시학(Eco-Poetics)'이라는 용어는 영문학자인 최병현이 1977년 『시와반시』 봄호에 게리 스나이더(G. Snyder)의 시와 시론을 소개하는 「에코포에틱스와 현대시」라는 글을 통해 국내에서 처음 사용한 것으로 알려져 있다(김진수, 「에코포에틱스의 한계와 가능성」, 계간 『포에지』, 2001 겨울호, 48~49면 참조).

재와 비전의 상실로 민중시를 대신할 새로운 문학적 방향이 필요했다는 점이다. 또한 낙동강 페놀 유출 사건과 안면도 핵폐기물 처리장 건설 반대운동 등을 계기로 환경오염과 공해문제가 삶의 절박한 위기로 다가와 정치적 문제에서 삶의 질에 대한 문제로 관심의 전환이 이루어졌다는 점이 그것이다. 민중시 계열의 원로에 해당하는 신경림이 1988년 「공해추방운동연합」 발대식에서 읊은 환경오염에 대한 경고의 시 「이제 이 땅은 썩어만 가고 있는 것은 아니다」와 식물적 상상력에 바탕을 둔 서정성 회복을 노래한 고은의 시집 『나의 저녁』(1988), 그리고 김지하의 생명사상은 앞으로 민중시가 나아갈 새로운 방향을 예고하고 있었다. 또한 1990년대에 들어서 계간 『창작과비평』(1990, 겨울호)과 『외국문학』(1990, 겨울호)이 각각 생태환경 문제와 생태시에 대한 특집을 실었던 것을 비롯하여, 환경 전문지 격월간 『녹색평론』(1991, 11)의 창간, 고진하와 이경호가 펴낸 생태환경 시집 『새들은 왜 녹색별을 떠나는가』(1991)의 출간은 생태환경의 위기에 대한 각성과 더불어 1990년대 우리 시의 방향을 결정짓는 선도적 역할을 수행하였다.

이렇듯 절실한 시대적 과제와 당위성을 안고 출발한 한국의 생태시는 1990년대 이후 활발한 논의와 다양한 성과물을 바탕으로 시단의 주류를 형성하며 전개되어왔다.[2] 그러나 생태시 출현 20여 년째를 맞고 있는 지금 그 성과 못지않게 한계나 문제점 또한 많이 노출되었던 것이 사실이다. 게다가 논의의 초점이 생태시의 흐름이나 현황을 점검하는 일에만 맞춰지니 문제점이나 한계, 그리고 이를 극복할 만한 대안이나 방향을 제시하는 일에 상대적으로 소홀했던 것도 사실이다. 따라서 이 글은 먼저 지금까지 전개된 한국 생태시의 현황을 대표적인

2 1990년대에 태동한 신서정시, 문명비판적 도시시, 여성주의시, 정신주의시 등 다양한 시적 양상들도 크게 보아 생태시의 범주에 포함될 수 있는 성격을 지니고 있다고 볼 수 있다. 그만큼 생태시의 진폭이 넓은 자장을 형성하고 있었다는 이야기이다.

성과물을 중심으로 점검한 다음, 이어서 문제점과 한계를 지적할 것이다. 또한 이를 바탕으로 극복 방안과 앞으로 나아가야 할 바람직한 방향을 제시함으로써 한국 생태시의 새로운 이정표를 세우는 데 일조하고자 한다.

2. 한국 생태시의 현황

1) 논의의 흐름

전술한 바대로, 한국에서 생태환경에 대한 관심과 생태학적 시 쓰기에 대한 논의가 본격적으로 시작된 것은 1990년대부터이다. 이때부터 환경오염과 생태시의 문제는 한국 시단의 중심 화두로 부상하는데, 맨 처음 논의를 촉발하는 계기가 된 것이 『외국문학』(1990, 겨울호)에 실린 이동승의 글 「독일의 생태시」(『창작과비평』 1990년 겨울호)에 실린 「생태계의 위기와 민족주의사상」을 주제로 한 좌담과 생태환경 시집 『새들은 왜 녹색별을 떠나는가』(1991)의 출간이다.

먼저 이동승은 독일의 마이어 타쉬(P. C. Mayer-Tasch)가 펴낸 『직선들의 폭풍우 속에서-독일의 생태시 1950~1980』라는 생태 사화집을 소개하면서 오늘의 생태환경의 위기는 보편성을 띠고 있으며, 아무도 회피할 수 없는 현실임을 강조하였다.[3] 그의 글은 함께 잡지에 실린 김성곤의 「문학 생태학을 위하여」와 신정현의 「문명비판과 환경에 대한 관심」[4]과 함께 외국의 생태시를 한국 시단에 소개하는 선구적인 역할을 수행했다고 할 수 있다.

---

3 이동승, 「독일의 생태시」, 『외국문학』 1990년 겨울호.

4 신정현, 「문명비판과 환경에 대한 관심」, 『문학사상』 1992년 11월호.

『창작과비평』의 특집좌담은 민족문학 진영이 생태환경의 위기에 대해 어떻게 인식하고 있는지 보여준다. 즉 1980년대의 민중론에서 1990년대 생태론으로의 시야 확대를 어떻게 해야 하는가를 다루고 있다. 백낙청은 생태환경 위기에 대한 절박함을 이야기하고 있다. 그리고 김세균은 생태적 위기가 자본주의의 생산 양식에서 비롯됐음을, 김종철은 인간의 자연 지배적인 세계관이 위기의 원인임을 주장하고 있다. 특히 이 두 사람의 진단과 대안 제시는 노동계급적 시각에 입각한 좌파 환경주의와 생태주의 시각이 지닌 차이를 극명하게 드러내고 있다고 볼 수 있다.

생태환경 시집『새들은 왜 녹색별을 떠나는가』는 1980년대 이후에 발표된 22명 시인들의 생태시들을 다섯 개의 주제로 나누어 싣고 있다. 이 시집의 발간은 환경과 생태에 대한 문제가 1990년대 한국 시단의 중심 주제임을 분명히 표방한 데 의의가 있다.

다음으로 환경전문지『녹색운동』의 발간과 1992년 '리우회의' 개최는 우리 문학이 생태문제를 활발하게 논의하도록 만드는 데 힘을 보탠다. 이는『현대시』(1992. 6)의「생태환경시와 녹색운동」특집좌담,『현대시학』(1992. 8)의「생태환경과 오늘의 시」특집기획으로 구체화된다.

이후의 생태시 논의의 흐름은 생태환경 위기의 원인 진단, 이와 관련한 가치 체계를 중심으로 3분화 된다. 먼저 서양의 인간중심주의를 동양의 자연중심주의로 전환해야 한다는 논의이다.

김종철은 생명공동체의식이 절실함을 역설한다. 본질적으로 만물은 일체라는 시각이야말로 모든 시적 은유의 근거를 형성한다는 것이다. 따라서 시가 생명을 가진 만물들 간의 조화로운 관계를 표현하기 위해서는 서양의 기술주의적 사고와 권력, 지배 욕망을 내재한 근대적 세계관을 극복해야 한다는 것이다.[5]

정효구도 서구적 세계관의 전환이 중요하며, 우주공동체의 회복이 시급한 과제임을 제기한다. 그는 페미니즘적 관점에 입각하여 파괴와 부정으로 상징되는 남성성을 버리고 자비와 사랑으로 나타나는 여성성을 회복해야 한다고 강조하고 있다. 그리고 노장사상과 불교사상을 배경으로 한 중용의 사상이야말로 이를 위한 효과적인 방법임을 밝히고 있다.[6]

홍용희는 김종철이 주장한 자연과 인간의 생명공동체에 대한 인식을 동학사상을 중심으로 한 전통사상의 창조적 계승으로 연결시키는 것이 우리 시대의 시적 과제임을 주장하고 있다. 그러면서 김기택, 정현종, 김지하 등의 시편들에 신생의 문학을 위한 출발이라는 의미를 부여하고 있다. 이는 김지하의 생명사상과 같은 맥락을 이룬다.[7]

송희복은 정현종, 이동순, 김명수, 이성선 등의 시를 불교적 상상력을 통해 분석한다. 이들이 지향하는 인간과 자연의 조화와 융합, 공존의 질서, 생명의 화음은 서정시가 드러내고자 하는 궁극적인 가치로서 '화엄경적 생명원리'에 기반하고 있다고 보았다.[8]

다음으로, 이들과는 달리 장석주[9]와 성찬경[10]은 생태파괴의 원인을 인간의 탐욕에서 찾는다. 그러나 여기엔 인간의 탐욕이 상대적이라는 사실을 간과한 한계가 있다. 즉 산업주의의 확산과 자본주의의 발달로 인한 대량생산은 불가피하게 대량소비로 이어진다는 것이다. 생산력의 증대가 소비 지향 욕구를 앞서는 것이다. 따라서 단순히 주체의 위기에 대한 고발이나 탐욕을 넘어서는 정신주의의 추구만으로 이를 치

---

5 김종철, 「시의 마음과 생명공동체」, 『녹색평론』 1991년 11월호.

6 정효구, 「우주공동체와 문학」, 『현대시학』 1993년 9~10월호.

7 홍용희, 「신생의 꿈과 언어」, 『시와사상』 1995년 겨울호.

8 송희복, 「서정시의 화엄경적 생명원리」, 위의 문예지.

9 장석주, 「시의 생태학적 상상력을 위하여」, 『현대시학』, 1992.8.

10 성찬경, 「한국현대시에 나타난 문명관」, 『현대문학』, 1993.10.

유하고자 한다면 그 효과는 제한적일 수밖에 없다.

도정일은 이들과는 또 다른 입장에서 역사적 상상력을 매개로 한 순환적 상상력의 필요성을 주장하면서 위기의 원인을 근대적 생산양식에서 찾고 있다. 근대적 생산양식은 순환의 자연 질서를 깨뜨림으로써 인간과 자연 사이에 적대관계를 형성해놓았다. 이는 문명이 성취한 일상의 풍요 앞에 봉착한 딜레마이다. 그의 주장은 인간중심적 세계관과 인간의 욕망으로부터 생태파괴의 원인을 찾는 장석주나 성찬경의 논리와는 달리 사회체계의 변화를 중요하게 바라본다. 동시에 현재의 생산방식과 기술중심주의의 한계, 사회적 모순, 생명파괴의 위기 앞에서 순환적 상상력과 역사적 상상력이 동시에 요구된다는 현실주의적 태도를 드러낸 것으로 볼 수 있다.[11]

이들 이외에도 1980년대 말부터 지금까지 생태시 논의의 중심에 섰던 평자들로는 이건청, 최동호, 이동순, 이경호, 이승원, 정호웅, 정과리, 남송우, 김용민, 신덕룡, 이은봉, 신정현, 장정렬, 임도한, 고현철, 이진우, 김진수, 이희중, 김경복, 김구슬 등을 들 수 있다.

2) 유형 및 전개

한국 생태시의 유형은 평자마다 분류 방식이 다르다. 처음으로 생태학적 상상력에 의해 쓰인 시들을 분류한 이건청은 생태환경 파괴의 심각성을 직접 노래하여 문제의식을 부각한 시와 생태파괴나 환경오염으로 인해 당면하고 있는 비극적 상황을 형상화한 시, 생명의 존귀함과 생명 보존의 필요성을 역설한 시로 3분화 하였다.[12] 생명을 노래한 시들을 보다 세분한 남송우는 생명 자체를 다루고 있는 시와 식물 이

---

11 도정일, 「풀잎, 갱생, 역사」, 『문예중앙』 1993년 겨울호.

12 이건청, 「시적 현실로서의 환경오염과 생태파괴」, 『현대시학』 1992년 8월호.

미지를 통해 생명의식을 노래한 시, 초월적 상상력을 통해 신성과 신생의 꿈을 고양시킨 시로 3분화 하였다.[13] 송희복은 생태환경을 바라보는 시각차에 따라 비관적으로 예견하는 시-생태학적 문명비판시, 낙관적으로 전망하는 시-생태학적 서정시로 크게 2분화 하였다.[14] 최동호는 우리 현대시의 흐름을 나누는 틀에 따라 민중적 생태지향시, 전통적 생태지향시, 모더니즘적 생태지향시로 3분화 하고 있다.[15]

이 글은 이들 중 생태학의 이론적 근거에 가장 근접해 있다고 생각되는 송희복의 분류 방식에 동의하면서 전개하고자 한다. 그 이유는 전술한 생태학의 유형과 송희복이 분류한 생태시 유형이 대체로 일치한다고 생각되기 때문이다. 다시 말해 생태학적 문명비판시는 표층 생태학에, 생태학적 서정시는 심층 생태학에 각각 그 성격이나 내용이 맞아떨어진다. 지금껏 한국의 생태시는 크게 보아 이 두 가지 축을 중심으로 전개되었다고 생각된다. 따라서 지금부터 이 두 가지 유형을 중심으로 그 전개 양상을 살펴보고자 한다.

① 생태학적 문명비판시

1980년대 말부터 1990년대 초반에 발표된 한국의 생태시는 대부분 문명비판적인 성격을 지니고 있다. 이들은 비판적, 고발적, 증언적 태도와 참여적, 실천적, 윤리적 지향점을 지닌다. 그런 의미에서 1980년대의 노동시와 민중시, 현장시의 정신적 맥을 계승하고 있다고 할 수 있다. 또한 전통이나 권위의 구조적 문제점을 지적하고 해체하고자 한다는 점에서 1980년대 해체시와도 일맥상통한다고 볼 수도 있다.

생태학적 문명비판시는 손상된 세계의 시, 세계의 종말을 예언하는

13 남송우, 「생명시학을 위하여」, 『시와사람』 1996년 여름호.

14 송희복, 「푸르른 울음, 생생한 초록의 광휘」, 『현대시』 1996년 5월호.

15 최동호, 「21세기를 향한 에코피아의 시학」, 『21세기와 한국문화』, 나남, 1996.

묵시론적인 시, 오손된 지역과 파괴된 자연생태계를 다양한 방법으로 고발한 시, 자연의 순환적 질서가 파괴되고 있는 기형적인 문명시대에 살고 있음을 부단히 확인시켜주는 시로 하위분류 할 수 있다.[16]

1980년대 말 이후에 발표된 대표적인 생태학적 문명비판시로 이형기의 「전천후 산성비」, 신경림의 「이제 이 땅은 썩어만 가고 있는 것이 아니다」, 이건청의 「안 보이는 恐龍들이」, 이하석의 「초록의 길」, 김광규의 「서울꿩」, 최승호의 「공장지대」, 김명수의 「적조」, 고형렬의 「리틀보이」 연작과 「지구墓」, 이문재의 「산성눈 내리네」, 이승하의 「돌아오지 않는 새들을 기다리며」, 이재무의 「아무도 호수의 깊이를 모른다」, 유하의 「바람 부는 날이면 압구정동에 가야 한다」 연작, 함민복의 「지구의 근황」 등을 꼽을 수 있다. 이들 중 지면 관계상 3편만 골라 그 양상을 살펴보겠다.

> 우리 시대의 비는 계절과 무관하다/시도 때도 없이/푸른 것은 모조리 갉아먹어 버리는/전천후 산성비.//그렇다 전천후로/비는 죽은 구근을 흔들어 깨워서/자꾸만 생산을 재촉하고 있다./그래서 생산이 넘치고 넘치는/그래서 미처 소비도 하기 전에/쓰레기통만 가득 채우는 시대.//쓰레기통에서/장미가 피기를 기다린다고는/누군가 참 잘도 말했다.//(……)//사람들은 모두 우산을 쓰고 있다./일회용 비닐우산이 되어 버린/절망을 쓰고 있다.//비극이 되기에는/너무나 흔해빠진 우리 시대의 비/대량생산의 장미를 쓰레기통에 가득 채우는/전천후 산성비 오늘도 내린다.
>
> _이형기, 「전천후 산성비」 부분

이형기는 1990년대 초반 『죽지 않는 도시』(1994)를 펴냄으로써 한국

16 송희복, 앞의 글 참조.

시단의 생태시 형성에 크게 기여한 바 있다. 그는 이 한 권의 시집을 통해 기술문명시대의 부정적 징후들을 다각적으로 포착하여 보여주고 있다. 특히 풍자적, 반어적, 냉소적 어법을 통해 독특한 표현 효과를 얻고 있는 것이 특징으로 꼽힌다.

앞의 시는 대기오염으로 인해 생성된 산성비를 통해 생태환경 파괴의 심각성을 노래하고 있다. 그런데 여기서 산성비는 그냥 산성비가 아니다. 거기에는 '전천후'라는 전지전능한 수식어가 붙어 있다. 그래서 이 산성비는 지상의 초목을 말라 죽게 만들고 사람의 건강을 해치는 물질문명 시대가 낳은 폭군이다. 그것은 또한 자연의 순환질서도 무시한 채 '시도 때도 없이' 내려서 지상을 대책 없이 위험에 빠뜨리는 무법자이다. 그렇다면 자연이 베푸는 생명수인 비를 위험하기 짝이 없는 전천후 산성비로 만든 장본인은 누구인가. 그것은 대량생산과 대량소비로 환경을 오염시킨 인간이다. 자연은 그 인간에 대한 복수로 화살과 같은 산성비를 내리게 하는 것이다. 인간들은 '일회용 비닐우산'을 써보지만 결론은 피할 수 없다. 산성비는 그치지 않는다. 이렇듯 이형기 특유의 반어적이면서도 냉소적 어법이 십분 발휘된 이 시의 내용과 분위기는 대단히 절망적이고 비관적이다. 어디에서도 산성비를 그치게 할 대안이나 낙관적 전망을 읽을 수 없다.

> 무뇌아를 낳고 보니 산모는
> 몸 안에 공장지대가 들어선 느낌이다
> 젖을 짜면 흘러내리는 허연 폐수와
> 아이 배꼽에 매달린 비닐끈들.
> 저 굴뚝과 나는 간통한 게 분명해!
> 자궁 속에 고무 인형 키워온 듯
> 무뇌아를 낳고 산모는
> 머릿속에 뇌가 있는지 의심스러워

정수리 털들을 하루종일 뽑아댄다.

_최승호,「공장지대」 전문

한국의 생태시를 말할 때 결코 빠뜨릴 수 없는 시인이 최승호이다. 그는 첫 시집 『대설주의보』(1983)부터 생태시선집 『코뿔소는 죽지 않는다』(2000), 『모래인간』(2000)에 이르기까지 생태학적 문명비판시 범주에 포함될 수 있는 시들을 일관되고 집요하게 써왔다. 그의 시세계의 진폭은 생태학적 상상력에 의해 쓰인 시를 중심에 두고, 문명비판적 도시시와 정신주의 시를 양쪽에 거느려 넓은 자장을 형성하고 있다.

생태학적 문명비판시의 대표작으로 꼽히는 위의 시는 인간에 의한 공업화와 환경오염으로 인해 인간의 생명이 비인간화 되는 모습을 충격적인 이미지들로 보여준다. 산모의 '젖'을 '허연 폐수'로, 아이의 탯줄을 '비닐끈'으로, 남성의 성기를 '굴뚝'으로, 태아를 '고무인형'으로 비유한 이 시에서 인간은 이미 인간이 아닌 사물에 불과하다. '무뇌아'란 인간이 아닌 공장과 간통하여 낳은 문명의 끔찍한 기형아인 것이다. 인간의 몸속에 공장지대가 들어섰다는 것은 이미 우리의 환경이 돌이킬 수 없이 오염되고 황폐화 되었다는 인식에 기초한다.

우리는 이러한 모습을 최승호의 시에서뿐만 아니라 실제 현실 속에서 눈으로 확인하고 있다. 이는 인간의 욕망에 의해 비롯된 물질문명으로 오염되고 파괴된 생태환경에 대해 신이 내린 형벌이요 인과응보의 결과라 할 것이다. 따라서 인류의 미래에 대한 종말론적 풍경을 보여주는 이 시의 내용이나 분위기 역시 대단히 비관적이고 절망적이다. 어떠한 희망이나 구원의 메시지도 찾을 수 없다. 그것이 생태학적 문명비판시가 지니고 있는 자연관 혹은 세계관이기 때문이다.

지구는 혼자 외로이 겨울을

빠져나가면서 공중에 떠 있을 뿐
인류는 모두 어디에 갔는가
빈 지구만이 태양을 돌면서 또
태양은 지구를 데리고 멀고도 먼
움직이는 우주를 따라가는 은하
그 은하계를 따라 사라져 간다
지구는 모든 조상들의 묘를 싣고
밤과 낮을 끝없이 통과하리라

_고형렬, 「지구墓」 부분

고형렬은 『리틀보이』(1990)와 시집 『서울은 안녕한가』(1991)를 통해 과학만능주의로 인한 인류의 파멸을 경고한 바 있다. 특히 그의 환경생태학적 시각은 국내는 물론 전 지구적 영역으로 확대된다. 위의 시는 불원간 닥쳐올 지구의 멸망을 종말론적 상상력으로 예고하고 있다는 점에서 앞에서 살핀 시들과는 달리 훨씬 극단적이고 끔찍하다고 할 수 있다. "태양을 중심으로 지구는 돈다"라는 갈릴레오의 지극히 객관적인 진술로 시작되는 이 시는 그러나 그와는 사뭇 다른 시각을 보여준다. 동쪽 하늘에 해가 떠올라 사람들이 일어날 시간인데도 움직일 기미를 보이지 않는다. 이미 초록별 지구는 모든 생명체가 살지 않는 주검과 무덤의 공간으로 변했기 때문이다. 이처럼 생명체가 모두 사라져버린 지구가 조상들의 거대한 무덤이 되어 은하계를 따라 사라져가는 모습은 핵무기의 가공할 파괴력에 비한다면 결코 과장된 표현만은 아닐 것이다. 따라서 이 시가 극단적인 비관론으로 기울어져 있다고 비판할 수는 없다. 이러한 고형렬의 문명비판은 자연생태의 위기에 처한 지구와 인류에 대한 강도 높은 경고임에 틀림없다고 할 것이다.

앞서 3편의 시를 통해 살펴본 바대로, 한국의 생태학적 문명비판시들은 환경오염에 대한 고발이나 문명비판에 집중되어 있다. 따라서 한

결같이 냉소적 어조와 비판적 관점 등을 통해 사멸의 이미지와 종말론적 세계관을 드러낼 뿐, 그것을 넘어선 대안이나 낙관적 전망을 보여주지는 못하고 있다. 바로 이 점이 한국 생태시의 초기단계로 생태학적 문명비판시들이 지닌 한계라고 할 수 있다. 그러므로 이를 보완하고 극복하고자 하는 차원에서 쓰인 시가 생태학적 서정시라고 하겠다.

② 생태학적 서정시

생태학적 서정시는 생명의 조화와 환희, 인간과 자연의 조화, 생물과 환경 사이의 교감을 노래한다. 공존공생의 원리에 입각하여 절망보다는 희망을, 비관보다는 낙관을 중시한다는 점에서 생태학적 문명비판시와 구별된다. 그리하여 식물적 이미지, 동양적 융합의 세계관, 우주의 순환적 질서에 대한 낙관적 신뢰와 전망을 지니고 있다고 할 수 있다.

지금껏 발표된 대표적인 생태학적 서정시로 김지하의 「생명」, 정현종의 「환합니다」, 이동순의 「나무에 대하여」, 이성선의 「물길」, 정진규의 「본색」, 천양희의 「직소포에 들다」, 이하석의 「초록의 집」, 정호승의 「들녘」, 고재종의 「날랜 사랑」, 나희덕의 「어린 것」 등을 들 수 있다. 이중에 4편을 골라 그 전개 양상을 살펴보기로 하자.

생명
한 줄기 희망이다
캄캄한 벼랑에 걸린 이 목숨
한 줄기 희망이다

돌이킬 수도
밀어붙일 수도 없는 이 자리
노랗게 쓰러져 버릴 수도

뿌리쳐 솟구칠 수도 없는
이 마지막 자리

어미가
새끼를 껴안고 울고 있다
생명의 슬픔
한 줄기 희망이다

_김지하, 「생명」 전문

김지하는 1980년대 중반부터 민중시인 혹은 저항시인으로서의 위상을 넘어 생명시인 혹은 생명사상가로서 일대 전기를 마련한 시인이다. 그가 내건 생명사상은 어쩌면 한국의 생태시 혹은 생명시의 터전을 마련한 결정적인 계기가 되었다고 해도 과언은 아닐 것이다.[17] 분신자살 등으로 점철되었던 1980년대 중반의 암울한 상황을 배경으로 발아한 그의 생명의식은 어떠한 극한 상황도 넘어설 수 있는 힘이며, 죽음까지도 삶으로 되돌려놓는 역동성을 지니게 된다. 또한 그의 생명시학은 1990년대 시의 병폐를 지양할 수 있는 밑바탕이 된다.

위의 시는 생명만이 인간의 마지막 희망이며 지고지선의 가치임을 알려주고 있다. 그것은 '어미가/새끼를 껴안고 울'듯이 근원적이고 슬픈 것이면서도 인간이 절망 속에서 일어날 수 있게 만들어주는, 그러므로 함부로 무시하거나 버려서는 안 될 유일한 힘이요 희망이다. 죽음과 직면한 벼랑에서도 희망을 버리지 않는 정신, 이것이 생명의 본질이며 생명사상의 핵심임을 보여준다. 그래서 시인은 '돌이킬 수도/밀어붙일 수도 없는' 진퇴양난의 자리를 '노랗게 쓰러져 버릴 수도/뿌

17 그런 의미에서 한국 생태시의 형성과정에 비추어 그의 역할은 재평가되어야 마땅하다.

리쳐 솟구칠 수도 없는/이 마지막 자리'라고 진술하고 있다. 특히 '어미가/새끼를 껴안고 울고 있'는 근원적인 모성의 생명력이야말로 모든 죽음을 극복할 수 있는 희망임을 강조하고 있다.

> 미리 젖어 있는 몸들을 아니? 네가 이윽고 적시기 시작하면 한 번 더 젖는 몸들을 아니? 마지막 물기까지 뽑아 올려 마중하는 것들, 용쓰는 것 아니? 비 내리기 직전 가문 날 나뭇가지들 끝엔 물방울들이 맺혀 있다 지리산 고로쇠나무들이 그걸 제일 잘 한다 미리 젖어 있어야 더 잘 젖을 수 있다 새들도 그걸 몸으로 알고 둥지에 스며들어 날개를 접는다 가지를 스치지 않는다 그 참에 알을 품는다
>
> _정진규, 「봄비」 부분

정진규는 인간과 자연의 경계를 지워 그 '本色'을 드러내기 위해 부단히 자연 속을 돌아다니는 시인이다. 그리하여 자연과의 황홀한 교감을 통해 그 비의를 읽어낸다. 위의 시는 자연물끼리의 상호 조응이나 아름다운 교감을 보여주고 있다. 혹은 시인이 자연과 어떻게 교감을 나누고, 또 그 비의를 어떻게 읽어내는지 보여주고 있다. 시인은 봄날의 가문 날에 산을 오르다가 나뭇가지 끝에 맺힌 물방울에 주목한다. 보통 사람들이라면 그저 이슬방울로 여기고 지나쳤겠지만, 시인은 '한참 가물다가 봄비가 내릴 징후가 보이면 나무들이 그런다'는 사실을 알고 전율한다. 여기서부터 시인의 독해력은 자연의 비의(실체)를 단숨에 읽어낸다. 물방울은 이슬방울이 아니라 자연물끼리의 상호 교감이나 자연물끼리의 관능적 반응의 일종이었던 것이다. 애타게 기다리는 님이 오신다는 말을 듣고 미리 마중 나가듯이, 사랑을 나누기 전 미리 애액을 분비하듯이, 나무들도 말이 없을 뿐 똑같은 반응을 보인다는 사실을 간파한 것이다. 게다가 나무들뿐만 아니라 새들도 그걸 알아 둥지로 스며들어 알을 품고, 마침내 내리는 봄비도 젖은 몸을 한 번

더 적시며 온 지상의 만물들이 이 아름다운 우주적 축제에 동참하는 것을 본 것이다. 이렇듯 놀라운 자연 현상을 발견한 시인의 입에선 그래서 '미리 젖어 있어야 더 잘 젖을 수 있다'는 직관의 감탄사가 저절로 터져 나온다. 그리고 물방울처럼 모든 자연의 상징에는 실체가 있다는 사실을 몸으로 깨닫는다. 이와 같이 우주의 질서와 원리를 상징적으로 보여주는 자연의 실체를, 본색을, 알몸을 탄로시키는 시야말로 생태적 서정시가 꿈꾸는 궁극인 것이다.

날이 밝자 아버지가
모내기를 하고 있다
아침부터 먹왕거미가
거미줄을 치고 있다
비온 뒤 들녘 끝에
두 분 다
참으로 부지런하시다

_ 정호승, 「들녘」 전문

얼음 풀린 냇가
세찬 여울물 차고 오르는
은피라미 떼 보아라
산란기 맞아
얼마나 좋으면
혼인색으로 몸단장까지 하고서
좀더 맑고 푸른 상류로
발딱발딱 배 뒤집어 차고 오르는
저 날씬한 은백의 유탄에
봄 햇살 튀는구나
오호, 흐린 세월의 늪 헤쳐

깨끗한 사랑 하나 닦아 세울
날랜 연인아 연인들아

_고재종, 「날랜 사랑」 전문

정호승과 고재종은 처음엔 민중적 서정시로 출발했다가 생태학적 서정시로 그 시적 방향을 전환한 시인들이다. 의식적으로 전환했다기보다는 자연스럽게 연결시켰다고 해야 맞을 것이다. 특히 고재종은 쇄락해가는 농촌의 현실과 정서를 시적 출발점으로 삼았는데, 농촌 주변의 자연생태를 노래하게 된 만큼 더욱 그렇다고 할 수 있다.

「들녘」은 '아버지'와 '먹왕거미'가 동일 인격체로 한 몸이 되어 있다. 이는 인간과 자연이 분리되지 않고 하나이며, 모든 자연물이 똑같이 소중한 것이라는 인식이 깔려 있다. 아버지가 '모내기'를 하는 것과 먹왕거미가 '거미줄'을 치는 것은 둘 다 생존을 위한 자연 활동이다. 그러므로 인간의 노동만 신성한 것이 아니라 하찮은 미물의 노동도 똑같이 신성한 것이다. 그리하여 자연의 이 부단한 노동의 힘으로 세계가 움직이고 돌아가는 것이다. 그래서 시적 화자는 이들을 동일한 인격을 부여하여 '두 분 다/참으로 부지런하시다'라고 표현한 것이다.

「날랜 사랑」은 산란기를 맞아 상류로 올라가기 위해 세찬 여울물을 차고 오르는 '은피라미 떼'의 움직임을 통해 생명의 힘을 역동적인 아름다움으로 보여준다. 은피라미 떼가 여울물을 차고 오르는 것은 누가 가르쳐준 행위가 아니라 본능적인 자연의 흐름에 따른 것이다. 인간도 이와 똑같다. 그래서 시인은 그 움직임에 거리를 두고 바라보는 것이 아니라 거기에 완전히 동화되어 있다. 즉 물아일체의 시선을 견지함으로써 가능한 것이다. 특히 그 생명의 움직임은 힘없이 흐물거리는 것이 아니라 '발딱발딱 배 뒤집어 차고 오'르듯 생생한 활기로 넘친다. 그래서 '날씬한 은백의 유탄'으로 비유될 만큼 역동적이다. 그리하여

'은피라미 떼'를 '날랜 연인'으로 부르기를 주저하지 않는다.

4편의 시를 통해 살펴본 바대로, 한국의 생태학적 서정시들은 생태학적 문명비판시들과는 달리 자연과 인간이 우주적 논리에 순응하며 조화롭게 살아가는 아름다운 모습을 담고 있다. 그것이 자연파괴로 인한 종말론적 세계관을 극복할 수 있는 근본적인 대안임을 보여주고 있는 것이다.

3. 한국 생태시의 한계와 문제점

20여 년째를 맞고 있는 지금, 한국의 생태시는 그 성과 못지않게 한계나 문제점 또한 많이 노정되었던 게 사실이다. 이에 대해 그간 여러 평자들의 지적이 있었다.[18] 하지만 여전히 개선 또는 극복되지 않은 채로 남아 있는 점들이 많다고 판단되어 다시 여섯 가지로 수정·보완하여 지적하고자 한다.

첫째, 다루고자 하는 소재가 너무 관습적 차원에 머물고 있다는 점이다. 이는 생태학적 문명비판시에서 두드러지게 나타나는 현상으로 대부분의 시가 자연 파괴를 비롯하여 공장 폐수, 대기오염, 강물과 바다 오염, 원자력과 핵 위기 등의 소재를 반복해서 다루고 있으며, 대상에 접근하는 방식이나 인식 태도 또한 천편일률적이다. 물론 이러한

---

18 생태시에 대한 문제점을 지적한 대표적 평문으로 다음과 같은 것들이 있다.
김진수, 「에코-포에틱스의 한계와 가능성」, 『포에지』 2001년 겨울호.
이승원, 「생태학적 상상력과 우리 시의 방향」, 『실천문학』 1996년 가을호.
이승원, 「생태시의 현황과 과제」, 『동강문학』 2001년 상반기호.
이희중, 「새로운 윤리적 문학의 요청과 시의 길」, 『현대시』 1996년 5월호.
정효구, 「최근 생태시에 나타난 문제점」, 『시와사람』 1996년 가을호.
정효구, 「도시에서 쓴 자연시의 의미와 한계」, 『21세기문학』 1999년 봄호.

경향의 시들이 생태계의 파괴나 환경오염의 심각성을 대중에게 알리고 각성을 촉구하는 계몽적 역할을 수행하는 데 얼마간 기여했음을 부인하기는 어렵다. 그러나 생태시의 본질은 그런 위기의 심각성만 드러내는 데 있는 것이 아니라 그것을 훨씬 뛰어넘는 데 자리하고 있다. 따라서 자연과 인간의 관계, 우주 만물의 존재 원리, 생태계 순환 질서, 여성성과 남성성의 관계, 인간과 욕망의 문제 등으로 무한히 확산될 필요가 있다. 다행히 최근에 발표되고 있는 생태학적 서정시에서는 이러한 소재주의적 한계가 상당 부분 극복되고 있는 것으로 보인다.

둘째, 문학적 형상화가 떨어진다는 점이다. 주지하다시피 생태시는 위기의 심각성을 드러냄으로써 생태환경을 보호・회복하려는 목적성을 갖고 있는 시이다. 그런 의미에서 객관적이고 총체적으로 현실을 직시하는 리얼리즘의 시각과 간결하고 직설적인 어법이 효과적일지도 모른다. 하지만 목적성에만 치우쳐 시적 형상화를 결여한 시들이 많다. 문명의 폐해를 비판하거나 환경오염을 고발하는 시들이 특히 그렇다. 목적성을 염두에 두다 보면 상상력이 저해되고 도식성을 띠기 쉽다. 따라서 문학은 어떠한 경우라도 미학적 측면을 존립 근거로 두어야 한다. 이를 도외시했을 때 나타난 결과를 우리는 1920년대 카프문학 계열 작품이나 1980년대 운동권 시와 민중시 계열의 작품 등을 통해 익히 보아온 바이다. 그런 의미에서 "목적시적 경향을 갖게 되는 생태환경시는 목적성을 추구하면서도 그것을 뛰어난 문학적 형상성으로 치환하는 시적 창조력을 보여주어야"[19] 한다는 이숭원의 지적은 마땅히 경청할 만하다. 이는 위기의 심각성과 미학적 가치를 아울러 수용해야 한다는 뜻이다. 이를 위해 다양하고도 효과적인 표현 기법의

19 이숭원, 「생태학적 상상력과 우리 시의 방향」, 신덕룡 엮음, 『초록생명의 길』, 시와사람사, 1997, 261면.

개발이 필요하다고 하겠다. 이를테면 최승호의 시가 지니고 있는 독특한 상징과 아이러니, 유하를 비롯한 몇몇 젊은 시인들에게서 보이는 패러디와 요설의 문체, 그리고 자연과 인간의 언어가 따로 분리되지 않는 인디언의 어법[20] 등이 좋은 예라 할 것이다.

셋째로는 현실과 유리된 초월주의시풍이나 선시(禪詩)풍의 시가 많다는 점이다. 생태시는 문명비판적인 성격으로 인해 현실참여시와 연대할 수 있지만, 문명의 발달에 회의적이기 때문에 초월주의시나 선시와도 손을 잡을 수 있는 위험을 지니고 있다.[21] 실천적인 목적성이 앞서면 현실 속으로 뛰어들 것이며, 정신적 초월이 강하면 현실 밖으로 달아날 것이다. 그러나 시에서는 이 양자 어느 쪽도 바람직한 것이 아니다. 그러므로 시는 속세와 비속세의 경계에 자리해야 하는 것이다. 그럼에도 불구하고 생태시를 쓰는 시인들이 어느 한쪽에만 치우치는 경우도 많다. 특히 나이가 많지 않은 젊은 시인들이 현실의 전면에서 이탈해 마치 득도나 한 듯 초월주의시나 선시를 읊조리는 것은 결코 바람직하지 못하다고 할 수 있다. 현실과 유리된 생태시는 그야말로 허황된 노래에 불과한 것이기 때문이다.

넷째, 자연에 대한 인식 태도에 오류가 있다는 점이다. 1980년대의 시들이 첨예한 현실문제에 집착했던 것에 비해 1990년대 이후에는 자연을 소재로 한 시들이 폭발적으로 증가했다. 자연이 매력적인 시적 대상으로 부각된 것이다. 이는 근대 문명의 온갖 폐해가 만연한 도시 생활에 지친 시인들이 상대적으로 덜 오염된 자연을 찾아가 심신을 달래고자 하는 데서 직접적인 원인을 찾을 수 있겠고, 서정성의 회복 차

---

20 예를 들어 '앉은 소'나 '붉은 윗도리', '늑대와 춤을', '용감한 새' 등과 같이 사람의 이름을 동식물이나 사물의 이름과 동일시한 인디언의 언어는 생태학적으로 얼마나 아름다운가.

21 김진수, 「자연시와 생태시 점검」, 『포에지』 2001년 겨울호, 57~58면.

원에서 나타난 1980년대 시에 대한 반사적 경향으로 볼 수도 있겠다. 자연과 인간이 서로 합일을 이루고자 하는 것이 서정시의 원리이다. 그래서 요즘 시인들은 자연을 소재로 하거나 직접 돌아다니며 시를 쓰는 경향이 부쩍 많아졌다. 이는 꼭 자연생태를 대상으로 시를 쓰는 시인들에게만 국한된 이야기가 아니다.

그러나 문제는 시인들이 자연을 현실과 동떨어진 특별한 공간으로 인식하고 그것을 신비화하려는 데 있다. 자연이 현실의 전면은 아니지만 분명히 현실은 현실이다. 그럼에도 불구하고 양자를 지나친 거리두기를 통해 성과 속의 관계로 파악할 때 생태시가 꿈꾸는 상호 조화와 공존의 길은 요원해질 것이다. 그리고 정효구의 지적대로 모든 생명체는 이기적인 속성을 지니고 있다. 인간은 이기적 존재로, 자연은 이타적 존재로 양분해서 "자연 앞에서는 무조건적인 찬사를, 인간에 대해서는 무조건적인 비판을 가하는 태도"[22]도 문제다. 이는 물질문명을 발전시켜 생태계를 파괴하거나 오염시킨 주범이 인간이라는 것, 그러므로 인간은 가해자요 자연은 피해자라는 인식에 근거한 것으로 보인다. 이러한 인식은 일견 설득력이 있는 것으로 보인다. 그러나 해마다 한반도를 휩쓸고 지나가는 태풍이나, 20만 명의 생명을 앗아간 지진 해일처럼 자연은 아직도 무서운 재앙의 진원지가 될 수 있음을 함께 인식해야 할 것이다.

다섯째, 적잖은 시인들이 과거의 농경사회를 생태적 이상향으로 삼고 있다는 점이다. 과거의 농경사회는 오늘의 도시에 비해 생태계와 잘 조화를 이루며 살았던 사회임이 확실하다. 여기에서 '과거의 농경사회'라 함은 최소한 현대문명이 침투하기 이전의 농촌, 농약이나 화

---

22 정효구, 「최근 생태시에 나타난 문제점」, 신덕룡 엮음, 『초록생명의 길』, 시와사람사, 1997, 323면.

학 비료나 비닐 등을 사용하지 않고 농사를 짓던 시절의 농촌, 그리하여 생태계가 거의 온전했던 시절의 농촌을 가리킨다. 그때만 해도 농촌은 비록 가난했으되 살 만한 곳이었다고 할 수 있다. 그렇기 때문에 농촌에서 태어나 어린 시절을 보낸 적이 있는 40대 이상의 상당수 시인들의 농경사회를 그리워하고 그 시절로 되돌아가고 싶어 하는 마음은 어쩌면 본능에 가깝다고 할 수도 있다.[23] 그래서 "오지가 미래다", "모든 과거는 지나간 미래다"라는 말들이 유행하기도 하였다. 하지만 과거의 농촌사회도 엄밀히 따지면 자연을 변형하거나 파괴하기는 마찬가지였다. 다만 그 정도가 지금의 농촌사회보다 상대적으로 덜했을 뿐이다. 게다가 농촌사회의 사람들도 문명사회를 지향하는 삶을 살았다. 그럼에도 불구하고 그 사실을 망각한 채 그 세계만이 생태계 문제를 해결할 수 있는 유일한 대안인 것처럼 생각하거나, 참다운 생태시를 쓰기 위해 도시 생활을 청산하고 농촌으로 내려가고자 하는 용단에도 문제가 있다는 것이다.

여섯째, 반성도 실천도 없이 머리로만 시를 쓴다는 점이다. 생태시는 목적성보다 실천성이 중요한 시다. 말만 하고 실천하지 않으면 공염불에 그치기 쉽다. 그렇기 때문에 시를 쓰는 시인과 시가 밀착해 있어야만 리얼리티와 진실한 감동을 준다. 물론 시인과 시는 별개의 것일 수 있다. 문학은 상상력과 허구의 산물이기 때문이다. 게다가 시인에게 시를 쓰는 일은 곧 실천일 수도 있다. 하지만 실천을 담보로 하는 시 속에 시인의 생각과 삶이 투영되어 있지 않다면 문제가 있다. 생태환경의 심각성과 생명평등주의를 외치면서 정작 자기 자신의 삶은 그것을 역행한다면 모순이 아닐 수 없다. 아주 작은 예를 들면, 스

23 농촌 정서를 바탕으로 한 40대 중반 이상의 시인들이 건재한 이상 이러한 경향은 지속될 것이다.

스로 담배를 태우고 자동차를 타고 다니면서 대기오염을 이야기한다든지, 차창 밖으로 담배꽁초를 버리면서 쓰레기 문제를 이야기한다든지, 산에 가서 꽃이나 나무를 캐다가 화분에 심어놓고 자연보호를 이야기하는 것 등이다. 말하자면 자신이 생태계 파괴나 오염의 당사자라는 인식과 반성 없이 시를 쓴다는 이야기이다.

또 몇 가지 예를 들면 자신은 도시의 삶을 즐기면서 농촌이 살기 좋다든지, 자신은 문명의 이기를 누리면서 생태시를 쓴다든지, 자연 속을 몇 번 휘휘 돌아보고 와서 생태시를 쓴다든지 하는 경우이다. 이러한 관상용 시들 속에는 자연 속에 깃든 생존 및 생활현장으로서의 고통이 결여되어 있다고 말할 수밖에 없다. 물론 시인들의 어쩔 수 없는 사정을 이해 못하는 것은 아니지만 보다 진지한 성찰이 수반되어야 하겠다는 이야기이다.

4. 바람직한 방향을 위하여

생태환경은 개선되거나 회복되는 것이 아니라 오히려 그 오염과 파괴가 날로 늘어나고, 위기감이나 우려 또한 높아지는 상황에 처해 있다. 따라서 생태환경 문제는 여전히 우리 시대의 가장 절박한 과제임에 틀림없다. 이러한 상황에서 볼 때 생태시는 앞으로도 상당 기간 우리 시단의 주도적 흐름을 형성할 가능성이 클 것으로 전망된다. 그러면 앞으로 한국의 생태시가 해결해야 할 과제 혹은 앞으로 나아가야 할 방향을 앞에서 지적한 한계나 문제점을 바탕으로 간추려보고자 한다.

첫째, 생태학적 문명비판시와 생태학적 서정시가 각자 지닌 한계를 보완하는 관점에서 양존할 필요가 있다. 서두에서 언급한 바대로 우리 생태시는 최근 들어 생태학적 문명비판시에서 생태학적 서정시로 바뀌는 양상이 두드러지고 있다. 이는 인간중심주의에서 생태중심주의 혹은 생명평등주의로, 비판·고발·계몽·경고의 차원에서 화해·조화·균형·교감의 차원으로, 부정적·비관적 전망에서 긍정적·낙관적 전망으로의 변화를 담고 있다고 볼 수 있다. 또한 생태학의 이론상 표층 생태학에서 심층 생태학으로의 전환이 순차적인 흐름이라고 보았을 때, 이는 어쩌면 바람직한 변화로 볼 수도 있다. 그러나 그 변화의 흐름이 너무 빠르고, 특히 생태학적 서정시의 경우에는 내용이나 주제 또한 자연과 인간이 너무 쉽게 동화나 조화를 이루는 모습을 보이고 있어서 길항 관계를 담고 있는 경우를 찾아보기 힘들 지경이다. 시인들은 현실과 자연을 다른 세계로 인식하고 있으며, 손상됐거나 손상되고 있는 자연보다 손상이 덜 되거나 아직 온전한 자연을 지나치게 선호하는 경향을 보이고 있다.

다시 말해 현실과 가까운 자연보다 "저만치"[24] 거리를 둔 자연을 다룬 시가 많다. 이는 다소 거칠게 비유하면 불난 집을 내팽개치고 이웃집으로 피신한다거나, 한창 바쁜 농번기에 한가하게 풍광 좋은 곳으로 놀러가는 경우와 같다고 할 수 있다. 이는 생태문제 해결을 위해 결코 바람직한 자세가 아니다. 물론 생태중심주의 또는 생명평등주의는 생태계의 복원을 위해 생태학이 추구해야 할 궁극의 목표이다. 하지만 이에 앞서 오손되었거나 오손되고 있는 생태환경을 드러내어 경각심을 일깨우는 일 또한 마찬가지로 중요하다. 다만 지나치게 비판하거나 고발 차원에 머물거나 비관적 전망을 극복하는 차원에서 말이다. 따라서 생태학적 문명비판시나 생태학적 서정시는 서로 균형을 이루며 공존하는 방향으로 나아가야 한다. 그리고 더 나아가 현실과 자연을 양분하지 않고 자유롭게 넘나드는 생태시가 창작되어야 하리라고 본다.

---

24 김소월의 시 「산유화」의 한 구절.

둘째, 생태학적 인식의 심화나 시적 대상의 확대를 염두에 두고 시를 써야 한다는 점이다. 지금까지 우리 생태시는 생태환경에 대한 표피적인 인식과 한정된 시적 대상을 중심으로 창작된 것들이 많았던 게 사실이다. 따라서 이를 극복하기 위해서는 자연생태나 환경에 관련된 직·간접적인 체험이나 학습이 필요하다. 그래야만 대상에 대한 주제나 내용을 깊이 있게 담아낼 수 있기 때문이다. 물론 시는 감성이나 직관의 산물이다.

그렇다고 해서 대상에 대한 정확한 인식력이 없이 상상력이나 추측에만 의존해서는 제대로 된 시가 될 수 없을뿐더러 오류[25]도 범할 수 있다. 우리 생태시가 소재주의와 도식성에 빠져 있고, 자연에 대한 이해와 인식이 단순하고 소박하다는 지적도 이에 근거한 것이라고 볼 수 있다. 따라서 생태시를 쓰고자 하는 사람들은 자주 생태현장을 체험하거나 생태학 관련 서적을 비롯한 생명과학 서적, 우주과학 서적, 인디언의 삶의 지혜에 관한 서적, 인류문명사에 관한 서적, 노장사상이나 불교사상 등 동양학 관련 서적 등을 공부할 필요가 있다. 아니면 내셔널지오그래픽 채널 같은 자연 다큐멘터리나 인터넷 동·식물 관련 사이트 등이라도 즐겨 보아야 한다. 아는 만큼 보이기 때문이다.

그리고 생태학적 인식의 심화나 시적 대상의 확대에 덧붙일 수 있는 것은 미학적 방법론의 개발이다. 문학의 존립 근거는 어디까지나 그 미학성에 있다. 이를 뒤집어 말하면 미학성을 전제로 하지 않은 작품은 이미 문학이 아니라는 말과 같다. 따라서 과거의 전철(前轍)을 되풀이하지 않기 위한 다양하고도 효과적인 방법론의 모색과 개발이 긴요하다.

---

25 자연을 소재로 한 시의 오류를 집중적으로 밝힌 평론가로 양동식이 있다(「시적 상상력과 오류」, 『현대시학』 2001년 1월호부터 연재).

셋째, 다음과 같은 정신을 담은 생태시가 창작될 필요가 있다는 점이다. 자신이 생태환경의 오염과 파괴의 주범이라는 책임과 성찰과 깨달음의 정신을 담은 시, 정보화 사회의 폐해를 진단하고 고발하는 정신을 담은 시, 인간도 자연의 일부일 뿐이라는 겸손의 정신을 담은 시, 자연과 우주의 순환 질서에 순응하는 정신을 담은 시, 인간의 이기심과 욕망의 자제를 촉구하는 정신을 담은 시, 중용과 조화와 균형의 정신을 담은 시, 죽임이 아닌 살림의 정신을 담은 시, 생명에 대한 긍휼과 사랑의 정신을 담은 시, 여성성과 모성성 그리고 동심을 소중하게 여기는 정신을 담은 시, 그리고 생명공동체 정신을 담은 시 등이 그것이다. 그리고 이 모든 정신을 생태시라는 그릇에 담는 것 못지않게 중요한 것은 일상생활에서부터 비롯된 작은 실천이다. 그리고 생태시의 보급·확산을 위해 자연 속에서 벌이는 생태시 낭송회를 비롯한 생태시 운동과 자라나는 세대들을 위한 생태시 교육 등도 중요하다고 하겠다.

생태시의 궁극적 목표는 오손된 생태계의 개선과 회복에 있다고 할 것이다. 그러나 유감스럽게 그 가능성에 대한 전망은 어둡다고 할 수밖에 없다. 그렇다고 지구라는 생태계를 벗어나 새로운 생태계로 편입되거나 인공의 생태계를 조성하여 옮겨갈 가능성도 무망하다. 시간은 없는데 인류의 과학이 이를 해결할 실마리를 찾고 있지 못하기 때문이다.

이제 "돌이킬 수도/밀어붙일 수도 없는 이 자리"(「생명」)라는 김지하의 시구처럼 인간은 스스로 구축한 문명과 단절하고 그 이전의 시대로 돌아갈 수도, 그렇다고 더욱더 그것을 밀어붙일 수도 없는 백척간두의 자리에 서 있다. 또한 현 생태환경의 오염과 파괴를 복원할 수도, 아예 포기하여 공멸할 수도 없는 절체절명의 자리에 와 있다. 그 자리에서 우리가 강구할 수 있는 유일한 대안은 지금이라도 환경오염과 생태파괴의 발걸음을 멈추는 것이다. 그리고 그 초긴장의 자리가 곧 생태시의 자리여야 할 것이다.